谁评说

千秋功过

丁振宇 赵志远 著

细说历史上那些宰相

天津出版传媒集团
天津人民出版社

图书在版编目（CIP）数据

千秋功过谁评说：细说历史上那些宰相 / 丁振宇，赵志远著. --天津：天津人民出版社，2019.11
ISBN 978-7-201-15200-4

Ⅰ.①千… Ⅱ.①丁…②赵… Ⅲ.①故事—作品集—中国—当代 Ⅳ.①I247.81

中国版本图书馆CIP数据核字（2019）第193623号

千秋功过谁评说：细说历史上那些宰相
QIANQIU GONGGUO SHEI PINGSHUO: XISHUO LISHI SHANG NAXIE ZAIXIANG

出　　版　天津人民出版社
出 版 人　刘　庆
地　　址　天津市和平区西康路35号康岳大厦
邮政编码　300051
邮购电话　（022）23332469
网　　址　http://www.tjrmcbs.com
电子邮箱　reader@tjrmcbs.com

责任编辑　陈　烨
特约编辑　5biao
内文设计　邱兴赛
封面设计　任燕飞工作室

制版印刷　天津行知印刷有限公司
经　　销　新华书店
开　　本　710×1000毫米 1/16
印　　张　27.75
字　　数　320千字
版次印次　2019年11月第1版　2019年11月第1次印刷
定　　价　68.00元

前言

QIANYAN

宰相制度有着悠久的历史。商周时代，有太宰、尹、太师辅佐天子管理国家。春秋战国时代，相出现了，最著名的是齐国相管仲、赵国相蔺相如。公元前309年，秦武王任樗里疾、甘茂为左右丞相。“丞相”由此而始。秦始皇统一六国后，宰相正式成为官制，辅助国君处理政务。

《韩非子·显学》中说：“明主之吏，宰相必起于州部，猛将必发于卒伍。”《六韬》中说：“屈一人下，伸万人上，惟圣人能行之。”所谓一人之下，万人之上，“一人”指天子，“万人”指百官。历史上，地位崇高、权势显赫到如此地步的大臣，通常就是宰相。例如，秦国的吕不韦、李斯，汉朝的萧何、陈平，等等，都是有勇有谋、功劳显赫的开国功臣，所以，他们才能够位尊职重，辅助国君处理政务。正如陈平所说：“宰相者，上佐天子，理阴阳，顺四时，下遂万物之宜，外镇抚四夷诸侯，内亲附百姓，使卿大夫各得任其职也。”历史上，每一个胸怀大志、热血沸腾的男儿都渴望能够建功立业、加官晋爵，这既是人们的最大梦想，也是实现生命价值的重要途径。可以说，能够官至宰相，就是为人臣者最大的荣耀了。

俗话说“伴君如伴虎”，宰相作为皇帝身边最重要的人，用这句话形容宰相真是再合适不过了。历史上，宰相之称始见于《韩非子·显学》，但只有辽代才将它作为正式官名。随着朝代的更替，宰相的正式官名先后出现过：相国、丞相、大司徒、侍中、中书令、尚书令、同平章事、内阁大学士、军机大臣等，多达几十种。可以说，在所有的官职中，宰相的变化最多。其背后的原因是，君主既需要宰相帮助办理政事，又担心宰相的权位过重，危及自身安全。所以，历史上宰相的处境十分尴尬，既有数不尽的荣华富贵，又如履薄冰，随时都有杀身之祸，而且宰相的权力地位也在逐渐降级。1380年，明太祖朱元璋以“图谋不轨”之名诛杀了丞相胡惟庸，并下令撤中书省，废除丞相，由皇帝亲自掌管六部，直接管理国家政事，宰相制度也就宣告结束了。后来，皇帝设内阁大学士协理文书，大学士成为事实上的宰相，称辅臣，居首者为首辅，明、清习惯上都称授大学士为拜相。再后来，雍正设军机处，军机大臣又成为事实上的宰相。但是，他们已经没有正式的宰相名分了。由此可见，宰相也是被打击的对象。

在皇权与相权的斗争中，皇权总是在限制相权，打压相权。那么，荣辱之间，宰相应该如何生存，如何施展才华呢？

“宰相肚里能撑船”，意思就是大人有大量，为人处世要豁达大度。历史上，蔺相如位尊人上，廉颇不服，屡次挑衅，相如仍以国家利益为上，以社稷为重，处处忍让而终使廉颇负荆请罪，这就是度量大。同样，在风云变幻的政治舞台上，陈平、狄仁杰正是凭借超人的智慧，随机应变，曲中求进，才能够善始善终，做出卓越贡献，最终名垂青史、千古流芳。这就是做人的智慧。

本书精心梳理了历史上最著名的15位宰相，生动再现了他们在历史舞台上的精彩瞬间，希望通过他们在宦海沉浮、荣辱得失间的种种表现，对您的人生有所启迪和帮助。

目录

MULU

（四）

政书双馨比萧何——王导

（五）

运筹帷幄良相辅——房玄龄

（六）

逆鳞直谏第一人——魏征

（七）

精忠谋国断如神——狄仁杰

（八）

理财圣手开国伯——刘晏

（九）

半部《论语》治天下——赵普

（十）

能谋善断寇老西——寇准

（十一）

文政双绝拗相公——王安石

（十二）

先忧后乐气节高——范仲淹

（十三）

华夏文明续命人——耶律楚材

（十四）

诸葛安石堪相比——张居正

（十五）

晚清中兴第一臣——曾国藩

（一）

政者典范儒先圣

——周公旦

1　兄弟同心

周人是古老的农业部落。这个“旧邦”，传说是帝喾的后裔，属于姬姓之族。到虞夏之际，周人的祖先弃定居在邰（今陕西武功县西南）。邰这个地方，处在渭北平原中心，土地肥沃。弃在这里继承和发展了烈山氏以来种植“百谷百蔬”的经验，对进一步发展农业生产做出了卓绝的贡献，被称为“后稷”。

弃死以后，他的子孙世世代代做夏朝的农官。夏朝后期，统治力量逐渐削弱，西北黄土高原上的游牧部落不断南下侵扰，渭北平原的农业生产遭到一定程度的破坏，周人的居住地也遭受比较严重的影响，他们不得不北迁，在泾水中游一带坚持农业生产。经历了好几代，大约在殷商初年，公刘在豳（今陕西彬县）才又发展起来。

公刘在豳，扩大耕地，整治农田，生产蒸蒸日上，积累的粮食堆满仓囤，很快就发展成为一个繁庶兴旺之邦。接着就“弓矢斯张，干戈戚扬”，扩充武力，活动范围不断扩大。随着生产发展的需要，他们渡过渭水，采掘矿石，改进生产工具和武器。“周道之兴自此始”。

由公刘再经七八代，到高圉、亚圉时代，大概正是商王武丁前后，周国已发展成为殷西的大邦。

古公亶父是亚圉再传第二代。他由豳南迁到雍、杜之间的岐山之阳，这就是后来有名的“周原”。古公亶父在这里兴建城邑，治理田地，很快就使岐周之地耕地大量增加，人丁兴旺，交通发达，呈现出一片繁荣的景象。

有了雄厚的经济基础，军事力量也很快强大。散居在岐山西北一带的混夷、西戎诸部落都被击败逃走，附近的一些小国也纷纷归服。古公亶父在岐周发展成为一个新兴的强大势力，开始了周人的“翦商”事业，后来被追尊为“太王”。

太王以后，由幼子季历继承，周人称为“王季”。王季展开对西北诸戎部落的全面攻击，先后征伐西落鬼戎、燕京之戎、余无之戎以及呼之戎、翳徒之戎等部，取得很大的胜利。商王朝命季历为“牧师”，成为西方强盛的方伯之国。

周人势力的迅速发展，加剧了与商王朝的矛盾。而到商纣王时，商朝内部日益复杂的矛盾更加激化了。在统治阶级内部，纣王要削弱一些贵族的权势，遭到强烈的反对，在他的严厉打击之下，许多人叛逃别国，使得统治机构趋于涣散，大大削弱了商王朝的统治力量。

纣王是一个暴君，他自恃才智，好酒淫乐，即位之后就扩大殷都直达沫邑，大修离宫别馆，称之朝歌。为了满足他的贪欲，“厚赋税以实鹿台之钱，而盈巨桥之粟”，极力加强搜刮。广大人民群众奋起反抗，他又实施酷刑和屠杀。这样只能激起人民群众更为深刻的仇恨，并越来越强烈地展开反抗斗争。在众叛亲离、八面为敌的情况下，纣王变成了独夫，商王朝的败亡已成定局。

与此同时，周人却休养生息，发展生产，境内一片太平。季历死后，他的儿子姬昌继立，称为周文王。文王初立时，仍以主要力量展开对西北各部的进攻，先后消灭了几个小国，扩大了西边的疆土，巩固了后方，接着便全力向东方发展。

周文王先建立毕邑（陕西咸阳北阪）作为向东扩展的前哨，接着渡过渭水，灭掉亲商的崇国（今陕西户县东），占据渭南。不久，就在沣水西岸建立丰邑，由岐周迁都于此。关中平原全部为周所有，号称为西伯。由此，周已发展成为商王朝的一大抗衡力量。

周文王在周人中实行“怀保小民，惠鲜鳏寡”，以此缓和阶级矛盾。这些和当时商王朝内部的混乱情况形成了鲜明的对比。文王治岐的主要措施有：耕者九一，仕者世禄，关市讥而不征，泽梁无禁，罪人不孥。这是巩固奴隶制的经济基础，安定了人心，自然得到拥护。

周人占据关中平原的有利地域，势力迅速扩展到河东地区。周文王公平巧妙地调解了虞（山西平陆东北）、芮（山西芮城西）争夺田土的纠纷，使河东地区的众多小国纷纷归顺。

这时的周，在表面上虽然仍保持着臣服于商的关系，但实际上早已对商王的暴政不满，持续地东扩就是为有朝一日灭商做准备。

周和商之间的矛盾和冲突日益加剧，商纣王用计把周文王囚禁在羑里作为人质，以防周人伐商。但之后纣王为了全力对付东夷，避免两线作战的危险——一旦杀掉周文王，周人及其亲近部落几乎肯定会反叛，于是又释放了周文王。

文王从羑里返周后，更加坚定了伐商的决心。他动员全体士兵日夜操练，共商大事。

不料，就在文王欲大展宏图之际，却不幸身染重病去世了。谁来继承文王的事业呢？按照当时的习俗，一般是由长子来继承的，但是由于文王的长子伯邑考早逝，显然不可能按照常规继承了。最后次子姬发登上了王位，即周武王。

周武王的兄弟众多，光同父同母兄弟就有：管叔、周公旦、蔡叔、霍叔、康叔、毛叔等人。诸兄弟中，论聪明才智、不同凡响的就要数排行老四的周公旦了。当初文王在世时，周公旦作为儿子就非常孝顺有礼貌，并且智谋过人，在所有的儿子中出类拔萃，深受文王喜爱。兄弟们在一起相处时，周公旦也能以身作则，尊长爱幼，从不自恃聪明而欺负、蔑视兄弟们。武王对他更是欣赏，凡事都要和他商量，请他为自己出谋划策。武王即位后，把周公作为自己最得力的助手，兄弟二人携手共进，为完成文王的灭商大业共同奋斗。

2 辅兄灭商

周武王即位时，商朝内外交困，由周代商而王天下已成为定数。在这样的形势下，周公及时向武王建议先扩建都邑，建立巩固的灭商大本营。于是武王下令在沣水东岸兴建镐京，积极做伐纣灭商的准备。

经过几年的准备，时机基本上成熟了。周武王九年，武王在周公等人的协助下，在盟津（今孟津）进行了一次大规模的战前演习。前来参加演习的诸侯、部落据说有八百之多。能把八百诸侯召集到一起是件非常不容易之事，这是以周公为首实现的。在盟津大会上，武王向各路诸侯宣布了商纣的罪恶，表达了伐纣灭商的决心，号召大家齐心协力，共同完成这一大业。武王的陈述后被整理成《泰誓》。这是一次“诸侯所由用命”的重要盟会，众多的诸侯都表示愿听从周的调遣。这次演习完全证明灭商的时机已经成熟了。

在盟津之会后不到两年间，纣王更加昏庸暴虐，先后杀了比干、囚禁了太师箕子。于是武王遍告诸侯：“殷纣有重罪，不可不讨伐了。”他亲自率领戎车三百乘，虎贲（勇猛的战士）三千人，甲士四万五千人向东伐纣。各地诸侯军旅和南方军队与之一同出战。大军从盟津渡河，沿河向东进攻。于周武王十一年正月甲子日清晨到达殷郊牧野（约在河南汲县境内）。武王在此举行战争前的誓师动员大会，誓词就是《尚书》中有名的《牧誓》。

《牧誓》是周公代武王而作。全文分为两段，第一段痛斥商纣王只听妇人（妲己）之言，不祭祀祖先天地之神，连自己同祖兄弟都不进用，反而重用四方逃亡的罪人，让他们欺凌百姓，导致天怒人怨。第二段周公以武王的口气写了武王是躬行天罚、顺应历史潮流而讨伐商纣的，同时宣布了作战纪律，鼓励战士勇猛杀敌。

宣誓后的将士精神振奋，斗志昂扬，勇往直前，势如破竹，直逼朝歌。纣王仓皇出城应战，那些被迫从军的奴隶一到阵前便掉转矛头，倒戈起义，往回冲杀，引导周军攻入朝歌，商军溃败。纣王在鹿台自焚身亡。武王手持大白旗指挥诸侯，诸侯都朝拜武王，武王也向诸侯还礼。礼毕，诸侯跟随武王进入商都，百姓皆跪地相迎。武王让群臣告诉殷商百姓："上天降休。"百姓们感激不尽，连连跪拜武王。周公拿着大钺，毕公拿着小钺，站立在武王两侧，向上天和商民宣布纣王罪状，正式宣告商朝灭亡，周取而代之，武王为天子。

大钺是一种权力的象征，它向世人证明了周公当时的地位很高，仅次于武王。

纣王死了，商朝灭亡了。然而怎样处置商朝的奴隶主和上层贵族呢？这件事使武王拿不定主意。武王首先问姜太公。太公说："臣听说过，爱屋及乌。如果相反，人不值一爱，那么村落里的篱笆、围墙也不必保留。"其意思是，不仅要杀掉殷纣王，而且连商朝的其他臣民也不能留下来，也要把他们统统杀掉，以除后患。周武王生性仁厚，不同意姜太公的这种建议。

武王又向召公征求意见。召公不假思索地说："这很好办。把那些罪恶深重的人统统杀掉，把那些无罪的人留下来就行了。"武王听后摇了摇头，还是不太赞同。

武王又找来了周公商量。周公胸有成竹地说："陛下，我们大周刚刚推翻了商朝，国力还不是很强大，如果这时候就乱杀无辜，势必会导致殷商遗民反抗，从而使得我们的政权无法巩固，使得我们的社会无法安宁。如果杀了反对者，那就意味着大部分的殷商遗民都是该杀的，这和乱杀无辜相似。如今我们还是不要算过去的旧账了。如果原来是殷商贵族，土地、房屋是谁的，现在还是归谁所有。无论是殷商贵族还是周贵族，只要拥护周天子，那么谁有仁德，我们就应给他们好处，予以任用。今后谁要是反对周天子，那么就要重重地处罚。这样，殷人觉得有了活路，有了希望，才不会闹事。”周公这种给予生路、就地安置、分化瓦解、安抚利用的政策意见，深得武王的赞许。武王下令释放了被囚禁的箕子和被关押的殷商贵族；修整商朝丞相商容的故居；培高比干的坟墓；将鹿台的钱财散发给人民；打开粮仓，赈济饥饿的殷人。这一切都显示了周公和武王要反商纣之道而行之，给受到纣王迫害的人平反昭雪，因而争取了一批有识之士积极地为周效力。

特别值得一提的是，周公大胆地建议封纣王之子武庚于商都，任用他统治殷商的遗民。又把商王朝直接统治的地方分成三部分，分别派武王的三个弟弟管叔、蔡叔、霍叔治理，以监视武庚，称为“三监”。

武王以周公在伐纣灭商中功劳卓越而封周公于少昊之曲阜，称鲁公。可是，鉴于刚刚消灭了商纣，武王还面临着许多治理国家、发展生产的大事，肩上的担子实在太重了，于是周公就对武王说：“如今正是您需要人的时候，我怎么能留在鲁地享清福呢？”武王被周公的一片赤诚之心感动，答应了周公的请求，让他留在自己身边辅佐，共同治理周朝这个新生的国家。

周公在武王伐纣灭商的过程中，以自己的聪明才智为武王出谋划策、起草政令，立下了汗马功劳，深得武王的信任和赏识，也受到文武百官的爱戴，使他的威望日益提高，为日后的摄政奠定了良好的基础。

3 拒王摄政

伐纣灭商的战争结束了。摆在武王和周公面前的首要问题就是如何尽快地收拾残局，恢复生产，使人民安居乐业。为此周公和武王日夜操劳，费尽了心思。武王常常夜不能寐，忧心忡忡。周公见此情景，十分担心武王的身体，就问：“您为何睡不着觉啊？”

武王说：“由于殷纣作恶多端，逼得我们不得不顺天意起兵讨伐。可是由于战争的残酷，给百姓带来了深重的灾难。每想到这些，我就心感不安，又如何能睡得着啊！”

周公听了，安慰武王，让他不要忧虑，也不要为战争带来的灾难而内疚。只要大家同心协力，重建家园，发展生产，用不了多长时间，天下就会生机盎然、国泰民安。

武王听了周公的一番劝慰，心中欣喜，决心重振精神，在周公等人的协助下使战后的人民过上好日子。

由于过度劳累，武王身染重病，无法料理国事。

这时候正是百废待兴之际，天下还未完全安定。在这节骨眼上武王一病不起，众大臣就如失去了主心骨，都很不安。

周公没有像其他大臣那样恐慌，而是自以为质，设立祭坛，北面而立，戴璧秉圭向祖先太王、王季、文王祈祷。他说：“你们的元孙周武王姬发，由于辛勤操劳国家大事，积劳成疾染了重病，如果你们欠了上天一个孩子的话，那么请让我周公旦去代替武王姬发吧！我多才多艺且有仁德，能很好地侍奉鬼神，而周武王姬发不如我。武王已受命于天地之庭，布其道以佑助四方。能让先人子孙安定生活，四方之民无不对武王敬畏。如果不救武王，则有损上天的使命；如果救了武王，则先王们也会有所依归。现在我就受三王之命，用元龟来卜知吉凶，你们让武王病愈，我就以璧与圭进献；如果你们不允诺我，我也就不得事神了。”周公占卜后，卜人都说：“是吉兆也！”于是他高兴地打开占卜的结果，果然是按他的意愿来的。周公满面春风地去见武王，向他表示祝贺：“武王没有危险了。我刚刚接受三王之命，武王是领导我周国大展宏图之人，万万不能死去，能替代您的只有我一人。”周公把这种在现代人看来觉得可笑的祈祷看得非常神圣，在那个相信天命的时代里，却是非常真诚无私的。

周公祈祷以后，也许是由于心诚的缘故吧，武王的病还真的有所好转。但是由于病情严重，过了不久，武王还是病故了。临终前，武王把王位传给有德有才的王弟周公，并很坚决地说，传位这件事无须再占卜了，可以当面决定传给周公。周公痛哭流涕，执意不愿接受王位。

武王死了，太子诵还是个年幼的孩子。周公虽然拥立他继承了王位，称为成王，但面对国家初立，政权尚未稳固，内忧外患接踵而来的复杂形势，成王怎么应付得了？《尚书》中记载：“有大艰于西土，西土人亦不静。”武王之死使整个国家失去了支柱，形势迫切需要一位既有才干又有威望、能及时处理问题的人来收拾这种局面，于是，这个责任便落到了周公肩上。周公虽无心王位，但却担心天下闻武王病死而发生分裂和叛乱，因此他决定代成王摄政当国，暂渡难关。

周公执政，发挥了国王的作用。这件事在当时是很自然的事，古书中对周公称王的记载很多。但是到了汉代以后，大一统和君权至上局面形成之后，周公称王才变成不可思议的事，于是才出现周公是“假王”等贬斥的说法。

尽管如此，周公摄政这件事在当时还是引出了一场不小的风波。

4 力挽狂澜

周公排行老四，其长兄伯邑考早丧，二兄即武王，周公的前面还有一位排行第三的管叔。管叔第一个表示不满周公执政。管叔以为，论资排辈的话，首先应该轮到自己，而不是周公。管叔于是四处散布流言说：“周公摄政将对成王不利。”在他的煽动挑唆下，许多不明真相的东方大小方国纷纷加入反对周公的行列中，叛乱随时都有爆发的可能。这种情况对刚刚建立三年的周王朝来说，是个异常沉重的打击。如果叛乱发生，周王朝就会面临极大的困难，周文王、周武王艰苦经营几十年建立起来的功业就会毁掉。周王朝处在风雨飘摇之中。在王室内部也有人对周公持怀疑态度。这种内外交困的形势，使周公的处境非常艰难。

面对困难，周公显得很镇静，丝毫没有惊慌失措。他首先稳定内部，保持团结，及时说服姜太公和召公。

周公说：“我之所以不回避困难而代成王摄政，是担心天下背叛周朝。因为成王还很年幼，又处在刚刚建国的关键时刻，许多棘手的问题根本无法处理，稍有不慎，就会面临丢失江山的危险。如果那样的话，我还有何面目去见太王、王季、文王呢？三王忧劳天下已经很久了，到武王手中才有所成就。这样来之不易的周王朝，我怎能眼巴巴地看着它落入敌人手中呢？因此，我不得已才代成王行使权力。我完全是在为周朝着想。”

周公的一席话情真意切，感人肺腑，让姜太公和召公等人疑虑顿消。同时，周公那坦荡的胸怀也让朝中大臣们非常敬佩，他们纷纷表示坚决拥护周公摄政，团结起来一致对外。

正当周公说服朝中大臣之际，商侯武庚在殷地利用管叔、蔡叔对周公摄政的不满，煽动他们尽快发动叛乱。又串通了东南各地的徐、奄、蒲姑和熊、盈等国，共同起兵叛国。东方十七国俱反，声势浩大，一时烽火四起，导致周人所居的西土也骚动不安，人心惶惶。

关键时刻，周公当机立断，坚决主张武力东征平叛。他向成王和召公等人解释了东征的理由，认为如不及时平叛，恐怕会使这种动乱局面迅速蔓延，甚至遍及全国，那时将后患无穷。成王、召公等同意了周公的意见，决定召集大军东征平叛。当时周朝的很多贵族畏惧打仗，周公便以天子身份作《大诰》一文，激励畏缩之人。为了分化敌人，周公曾亲赴楚国，说服楚人不要参加叛乱。

全部工作准备就绪，周公开始调兵遣将组成浩浩荡荡的东征大军。周公亲自统率军队，并让在齐国的姜太公也自行指挥所属兵马一起讨伐叛军。

由于武庚等人反叛之心日久，准备得很充分，可谓兵精粮足、堡垒坚固。虽然周公率领着斗志昂扬的平叛大军，还是无法迅速打败叛军，双方多次激战，互有胜负。但是由于叛军失道，残害人民，引起了当地群众的反抗，老百姓纷纷加入到平叛大军的行列中去，加上周公机智过人，善于用兵，很快便占据了主动。

历时三年，叛乱终于在公元前1022年被平定了。周公对罪恶深重的管叔处以极刑，擒回并杀掉了不思悔过的武庚，把罪行较轻的参与者蔡叔流放到边疆荒野去。

接着，周公又率领东征军继续东进，陆续讨伐了参加这次叛乱的奄国、录国、淮夷、蒲姑等五十多个小国，一直追击叛敌到黄海、渤海之滨。东征军还北伐殷人残余势力，直至河北北部，向西又诛灭了叛乱的唐国，真可谓斩草除根，大大地稳固了周王朝的统治地位。

周公东征时曾作《微子之命》《归禾》《嘉禾》《康诰》等纪事

篇章，现存《尚书》内，成为周公东征的实证资料。东征中那残酷而激烈的斗争场面在我国文学史上第一部诗歌总集《诗经》中也有反映。《诗经·豳风·破斧》写道：“既破我斧，又缺我斨。周公东征，四国是皇。哀我人斯，亦孔之将。”跟随周公的将士们，即使斧子砍出了缺口，也仍义无反顾，斗志昂扬。

周公东征像疾风骤雨般席卷了大河下游，改变了原有民族部落的格局，促进了民族大迁徙、大融合，使周朝的国势大为扩展，国威四扬，四方的国家都臣服于周。周公的卓越功绩使他得到了成王和臣民的信任和敬仰。

5 封疆诫亲

周公东征之后，全国的局势基本稳定下来，周公便积极采取措施，巩固周王朝的统治。

怎样统治先后被征服的地区是战争胜利之后的大问题。武庚和奄国、淮夷的叛乱，表明重要地区不能再用旧的氏族首领，必须分封周族中最可信赖的成员，这已和武王时的分封不一样了。周公的这次分封，被称作封藩建卫，以藩屏国。封藩就是在以前周武王分封的基础上继续实行再分封，将周天子的子弟、亲戚、功臣和古代先王至贤后裔分封到各地区去做首领，他们一定会忠心耿耿地为周天子管理政务，将天下分而治之，集中管理。

周公共分封了七十一国诸侯，其中分给姬姓的就有五十三国。因此分封主要是封同姓，浓烈地体现了天下一家的血缘关系。

分封要举行隆重的仪式，称“锡命”。受封者接受周天子册命，称为“册封”。册封的主要内容是“授民授疆土”，宣布疆界大小、人民多少。诸侯要尊奉周天子为“天下共主”，服从政令，朝聘述职，随王祭祀，镇守疆土，并承担派兵、纳贡义务。诸侯有权把封地和臣民再向下分封，形成诸侯、卿大夫、士三级领主。这样层层分封，构成金字塔式、严密的四级政权。

其中鲁、卫两国最重要，也最具代表性。

早在武王灭商后，周武王就曾打算将山东半岛南部的奄（当时是东夷重要的政治中心之一，也是商王朝在东方的重要据点之一）封给周公。由于周公在朝辅助武王，一直离不开，迟迟不能就封。直到周公东征平定东夷后，才让自己的儿子伯禽代表自己就封于鲁，目的是为了进一步加强对东夷的控制。伯禽就任临行之际，周公特意写了一篇文章告诫伯禽，这就是闻名的《诫伯禽》。周公谆谆告诫儿子说："你父亲作为文王的儿子，武王的兄弟，成王的叔父，地位不算低了吧？但是我还是谨慎行事、礼貌待人。过去，凡是有人找我反映情况、交流思想，不管我是在吃饭还是在洗发，都赶紧吐哺握发，出外相迎，礼贤下士，不敢有丝毫怠慢。即使这样，我还担心失去天下有才能的人。你这次到了鲁国，千万不可倚仗自己的贵族身份和封国地位去傲慢士人。"由此可见周公对这些封国的期望和关注，因为这是决定周王室能否长久存在的关键所在。此外，我们也可以看出周公礼贤下士的高尚品质。正因为如此，周公的儿子伯禽上任以后遵循父亲的教导，恪尽职守，很快就使鲁国成为西周控制东方的一个重要封国。

周公还将其同母之弟康叔分封于殷商旧地。他以朝歌为中心，将武父（约在今河南、河北交界处）以南、圃田以北分封给康叔，建立了卫国。在授封时，特意写了《康诰》和《酒诰》两篇诫文，以勉康叔。

《康诰》充分表现了周公"明德慎行"的思想。由于卫国是在殷商故地建立的，情况比较复杂，人员比较混乱，所以周公特别重视。在文中，他首先向康叔总结了周兴商亡的教训，要求康叔遵循先父先王的传统，态度诚恳地听取殷商遗民中有德行的人的言论，广泛地寻求殷商过去开明国君的治国之道，用以治理臣民。另外，还得潜心研究，才能通晓治国顺民的道理；还要从虞夏时那些治国有道的君主那里寻求治国的方法，才能使臣民安定、国家康泰。总之，《康诰》充分概括了周公的"启以商政，疆以周索"的统治政策。这种政策的具体化就是"明德慎行"的思想。周公认为在殷商故地只有实行德政，以德服人，以自己的实际行动来折服殷之旧臣遗民，才能使他们心服口服。这样才能治理好卫国，以巩固西周政权。

同时，周公在《康诰》中强调刑罚也是西周统治不可缺少的手段，但不能滥用刑罚，必须要非常慎重地使用，切勿重蹈纣王重刑而失民心的覆辙。只有德刑并用才能长治久安。周公这种“民情”为重的观点在当时的统治阶级中是十分难能可贵的。

在《酒诰》一文中，周公强调了戒酒的重要性，并总结出殷之所以灭亡的重要教训之一是“荒湎于酒”。这样就把酗酒和政权的存亡联系起来，更明确地提出禁止“群饮”“亲饮”等严厉的戒酒措施。

正是由于周公的一系列英明主张，消除了殷民的反抗情绪，巩固了西周对殷民的统治。所以，不久殷地之民就从连续两次大动荡中安定下来，从事正常的农业生产和商业活动，很快就使卫国成了“屏藩周室”的重要支柱。这一切都是和周公的功劳分不开的。

周公还让姜太公受封于海、岱之间的蒲姑故地，在营丘（今山东临淄北）建立齐国。太公是位智勇双全的将领。武王伐纣时他率先冲入敌军，立下汗马功劳。这次周公东征，他又亲自指挥属下兵马协助周公平定叛乱，立下大功，因此很受周公器重。周公给太公分了非常大的封地。周公让召公封给太公的土地是：东至于海，西至于河，南至于穆陵（今山东沂水县北有穆陵关），北至于无棣（今山东无棣县北）。同时，周公还授予姜太公专征专伐的特权，对于违抗王室的侯伯之国，齐国有权征伐，“五侯九伯，实得征之”。当时，营丘附近还有许多小国，太公受封之际，东夷的族莱人还和他争夺土地，后来齐国先后灭掉这些小国而成为东方大国。齐国是辅助周王室控制渤海沿岸和莱夷地区的重要力量。

同姓的召公之长子在周公东征平叛后就封于燕。燕是周王朝东北方的屏障，它的设立可以切断殷商旧族和其北方同姓孤竹国的联系，又能够和松花江、黑龙江、辽河一带的肃慎族靠近。

河东地区是北边太原防御群翟部落入侵的前哨。为了加强镇守，周公封成王同母弟弟虞于唐国的故地，建立晋国。晋国设置有“职官五正”的国家体制，在适应诸夏之族政令的基础上，适当照顾诸戎的传统习惯，加强戎地的统治。

周武王伐纣时，微子向武王投降。武王亲自给他解了绑，依旧让他管理当初的封国。“三监之乱”，微子没有参加。周公东征平叛后，命微子代表殷人后代，奉祀殷的先公先王，立国于宋（今河南商丘）。后来宋成为有名的大国。宋的西面有姒姓杞国（今河南杞县），西南有妫姓的陈（今河南淮阳），北面还有一些小国。宋处在诸国的包围之中。

周朝在加强对东北的统治时，又向南扩展。

在南方，为了加强对巴、濮、楚、邓等部的控制，在淮水上游建有蒋、息等同姓国，在唐、白河流域建有申、吕等姜姓国，还在淮、汉之间建有“汉阳诸姬”，其中以随（湖北随县）国为最大。周人的势力快速发展到江东，与当地人民结合，对开发吴越做出了贡献。

《左传》僖公二十四年，富良曰：“周公弟二叔之不咸，故封建亲戚以蕃国屏周。管、蔡、霍、鲁、卫、毛聃、郜、雍、曹、滕、毕、原、酆、郇，文之昭也。邘、晋、应、韩，武之穆也。凡、蒋、邢、茅、胙、祭，周公之胤也。”可见周公分封的大大小小的国家，为数不少。东征分封以后，周人再也不是西方的“小邦周”，而成为东至大海，南至淮河流域，北至辽东的泱泱大国了。

6　建都改民

周公在东征过程中途经洛邑，一下子便被洛邑那独特的地理位置吸引住了。

洛邑位于伊水和洛水流经的伊洛盆地中心，地势平坦，土地肥沃，南望龙门山，北倚邙山，群山环抱，地势险要。东有虎牢关，西有函谷关，据东西交通的咽喉要道。顺大河而下，可到殷人故地。顺洛水，可达齐、鲁。南有汝、颍二水，可达徐夷、淮夷。伊洛盆地实在是定都的好地方。

周公以政治家敏锐的眼光认为在此建都意义重大，于是马上向成王建议迁都洛邑。成王愉快地采纳了周公的建议，决定先将西周王权象征的九鼎迁到洛邑，接着便委任周公亲自负责此事。

周公东征班师之后，便开始营建东都洛邑。建城的主要劳力是“殷顽民”，即殷人当中的上层分子。“顽民”西迁，一则使他们脱离了原来的住地，摆脱了社会影响；二则将他们集中起来，便于看管。周公曾派八师兵力驻守以看管殷顽民。

公元前1020年，周室正式开始营建洛邑。这年的三月初五，召公先来到洛邑，经过占卜，把城址确定在涧水和洛水的交汇处，并规划了城郭、宗庙、朝、市的具体位置。五月十一日，召公规划完成。第二天，周公来到洛邑，全面视察了新都的规划情况，又再次进行了占卜。卜兆表明在洛水之滨营建新都大吉。

选好了地址，就该修建了。为了工程的高质量，周公经常亲自视察、督促，一砖一瓦都要严格要求。经过一年左右的时间，周室终于在洛水两岸建成了一座雄伟的王城。城方一千七百二十丈，外城方七十里。城内宫殿富丽堂皇，新都叫“新邑”或“新洛邑”；新都为周王新居，又称“王城”。新邑东郊殷民住地叫“成周”，意思是成就周道。原来的镐京就叫作“宗周”了。

东都洛邑建成之后，周公召集天下诸侯举行盛大的庆典。在这里正式册封天下诸侯，并且公布各种典章制度。也就是所谓的“制礼作乐”。

洛邑作为西周统治东方的政治、经济中心，表明了西周政权在周公摄政下，政权特别是东方政权已趋向巩固。

为了巩固西周的统治，周公多次发布各种文告，从中能够看出周公总结夏殷的统治经验而制定的各种政策。这些政策集中地体现在周公给康叔写的《康诰》《酒诰》《梓材》三篇文告里。

《康诰》的目的是安定殷民，全篇内容全都是“明德慎罚”。周文王因为“明德慎罚，不敢侮鳏寡”才有天下。殷代“先哲王”也是安民、保民。“明德”的具体内容之一就是“保殷民”。“慎罚”是依法办事，其中包括殷法的合理成分。刑罚不能滥用，有的案情要考虑五六天甚至十来天才能判定。至于杀人越货、“不孝不友”的，要“刑兹无赦”。文告中反复强调“康民”“保民”“裕民”“庶民”。告诫康叔要勤勉从事，不能贪图安逸。“天命”不是固定不变的，能“明德慎罚”才有天命。“明德慎罚”也不是全都照旧，而是参酌殷法，推行周法，使殷人“作新民”。

《酒诰》是针对殷民饮酒成风而作的。酿酒要用去大量粮食，这种饮酒风气在以农业起家的周人看来，简直无法容忍。周公只在有庆典的时候允许喝一点儿酒。群饮是不行的，不可放过，要通通捉来“以归于周”，“予其杀”。“予其杀”是我将要杀，未必杀。之所以“归于周”，是不要给殷人以像“小子封刑人杀人”的印象。这同“保民”“安民”是一样的。应该引导殷民去种庄稼，也可以经商养父母。殷代先王，从成汤至帝乙都不敢自暇自逸，更何况敢聚会饮酒了。

至于工匠饮酒，另当别论，不要杀，暂且先进行教育。在政策上区别对待是非常鲜明的。

《梓材》也提倡“明德”，反对“后王杀人”。至于民众之间也不能相互残害，相互虐待，乃“至于敬寡，至于属妇，合由以容”。上上下下不虐杀而“敬寡”，而“合由以容”，自然会出现安定团结的局面。这种局面的形成不是轻易能够得到的，要像农民那样除草、整地，修整田界水沟；像维修住处那样，勤修垣墙，给墙壁上涂泥、房顶上盖草；又好像工匠要经常修理器械，再涂上黑漆和红漆。总之，勤用明德，保民，才能“万年惟（为）王”。

《康诰》《酒诰》《梓材》三篇贯穿一个基本的思想是安定殷民，不给殷民一个虐杀的形象，处罚要慎重，要依法行事。至于改造酗酒的陋习，一是限制，二是引导，三是区别对待。作为统治者，要勤勉从事，时刻为殷人的生活着想。

《康诰》《酒诰》《梓材》是周公对被征服地区的政治方略，而《多士》则是对待迁到洛邑的殷顽民的政策。

周公东征平叛时俘虏的大批殷商的遗民，特别是殷商的旧贵族成为西周的一大后患。所以周公不能等闲视之，决定将这批顽民迁往洛邑工地，让他们一边干活一边改造。洛邑建成后，针对这批建城的殷顽民如何发落，周公在《多士》中阐述了自己的观点。这是他向殷顽民发布的文告。

《多士》分为两大段。第一段是攻心，让殷顽民服从周人统治；第二段是宣布给顽民们生活出路，让他们安居乐业。周公告诫殷贵族说：“周朝按照天意灭了商朝，照例要将你们全都处死。现在我决定保全你们的性命，把你们分迁到洛邑去居住生活。我是怜悯你们的，这也是天命所在。你们在洛邑可以分到房屋和土地，让你们安居乐业，好好老实从事生产。如果你们能顺应天命，有德有才，将来还可以做周朝的官员，今后子孙后代也就兴旺发达了。不然的话，我会将你们全部消灭，让你们失去土地、房屋，让你们断子绝孙，而且我还会把上天的处罚加在你们身上。何去何从，你们自己看着办吧！”

周公的正反两方面的训诫，深深地打动了这些商朝旧贵族的心。他们又在周公分化、安抚、利用、软硬兼施的政策下顺服了。

西迁的“殷遗多士”如此，“四国多方”的“多士”也是如此。如分与鲁公的“殷民六族”——条氏、徐氏、肖氏、索氏、长勺氏、尾勺氏，他们都是“帅其宗氏，辑其分族，将其丑类”，在服从周公法制的前提下，在鲁国担任各种职事。其他如分与康叔的“殷民七族”——陶氏、施氏、繁氏、锜氏、樊氏、饥氏、终葵氏，分与唐叔的“怀姓九宗”，都是这样。

对俘虏进行攻心战术，恩威并施，使之自食其力。这是一整套改造政策。周公反复申明的“天命”不是他的创造，而是从远古继承下来的。《墨子·兼爱下》引《禹誓》说，“有夏多罪，天命殛之”。“天”已经不是单纯反映自然力量的神，天神已经干预人间事务。周公在《牧誓》中也提到“恭行天之罚”。对敌人多讲天命的周公，对天的观念已经有所延伸。天命是否转移，怎样才能保住天命，取决于有没有德，桀纣丧失天命是因为失德，周人要保住天命则必须有德，所以周公在教导周人时就多讲“明德”。这时，天命变成可以保持和争取的了。人不再是盲目地顺从天命，而有了主观努力的可能了，这是积极的。天子是天的代理人，一方面他拥有无上的权威，但不是无条件的，他必须有德，不然天命就要转移，因而君主、天子不能为所欲为。纣在灭亡前还说：“我不是有命在天乎？”，殊不知因他失德而使天命转移了。周公的思想比殷纣、比殷人要大大前进一步。保住天命的条件之一是“保民”，殷民的状况不能不成为君主认真考虑的问题。

参与修建新都洛邑的除殷商遗民之外，还有“侯、甸、男、邦、伯”，这些多是殷的旧有属国。东都建成后，周公除去殷顽民训诫之外，还对这些“多方”训诫。《多士》强调天革殷命，《多方》则突出殷代夏、周革殷是因为“不肯戚言于民”，“不克明保享于民”，于是成汤用“尔多方简代夏作民主”。周“克堪用德”，天才让周“简畀殷命，尹尔多方”。对“多方”则反复强调“保民”。针对“多方”怀念旧殷，不爱周邦，一方面让他们拥有田宅；另一方面，如果不听周号令，则“我乃其大罚殛之”。假如内部和睦，努力种田，“克勤乃事”，天要怜悯你们，我周朝还要大大地赏赐。有德者，还可以在王廷做官。为期五年为善，你们仍能够回到本土。

周公的这一系列政策争取了殷商旧贵族，使他们加入到共同建设周国的行列中来。西周初期最大的后顾之忧由此消除。从这时开始，周王朝对黄河流域的控制才比较牢固，其疆域已西到今甘肃东部，东到海滨，南到淮水流域，北到今河北和辽宁的西南部，成为当时东亚地区的泱泱大国了。

7 制礼作乐

周公的“制礼作乐”是他对西周和中国封建社会做出的最大贡献。

所谓礼，就广义言，指上自典章制度，下至民风习俗等物事。周公在摄政的第六年始行制礼作乐的盛典，目的在于经国安邦、垂范后世，为百代开太平。周公所制的礼是西周初期的典章制度，包括周官六职政治制度与生活方式、宗教仪节以及由此而形成的种种民风民俗，这是规范人们行为举止的准则，使其合于政治要求。

所谓乐就是包括乐曲、诗歌、舞蹈多方面内容的艺术，用以引导思想、抒发情感、激励意志、调节生活的。周公的礼乐是依据夏殷的礼俗文化加以损益而创造的西周一代的政治思想与精神文明产品。

周公的礼是一种社会等级制度的代名词。如君臣上下、父子兄弟，甚至到衣食住行，无礼不定，各人皆有相应的仪礼。周公的目的是力求将西周宗法制度所规定的各宗封建贵族通过等级来构成王、卿、大夫、士的等级地位。周公制定了一套完整而严密的君臣、父子、兄弟、亲疏、尊卑、贵贱的仪礼制度以将文明用政权固定下来，还运用这套制度来保证周天子的天下共主的世袭地位和平衡诸侯以下封建贵族之间的权力分配。因此，周公对祭祀、出征、会盟、饮宴、婚配等也都规定了相应的仪式和各异的乐舞。

传统把礼划分为吉、凶、军、宾、嘉五类，称为五礼。这一说法的起源，就是《周礼》一书。

下面让我们简单地来看看吉、凶、军、宾、嘉五礼的内容。

吉礼，据《周礼》讲，即祭祀的典礼。周公认为祭祀是“国之大事”，因而把吉礼列为五礼之首。当时的祭祀种类繁多，《周礼》书中开列的有对上帝、日月星辰、司中司命、风师雨师、社稷、五祀、五岳、山林川泽以及四方百物的祀典，都归为吉礼。周公在《周礼》中还规定了君、臣、父、子等不同等级和不同关系的人，只能依照他所规定的规范仪礼去祭祀。比如天子祭天地、祭五祀；大夫祭五祀；士祭其先人。按照周公规定的仪礼，只有周天子才能登名山大川祭天；诸侯能祭在自己封地内的名山大川，卿大夫以下无资格祭山川。

凶礼，普通的理解是指丧葬。《周礼》规定，天子七日而殡，七月而葬；诸侯五日而殡，五月而葬；大夫、士、庶人三日而殡，三月而葬。但是，《周礼》所载，除丧事外，凶礼还应该包括对天灾人祸的哀吊。比如饥馑、战败、寇乱，当时皆有哀吊的仪式，也应列入凶礼。

军礼，除了指战争外，还包括许多需要动员大量人力的活动，如田猎、建造城邑等。《春秋会要》所列举属于军礼的事例有校阅、出师、乞师、致师、献捷、献俘等，并将田猎合计在内。我们知道，古代的大规模狩猎，常常是由军事组织进行的，实际起训练和检阅武力的作用，因此军礼包括田猎是很自然的。

宾礼，比较容易理解，是指诸侯对王朝的朝见、各诸侯之间的聘问和会盟等。这在实行分封制的周代出现相当频繁，就如《春秋会要》所记，有朝聘周王、王聘诸侯、锡命、公朝大国、大夫出聘或来聘及诸侯间的会、盟、遇等类事例。

嘉礼，其内容比较复杂。以《春秋会要》所记载的事例论，有婚礼、冠礼、飨燕、立储等类。其中的冠礼，是古代男子到二十岁时一定要举行的一种成年礼。根据《周礼》所述，在上述各项外，诸侯间的庆贺、朋友间的宾谢，也皆属于嘉礼。

由此可见，古代的礼，不仅是社会生活中的规定和仪式，还包括国家政治制度在内。从种种史实考察，在当时礼和法律、官制之间并没有分明的界限，许多政治、法律方面的规定都见于礼的内容。如章太炎在《检论》一书所言：“礼者，法度之通名，大别则官制、刑法、仪式是也。”

众人都听过“礼不下庶人，刑不上大夫”这两句古话。这两句话出于《礼记·曲礼上》，可见在周代，存在着礼与刑的对立现象。

唐代孔颖达在《礼记·正义》中针对这种现象讲道：“礼不下庶人者，谓庶人贫，无物为礼，又分地是务，不服燕饮，故此礼不下与庶人行也。”庶人贫苦，又整日从事农业劳动，不能依照当时礼制举行或参加各种典礼，礼制也不把他们包括在内。《礼记·正义》又说：“刑不上大夫者，制五刑三千之科条，不设大夫犯罪之目也。所以然者，大夫必用有德，若逆设其刑，则是君不知贤也……非谓都不刑其身也，其有罪则以八议议其轻重耳。”大夫是统治者，是贵族，如果有罪，专有特殊的规定，即《周礼》所谓八议，而刑书则不把它们包括在内。由此可见，周代的礼和法律同样，是公开不平等的。这也表明了周公制礼时所考虑的是维护当时的贵族阶级，把礼作为维护等级和阶级的有力工具。

因为周代礼制在社会生活中非常重要，又极其繁复，所以设有专门管理礼制的官职。按照《周礼》的说法，礼制的管理属于大宗伯，由宗伯这个官职管理礼制。《周礼》中宗伯一职，后世逐渐转化成为礼部。

据《周礼》所说，大宗伯有副职称的小宗伯。在宗伯以下，有肆师等管理乐舞的官，有大卜、大祝、司巫、大史等专门人员，有巾车、司常等管理车舆旗帜的官员，等等。

为什么要有这么多的礼官呢？这是因为周代的礼制非常复杂，没有各种专职就不能执行和管理。所谓礼经三百、威仪三千，即使是从小受礼的训练的人，有时也难于娴熟掌握。礼的训练，不只是礼的训练，不只是礼的各种仪节，还包括站立行走的样子，叫作容。《周礼》记载对国子的教育有六仪，即祭祀之容、宾客之容、朝廷之容、丧纪之容、军旅之容、车马之容。可谓一举一动，都有限制和规定。

以上这一切，实际上就是周公为西周不同等级的人所划定的不同做人准则。如果当时西周所有等级的人皆能遵循周公所制定的准则去做，那么西周社会上下不同等级的人就能够安分守己，各求其业，各尽其职，各献其能，各得其所。这样天下就会相安无事，西周封建秩序自然就会稳定下来，至于以往人与人的钩心斗角，欺诈、勒索、掠夺、战争等也将一去不复返了。此外，诚如孔子所说：如果当时没有周公制订礼乐（规定华人必须蓄发、戴帽、穿衣等），那么我们那时的人正在过着衣不遮体、蓬头垢面的原始野人生活呢！这就是周公为西周强大和中华民族生活走向正轨而树立起来的精神丰碑。

8 创设文教

周公不只在政治、思想方面才华卓著，而且也是我国传统文教事业的开创者。中国之所以被称作文明礼仪之邦，与周公的重大贡献是密不可分的。孔子是中国古代伟大的思想家和教育家，而他平生对周公推崇备至，且频频见之于梦寐——梦见周公，后代把周公、孔子并尊为“先圣先师”。

周公在文教方面的创举主要是：提倡敬德保民，强调立政任贤以及实行六艺之教。

敬德保民是周公提倡的基本思想。周公从“小邦周”灭“大邑商”的严峻现实中深刻体会到敬德的重要性。

周公曰：“我不可不监于有夏，亦不可不监于有殷。不敢知曰有夏服天命，唯有历年。我不敢知曰，不其延，唯不敬厥德，乃早坠厥命。我不敢知曰有殷受天命，唯有历年，我不敢知曰不其延，唯不敬厥德，乃早坠厥命。”（《尚书·周书·召诰》）

他还谆谆告诫：“皇天无亲，惟德是辅，民心无常，惟惠之怀。不善不同，同归于治；为恶不同，同归于乱。”（《尚书·周书·蔡仲之命》）

周公认为西周立国一定要借鉴夏和商的兴亡史。夏、商二代承天命经历了数百年，但是终于短祚绝祀（不其延），未竟天禄。其根本原因就在于夏、商两朝后期的统治者不敬其德，背弃天命。周公郑重地指出：敬德如何，关乎天命的得失，国运的隆替，这当然取决于人心的背向。周公从政治高度论述了道德对国家兴亡的重大意义，由此认为应将德治教育放在无与伦比的地位。

《尚书》上说："民为邦本，本固邦宁。"周公在理论与实践的结合上充分发挥了这一观点。他在《酒诰》一文中指出："人无于水监，当于民监。今惟殷坠厥命，我其可不大监抚于时！"

这是说水只能鉴别一个人的美与丑而已，不若民心的向背可以鉴别政治的得失、国家的安危。商朝由于失德无道而落了个自取灭亡的下场，我又怎能不以失败为大鉴戒以抚安民心、民情呢！

周公提倡敬德保民的思想，也是因为周初有殷商遗民时时起来反抗，扰乱社会秩序，使周公深感不安，觉得必须以德怀服，而不能仅靠武力，这一点千万不能疏略。周公在《君奭》篇里郑重地告诫朝廷的大臣和百工："我受命无疆惟休，亦大惟艰。"这是说承受大命，虽然无限喜悦，但也有很多的艰难。可见守成是非常不容易的。怎样对待这些艰难，除了采用政治、经济、军事上的各种对策外，周公着重提倡德治，强调要加强敬德修德。他说："我道惟宁王德延，天下庸释于文王受命。"意思是说我们只要将文王的美德予以推广，上天就不会废弃文王所接受的福命。

《尚书·周书·多方》中也记载了关于周公注重美德教育的事例。周刚建立之时，除了殷商遗民多次反抗，扰乱社会安宁外，其他还有奄、徐戎、淮夷等小国也纷纷起来响应。周公率军果断地镇压了这些动乱，镇之以威，之后又怀之以德，谆谆叮咛，告诫和安抚他们，让他们顺应天意，不能生事。经过周公的美德教育，终于使他们断了复商的念头，一心一意跟随周王共同建设美好家园，社会秩序也终于得到了安定。

敬德保民是周公在政治上十分成功的措施，敬德保民的思想是周公留给后人的优秀教育遗产。"为政以德"是我国美好传统，仅此一点，周公和孔子一样，都可谓"道德之祖"。

周公十分重视文教创设上的立政任贤。

因为在任何朝代里，教育总是服从并服务于政治的。而“为政在人”，因此立政与任贤这两点也就成了教育的基本问题。

何为立政？政者正也，正即长立政，就是建立长官。周公在绥平了殷商遗民的叛乱之后，干的第一件大事就是建立官制，分管庶政，使国人遵奉礼教，各循其职，尽力于本岗位工作，以此达到百业蒸蒸，天下太平，国家长治久安。

在周公对成王的诰词《立政》篇中，他主要阐述了设官理政的法则。详尽说明了夏、商两代的设官经验，告诫成王必须奉行文王、武王设官理政之法，用贤任能之道，慎重处理讼狱，增强军事力量，效法大禹巡行全国，使普天下人臣服，从而显扬文王的耿光、武王的鸿烈。

周公教导成王立政任贤的办法，主要是发现和识别人才，选拔并使用人才的标准是要“各忱恂于九德之行”，就是诚实地遵循九德的标准。所谓九德，指的是宽而栗、柔而立、愿而恭、乱而敬、扰而毅、直而温、简而廉、刚而塞、强而义，这九种相反而相成的道德品质是此前皋陶对大禹所讲的。既审其心，又察其行。为了更好地审心察行，周公提出了后世所称赞的“三宅考吏法”，宅是度量、考核；三宅是“宅乃事，宅乃牧，宅乃准”——就是治事的官要考核他们办理事务的能力如何；牧民的官，要考核他们能否使老百姓安居乐业，过上好的生活；执法的官，就要考核他们在执行政策法令时是否客观公正，不徇私情。这样就能正确地辨别官吏的贤与不贤、才与不才，从而选拔官吏做到准确可靠。而在任用人才时，则要放心大胆地用人，而不应乱猜疑，乱加干涉，要像文王那样“庶狱庶慎，文王罔敢知于兹”。（《立政》）

周公在文教方面最重要的一项创设就是六艺之教。

周公自己曾经说过：“予仁若巧，能多才多艺。”孔子也曾赞颂周公：“周公之才之美。”周公作为太师，主要的职责就是负责教育工作。在他所作的《周礼·大司徒》一篇中有这样的记载：“以乡三物教万民，一曰六德：知仁圣义忠和；二曰六行：孝友睦姻任恤；三曰六艺：礼、乐、射、御、书、数。”礼乐属政治思想教育，射、御属军事武备教育，书、数属文化技术教育。既称教万民，意思就是普通教育的教学内容，让全体国民都要学会这六德、六行、六艺，这样才能成为一名合格的周国臣民。

六经即《诗》《书》《易》《礼》《乐》《春秋》，又称高级六艺，是中国古代高等学校传授的经典教材。而这些典籍的编著大部分起源于西周，大多是周公创制文教的精华所在，经过长时间广泛的传播、修订然后编成书。这些珍贵典籍几乎都与周公直接有关。

历来经学家都认为《诗经》中的《豳风·七月流火》是周公陈王业以教成王的，使成王懂得稼穑之艰难，体察老百姓的艰辛。这和《周书·无逸》的思想基本上是相同的；《鸱鸮》章可与《周书·金滕》篇互相印证；《我徂东山》是周公东征凯旋，慰劳归士之作，诗意缠绵悱恻，感人至深；《小雅》中的《棠棣之花》是周公对管叔和蔡叔丧失道德、发动叛乱的伤感作品。《周颂》是祭祀典礼演唱的歌曲，是歌颂之辞。作为太师的周公，有资格和职责创作制订这样的诗篇。《周颂》中许多歌词的内容，完全符合周公教成王兢兢业业、恪守文武之德以昌大周王朝的主旨。

关于书经，《周书》共三十二篇，其中大概三分之二的文章，或者是周公的告诫，或者是史官记录周公的言行，就像《无逸》《立政》《召诰》《康诰》《酒诰》等篇语词恳挚、周详，立意正大、深远，确系周公所作无疑。

关于礼经，礼经包含《周礼》《仪礼》《礼记》，即三礼。以往学者都确定《周礼》为周公所著，也有人认为《周礼》成书于战国时代，乃儒学者根据史料撰写的，而其所保存的礼制则与周公制礼有密切联系。

朱熹指出：“大抵说制度之书惟《周礼》《仪礼》可信，《礼记》便不可深信。《周礼》毕竟出于一家，谓是周公亲笔做成，固不可；然大纲却是周公意思。某所疑者，但恐周公立下此法，却不曾行得尽。”

朱熹还说，“看来《周礼》规模皆是周公做；但其语言是他人做”。“周礼是周公遗典也”。（《朱子语录》卷86）

不管怎样说，《周礼》完全体现了周公的思想，代表了他的观点。

至于乐经，由于现在已经失传，其中详细情况无法知晓。但是周公作乐却是众所周知的事实，后世历代都对周公作乐予以肯定和褒扬。对于乐教，周公的确曾经大力提倡过；根据《庄子·天下篇》及《吕氏春秋·古乐》记载，周公作《大武》，可征信。今《诗经·周颂·武》即《大武》乐章之一“成”。《大武》为赞颂武王克商的大功而演奏的颂歌，规模宏伟，气势磅礴，有舞容，有歌词，是《周颂》中的代表作。及春秋时期，吴国的公子季札到鲁国访问，观看了《大武》的表演之后，激动地赞叹道：“美哉！周之盛也，其若此乎！”

《大武》也是主要的乐教内容。

六艺中的书数也和周公有直接联系。

《尔雅》是我国最早研究文字的书籍，据说也是周公作的。张揖进所著的《广雅·表》称“周公著《尔雅》一篇”。《尔雅疏叙》中也说“周公倡之于前，子夏和之于后”。这些说法都表明了周公在书、数方面的成就是完全可以令人信服的。

周公的数教怎样？《礼记·大则》篇记载对儿童的教育：“六年，教之数与方名。”数就是一至十、百、千、万等。“九年，教之数日。”数日即朔望六甲等。这可谓是我国基础教育的最初教学大纲。

周公的研究也涉及天文历算方面。

明代黄吟龙写的《算法指南》一书称“周公作九章之法，以教天下”。也有人认为《周髀算经》为周公的遗书，为“成周六艺之遗文也”。这就是说《周髀算经》是周公六艺之教的教材。这各种推测虽然不尽属事实，但这位多才多艺、致力于文教事业的周公，对天文历算等方面一定有卓越的贡献，这一点是可以断言的。

周公在文教方面的贡献开启了一代教育之先河，为后世树立了光辉的榜样。

9　还政成王

周公制礼作乐的第二年，也就是周公摄政的第七年，周公开始把朝政全部交给成王。

这时的成王已长大成人，加之受周公多年的言传身教，他已能够执政了。

《尚书·召诰、洛诰》中记载了周公和成王进行交接仪式时的对话及隆重场面。

在国家百废待兴的危难时刻，周公不怕艰难困苦，毅然挺身而出，主动代幼小的成王摄政，平定反叛，制礼作乐；当国家摆脱困境，转危为安，走上顺利发展的轨道后，他又及时果决地让出了位子，还政于成王。这种以国家社稷为重、无私无畏的精神，成为后世传颂的佳话。

周公还政后并没有逍遥享乐，而是心系国邦。他时刻牵挂着成王，牵挂着国家的安危。他以一个大臣的身份随时向成王提出自己的告诫、建议和意见，恭谨地服事成王。

周公担心成王有所淫佚，于是亲自写了一篇文章，称为《无逸》。

文章写道："呜呼！君子所，其无逸。先知稼穑之艰难，乃逸，则知小人之依。相小人，厥父母勤劳稼穑，厥子乃不知稼穑之艰难，乃逸乃谚。既诞，否则侮厥父母曰：'昔之人无闻知。'

"呜呼！我闻曰：昔在殷王中宗，严恭寅畏，天命自度，治民祇惧，不敢荒宁。肆中宗之享国七十有五年。其在高宗，时旧劳于外，爰暨小人。作其即位，乃或亮阴，三年不言。其惟不言，言乃雍。不敢荒宁，嘉靖殷邦。至于小大，无时或怨。肆高宗之享国五十年有九年。其在祖甲，不义惟王，旧为小人。作其即位，爰知小人之依，能保惠于庶民，不敢侮鳏寡。肆祖甲之享国三十有三年。自时厥后立王，生则逸，生则逸，不知稼穑之艰难，不闻小人之劳，惟耽乐之从。自时厥后，亦罔或克寿。或十年，或七八年，或五六年，或四三年。”

周公还写了一篇《多士》的文章，同样是为告诫成王而作。文中写道：“自汤至于帝乙，无不率祀，明德帝无不配天者。在今后嗣王纣诞淫厥佚，不顾天及民之从也，其民皆可诛。周多士，文王日中昃，不暇食，飨国五十年。”

在这里，周公要求成王作为一个最高统治者，要清楚老百姓的隐情疾苦，知道老百姓种地务农的辛劳，这样才能真正清楚“小人”（农民）的隐情，为政者才能时刻想着人民，时刻以人民的利益为重，否则就会做出荒诞的事情来。周公在告诫的文章中屡次列举了殷代名君中宗太戊、高宗武丁、商汤之孙祖甲，他们不是庄严威惧、勤自约束、“不敢荒宁”，就是久为小人，能保惠小民，不敢侮鳏寡，故享国皆能长久。后来的殷王，生下来就安逸，不知道务农的辛劳，只是贪图享乐，因而他们享国都不长久。

周公特别以周文王来告诫成王。他讲道，文王穿着不好的衣服，自奉节俭，参加农业劳动，能“怀保小民，惠鲜鳏寡”，从清晨直到午后，有时连饭都来不及吃，为的是团结万民。他不敢盘桓逸乐游猎，不索取分外的东西，因此，享国也比较长久。

周公告诫刚刚当政的成王，不能放纵“于观、于逸、于游、于田（田猎）”，不能宽容自己说：姑且现在享乐一下。不能像纣王那样沉湎于酒色。如果不听，就会变乱先王正法，招致人民的怨恨诅咒。如果有人说：“小人恨你、骂你。”你要说是自己有错误，应深刻省察自己，千万不许含怒，不许乱杀无辜，乱罚无罪。否则，相同的怨愤如果同时都集中到你一个人身上，那么后果就不堪设想了。

周公怀着为国为民之心，尽心辅佐了成王三年，为成王出谋划策，扶持他一步步走向成熟，使他逐渐成为一个有胆有识、有经验的君主。

完成了自己的历史使命，周公这才松了一口气。这时他才感到自己已经老了，身体明显地衰弱了。他向成王请求并得到允许在丰京养老，但是由于一生呕心沥血、积劳成疾，不久，周公就身患重病。临死之前，他还想着周王朝，想着成王。他说："我死之后，一定要把我埋葬在成周，以明我不敢离开成王，要臣服于成王的心愿。"

周公死后，成王一时不知该怎样安葬周公。想用天子之礼来埋葬，周公却是人臣；欲以人臣之礼埋葬，周公却有王功。思来想去，最后成王还是以诸侯之礼将周公安葬在咸阳以北的毕原之上。

不料，周公死后的这年秋天，庄稼颗粒无收，暴风雷雨，禾苗完全被毁，很大的树木也被大风连根拔起。这一反常现象，导致周国上下一片恐慌。成王以为天变示警，于是开金滕之书，发现了当初武王有病时，周公请求代武王死的祷书。成王手拿祷书，为周公如此忠孝而感动地大哭起来，同时为自己的无知而万分悔恨。成王对大臣们说："昔周公勤劳王家，惟予幼，人弗及知，今天动威，以彰周公之德，惟朕小子其迎，我国家礼亦宜之。"于是，成王到郊外行祭天之礼，决定重新以天子之礼改葬周公，并命鲁国世世能够用天子礼乐。成王祭天一毕，风雨雷电马上就停止了，地里的禾苗又重新长起来了。

随后，成王以天子之礼非常隆重地将周公重新安葬于文王墓地旁，成王说："这表示我不敢以周公为臣。"

周公一生为西周政权的建立、发展、巩固直至强大做出了巨大的贡献。他的为国忘私、"明德慎刑"的思想和身体力行的实干精神，几千年来一直为后人仰慕。

唐朝时，人们对周公崇拜达到了顶点，在陕西岐山县西北的凤凰山中为周公修建了一座庙宇。这里冈峦起伏，峰石险拔，林木佳茂，奇泉琤琮。传说，周公还政成王后曾隐居于此，息马放牧，制礼作乐。在周公庙的周公献殿左右两侧有一副醒目的对联：

制大礼作大乐并戡大乱大德大名垂宇宙

训多士诰多方兼膺多福多才多艺贯古今

上联五“大”字，下联五“多”字，先以三大三多写周公功绩之大之多，再以两大两多颂扬周公德才之高、之丰。可谓对周公一生的高度概括和评价。

周公是关中的杰出英豪，也是我国古代第一流的大思想家和政治家。

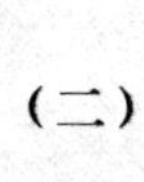

封建王朝第一相

——李斯

1 西入强秦

（一）

生于七雄争霸战国末期的李斯，本是楚国上蔡（今河南上蔡县西南）的一介布衣，青年时曾做过郡中小吏。小吏地位低下，侍奉长官，小心翼翼，唯恐有了闪失，这与李斯的鸿鹄之志相距十万八千里。

做小吏期间，他偶见官舍厕所中的老鼠偷食污秽之物，一遇人来狗撵，立刻惊恐万状，仓皇逃跑；又见粮仓中的硕鼠，仰食积粟，无所顾忌，公然出入，坦然自若。于是触景生情，感慨万端："人有君子小人之分，就像硕鼠一样，全看自己处在什么样的环境了。"

在那英雄辈出的战国年代，李斯更不甘寂寞。在他的胸中，雄心与野心并存，化为追求功名富贵的欲望之火熊熊燃烧。他不满布衣的处境，决计抛开贫贱，成为粮仓中的"硕鼠"。于是，他决心改变自身命运，辞去小吏职务，择地而处，来到了千里迢迢的齐国兰陵（今山东省苍山县兰陵镇），拜师于荀况，同韩非一起钻研"帝王之术"。

荀况，史称荀卿或孙卿，人尊之为荀子，是当时赫赫有名的儒学大师。但是，他不同于孟子那样死抱窠臼，墨守成规。他打着孔子的旗号，在批判先秦诸子的同时，兼收并蓄，并对孔子的儒学进行了发挥和改进，创立了法家思想浓厚的"帝王之术"。而韩非和李斯这两个学生，则完全摒弃了老师的儒家仁义道德，而沉溺于符合法家理论的"帝王之术"。后来，韩非终于成为法家理论的集大成者；而李斯则化理论为实践，成为真正实现法家思想的政治谋略家。

李斯学成之后即苦思冥想，寻觅能使自己施展才华、攫取荣华富贵的门庭之路。他纵观七国，反复斟酌，认为楚王胸无大志，不足与为谋；六国相继日渐衰弱，无从建立号令天下之奇功。唯独秦国，经历了秦孝公以来的六世，特别是秦昭公以后，已经奠定了雄踞于七国之首，可对诸侯国颐指气使、发号施令的政治、军事、经济基础，可望代替已名存实亡的周室而一统天下。意志一定，他决定去秦国。

临行之际，李斯面对荀况的诘问，毫不掩饰自己的心迹，慷慨陈词：

“我听说，得到了时机不可怠惰，而应及时牢牢抓住。当今各诸侯倾力相争，游说者参与政事。而秦王想吞并诸侯、一统天下，成就帝王大业，这是智谋之士奔走效力、建功立业的大好时机。处于卑贱的地位而不思有所作为，改变自己的境遇，这与只知咀嚼送到嘴边的肉的禽兽何异？人的耻辱莫过于卑贱，悲哀莫甚于穷困。永久地处于卑贱的地位、困苦的境地，却还表示愤世嫉俗，憎恶功名利禄，自托于无为，不过是掩饰自己的无能罢了，绝不是士人的真实思想。我意已决，我将西行入秦，去为秦王出谋划策，建功立业。”

纵观当时世上士子，多有功名之念。只是有的偏偏扯出“仁义”的旗号，犹抱琵琶半遮面；有的则以退为进，明哲保身；而公然摒弃礼义，追名逐利，这正是李斯独树一帜的人生品性。同时，他这种择强而仕的深谋远虑，也正是其智谋过人的有力见证。

公元前247年，李斯踌躇满志，离楚背齐，踏上了去咸阳的道路。

五月，李斯只身来到咸阳，正好秦庄襄王寿终正寝，13岁的嬴政即位。秦王年幼，丞相吕不韦称仲父，总揽朝政，权势十分显赫，群臣纷纷投入其门下。

李斯不过一异国平民，想进入统治阶级核心去参政谋事，谈何容易。于是他充分利用自己的才华，审时度势，权衡利弊，最后决定以投在吕不韦门下作为仕途的第一步阶梯。

2 借梯上位

吕不韦是个智慧过人、善于投机的人。他原是卫国商人，一次到邯郸做生意，碰到了被送来做人质的秦公子异人。异人是秦昭王的孙子，秦太子安国君的儿子。安国君当太子时，宠爱夏姬，与夏姬生子异人，后华阳夫人进宫夺夏姬之宠，异人便作为人质被留在赵国。

秦、赵未发生大战时，异人在赵国过得还不错。待秦、赵之战愈演愈烈时，异人的生活就十分难过了。吕不韦就是在这时遇到了异人，并在他身上打好主意。

吕不韦经过悉心琢磨，认为扶持一个国君比贩卖珍珠、宝玉之类不知强多少倍，可谓一本万利，于是就想方设法亲近异人。他拿出一千两黄金赠给异人，并帮他打通关节，结交名士。异人身处逆境，从未有人这样热情相待、雪中送炭，因此感激涕零，对吕不韦说："我继承王位后，把半个秦国封给你。"

后来吕不韦又用重金和花言巧语买通了华阳夫人，华阳夫人自己不能生育，就认异人为亲子。公元前251年，秦昭王病死，安国君即位，这就是秦孝文王。华阳夫人被立为皇后，她让秦孝文王立异人为太子。吕不韦又把自己的爱妾赵姬送给异人。据说，其时赵姬已怀有身孕，送异人后的次年正月即产下一子，取名政。

公元前250年，秦孝文王去世，太子子楚（异人被立为太子时改名子楚）继位，是为秦庄襄王。吕不韦封为了丞相，并被封为文信侯。赵姬之子政立为太子。

公元前246年，也就是李斯入咸阳那一年，庄襄王病死，吕不韦拥立13岁的太子登基，即秦王政，他就是后来的秦始皇。秦王政继位时年龄小，大权握在太后赵姬与丞相吕不韦手中。吕凭借自己与太后及秦王政的特殊关系，以秦王的“仲父”自居，横行朝野。

李斯投到吕不韦门下实在是精明之举，他一直勤勉谨慎、殚心竭虑，终于受到吕的青睐，被任为郎，从此参与政事。投身于政治核心的大门开始为他敞开了。

此时的李斯眼观四路、耳听八方，洞察到天下格局的重大变化：韩王向秦俯首称臣，魏国则举国听从于秦（此间，虽有魏国信陵君率五国联军打败秦将蒙骜，实为回光返照、垂死挣扎），秦对六国已占威慑之势。李斯瞅准时机上书秦王，提出翦灭诸侯、消灭六国、创建帝业的谋略：

“秦王不能静坐等候诸侯的衰败！一个成就大业的人，必须在有机可乘的时候，当机立断去讨伐它。过去为什么以秦穆公之霸业，却始终不能兼并六国呢？因为那时诸侯尚众，周德未衰，因此能五霸迭兴，更尊周室。自以孝公以来，周室衰微，诸侯相兼并，关东成为六国，秦以自己的胜利役使诸侯已历六世了。如今，诸侯好像郡县那样臣服于秦。以秦国之强大，秦王之贤达，翦灭诸侯，成就帝业，一统天下，犹如扫除灶下的灰尘那样容易，这是千载难逢的好时机啊！现在如有怠慢而不急速果断行动，待到诸侯复强、相互联合之时，纵使有黄帝之贤能，也无法吞并他们了。”

秦王政是个有崇高政治抱负的国君。当时，他正在吕不韦的辅佐下，怀着满腔热忱悄悄地酝酿统一中国的大计。李斯的上书一语破的，令秦王笑逐颜开，立刻擢升李斯为长吏，参与基本国策的讨论。

在李斯等人的策划下，秦王派遣口舌如簧、善于谋略的官员，携金银珠宝游说诸侯。对各诸侯国贪财的权臣贵要行贿收买，对不为金钱名利所动者，则采取反间之计，或竟遣刺客暗杀。战略上采取远交近攻，一方面，对近邦韩、魏强攻猛打，使其最终臣服（据史书记载，从秦王嬴政元年至九年，仅对魏国的毁灭性军事行动就达六次）；另一方面，离间远邦君臣（如赵国将军李牧善于用兵，曾多次打败秦军，秦国就派人收买权臣郭开，向赵王进谗，结果赵王下令杀了李牧，自毁长城，使赵国这支劲敌沦为西山落日）。

秦国基本上按照李斯的战略计划，吹响了统一中国的历史号角，而李斯便在烽火硝烟中跻身客卿，驰骛咸阳，得以与国王、丞相共谋国事。

就在李斯仕途一帆风顺之时，秦国却同时酝酿着一场严重的政治危机，它几乎使秦国的统一大业半路夭折，也几乎使李斯建功立业的理想化为泡沫。

3　峰回路转

正当秦王下决心统一六国的时候，韩国怕被秦国灭掉，派水工郑国到秦鼓动修建水渠，目的是想削弱秦国的人力和物力，牵制秦国的东进。后来，郑国修渠的目的暴露了。这时，东方各国也纷纷派间谍来到秦国做宾客，群臣对外来的客卿议论很大，对秦王说："各国来秦国的人，大抵是为了他们自己国家的利益来秦国做破坏工作的，请大王下令驱逐一切来客。"秦王下了逐客令，李斯也在被逐之列。

李斯给秦王写了一封信，劝秦王不要逐客，这就是有名的《谏逐客书》。他说："我听说群臣议论逐客，这是错误的。从前秦穆公求贤人，从西方的犬戎请来由余，从东方的楚国请来百里奚，从宋国迎来蹇叔，任用从晋国来的丕豹、公孙支。秦穆公任用了这五个人，兼并了二十国，称霸西戎。秦孝公重用商鞅，实行新法，移风易俗，国家富强，打败楚、魏，扩地千里，秦国强大起来。秦惠王用张仪的计谋，拆散了六国的合纵抗秦，迫使各国服从秦国。秦昭王得到范雎，削弱贵戚力量，加强了王权，蚕食诸侯，成就帝业。这四代王都是由于任用客卿，对秦国才做出了贡献。客卿有什么对不起秦国的呢？如果这四位君王也下令逐客，只会使国家没有富利之实，秦国也没有强大之名。"

李斯还说，秦王的珍珠、宝玉都不产于秦国，美女、好马、财宝也都是来自东方各国。如果只是秦国有的东西才要的话，那么许多好东西也就没有了。李斯还在信中反问："为什么这些东西可用而客就要逐，看起来大王只是看重了一些东西，而对人才却不能重用，其结果是加强了各国的力量，却不利于秦国的统一大业。”李斯的这封上书不仅情词恳切，而且确实反映了秦国历史和现实情况，代表了当时有识之士的见解。因此，这篇《谏逐客书》成为历史名作。

秦王明辨是非，果断采纳了李斯的建议，立即取消了逐客令。李斯仍然受到重用，被封为廷尉。

这时，即将被杀的郑国也向秦王进言，韩国让秦国大兴水利建设工程的目的是消耗秦国实力，但水渠修成之后，对秦国也是有利的。尽管兴修水利减轻了秦国对东方各国的压力，让韩国多存在几年，但修好渠却“为秦建万代之功”。秦王觉得郑国的话有道理，决定不杀郑国，让他继续领导修完水渠，这就是后来闻名于世的郑国渠，它对发展繁荣秦国的经济起到了一定的作用。

经过这一次反复，秦国仍旧坚持招揽和重用外来客卿的传统，这些外来的客卿在秦国统一中国的过程中发挥了重要作用。

在取消逐客令不久，魏国大梁人尉缭也来到了秦国。当时的形势是，秦王已经除掉内部的反对派吕不韦等，大权进一步集中，积极向外扩张，东方各国都个个自危。尉缭向秦王建议说，当前，以秦国的力量消灭东方各国是毫无问题的，但是，如果各个诸侯国联合起来，合纵抗秦，结果就很难说了。因此，不要吝惜财物，向各国掌权的“豪臣”行贿，破坏他们的联合，只用三十万金就可以达到兼并各个诸侯国的目的。秦王采纳了尉缭的计谋，在同各国进行斗争的过程中，多次用此策取得胜利。当然，秦国的反间计是以武力为后盾的，正如李斯所讲：“不肯者，利剑刺之。”

总之，逐客风波之后，秦王对客卿更加重视了。他不仅继续重用郑国，而且对刚从魏国入秦游说的尉缭也十分信任，封为国尉，并且让他享用同自己一样的衣服饮食，李斯亦被恢复官职爵禄，所以能够为秦王统一大业出谋划策。

在新的形势下，李斯献计道：“先翦灭邻邦韩国，借以震慑其他国家，再逐步吞并六国。”这与此前谋略的不同在于：以前的远交近攻，近只对近邻韩、魏采用打击、削弱的方针，而对远邦赵、燕、楚诸国采用交结政策，使之不能合纵抗秦，援救韩、魏。

秦王采纳了李斯的建议，从此，统一中国的重心从削弱六国转入灭亡六国的策略。

4 陷害同门

秦国要先灭韩国的消息一传出，韩王如惊弓之鸟，遂与韩非商讨救亡图存之策。

韩非是韩国贵族，早年与李斯一同拜师荀况，他口齿木讷，不善言辞，但擅长著述，令同窗的李斯既恨又忌。可是，由于两人在人生道路的抉择上大相径庭，致使结局亦迥然相异。李斯能择地而处，择主而仕，涉足于日升月恒的秦国，归附于雄才大略的秦王，得以获取功名利禄，创下了不朽的业绩。而韩非情系贵族世家，念念不忘故土，结果明珠暗投，身归于江河日下的韩国。他目睹韩国日益衰败，屡屡以书进谏，昏聩无能的韩王却又每每不予采纳。对此，韩非痛心疾首，悲愤莫名。他只是闭门谢客，投身于笔墨春秋，撰写《孤愤》《五蠹》《内储》《外储》《说林》《说难》……凡五十余篇，计十余万言。

韩王起初不重用韩非，到了亡国亡身临近时才想起韩非的才华，并于公元前233年（秦王政十四年）派韩非出使秦国，劝秦保存韩国。

且说秦王为谋取帝王之术，正如饥似渴寻求计谋策略。他曾熟读韩非的《孤愤》《五蠹》，对韩非的才华大为赞赏，曾不禁发出感叹道："如果我有幸与韩非结识，死而无憾！"其实，秦王之所以同意李斯先灭韩国，一个秘而不宣的原因就是仰慕韩非之才，想以武力得到韩非。现在韩国派韩非来秦求和，秦王自然大喜过望。韩非至秦，眼见物产丰富、人民富裕，知是到了英雄用武之地。他完全忘记了出使秦国的重任，反而上书秦王："现在秦国地方数千里，雄师百万，号令赏罚，天下太平，所以臣昧死上书，希望一见大王，献上击破六国合纵的计谋。如果按我计划行事，一举而六国联盟不破，赵、韩不亡，楚、魏不臣服，齐、燕不依附，可杀我以戒不忠。"韩非说得刚毅果断，使秦王陡增敬慕。

就在秦王想把韩非留在身边委以重任之时，李斯等人却在炮制置韩非于死地的计策。

想当初，李斯上奏《谏逐客书》时慷慨陈词，似乎一心为秦网络人才。但此一时，彼一时，一旦他大权在握，他想网络的人才便只是唯命是从的奴才，而不是比自己高明的盖世奇才。李斯深知韩非的才华远远超越自己，如果他也成了秦国客卿，就会威胁到自己的地位。往上爬的野心使李斯不顾同窗手足之情，内心燃烧着一股不可遏止的嫉妒之火。

大臣姚贾与韩非有旧怨。当初，秦王封姚贾千户、拜为上卿时，韩非不无讽刺地说道："姚贾乃魏国大盗，赵国逐臣。秦用此人主持国政，何以勉励群臣？"姚贾因之耿耿于怀。

李斯、姚贾二人谋害韩非之意不谋而合。二人狼狈为奸，交互在秦王面前百般离间："韩非是韩国公子，韩王使臣，终究是心向韩国，必不肯为秦国卖命，这是人之常情。日后若放他归国，定然贻害不浅；不如寻他个过错，依法诛杀了事。"

李斯诽谤韩非的依据是被他的《谏逐客书》早已驳得体无完肤的客籍间谍论，是昔日保守的秦国宗室大臣的老调重弹！遗憾的是秦王竟被李、姚的花言巧语蒙蔽，于是下令把韩非逮捕入狱。

身为廷尉的李斯既怕韩非上书自辩，又怕秦王反悔，就预先将牢狱各门道都堵住，并急忙派人用毒药逼死韩非。韩非沦落异乡，欲哭无门，怨恨不已。一代才人，竟含着奇冤匆匆结束了自己的生命，时为公元前233年。

韩非服药自杀不久秦王便醒悟过来，即刻下令赦免韩非，可惜韩非早已死去。

李斯害死了韩非，却在自己的政治生涯中贯彻了韩非的基本思想，并取得了巨大成就。韩、李二人倘能联珠合璧，无疑将能更好地辅佐秦王成就霸业。但是，历史是无法随意假设的，在它的发展过程中，既包含着合理的内核，又充满了谬误和悲剧。

5 制法定令

秦统一六国后，为长久地维护自己的统治，秦始皇开始专心探讨治国安邦之道。他问李斯："朕观前代史籍，见数百年间，常常是战乱迭起、兵戎相见，哪一朝的帝王权臣都难免成为百姓攻击的目标；而每一次动乱中，一些豪门大富又总是争权夺利，趁机崛起。这到底是什么原因呢？"

李斯进言道："依臣看来，其主要原因是历朝历代或不能明法，或执法不严，所以使得豪强兼并，百姓造反，祸乱不息。陛下圣明，只要严执秦律，使天下人都做到令行为遵，哪个还敢作乱呢？！"这些想法得到秦始皇的赞同。李斯进一步辅佐始皇策划、制定了一系列诏命和法令。

为防止百姓反叛，令民间原有的和缴获六国的大量武器全部上缴，不准私留。当时的兵器多为铜所铸，地方的郡守县令把从民间收缴上来的兵器都运到咸阳。秦始皇命人熔毁兵器，铸成十二个大铜人，每个重达24万斤，陈设在咸阳宫门外，用以象征自己统一天下的丰功伟绩。

为防止豪富大户聚众造反，令各地12万户以上的豪门大户迅速迁居国都咸阳（早在征服六国过程中，就曾把各国的富贾豪绅迁移到巴蜀）。这样，既使他们远离家园，失去原来植根于其中的土地，失去世代居住和统治所奠定的威望的基础，又便于朝廷就近监督他们的言行，使其不能相互勾结、暴乱。

为防止六国旧部死灰复燃、东山再起，令全国险要地方，凡城堡、关塞及原来六国构筑的堤防等统统毁灭，使欲反叛者无险可据、无塞可依，难于作乱。

秦始皇与李斯商议拟定了“书同文”的诏令。李斯既有学问，又善书法，他找了胡毋敬等人一起认真调查研究了流行的各种文字、字体，最后采用以小篆文字作为标准文字，逐步加以推广。为此，李斯作《仓颉篇》，胡毋敬作《博学篇》，赵高作《爰历篇》，作为识字课本，以加速推广统一文字的步伐。这一做法，使官府推行行政法令和民间传播文化、交流思想都比以前大大方便了。

统一前通行的货币多以黄金和铜等铸造，各国的货币不仅形状不同，就是轻重、大小也不一致。铜币中，秦国使用圆形钱币，齐国的钱币像小刀，赵国的像小铲。黄金的重量标准不同，有的以斤为单位，重十六两；有的以镒为单位，重二十两。此种现象给各地的交换、通商、经济、生活带来许多不便。秦始皇颁诏令：全国通用两种货币，黄金为上币，镒为单位，重20两；铜钱为下币，以半两为单位，并且把铜钱全制成圆形方孔币，便于携带和交换。统一货币更加促进了秦经济上的繁荣。

当时各国的度量衡也各有千秋，大小、长短、轻重、单位不同，进制也不同。如重量，秦以斗、升、斛为单位，齐以釜、钟为单位，魏以半斗、斗、钟为单位，互相换算十分麻烦、复杂。于是，李斯建议秦始皇废除了六国度量衡制度，全国一律改用当年商鞅为秦制定的度量衡制度，而且颁发了标准量器，在全国统一使用。

修驰道、定车轨也是秦始皇和李斯的一大贡献。一次，少府卿给秦始皇造了一辆冷可防寒、热可避暑、华丽坚实、精巧别致的车子，众臣围车赞不绝口，说皇帝乘此车巡游可眼观六路、耳听八方，等等。只有李斯一语惊人，他说：“这车子造得倒是精美，只是陛下不能乘坐它巡游四方！”众皆愕然，李斯慢慢说道，“臣刚仔细观察过，这车两轮间距是6尺，需要6尺车轨之路才能行驶。而如今天下道路都是原来各国所开，有宽有窄，很不一致，乘这车子怎么能远行呢？”秦始皇如梦方醒，遂颁发诏令，规定天下车轨一律为6尺宽。接着又开始修筑驰道，宽50步，修筑高土石，每隔30丈植一青松，如有什么地方发生变乱便于迅速调集兵马。这样的驰道有两条：一条由咸阳向东直达燕、齐；另一条由咸阳往南直达吴、楚。后来又接着修了直道、新道、五尺道等，分别从咸阳通往北方、西南和岭南等广大区域，使咸阳作为全国政治、经济、军事、交通的核心地位更加巩固。

分封制、郡县制论争后，秦始皇对李斯信任有加，并擢至右丞相，李斯遂成为一人之下、万人之上的权贵。

6 焚书坑儒

李斯功成名就后踌躇满志，春风得意，在爬到了人生的顶点之后，他苦苦思索的只是如何保住高官厚禄。

他把秦始皇的内心看得非常透彻。秦始皇完成统一大业后，愈加好大喜功，穷奢极欲，大兴土木，严刑重赋，以致民不聊生、国无宁日。作为丞相，李斯心知肚明。但他为什么不直言极谏？因为他虽是政治谋略家，但本质上是极端的个人主义者，一旦国家利益有损于自身利益，那他会毫不犹豫地使前者服从后者。为了永保富贵，李斯一心逢迎圣意。在秦始皇面前，他唯唯诺诺、诚惶诚恐，真可谓卑躬屈膝、如履薄冰。

秦始皇三十四年（公元前213年），为庆祝攻匈奴、征百越的成功，秦始皇置酒咸阳宫大宴群臣，款待70个博士。博士仆射（领导博士的官）周青臣歌功颂德，面谀始皇："从前秦国的领土不过千里，如今仰仗陛下的神明，日月所照之处，都已称臣俯首。当年诸侯王的土地被改置成郡县，每个人安居乐业，不必为战乱忧愁，这伟大的功业可以流芳百世。"秦始皇听罢，飘然欲仙，心花怒放。

然而博士淳于越很不知趣，他反驳道："殷周之所以存在千年，是因为他把天下分给子弟和功臣。现在国土如此之大，宗室子弟没有封地，跟普通老百姓一样。如此，王室没有树立屏藩，一旦国内出现了像篡乱齐国的田常，或是分裂晋国的六卿这类无耻阴险之徒，拿什么去拯救危亡呢？治理国家不取法古代是不能长久的。”

淳于越从儒家的立场观察秦朝统治，同秦始皇的思想和立场格格不入，这使秦始皇大为不快。

周青臣与淳于越的观点虽火水不容，但却是思想领域内极正常的争议，且为陈词滥调、老调重弹而已。李斯却没有等闲视之，他明白皇帝的意思：坚持郡县，反对分封。李斯进一步附和秦始皇的专制心理，不仅要统一行动，而且严格要求统一思想。因此他变本加厉，肆意发难，并上书皇帝：

“现在皇帝已经统一天下，建立了一套是非善恶的标准，可是学术上的诸子百家却随意评论朝廷颁布的法律和制度，并认为只有以自己的意见来同朝廷的政令对立才算高明。这种情况如果不想方设法加以禁止，在上层社会里，君主的权威就会衰落；在下层社会里，私下的党派也将要形成。所以把这些私人的著作都加以焚毁，对朝廷是有益处的。”

李斯的意见正合秦始皇心意。于是，秦始皇宣布：“凡民间有收藏《诗经》《尚书》等诸子百家书籍的，一律烧毁；不必加以烧毁的，只限于有关医书、占卜和园艺之类的书籍；若是想学习法令的，应以在职的官吏为师，不得私相传授。”

这样，从商鞅提出“燔诗书以明法令”的理论以来，直到秦始皇、李斯掌权，终于化为具体行动。此法一开始就不可收拾，愈演愈烈。

焚书令下达的第二年，一向怂恿秦始皇求长生不老药的方士侯生、卢生等人诈术露了馅以后，在经常结识的儒生面前诽谤秦始皇一通，然后逃之夭夭。秦始皇忍受不了如此戏弄，遂下令将咸阳的儒生全部捉来，调查追责那些诽谤过自己的人。那些儒生经不起严刑审问，便互相告发，开脱自己。秦始皇便在这些儒生中亲笔点中了460余人，以“妖言”“诽谤”罪名下令活埋。

秦始皇坑杀儒生的独裁统治，李斯视而不见，两耳不闻，自以为这样便可保全自己，永享富贵。但事实上，纵使李斯放弃了丞相对国家的责任而一味向秦始皇阿谀逢迎，终不能完全免除秦始皇对其扶摇直上、功高盖世的提防和疑忌。这确实令位极人臣的李斯防不胜防，如坐针毡。

大概是怕遭暗算，秦始皇行踪不定，旁人难知。有一天，秦始皇到梁山宫去，从山头望见丞相的车马随从甚盛，心中一阵不快。有一侍从宦官把这事暗中告诉李斯，从此李斯出门便减少了车马随从。秦始皇知道后大发雷霆，认为是内侍把他的话泄露了出去，于是严刑逼供。在毫无结果的情况下，把当时身边的内侍尽行诛杀。这时的李斯虽身在朝廷，却如临深渊，惶惶不可终日。

有一次，李斯的大儿子三川郡守李由告假归家，李斯设宴为他接风洗尘，满朝文武大臣闻讯亦纷纷赶来。李斯见车水马龙、络绎不绝，大发心中之慨："我原是上蔡的一介布衣，皇帝擢我为相，当朝文武百官的地位没有在我之上的。但天下事盛极而衰，我今后的前途吉凶未卜啊！"至此，不乏判断力的李斯似乎感到了生命中弥漫着悲剧气氛，但在秦始皇年代，他的悲剧命运仅仅是微露端倪而已。

7 拥立胡亥

历史虽充满了偶然巧合，但受着必然规律的制约。

秦二世胡亥趁秦始皇暴死，侥幸窃取了皇位，却不能靠侥幸来支配历史进程。他本是一个昏庸无能之辈，而暴戾相比秦始皇却有过之而无不及。登上帝位之后，面对纷至沓来的各种问题，他一筹莫展，手慌脚乱。为了巩固自己的统治，他用高官厚禄收买笼络一批地位低下、容易操纵的遗老遗少，同时用严刑苛法打击、残害难以驾驭的皇族和功臣名将。

据史书记载，在戮杀大臣蒙毅之后，又将十二公子诛杀于咸阳，再将十公主磔死于杜县。此外，他还继续修筑宫室，横征暴敛，把社会的各阶级、阶层统统推向自己的对立面。至此，大秦王朝的土崩瓦解已是不可挽回，即将摧枯拉巧般谢幕。

对于上述暴行，李斯或退让默许，或随声附和，或公然赞助，完全丧失了一位政治谋略家应有的雄略。以至于秦二世元年七月，陈胜、吴广揭竿起义，关东豪杰并起，李斯才从京华春梦中惊醒。他试图上谏胡亥改弦更张，可是时过境迁。想当初，沙丘政变，胡亥少不更事，赵高官小身微，二人羽翼未丰，倘若李斯抛却私欲，运用谋略，定能把这次政变消灭在萌芽状态。到如今，始皇积弊未除，二世早已不可救药，赵高亦已羽翼丰满，因此，李斯的一切作为难有回天之力。

然而，当此之时，李斯尚未至山穷水尽之境。退一步，可效仿叔孙通，弃官而逃另谋高就；进一步，可凭借他在朝廷中的声威，联结右丞相冯去疾、将军冯劫等同僚，打出反奸党赵高的旗帜，也将会有所作为的。可悲的是，李斯贪念爵位，利令智昏，只知曲意逢迎，最终为虎作伥、助纣为虐。

有一天，胡亥突然问他："我想不受任何控制，又要永远统治天下，你有什么办法吗？"为讨胡亥的信任、欢心，李斯挖空心思向胡亥炮制了臭名昭著的"督责之术"。

李斯在上书中说："贤王若能行督责之术，群臣不敢不全心全意为君王效死力。不能行督责之术的君王，如尧、舜等一生比百姓辛苦，简直如行尸走肉。"

所谓"督责之术"，实际上是严刑酷法和独断专横的代名词，即对臣下、百姓实行"轻罪重罚"，使之不敢轻举妄动；君主要驾驭群臣，不受臣下的非议……李斯认为，只有这样的君主才能随心所欲、为所欲为，永远统治天下。

独断专行的胡亥采纳了他的督责之术，举国上下刑者相伴于道，死者日积于市，弄得天下鸡犬不宁，百姓怨声载道。

聪明半世、糊涂一时的李斯企图利用对二世胡亥的阿谀奉承，对宦官赵高的步步退让来保全自己。他万万没有想到，在他抛出害国祸民的"督责之术"的同时，也把自己槁木死灰般的躯体抛向了暗无天日的人生末路。

秦二世二年（公元前208年），秦王朝已到了大厦将倾的时候，随着外部斗争愈演愈烈，最高统治集团的内部矛盾也越发不可调和。

郎中令赵高身居要职，把持着朝政大权，常因大臣不听从自己而擅杀无辜。他唯恐大臣入朝奏事，揭他老底，便生一计，使大臣有苦无处诉，有冤无处申。他对二世说："陛下年轻，又初即位，未必尽通诸声，不宜在朝廷上与公卿议决朝政之事。"劝他深居简出，使臣下闻其声，而不见其面。于是，胡亥深居禁中，每日怀抱姬妾，在歌舞声中打发时光。朝中政事，由赵高一人专断。

赵高恃宠专权，唯觉丞相李斯阻碍自己，遂起谋害之心。遥想当年，李斯处心积虑除掉了绊脚石韩非，没想到有朝一日反成他人的俎上之肉，此可谓螳螂捕蝉，黄雀在后，天道循环，因果报应。

8 魂断咸阳

为了置李斯于死地，赵高处心积虑设下“请君入瓮”的圈套。他摆出一副忧国忧民的架势诱使李斯：“关东群盗作乱，胡亥却急于征发役夫扩建阿房宫，还积聚狗马等无用之物。我想劝阻，无奈人微言轻，起不到应有的作用。这倒是您应当做的事，你为何不劝阻呢？”李斯无可奈何地叹道，胡亥不临朝，常在深宫，没有上奏的机会。赵高见李斯已经动心，便说：“只要胡亥有时间，我就通知您上奏。”

此后，每当胡亥与宫女纵情嬉戏时，赵高就派人通知李斯：“皇帝刚得闲，可奏事。”

李斯丝毫不知，接二连三叩宫求见，每每不是时候，惹得胡亥大怒：“平时我多有空闲，不见丞相上奏，偏偏在我欢娱时来请事，岂不是见我年幼可欺，故意破坏我的隐私吗？！”赵高趁机添油加醋，进行离间：“这可太危险了！沙丘之谋，丞相自觉功劳盖世，现在陛下做了皇帝，他的所作所为就是要裂土受封自立为王啊！”赵高又说李斯的长子李由为三川郡守，有谋叛行为。胡亥信以为真，遂派人立案调查三川郡守勾结楚盗的情况。

李斯遭到赵高的暗算，忍无可忍，立即上书胡亥，揭露赵高居心叵测，请胡亥尽早铲除。但此时胡亥、赵高正狼狈为奸，沆瀣一气，胡不仅不怀疑赵高，反而为他辩解说：“朕年少之时，就已失去先人，于朝政毫不知情，不懂得如何治国，您又年老，朕不依靠赵君又依靠谁呢？”李斯欲借胡亥铲除赵高，无异于与虎谋皮。

赵高见胡亥对自己宠信有加，便对胡亥哭诉道：“丞相所恨，唯独赵高。我一死，他就可以为所欲为，杀君谋反了！”赵高一席话犹如火上浇油，胡亥下令把李斯及其宗室宾客统统逮捕入狱，交由赵高审讯处理。李斯一套上枷锁，就仰天长叹：“昏君无道，不足与谋！胡亥的暴政已经超过了夏桀、殷纣和夫差。现在楚盗已有半壁江山，胡亥尚执迷不悟，仍以赵高为辅足，咸阳迟早要被夷为麋鹿出没的荒泽野薮啊！”

且说李斯被捕时，右丞相冯去疾、将军冯劫亦受牵连。二冯坚持士大夫气节，“将相不辱”，遂自杀身亡，死得倒是壮烈。而李斯贪生怕死，自认为对胡亥忠贞不贰，又自负辩才，幻想胡亥能赦其出狱重享荣华富贵。但赵高心狠手辣，严刑拷打，不肯罢休。李斯不胜痛楚，无计可施，遂在狱中上书胡亥：

“臣作为丞相治理国家三十多年，原秦地狭隘，不过千里，兵数十万，臣竭尽薄才，谨献才略，并派遣谋士游说诸侯，又发展军队，整饬朝廷，赏功罚过，国力大盛，终于扫灭六国，俘其国王，一统天下，尊秦为天子，一罪也。开拓疆土，讨伐匈奴，南征百越，以张秦强，二罪也。重重赏赐功臣，使他们亲善朝廷，三罪也。立社稷，修宗庙，以示皇帝览才，四罪也。书同文，统一度量衡，公布天下，以明秦的建树，五罪也。车同轨，治交通，巡游全国，以见我主之得意，六罪也。缓刑薄赋，收买民心，拥戴君王，死而不忘，七罪也。像我这样，早够死罪了。先皇不弃，所以还能活到今天。愿陛下明鉴！”

赵高见到奏章，随手扔掉，说：“囚犯安得上书！”马上叫狱吏烧毁，然后分派门客十余批，假扮御史、谒者、侍中，轮番审讯。如此反复，李斯被折磨得死去活来，奄奄一息。最后，只得违心“招供”。李斯“认罪”后，胡亥派人复查。面对审讯，李斯如惊弓之鸟，怕再受皮肉之苦，遂自诬反叛。供词呈至胡亥，胡亥大喜说：“如果没有赵君，差点儿被李斯出卖了！”

当时，三川郡守李由已被项梁率领的楚军所杀，死无对证。赵高就愈加肆无忌惮地制造李斯父子谋反的罪状。胡亥下诏，把李斯“具五刑”“夷三族”，腰斩咸阳。

公元前208年7月，李斯出狱受刑。此时他才感觉到生命的旅程已走到了尽头。想到一生追求建功立业，却不料得而复失，到手的富贵又转眼化为烟云，不禁老泪纵横、悔恨交加。他回头对二儿子说：“我现在想当个普通百姓，再和你一起回上蔡老家去猎兔取乐，但已经不可能了。”死亡将至，李斯方悟出猎取功名的沧桑，领受蟒袍玉带后的凄凉，这真是：“人之将死，其言也善；鸟之将死，其鸣也哀！”

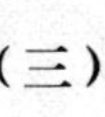

（三）

胸阔如海萧相国

——萧何

1　助刘得吕

公元前221年，雄才大略的秦始皇一举完成了统一中国的大业，从而结束了春秋战国以来诸侯割据混战的局面，建立了第一个统一的多民族的中央集权的封建国家。

秦统一后，人民有了一个比较安定的环境从事生产，秦王朝推行了许多消除分裂割据的措施，加强了各地区的经济、文化联系，为我国长期的统一奠定了基础。这对我国历史的发展有着巨大而深远的影响。可是，秦王朝的残暴统治和对人民的无限制搜刮，则给广大劳动人民带来新的灾难。

公元前210年秋，秦始皇病死后，秦二世胡亥即位。为了巩固自己的统治地位，他不仅杀蒙恬、蒙毅等功臣，而且杀害了他的兄弟姐妹二十多人，以致“自君卿以下至于众庶，人怀自危之心”。人心浮动，在秦始皇时已经蕴藏的阶级矛盾此时更达到极点，酝酿已久的全国规模的农民大起义终于爆发了。

公元前209年，陈胜、吴广发动戍卒，斩木为兵，揭竿为旗，开始了中国历史上第一次大规模农民起义。

陈胜、吴广起义的消息传到江苏吴县，项梁、项羽叔侄二人杀死会稽郡守，号召起义。

就在农民起义风起云涌之时，江苏沛县的反秦运动也在默默地酝酿之中，其中主要的策划者便是后来大名鼎鼎的西汉开国丞相萧何。

萧何，江苏沛丰人，与汉高祖刘邦是同乡兼好朋友。

刘邦少年时不喜耕稼，专好吃喝游玩，其父屡次劝诫他，要他学一技之长，不可虚度时光，但他就是听不进去，勤吃懒做，消耗家产。刘邦到了弱冠之年后，他也想找点儿事业干，由于他交游甚广，尤其是与官场上的人也时常来往，其中就有萧何、曹参等人，这些人便替他出谋划策，教他学习吏事。刘邦对官场上的事情一学便会，不久便当上了泗水亭长。所谓亭长，就是断查里人狱讼，遇有大事，详报县中，因此与一班县吏互相来往。天长日久，刘邦和他们的关系亲密起来，其中和他关系最要好的就要算萧何了。萧何因为文笔好，这时在沛县城中已经是掌有实权的主吏掾了。刘邦每次到县里办事，都要和萧何、曹参、夏侯婴等人一起饮酒，畅谈心事。萧何为人忠厚，心地善良，他作为刘邦的上级，处处照顾刘邦。即使刘邦有了什么过失，他也往往利用职权为其开脱救助，俨然刘邦的兄长一样。因此，萧何和刘邦可以称得上是患难之交、贫贱之交，他们二人的关系在日后的共同相处中经历了各种磨难与考验。

刘邦虽然当上了亭长，可是他那游手好闲的毛病却没有得到改变，整日只是借着办公事四处游荡，吃喝玩乐。正因为这样，刘邦已是二十八九岁的人了，却还没有娶上媳妇。这件事令他的父亲刘太公非常气恼，时常托人为刘邦提亲，但迟迟未有结果。乡里不是没有好姑娘，只因为刘邦向来好吃懒做，人们都不愿将女儿嫁与他。刘邦也并不急着成亲，还是四处鬼混，得过且过。

常言说一个好汉三个帮，刘邦的婚姻大事他自己不着急，他的朋友们却时时为他留心着。

有一次，县城里来了一位吕公，名父，字叔平，他与县令是老朋友。这位吕公原是都城中一位破落官宦人家，因遭仇家陷害才举家避祸来到此地。他膝下有两男两女，大女儿吕雉长得颇有几分颜色，年方17岁，尚未许人。吕公很想在沛县择一佳婿，日后在当地也好有个依靠照应。萧何得知这一情况后，马上和曹参计议一番，决定让刘邦去见见这位吕公，说不定这件美满的婚事能成功。

正好县令顾全交情，令在城中居住的县吏出资相贺吕公。于是萧何和曹参连忙去找刘邦，将这一情况告诉了他。

刘邦虽不急于成亲，但却素贪酒色，听闻萧何说吕雉长得如花似玉，颇有姿色，顿时喜形于色，急忙上前深施一礼："多谢二位兄弟关照，不知何时前去吕公家庆贺？"

"立即就走。"萧何起身说道。

刘邦一摸怀中，惭愧地说："我囊中羞涩，这将如何是好？"

萧何忙说："我们已经为你备好重礼，你和我们一同前往就是！"

刘邦高兴地说："谢谢二位弟兄！日后我刘邦一定重重还这份重礼！"

吕公家这时已是门庭若市，热闹非凡，县吏们个个提着重礼等候。吕公及夫人、女儿相迎于门庭。此时，刘邦在萧何、曹参、夏侯婴陪同下提着重礼，衣冠楚楚地走进厅堂。萧何在吕公耳旁轻声耳语几句，吕公上下打量刘邦几眼，然后又转到刘邦身后端详片刻，满意地一笑："四位里边请！"

酒阑席散，宾客纷纷起身告辞，刘邦已有三分醉意，他刚想起身告辞，被吕公喊住了："刘邦小弟暂且留步，老夫有话相告。"

"老伯有何要事？"刘邦故意问道。

吕公挥手示意："小弟请到内室一叙！"

萧何等人欠身对刘邦道："贤弟快进去吧！我等先告辞了！"说完向刘邦挤挤眼，转身离去。

吕公注视着刘邦，微笑道："老夫少时即喜相术。老夫所观今日众人，无一能与你比，你日角斗胸，龟背龙股，状貌奇异，与常人大不相同，日后你必有荣华富贵，请问你娶妻没有？"

刘邦摇摇头说还未娶妻。

吕公点点头，微微一笑："老夫有一小女年龄尚小，尚未许配人家。老夫愿将小女许配于你，愿奉箕帚，不知你意下如何？"

刘邦听了此言，真是喜从天降，乐得飘飘然，当即翻身下拜，给岳父大人请安。

转瞬间吉期来临，刘邦着了礼服前来迎娶吕雉，花轿后紧跟迎亲的萧何、曹参、夏侯婴等人。吕公即命女儿吕雉装束齐整，送上彩舆，随刘邦而去。

洞房花烛之夜，刘邦与吕雉龙凤谐欢之余，心里暗中感激萧何，心想要不是萧何，自己怎能娶上如此仪容秀丽、丰采逼人的美妇？事实也是如此，刘邦的婚事多亏了萧何前后张罗，才使其如愿以偿。

2　策划起义

萧何在刘邦的婚姻大事上起了重大作用，同时，他在日常的交往中也时时处处关心着刘邦。有一次刘邦奉命西赴咸阳，县吏都送钱给刘邦，常人都给他百钱三枚，只有萧何给了百钱五枚。这令刘邦终生难忘，他总是说等他日后发迹了，一定要好好地回报萧何。后来刘邦当了皇帝，果然不食前言，给萧何屡次加官晋爵、封地赐田，以报当年之恩。

刘邦娶了吕雉，虽然相亲相爱，但他是登徒子之流人物，怎能不在外拈花惹草？他任泗水小亭长，经常在外，平生贪杯，因此常常喝得酩酊大醉。由于喝酒常去烟花之处，刘邦很快就和曹家酒楼的曹女打得火热，于是这里也便成了他和萧何等人谈天说地的固定场所，一有空余时间，他们便聚在这里大吃大喝，高谈阔论，畅所欲言。正因为这样，曾引起过吕雉的嫉妒。一次刘邦踉踉跄跄推门而回，吕雉一见大骂道：“你又死到哪去了？”

刘邦醉眼迷离，坐在榻上哈哈大笑：“天要变了！天要变了！……”

吕雉没好气地说：“你这该死的，小声点儿，你就不怕被砍头，连累全家？”

刘邦拉着吕雉的手说：“贤妻，我日后要起事干一番大事。有朝一日我登上了王位，就封你为王后。”

吕雉生气地将刘邦的手打落："去你的！又在说疯话，像你这样能干出什么大事？整日只知寻花问柳，日后不牵累全家，就算万幸了。"

一日，刘邦与萧何、曹参、夏侯婴四人又聚在曹家酒楼。

刘邦干完一杯酒，微微一笑："三位好友是否知始皇驾崩，二世胡亥继位？"

夏侯婴说："这全天下百姓都知道。"

刘邦又低声说："那三位可知陈胜、吴广在大泽乡揭竿而起，率众起事首先反秦，现已攻破十几座城池？"

曹参点点头："吾等略知一二。"

刘邦顿了顿，环顾众人："如今二世暴政，烽火四起，民怨沸腾，吾等何不趁此时机干番大事！"

萧何立刻响应："对！贤弟之言有理，我看这秦王朝气数已尽，普天愁怨，遍地哀鸿！我等不能再为这秦王朝卖命了。"

曹参也赞同道："这个无道的昏君，只知剥削百姓，哪有治国之术。我看就依刘邦兄之言，我等何不干番轰轰烈烈的大事？"

萧何见大家思想一致，就转向刘邦问道："依刘贤弟之意……"

刘邦马上说："顺从民心，奋举义旗，推翻暴秦，重建太平。"

三人赞同道："此言有理！我们立刻准备。"

刘邦望着萧何，恳切地说："萧何兄，你是县衙中的刀笔吏，你看怎样才能率众起事？"

萧何起身离桌案在屋内踱步沉思片刻，来到窗前向街道望去，只见一队队、一行行被秦军抓来的青年壮丁，脚戴铁链一步步向西而行，官兵不时扬鞭抽打壮丁，催促壮丁赶路；壮丁们个个伤痕累累，愤怒地望着扬鞭的官兵艰难地前行。萧何离窗来到桌前，对刘邦说："贤弟要想率众起义，可以这样行事。"他想了一个好办法，那就是最近朝廷降旨下来，要各郡县再速遣青年壮丁去咸阳修建阿房宫，沛县马上也要送100多名壮丁去咸阳。因此他想和曹参全力向县令推荐刘邦，让刘邦押送壮丁到咸阳城，途中向壮丁们施以恩惠，好聚众起义，然后再想办法里应外合，先拿下沛城。

萧何说出这一计策，立刻得到众人赞同，刘邦连连竖拇指，对萧何钦佩不已。

在萧何的努力下，沛县县令终于答应让刘邦押送这100多名壮丁去咸阳。

沛县丰乡西面的大泽道上，刘邦押着壮丁慢慢地行走着。太阳西下，人人都口干舌燥，疲惫不堪。刘邦抬头瞧见路旁有一小亭，亭内有人卖酒。刘邦上前叫道："小二，上几坛酒来。"

小二连忙搬出几坛酒来，刘邦又让他拿来碗。

刘邦对众壮丁说："大伙行路一天，天已渐暗，在此歇息片刻，饮点儿水酒，解解饥渴。"

众壮丁闻声纷纷上前，争抢着酒碗喝。刘邦搬了一坛酒自斟自饮。

直喝到夜晚，刘邦假装喝醉，大声说道："众位弟兄，你们到了咸阳必充苦役，不被打死也得累死。而且现在看来，我们半月里难到咸阳了，这秦法规定，若误期到达统统要被砍头。你等去是死，回去也是死，不如我将你们放跑，给大家一条生路，各自去逃生吧！"

众人巴不得这样，听了刘邦的话，真是感激涕零，感谢不已。刘邦替他们一一解去绑绳，挥手让他们离开。大家唯恐刘邦因此获罪，便问刘邦："公不忍我等送死，慨然释放，此恩此德，誓不忘怀。可是公将如何回去交差？这会祸及九族的呀！"

刘邦苦笑道："唉！你们都去了，我也只好远离此地去逃生，难道还能回去寻死不成？"

其中有一叫周勃的壮汉说道："我等全是善良百姓，只因交不起朝廷苛税才被抓来服劳役。既然刘公如此仗义，我等怎么能弃你不管？而且我等走后，万一被官兵抓住，还是难免一死。不如我等跟随刘公，听刘公号令，反了朝廷，占山为王！"

众人齐声道："对！我们愿意随刘公共同推翻朝廷。"

刘邦看到萧何教给他的计谋成功了。他非常激动："好！既然大伙如此看得起我刘邦，那咱们就反叛朝廷，从此在一起同甘苦，共患难！”

众壮丁振臂高呼：“愿听刘大哥号令！”

沛县县令得知刘邦率众造反，气得吹胡子瞪眼，立刻派人把刘邦的妻子吕雉抓进县衙。本要严刑拷打，幸好萧何用计，说可以用吕雉作诱饵引刘邦上钩，方保吕雉平安无事。

3 入主沛城

这时，陈胜、吴广领导的义军势如破竹，连破县城，据报已破沛之邻县蕲县，沛县县令吓得如热锅上的蚂蚁，不知所措，连忙派人叫来了萧何、曹参询问。

萧何和曹参心照不宣地互相一笑。萧何上前一步：“大人若依在下两件事，我保证沛城无事！”

县令夫人只怕义军攻进沛城，全家大小性命丢失，于是着急地说：“哎呀！还不快讲！不要说两件，就是百件，老爷也会依你！”

萧何微微一笑：“果真如此？”

县令忙说：“本大人决不食言！”

萧何这才不慌不忙地说：“第一，快把刘邦的妻子从牢中放出；第二，赦罪召还刘邦。”

县令异常惊讶：“萧何，你这是什么用意？”

萧何笑着说：“在下听说刘邦已聚集数千人盘踞芒砀山，此人虽然也已起义，但只是占山为王，并不曾攻州克县，且他非常有义气，如果赦免他的罪过，他必感恩图报。因此，老爷派人赦罪召回刘邦帮助我们守城，这沛城岂能丢失！”

县令夫人高兴地拍手称赞：“对！对！老爷你还犹豫什么，还不快派人放了刘邦妻儿，赦罪速召刘邦等人守城！”

县令如梦初醒，火速派人放了吕雉。他发愁心忧派谁去才能召还刘邦，只见曹参沉思片刻说：“在下认识一人，他妻是吕雉之妹，他和刘邦是连襟，此人素有膂力，以屠狗为业，姓樊名哙，让他前往定无一失！”

县令大喜，点点头应许了。

萧何、曹参二人相视一笑，计谋再次成功了。

刘邦见到樊哙带去的萧何的亲笔书信，得知萧何又定下妙计，可以攻取沛城了。他持剑率众直奔沛城，行至中途，忽见萧何、曹参慌慌张张狼狈不堪迎来，刘邦惊愕地迎上前去：“萧何兄，你们怎么来了？”

萧何气喘吁吁道：“贤弟，大事不好了！我等请县令召公，原本想依计占领沛城，没想到那狗官经他人点化，已识破我二人之计，于是下令闭守城门，正要诛杀我二人，亏得夏侯贤弟告知，我二人才逃出城来。”

刘邦听后很是着急：“这……岂不是前功尽弃？”

萧何说：“城中百姓对县令也非常憎恨，我们可以先投书函给众百姓，让他们杀死县令，免受秦毒。只是该如何投书呢？”

刘邦说：“这有何难？请君马上写一书函，我自有办法投入。”

萧何听后，急忙提笔在手，草就一书，上写：“天下苦秦久矣，今沛县父老，虽为沛令守城，然诸侯并起，势必屠沛。为诸父老计，不若共诛沛令，改择子弟可立者以应诸侯，则家室可以保全！不然，父子俱屠无幸也。”

刘邦看后，连声说好，便将书加封，自带弓箭，至城下喊守卒道：“你们不要徒劳无功，请速看我书，便可保住全城性命。”说罢，用箭将书信射入城上。城上守卒见箭上有书信，取过一阅，虽寥寥数语，却是句句在理，便下城同诸父老计划。众父老一齐赞成，率子弟们攻入县署，把县令杀死，然后大开城门，欢迎刘邦、萧何及众义军入城。

刘邦召集人们开会，讨论今后将如何发展。萧何对众人说：“狗官已被杀，这沛城不能一日无主，刘公有才有德，可为沛令，不知众父老意下如何？”

众人齐声称赞，称刘邦为沛公。

刘邦推辞一番，见众人意已决，便假装感激地望着众人说："既然大家如此信任我刘邦，我就担起此任。从今日起正式举旗反秦，除暴虐，平民怨，将士同心，推翻暴秦，共建大业！"

众人振臂高呼："将士同心，推翻暴秦，共建太平！"

然后，刘邦又授萧何为丞，曹参为中涓，樊哙为舍人，夏侯婴为太仆，并商议联合诸侯，准备迎击秦兵。从此，刘邦正式投身反秦起义。

从上述刘邦起兵的过程很明显可以看出，萧何是主要的策划者，并且也是这次起义的主要组织者之一。所以刘邦沛县起义，萧何实为主谋。"沛中之变"及多次险情，均是由于萧何的果断决策才转危为安的，没有萧何的大力相助，刘邦起兵是不可能获得成功的。

4 深谋远虑

刘邦沛县起义成功后，在萧何、张良等人的辅佐下，势力不断发展壮大，成为当时一支威名远播的强大的反秦队伍。

秦二世二年（公元前208年）9月，项梁叔侄杀了会稽郡守殷通，举起义旗。不久，便召集了20余万兵马，拥立楚王第12皇孙13岁的熊心为王，并与刘邦所部会于薛城。众将约定：项羽北向救赵，解巨鹿之围后，从北路向西攻秦，刘邦从南路西进向关中进发。两路人马在击败秦军后，谁先入秦都咸阳，谁当关中王。

刘邦率军勇往直前，凭靠张良等人的谋划，避实就虚，剿抚并用，一路夺关斩将，直抵关中。萧何身为丞督，坐镇地方，督办军队的后勤供应。公元前206年10月，刘邦率大军兵临咸阳城。秦王子婴设计杀了奸相赵高，献出玉玺，向刘邦投降。于是，起义大军浩浩荡荡开进咸阳城。

将士们见秦都宫殿巍峨，街市繁华，顿时忘乎所以，纷纷趁乱抢掠金银财物。连刘邦也忍不住，趁着空闲，跑到秦宫去东张西望。他看见华丽的宫室、古怪的摆设，成堆的金银珠宝、珍奇玩物，还有一群群的美女，不觉眼花缭乱，飘飘然起来，甚至贪恋秦宫的富贵而不忍离开。他神魂颠倒地拥着美女走进胡亥的寝宫，往龙床上一躺，便沉迷于温柔乡。突然，大将樊哙破门而入，大声说道：“沛公想取天下，还是想当富家翁？这些奢华之物，正是秦亡的祸根！切勿迷恋于此！”与此同时，张良等人也来陈述利害，刘邦这才命兵士查封皇宫府库，然后率众将士返回灞上。

唯独萧何在进入咸阳后，一不贪恋金银财物，二不迷恋美女，却急如星火地赶往秦丞相府和御史府，并派士兵迅速包围这些府邸不准任何人出入。然后让忠实可靠的人将秦朝有关国家户籍、地形、法令等图书档案一一进行清查，分门别类，登记造册，统统收藏起来，留待日后查用。因为，依据秦朝的典制，丞相辅佐天子，处理国家大事；御史大夫对外监督各郡御史，对内接受公卿奏事。除了军权外，丞相和御史大夫几乎总揽一切朝政。萧何做官多年，当然知道这些。对此，全军上下无不佩服，刘邦在惭愧之余，说："萧何确是异才，不枉我提拔他一场。"萧何收藏的这些秦朝的律令、图书、档案，使刘邦对天下的关塞险要、户口多寡、强弱形势、风俗民情等了如指掌，为制定正确的方针政策和律令制度找到了可靠的根据，对日后西汉政权的建立和巩固起到了巨大的作用，功不可没。这也足见萧何的深谋远虑。

刘邦率军攻入秦都咸阳，按照当初和项羽的约定，谁先入咸阳即为王，按理他应称王。然而自恃兵多将广的项羽根本不把先前的约定当回事，屡次以武力威胁刘邦退出咸阳，由他称王，并设鸿门宴欲除去刘邦。在这种危急的形势下，张良、萧何认真地分析了当时两军的实力，认为不可与项羽发生正面冲突，以免发生不幸。当务之急是先保存实力，日后待时机成熟后再与项羽一争高下。

刘邦表面上对项羽言听计从，使项羽消除了杀害刘邦的念头，想封刘邦到外地去，离开关中。项羽的丞相范增得知后对项羽说："你不杀刘邦，实在是一大错误。今天又要加封他，这样更是留下遗患了。"

项羽说："他未尝有罪，无故杀他，必致人心不服。"

范增见无法说服项羽，只好说："既然如此，不如加封他为蜀王，蜀地甚险，易入难出。再封秦之降将章邯、司马欣、董翳三人分王关中，阻住蜀道，以阻刘邦。"

项羽非常满意，于是便封刘邦为蜀王。

刘邦得知后非常愤怒："项羽无礼，竟敢背约！我愿与他决一死战！"樊哙、周勃等人也都摩拳擦掌，想去厮杀。唯独萧何进谏道："此计万万不可，蜀地虽险，总可求生，不致速死。"

刘邦说："难道去攻项羽，便是速死吗？"

萧何说："敌众我寡，百战百败，怎能不死？汤武臣服于纣，无非因时机未至，不得不委曲求全。今能先据蜀地，爱民礼贤，养精蓄锐，然后还定三秦，进图天下，也未为迟。"

刘邦听了，怒气稍减，转而问张良。张良也同意萧何的说法，只是提议贿赂项伯，使他转达项羽，求其分封汉中，因为汉中离关中较近，日后好作打算。

项羽十分爽快就改封刘邦为汉王，令其火速离开关中，赴汉中为王。

正在这时，张良却因家中有事要暂时离开。临别前，刘邦、萧何、张良等人眼含热泪，依依不舍。

张良拉着刘邦和萧何的手说："你们没感到日后要想统一天下，军营中还缺少什么？"

刘邦沉思片刻摇摇头："军营之中不缺什么，文有你及萧何，武有曹参、樊哙和周勃，粮草、马匹、兵器样样都有。"

张良恳切地向刘邦建议要招一位文武全才的大将军："我虽能出谋划策，可手无缚鸡之力，不会带兵；萧何有政务之才，也不会带兵；曹参、樊哙虽勇猛过人，但只是一介武夫，很难统领百万兵将，况且也无人能敌过项羽，大王日后如何与项羽争夺天下？大王要想夺取天下，身旁非得有一名文武全才之人佐助，方能统兵与楚争雄，以致日后统一天下。"

"言之有理！"萧何听罢点头称是。

张良紧紧握住萧何的手："望萧兄好好辅助大王，日后军中急需招纳贤士，如能觅得一二栋梁之材，便兴汉灭楚有望了。"

萧何说："贤弟放心！我一定尽自己全力，为大王招贤纳士，振兴汉军。”

张良走后，出谋划策的重担落到萧何一人身上，他再次向刘邦分析形势，劝刘邦快速奔赴汉中：“臣已查明，汉中乃是块盆地，北瞰关中，南蔽巴蜀，东抵襄邓，西控秦陇，此地正好屯兵养马，积草囤粮，养精蓄锐，日后好重返关中，以成大业。”

刘邦听从了萧何的计策，率兵从褒斜道进入汉中，并烧了栈道。这样既可防备诸侯出其不意的袭击，又可表示绝无东归之意，使项羽更加对刘邦不提防。

5 力荐韩信

刘邦兵抵南郑，休兵养士，操练部队。萧何向刘邦建议可以一边操练人马，一边开仓放粮，赈救饥民。于是偏远的南郑城顿时热闹起来，车水马龙，人来人往，一派繁华景象。与此同时，萧何又派人在城墙周围贴上《招贤榜》，广招天下奇贤异士。

这天，大将夏侯婴的战马突然受惊，在南郑大街上狂奔乱撞，这时只见一壮汉飞身跃上，奋不顾身拽住烈马，烈马昂头一声长嘶，停蹄而止。夏侯婴赶来连忙施礼："多谢壮士，末将这里有礼了。"

只见那壮汉回礼道："不必多礼！"

夏侯婴拱手施礼："今日烈马受惊，多亏壮士阻拦，要不然可要闯下大祸了。不知壮士尊姓大名？"

"在下姓韩名信，前来效力汉王。"

"原来是韩壮士，我早有耳闻。快随我先到营中，待我上报汉王及萧丞相，再按壮士之才能封职。"夏侯婴带上韩信回到营中去。

这位韩信，本是淮阴人氏，少年丧父，家庭穷困，被人很瞧不起。但他从小熟读兵法，且练就了一身武功，堪称一位胸怀奇略的大将之才。之前他加入项梁领导的义军，一心想干一番大事业，但一直不为项梁、项羽叔侄重用，因此他才背叛楚军投奔刘邦而来。

韩信投汉后，因未有寸功，刘邦只封他为很小的连敖之职，管理军中粮草。韩信虽然觉得委屈，但也知道自己未建功绩，只得先干好自己的眼前工作。他在管理粮草中坚持原则、一视同仁，连樊哙等大将想随便去领些粮食水酒，他都会因其手续不全而坚决拒绝。

夏侯婴获知韩信秉公办事、很有才华后，连忙去向丞相萧何报告，说韩信虽然官职卑小，但办事井井有条，不畏权贵，是位难得的人才。萧何听后乐得哈哈大笑，知道韩信确有胆识。夏侯婴又说："我与韩信相处月余，此人绝非等闲之辈，他对兵法很熟，好像受过高人教导。"

萧何一听，非常感兴趣，立刻让夏侯婴带他去找韩信。

韩信正在草坪上带着他管辖的几十名士卒在操练，接着又给他们讲解用兵作战的兵法。

萧何、夏侯婴互相望了望，满意地笑了。

萧何激动地说："今日一见，韩信果有才能！看来，此人正是老夫要觅之人，真乃天助我也！老夫定要在大王驾前保举此人。"

就在萧何准备向刘邦举荐韩信之际，却忽然发生了一件料想不到的事情。樊哙带人将韩信等人拿下，向刘邦报告说韩信结党营私，藐视大王，密谋叛变。刘邦问也不问一声，毫不思虑将手一摆，下令要杀韩信！正在这关键时刻，萧何与夏侯婴赶来。萧何汗流浃背，两腿发颤，跪拜施礼："参见大王！不知韩信等人身犯何罪？"

"图谋不轨，聚众反叛！"

"大王，据臣所知，并非韩信等人谋反，实是有人借机报复。"

"哦？"刘邦吃惊不小。

萧何见刘邦态度有了转变，趁机说："汉室刚立，不可乱杀无辜，天下人耳闻大王礼贤下士，求贤若渴，韩信才千里迢迢弃楚投汉。今日杀了韩信等人，岂不叫天下有志投汉之士寒心吗！大王日后靠谁完成统一大业？"

刘邦想了片刻，决定免去韩信等人死刑，韩信仍复连敖之职。

萧何又摇摇头："大王，韩信有勇有谋，熟习兵法，连敖之职实在屈才。臣以为此人日后必有大用，应委以重任。"

刘邦背手踱步，沉思片刻后说："他既然管粮草有功，那就加封他个治粟都尉吧！”

萧何还想争取，刘邦阻止了他，萧何只好离去。

韩信虽然免却一死，又升为都尉，可他终日情绪低落，大有怀才不遇之感。萧何请韩信到自己的府中，和他谈论天下大事，想亲自了解韩信的才能。韩信高谈阔论，从十七路诸侯各据一方讲到楚汉战争，从汉王烧栈道掩人耳目讲到楚汉两军的优势和劣势，从如何偷袭关中讲到统一全国大业，直听得萧何连连说好，不住点头。此后两人双手紧握在一起，互为得遇知音而高兴。

随后，萧何再次向刘邦推荐韩信，并恳切建议封韩信为三军主帅。

刘邦说：“韩信少年时受辱胯下，如此懦夫如何能充当大将？”

萧何说：“自古寒门出英豪，从来纨绔少伟男。据臣所知，韩信熟读兵书，满腹经纶，明察时局，又足智多谋，武勇冠三军，确有安邦定国之将帅才。故为明君者，招纳贤才乃第一要事，大王万不可凭一时一事观人，误汉大业。秦二世不明治国大策，不用贤才，而用小人，方沦为孤家寡人，以致众叛亲离，家破人亡。大王若胸无大志，置招贤纳士于不顾，苟安一隅，只恐汉要重蹈秦亡之辙！”

刘邦还是连连摇头：“丰沛将士跟我多年，身经百战，立下汗马功劳，一个受胯下之辱的懦夫，岂能封他为帅？众功臣宿将岂能服从？三军将士岂不说我赏罚不明吗？”

萧何激昂地说道：“三军将士，功臣宿将，虽有战功，但无一人具备韩信之才能。韩信乃人中之雄。臣知遇韩信才屡劝大王重用。大王如您长居汉中称王，那就无须用韩信，如愿东向一统天下，非用韩信不可。切望大王三思而行！”

谁知刘邦非但听不进去，反而有点儿生气了：“我今晚身体欠佳，心情烦闷，丞相就不必多言了，此事日后再说吧。”说完回宫去了。

萧何闷闷不乐地回到府中，茶饭不思，他深感自己身为汉室丞相，不能辅佐大王一统天下为民谋福，心感惭愧。他在心里说：明日早朝我再尽力举荐韩信，大王若再固执己见，我就交出相印。

6　夜追韩信

萧何夫人见他连日来为韩信之事焦急万分，便相劝道：“你多次犯颜直谏，如有小人进谗，恐怕你会惹来祸端！”

萧何微微一笑：“为人臣者，当为君主尽忠，不能心怀私意，误国误民。”

夫人激动得热泪盈眶，再未多说。

深夜，萧何刚入睡，忽听家僮慌慌张张跑来在窗外喊道：“相爷，守城军校来报，二更时分韩都尉骑马跑出了北门，至今未归。”

“啊！”萧何惊讶得急忙更衣起床，并连声问道，“为何此时才报？”

“军校言讲，二更时分韩都尉要出北门，说去城外粮仓巡哨，但至今不见回城，恐怕他要离营逃走……”

萧何急忙起身令家僮备马，家僮犹豫不决地问：“相爷，如此深夜要上哪去？”

“去追韩信，追韩信！”萧何心急如焚地说着。随后和家僮扬鞭打马向北门飞奔而去。

萧何与家僮骑马在月光下的褒斜道上紧追韩信。

一轮明月悬挂中天，月光给整个山麓镀上一层银辉。韩信骑马来到褒河畔，见河水猛涨，水深浪急，他只好下马，坐在一块大石头上休息片刻。忽然听见远处一阵马蹄声由远及近，只听马上之人高声喊道：

“前面之人请留步！”韩信惊讶地回头一望，只见两匹快马飞奔而来。来人赶到眼前，竟是萧何！

萧何在马上看见韩信，顿时喜出望外，放声喊道：“都尉！”

看见风尘仆仆的丞相，韩信一阵心酸，禁不住热泪盈眶：“丞相，让您受累了！”

萧何爱抚地说：“你我一见如故。要走，也得告诉我一声嘛！”

韩信扑通跪下，失声道：“丞相，请恕罪！”

萧何含笑道：“都尉请起！男儿有泪不轻弹嘛！横枪跃马洒热血，方才是英雄本色。”

韩信擦干眼泪起身说道：“我本想在汉军中干一番事业，辅佐汉王统一天下，可是大王偏信谗言，视我韩信如草芥，虽丞相几次犯颜推荐，但大王充耳不闻。我堂堂七尺男儿，空读圣书，又习武艺，徒有雄心壮志，却报国无门。且恐再连累丞相，故决心离汉，弃甲归田，永不从戎。”

萧何说：“都尉所言差矣！都尉满腹经纶，武艺超群，何不建功立业，做番大事流芳百世，怎能出此下策？当今天下，能成大器者，汉王刘邦也。凡事总有个前后，大王十分器重人才，只是尚未知你，故而未予重用。一旦知你雄才大略，必当重用，老夫可做担保！”

韩信长叹一声：“唉！丞相多次为我……可结果大王他……”

萧何禁不住笑道：“伍子胥七荐孙武，孙武方被吴王所用，我也不过才三荐都尉啊！都尉不必犹豫，跟我速回军营。这次大王若再固执己见，一意孤行，不重用都尉，我愿与你一道弃甲归田！”

韩信见萧何如此诚恳，不由热泪盈眶：“丞相如此厚爱，我还有何话可说。就是跟着汉王及丞相赴汤蹈火，战死疆场，也在所不辞！”说着单腿跪地双手抱拳，以表达内心感激之情。

萧何含笑道：“快快请起，随我回营。”

韩信心情澎湃，拔剑向天发誓：“生我者父母，知我者丞相！我韩信如不能全力辅佐汉王统一天下，誓不为人！”

这时天已近拂晓，雄鸡唱晓，萧何与韩信策马返回汉营。

7　韩信拜将

与此同时，刘邦早已得到报告说萧何深夜出城至今未归。刘邦一向多疑，他以为自己没有采纳萧何的建议，封韩信为三军主帅，萧何可能因而一气离去。他如坐针毡，心忧如焚，暗暗思忖：连跟随我多年的萧何丞相也走了，真让人痛心哪！张良探母未归，萧何又悄然离去，刘邦顿时感到如失左膀右臂，不知如何是好。

正在刘邦焦躁、烦闷、忧愁、气恼之时，一内侍急步进殿禀报："萧丞相求见！"

刘邦一惊，疑心自己听错了，又问内侍道："什么？你再说一遍！"

内侍："萧丞相求见！"

刘邦一听，悬着的心顿时落地了，长长地叹了口气，突然他把脸一沉，怒不可遏地说："宣他上殿！"

这时，只见萧何进殿跪拜道："臣萧何参见大王！"

刘邦怒喝道："萧何！你可知罪！"

"臣何罪之有？"

"你竟敢弃汉叛逃，还敢否认？"

"为臣不敢！臣只是去追赶一人。"

"追赶何人？"

"治粟都尉韩信。"

刘邦冷笑道：“你岂能瞒过我！三军自秦地出发，沿途将士逃离甚多，你并未追赶，唯独一个韩信，你却去追赶。这分明是你与韩信贼串通一气，想弃汉投楚，因没走脱才返回用假话来欺骗我。我岂能信你？”

“大王息怒，听臣细言。”萧何不紧不慢地说，“虽前一阵逃离者甚多，但无关轻重，唯独韩信乃当今英杰，岂能让他离去。大王若要与楚争雄，一统天下，除用韩信之外，无人可用，故臣不能不去追还！”

刘邦听罢怒气渐消：“那韩信果有这般大才？”

“韩信如无雄才大略，臣也不会三番五次向大王推荐。”萧何话语里柔中见刚。

刘邦沉思片刻：“既然如此，可宣韩信上殿一试，看他到底有何才能。”

英姿勃勃、衣冠齐整的韩信走上殿来行君臣之礼。刘邦一看果然是位气宇轩昂之人，顿时对韩信有了几分好感。刘邦让韩信对当下局势发表看法。韩信纵论天下，指出楚虽强大，但失去民心，缺乏谋略之人，因此并未比汉强出许多。韩信胸有成竹地说：“大王若任天下谋臣勇将，何敌不催？何地不克？何人不服？大王起兵东征，虽有章邯诸王扼汉要塞设防，但彼皆秦朝旧将，且不得民心，秦地民怨日甚。因此大王若起兵东征，关中即可为汉。关中既下，汉便依秦为根据地，然后再图天下，王业可成！”

刘邦说：“话虽在理，可通往关中的栈道已被烧毁，如何能起兵夺取三秦？”

韩信微笑，说：“我早有一计，定能夺取关中。”

刘邦万分惊喜，起身离座，走到韩信身边握着对方的手急切地问：“都尉有何良策？”

韩信靠在刘邦耳边：“如此如此……这叫明修栈道，暗度陈仓。”

“妙！妙！妙！”刘邦赞不绝口，“都尉果然是奇才，只恨我以前糊涂，让你受委屈了！”

韩信此时也激动得热泪盈眶，以致说不出话来。

刘邦又走到萧何身旁惭愧地说："萧丞相，我错怪你了，也委屈你了！"

随后刘邦采取了萧何的建议，加封韩信为东征大将军，并选择吉日，沐浴斋戒，筑下拜将坛，用隆重的礼节为韩信举行了册封仪式。

萧何不避嫌疑推荐韩信，表现了一代国相应有的气魄和胆识。这与那些一居要职便追逐私利、堵障贤路的官吏对照，其境界可谓天壤之别。这说明：荐贤也并非易事，它直接涉及当权者的利害得失；唯有为官廉政者，才有为国荐贤的慧眼和热心。萧何身处相位，并不以"贤"自居，嫉贤妒能，而是一位见贤若渴、不计私利的好丞相。当楚汉相争、天下动荡之际，萧何所焦急的，恰恰是如何为汉王网罗贤臣。韩信拜将后，果然不负萧何的期望，在楚汉相争中屡立大功，并最终决定了项羽垓下之败的命运。

8 坐镇关中

公元前202年，刘邦在楚汉相争中力挫项羽，夺取天下，即皇帝位。在他分封功臣时，居然将居守关中，并无攻城野战之功的萧何名列第一，封以食邑八千户的侯，当即引起了轩然大波。

有人说："我等披坚执锐、身经百战，而萧何未有汗马之劳，只靠舞文弄墨、空发议论，为何反而功居我等之上？"

刘邦对此说了一番既粗浅又形象且发人深省的话。

他问诸位文官武将："你们知道打猎吗？"

他们答道："知道。"

"你们知道猎狗吗？"

他们说："知道。"

刘邦说："打猎，追杀兽兔的是狗，而发踪指示兽处的是人。今诸君徒能得走兽耳，功狗也。至如萧何，发踪指示，功人也。且诸君独以身随我，多者两三人，今萧何举宗数十人皆随我，功不可忘也！"

一席话驳得诸将面面相觑，无法作答。

人们常说刘邦多诈，但他对萧何的这一评判，倒是肺腑之言。萧何在辅佐刘邦定天下的事业中，的确建立了非同一般的功绩。

韩信被封为大将军后不久即率军明修栈道，暗度陈仓，给三秦守军章邯等来了个奇袭，很快占据关中。随后，刘邦、张良、韩信等统率大军东进与楚军作战，把关中留给萧何总管。萧何勤俭非常，竭尽全力治理关中，把关中地区建成楚汉战争中刘邦的坚实后方和人力物力的供应基地，不断地为前方输送士卒、粮饷。从建功立业、光宗耀祖的个人前途考虑，这样默默无闻地当一个“为他人作嫁衣裳”的后勤官，诚然不是一件令人羡慕的事，萧何却不然，他身居关中，心系天下，把治理关中看作是辅佐刘邦创建帝业的大事，投注自己的全部心血。

萧何留守关中后，为了能保证三军将士的粮草，他决定从基本建设着手。据《三辅黄图》书载，他在长安的未央宫立武库以藏兵器，造太仓以藏军粮，这都是建设稳固的后方所必需的。除此之外，萧何还忠实执行刘邦对人民采取的减轻剥削、发展生产的缓和政策，几次颁布有利于经济生产的法令，如关中地区家有从军者免租税一年。由于刘邦将关中全权托付给萧何，使得萧何在关中有最大的权力，一切法令、宗庙、社稷、宫室、县邑等大小杂务，均可由萧何做主“便宜施行”。这样，萧何在关中施政，便能发挥其最大的作用，也在尽可能的范围内全面支援了刘邦在前方的战争。《史记·萧相国世家》指出：“关中事计户口转漕给军，汉王数失军遁去，何常兴关中卒，辄补缺。”说的是萧何管理关中的事，包括统计户口、运送公粮，汉王几次溃败，弃军逃跑，皆是萧何征发关中兵，补足汉军欠额。

汉高祖二年（公元前205年）四月，刘邦率军东征后，萧何留守在栎阳城中忠诚地工作着，以随时满足前方对粮草人马的需要。在他的辛勤努力下，使汉都栎阳城里到处都呈现出欣欣向荣的景象。在四城门的墙壁上贴着招兵告示，众多的青壮年积极踊跃地要求报名参军。

获悉前方战事吃紧，急需人马，萧何坐立不安，亲自来到街上巡视招募新兵的情况。他得知已招募一万多兵员时，勉励大家说：“前方征战，急需人员补充，愿报名者，年龄可以不限。你们多多辛苦点儿到其他地方招募。这一万多人实在太少，前方急需用人啊！”

招募新兵的军校心态饱满：“请丞相放心，我们马上到四处去招募。”

为了筹集粮草，招募兵员支援前方，萧何连日来四处奔波忙碌，非常辛苦，常常是废寝忘食。在他的努力下，很快凑足了粮草和10万人马，只待去往前线。正在萧何为送粮草人马的人选发愁时，他的儿子萧平毛遂自荐，主动要求担此重任。萧何虽不放心儿子出门在外，但为了早日支援前方作战，也为了让儿子在战火中经受锻炼，决定派萧平押送粮草人马奔赴战场。

与此同时，刘邦率56万余众与项羽决战彭城。项羽以精锐之卒，大破汉军于睢水之上。汉军十几万人被杀，十几万人被逼入睢水，致使“睢水为之不流”。刘邦只“与数十骑遁去”，收残兵败卒困守荥阳。在此危急关头，萧何派遣萧平押送的10万人马及粮草及时赶到，刘邦立刻转忧为喜：“真是喜从天降，萧卿雪中送炭啊！”

萧平送上账簿请刘邦审查。刘邦接过账簿展开一看喜出望外：“我们添这10万人马粮草，何惧项羽！萧卿劳苦功高，赏赐白银十两，绸缎五匹，带回栎阳交与萧卿。”

萧平急忙施礼：“孩儿代父亲谢过大王！”

第二年荥阳之战，项羽以重兵围城，刘邦被迫诈降，仅以数十骑从城西门出，走成皋。

9 派子随军

战局之危千钧一发，当时萧何独掌关中，稍有二心，便可置刘邦于死地。刘邦生性多疑，他对萧何很不放心，于是屡次派人以犒劳之名窥探萧何的举动。足智多谋的萧何立刻识破了刘邦的用心，知道刘邦对自己起了疑心，但他一时又不知如何做才能使刘邦消除疑心。

这时，萧府中门客鲍生给他出主意说：“大王亲临前方征战，还屡遣人赐赏物品，看来是对丞相不放心啊！恐丞相有变，自据关中称王，故屡屡慰问，收丞相之心，探关中之实，丞相若想解大王疑心，只有差遣子侄亲族从军，跟随大王征战，方能解大王之疑！”

萧何豁然开朗：“你的话使老夫茅塞顿开。”

于是，萧何采纳了鲍生的建议，不仅没有计较刘邦对他的猜忌，反而动员自己的儿子萧平及侄子等亲戚一起上前线，跟随刘邦南征北战。

刘邦见到萧氏子侄从军，心中疑团即散，对萧何更加信任、更加钦佩了。

萧何送子侄从军征战，不仅解除了刘邦的疑心，同时也安定和鼓舞了全军士气，而且也为老百姓树立了楷模。随后，除了关中之外，凡属汉辖地区，不论男女老幼，纷纷动员起来，一个心思为了前线抗楚。这样一来使得汉军粮草充足、兵源不断，从而成为战争胜利的坚强保证。

公元前203年，楚汉相争进入最后阶段，双方无论在人力、物力方面都有很大损失，就连实力雄厚的项羽此刻也陷入了“兵罢食绝”的困境。但是刘邦的部队，却由于萧何“转漕关中，给食不乏”而“兵盛食多”。后来，终于越战越强，逼得项羽兵败垓下，自刎而亡。萧何虽在关中默默无闻地工作，却牵动了刘邦定立天下的全局。

所以，刘邦手下有一位大臣鄂千秋，在论及萧何与大将曹参的功劳高下时，曾公正地指出：“夫上与楚相距五岁，常失军亡众，逃身遁者数矣。然萧何常从关中遣军补其处，非上所诏令召，而数万众会……汉与楚相守荥阳数年，军无见粮，萧何转漕关中，给食不乏。陛下虽数亡山东，萧何常全关中等陛下。此万世之功也！”

作为一个政治家，尤其是一个丞相，萧何无疑是具备超人的志向和抱负的。自沛县起义开始，他就准备为刘邦的军队制订一系列律令制度。可以说没有萧何的这些工作，刘邦建汉会遇到层层障碍，甚至关系到整个刘汉的成败。

公元前206年，刘邦攻入咸阳，将士皆去打开府库，拿取金银宝贝。唯独萧何直接到了秦丞相府、御史府，把秦朝法律制度及地图、户籍一一搜集起来保存好，这为后来刘邦平定天下和统治天下打下了良好的基础，使汉朝统治者能“具知天下厄塞户口多少，强弱处，民所疾苦”，然后依据它们来制定新的律令和减轻剥削的措施，为以后刘邦的统一战争以及封建国家的重建工作打下了坚实的基础。

刘邦率军进入咸阳后，采纳了樊哙、张良的主张，退军灞上，封闭秦朝的珍宝府库，决定废除秦的苛法，与关中父老“约法三章”：“杀人者死，伤人及盗抵罪”，让秦的一些地方官留任原职，以维持社会秩序。刘邦的“约法三章”，一方面是重建封建法制的开端，是保护地主阶级生命财产不受侵犯的政治宣言；另一方面，它具有稳定社会秩序的积极作用，所以得到了关中各阶层人民的支持：“秦人大喜，争持牛羊酒食”，犒劳刘邦的军队，唯恐沛公不为秦王。

《汉书·刑法志》记载，刘邦入关后虽然与老百姓“约法三章”，尽削秦法之苛，使得“兆民大悦”，但三章之法毕竟太简单，意欲社会安定，还需要具体的条文。因此，在“约法三章”的基础上，萧何重新整顿了秦朝的旧法条文，在秦律的基础上又增添了《兴律》《户律》《厩律》三章，合为九章，故称《九章律》。萧何制订的新律起到了良好的效果。据历史记载，当时人民新免严刑苛法，皆能长幼养老。他的宽刑措施使社会很快安定下来，衣食滋殖，吏安其官，民乐其业，蓄积岁增。

10　萧规曹随

萧何为相，基本上沿袭了秦朝的政治制度，只是将不适合时代要求的制度取缔，代之以新制。皇帝是全国最高的统治者，下设丞相、太尉、御史大夫，分管政务、军事和监察，称为“三公”。“三公”之下，设有掌管国家军政和宫廷事务的“九卿”。地方行政机构，除沿袭秦朝的郡县制外，还分封诸侯王，形成郡国杂交的局面。郡县官制承袭秦代，封国官职仿照中央。县以下的基层组织仍为乡、里。这样，就恢复了从中央到地方的一整套统治机构。

为了巩固封建统治，萧何建议刘邦加强武装力量。在中央设立南、北军，分别由卫尉、中尉统领，作为守卫皇宫和京师的常备军。在地方，有经过训练的预备军，此外根据各地的具体条件，分别设步兵和骑兵，这些预备队皆由郡守和都尉掌握。常备军和预备军的官员都由郡国征调来的“正卒”充当。这就加强了对付农民的军事镇压力量。

公元前202年，当楚汉战争结束、刘邦称帝的时候，到处是一片荒凉残破的景象。由于秦王朝的残暴统治，加上连年战争中地主武装的掠杀，社会生产遭受严重破坏，生产凋敝，人民大量流亡。汉初的人口，较之秦代大为减少，大城市人口只剩下十分之二三。在这种情况下，统治阶级也无法搜刮更多的财富。“自天子不能具钧驷，而将相或乘牛车，齐民无盖藏”，可见当时社会经济残破到何种程度。

在这种情况下，如何恢复封建统治秩序，发展封建经济，是关系到西汉地主政权能否维持并巩固下去的首要问题。对于萧何来说，这便成了他的当务之急。由于他出身下层吏掾，亲历过秦末的苛政。对于秦王朝修宫室、建阿房、筑皇陵，奢靡无度、耗疲民力的腐败景象，他当然有着深刻的印象。而对反秦风暴中，被逼造反的百姓怀着怎样怒不可遏的仇恨，杀秦吏、烧宫室，最终使这个外强中弱的腐朽王朝一旦覆灭的历史教训，萧何当然也不会熟视无睹。秦王朝虽然推翻了，但饱受暴政和战争苦难的人民，面对的依然是田园荒废、经济萧条的艰难处境，他们所企盼的当然是清明廉洁的治理秩序。对此，萧何不得不采取一些比较现实的措施来迅速改变当时的状况。

从刘邦咸阳称帝始，萧何制订了一套行之有效的措施，并请汉高祖刘邦颁发诏令。其主要内容有：

（一）组织军队官兵复员。军队官兵复员为民，依据他们的功绩大小，按照军功爵位的高低，赐给数量不等的土地。同时还规定，这些复员的官兵愿留在关中者，免除12年的徭役；回归原籍的，免除6年徭役。这样，就使爵高位显的军官成为大地主，一般士兵也获得土地，成为自耕农，从事生产劳动。

（二）赐军吏卒以爵位。凡军吏卒爵在大夫以下或无爵者，皆赐爵为大夫；位在大夫以上者，晋爵一级；爵在七大夫以下者，免除全家赋役，七大夫以上者，分给食邑，是为高爵，其地位与县公、丞相相同，应先给予田宅。这一条诏令的作用，就从政治上、经济上扶持了一批因军功而得到土地的地主。

（三）招抚流亡。令战争期间流亡山泽不著户籍的人口，各归原籍，“复故爵田宅”。这使许多因秦末农民战争而失去土地与爵位的地主和自耕农重新获得土地和爵位，这对安定人民生活、恢复和发展生产有着积极意义。

（四）释放奴婢。诏令规定：因饥饿而自卖为人奴婢者，皆释放为平民。

这些措施是萧何根据当时的特殊情况，是为了使地主阶级适应农民战争后阶级关系发生变化而采取的。它一方面扶持了一大批军功地主，扩大了汉王朝的统治基础，使封建统治秩序重新安定下来，另一方面也在一定程度上承认了农民战争的胜利果实，使脱离生产的农民回到了土地上，占有了少量土地，有了生产条件。这样，客观上缓和了阶级矛盾，安定了社会秩序，对生产的恢复起了促进作用。

萧何概括了秦朝灭亡的教训，主张实行黄老无为政治，采取“与民休息”的政策，改弦更张，积极清除秦的积弊，指导以农为本，进一步推行轻徭薄赋、约法省禁的政策，使生产逐渐恢复和发展，大快民心。这一套颇受人民欢迎的措施成为统治者施政的基本措施，直到萧何之后，还有人在积极地推行这一套治国之策。

公元前193年，萧何去世，汉惠帝调曹参继任相国之位。曹参继任丞相后，积极奉行行之有效的无为之治，“举事无所变更，一遵萧何约束”。

曹参的这种“无为而治”的政策，不免引起惠帝的疑虑，示意曹参的儿子向他父亲劝谏，结果反而遭到痛斥。曹参斥责儿子说：“好好干好你自己分内的事，天下大事不是你该管的。”惠帝迫不得已，只好亲自质问曹参说：“你当丞相，为何没有什么新政策出台呢？”

曹参谢罪答道：“陛下自思您的才德与高帝相比如何？”

惠帝说：“朕安敢与高帝比！”

曹参说：“陛下观察我的才能比得上萧相国吗？”

惠帝说：“似乎也不如。”

曹参趁机表示：“陛下说得对，高帝与萧何治理天下，法令规章都很明确，陛下垂拱而治，参等严守职责，遵照执行不走样，不就很好吗？”

惠帝听后颇觉有理，于是十分赞赏这个看法。

当时人以“萧何为法，讲若画一；曹参代之，守而勿失。载其清静，民以宁壹”的赞词歌颂萧何与曹参的治国。这便是世所称道的“萧规曹随”。

正是由于萧何所制定的一系列宽简政策，人民得到休养生息的机会，为社会经济的恢复和发展创造了有利的社会环境。

11 筹建新都

西汉王朝建立后，为了加强封建专制主义中央集权的统治，对封建割据势力进行了一系列斗争，巩固了统一的基础。

早在楚汉战争中，刘邦为了打败项羽，曾分封了韩信、英布、彭越等一些重要将领为王。汉初，被封的异姓王多达7个，除此之外，还封了功臣萧何等140多人为列侯。

这些异姓王的存在，对中央政权是个严重威胁。有一批楚汉战争中的功臣，凭借自己手中的武装和战争中所得的既有地盘，企图保留战时的割据局面，反对国家的统一和中央的集权。其中势力最为雄厚，足以对汉王朝统一构成威胁的是割据着山东淮北一带的齐王韩信，割据着今淮南一带的淮南王英布，割据着今山东、河南、江苏交界处的梁王彭越。此外还有燕王卢绾、韩王信、赵王张敖和割据今山西河北一带的陈豨等。刘邦对这些割据势力采取了坚决消灭的做法，这在历史上叫作消灭异姓王的斗争。刘邦的这一行动是有助于历史向前发展的，使汉王朝成为一个统一的中央集权国家，这对组织全国恢复和发展生产，以及对北方匈奴的斗争都是大有益处的。在这场斗争中，萧何积极地站在刘邦一边，帮助他剪除异己，统一全国。刘邦平定英布的谋反，萧何也是参与谋划的，并帮助刘证明了英布的反状，然后审慎采取行动。

但是，在韩信的被杀事件中，萧何却是违心的，甚至落入别人设计的圈套中而无能为力，并不是他主动和吕后设计诱捕韩信的。从月下追韩信、筑坛拜将开始，萧何与韩信就成为莫逆之交，他二人一文一武决心辅佐刘邦，建立汉朝。韩信的死，可以说并不是萧何的过错，而是刘邦的猜疑和韩信自己功高自傲的结果，当然与吕后的歹毒也不无关系。

刘邦生性多疑，他常常怀疑自己的手下，生怕他们对自己不忠。当年，萧何留守关中鞠躬尽瘁、呕心沥血，一心为前方抗楚的刘邦着想，刘邦居然对他起疑心，屡次派人以慰劳之名打探情况。对于韩信这位出生入死的三军统帅，他也是常常疑心重重，对他放心不下，总是怀着戒备。因此，刘邦常常口中说的与实际做的很不一致，他为了笼络人心，常常甜言蜜语，但又不断地从他人手中削弱权力。

刘邦刚即位不久，不免心中高兴，坐在金殿之上笑问众大臣："朕何故得天下？项羽何故失天下？"

群臣面面相觑，唯有樊哙打破沉默，挺身出班道："陛下，微臣以为陛下所以能得天下，主要是使人攻城略地，能论功封赏，人人效命。项羽妒贤嫉能，多疑好猜，赏罚不明，因此失天下。"

刘邦说："你只知其一，不知其二，得失原因须从用人说起。运筹帷幄，决胜千里，我不如张良。镇国家抚百姓，运饷至军，我不如萧何。统率百万将士，战必胜，攻必取，我不如韩信。这三人是当今三杰，我能委以重任，善以调用，故得天下，而项羽只一范增，尚不能用，怪不得为我所灭。"

群臣听罢心中豁然开朗，十分敬佩，齐声高呼："陛下圣明！祝陛下万寿无疆！"

刘邦扫视韩信微笑道："韩爱卿听封！"

韩信赶忙出班下跪。

"韩卿为汉室立下十大功劳，朕赐你有特赦大权，见天、见地、见兵器三不死。"

"谢陛下隆恩！"韩信感动得热泪盈眶。

可是，韩信沉浸在喜悦之中还未回过神来，又听刘邦说道："如今天下已定，四方太平，不再劳师征战，应该休兵息民，请韩卿交还军符、帅印。”

韩信禁不住心头一沉，没想到刘邦要削夺他的兵权了。还未等韩信回答，刘邦又说道：“韩卿生长楚地，习楚风俗民情。因此改封楚王，镇守淮北，荣归故里，衣锦还乡，定都下邳，择日启程上任。”

韩信心中十分愤懑，但是他又无法抗争，只好领旨谢恩。

从这时起，刘邦对韩信的权力之大就很是不安心了，他先是削夺其军权，后还嫌不够，又把他由齐地贬到楚地为王，远离京城，减少威胁。

张良曾向韩信进言：“自古帝王家，只能共患难，不能同富贵，金钱、功名地位乃是虚有之物，不可贪也。”

韩信很感激张良的劝诫，决心返归楚地，不再为名利而伤神了。

此时的萧何已是高官厚禄，一人之下万人之上的相国了，尽管他对韩信的事也非常倾心，但又不好开罪刘邦，好在韩信还仍然被封为王，所以他也就得过且过，并未去为韩信的事向刘邦争取一二，只是加紧汉室建都的准备工作。

这天，刘邦召来萧何：“朕已决定移都关中，你速去栎阳城准备吧，择日迁都。”

萧何忙说：“启禀陛下，秦关雄固，建都最佳，不过自项羽入关，秦宫皆被烧毁只剩残缺。栎阳城虽好，但城池太小不利长期定都，臣见咸阳东有一兴乐宫尚且完好，臣召天下工匠扩建一新。此地建都最佳。陛下先移居栎阳城中，待臣修好此宫，再从栎阳迁居此宫，不知陛下意下如何？”

刘邦闻听大喜：“还是萧卿想得周全，就依卿言，兴乐宫是秦宫名，我看就改名长乐宫吧。另外在长乐宫旁添修一座未央宫，供皇后及其他娘娘居住，两宫添筑城墙才像一座皇城！”

萧何赶忙领旨照办。

就在萧何忙于建造宫殿之机，有人密告刘邦，说韩信自恃功高，目无陛下，并且私藏朝廷重犯钟离昧，蓄谋造反。刘邦一听，火冒三丈，他听从了陈平之计，借巡狩之机将韩信诱捕。

韩信在狱中念念不忘萧何，时刻关心着萧何的身体安康。得知萧何连续几月都不在府中，日夜操劳修建长乐宫，他不忍心再牵连他老人家，宁愿一死了之。

幸亏张良、夏侯婴等人说情，晓以利害，韩信才得以生还，但是被革去王位，降封淮阴侯。

尽管刘邦放了韩信，但文武双全的韩信终究是刘邦的一块心病。后来，阳夏侯陈豨反叛，刘邦亲自领兵出征，坚决不用韩信，并将朝中之事委托给萧何和吕后。临走之前，刘邦再三叮嘱吕后："我走之后你要多多留心韩信，此人文武全才，朝中无人能比，三军上下多为他的属下，他若有变，这京城恐难保住。因此望你多加提防，万不可掉以轻心。"

12 违心杀韩

吕后原就不是平常妇人，她正想乘机揽权，做些惊天动地的事业，使人畏服。因此她对刘邦说："陛下只管放心，谁若存有异心，妾只要抓到一点儿蛛丝马迹，定严惩不贷！"

刘邦走后不久，吕后收买的韩信府中的人就来汇报说："韩信与叛贼陈豨在渭水河岸密谋多时，已有密约，想破狱释囚，进袭太子和娘娘……"

吕后听后决意立刻消灭韩信。于是她召集其兄妹及情夫审食其谋划，最后订下一条计策：谎称刘邦已诛灭陈豨，令朝臣前来祝贺，让萧何去请韩信前来。因为萧何曾对韩信有知遇之恩，所以韩信必定会听萧何的话，等韩信踏进宫门便将其拿下处死。

于是吕后亲自去萧何府上，假惺惺地关心萧何的身体健康，言谈中逐渐流露出她的本意来："明日庆贺大捷，满朝大臣都去，这淮阴侯怕有数月没来上朝吧，我还真有些惦念他。"

萧何说："淮阴侯是有数月没去上朝了，不过他身体欠安，有病在身，不去上朝乃是陛下恩准的。"

吕后微微一笑："是吗？不过病虽有点儿，主要怕是心情不舒畅吧！"

萧何叹了口气："唉！都是钟离眛一事，他被株连降封为侯，因此心里有点儿……"

吕后笑着说：“实际上陛下对韩信还是很信任器重的。陛下离京之时，曾对我讲韩信是文武全才，汉室栋梁！我想他们君臣互相解除猜忌，消除隔阂，君臣和睦，百姓安乐，日后定会出现太平盛世。”

萧何听罢这一席话，顿时容光焕发，激动地说：“对！娘娘不愧为贤明皇后，所言使萧何也茅塞顿开。君臣齐心，天下太平。微臣一定去淮阴侯府好好劝劝，等陛下凯旋回京后，让韩信当面向陛下致歉赔礼！使他们君臣和睦团结。”

吕后说：“明日宫中庆贺平叛告捷，他若能来那该多好，将相同来宣读贺词，让天下百姓、文武百官都知道这件事，他们肯定会拍手称赞。”

萧何激动地说：“请娘娘放心，明日庆贺，臣一定让韩信随我一同前往。”

吕后见计策大功告成，心里暗暗高兴。

吕后走后，萧夫人不无担忧地说：“娘娘一贯心胸狭窄，心狠手辣，做事蛮横，她让你请韩信进宫一同参加庆贺，这会不会另有文章？”

萧何眼含热泪：“我何曾不知娘娘此人，可这圣命难违呀！”

夫人望着萧何，揪心地说：“我看明日就不要去请淮阴侯，我怕娘娘想借相爷之手，图奸邪之谋。”

“唉！”萧何长叹一声，“夫人！娘娘专权你不是不知，陛下平叛又没在京，我若抗命不遵，萧府将有灭门之灾。这吕娘娘可比陛下心狠手辣，抗旨将会殃及全家性命，我哪敢违命！做臣的只能宁可君负臣，不能臣负君。”

夫人说：“依相爷之意，那明日还非得请韩信一同前往宫中庆贺不可？”

萧何说：“如果吕娘娘并无歹意，是真为陛下平叛告捷，宴请众臣进宫庆贺，而韩信没去庆贺，一来老夫有负圣命，二来使娘娘与韩信之间又加深一层嫌怨猜忌。日后陛下回京知道此事，势必更加忌恨韩信。

如此使君臣积怨更深，对韩信不利呀！我身为相国，怎能不为君臣和睦倾力？依我之见，臣不能负君，明日还得相约韩信进宫，即便娘娘另有图谋治罪韩信，韩信为汉室立下十大功劳，当年陛下曾亲口赐赏韩信三不死，有陛下金口玉言许诺，娘娘她又敢怎样？我看她也无可奈何韩信。况且满朝大臣在场，谅她也不敢违抗陛下诺言。”

韩信获悉吕后要自己进宫，怕有不测，但见萧何亲自来请，便有所放心。他沉思了一会儿说道：“去也无妨，我一没做愧对陛下之事，二没背叛朝廷之意，三没做损害天下黎民百姓的事情，何惧她吕娘娘？”

萧何也说：“有我萧何陪同前往，不会有啥闪失。即便将军被吕娘娘所诈，我萧何会拼死辩解。”

因此韩信随同萧何并肩而行，谈笑风生地奔向未央宫。萧何满面春风地说：“贤弟可曾记得登坛拜将时的情景？”

韩信赶忙说：“何止记得，至今仍历历在目。我韩信能有今日，多亏丞相举荐。想起往事感到时光荏苒，汉已立国十年有余，你我都显老了。”

萧何忙一摆手说：“贤弟正年富力盛，怎么说老了？这汉室繁荣昌盛今后还靠你们！我已年迈体衰该退休了。”

韩信说：“这汉室江山，少我韩信可以，没有丞相可不行！”

萧何笑呵呵地说：“贤弟一席勉励之言，让萧何年轻许多。”

二人乐得哈哈大笑，携手走入大殿。

大殿内，15岁的太子刘盈与吕后高坐在龙椅上，见萧何、韩信二人走进来，吕后猛然一拍龙椅，厉声喝道：“来人！将叛贼韩信拿下！”

埋伏在两旁的侍卫蜂拥而上，韩信猝不及防，被绳捆索绑。此时韩信才如梦初醒，怒声问道：“娘娘，臣身犯何罪？”

吕后冷笑一声：“狂徒韩信，自诩天下英雄，竟敢与陈豨合谋反叛！今被人告，汝有何话可说？”

萧何大为惊讶，连忙说：“娘娘！不是让韩将军与本相前来贺喜的吗？怎么……”

吕后手一挥："萧丞相你先站立一旁。"

萧何只好退在一旁。

吕后一拍龙椅："你这反贼，陛下已将陈豨捉拿，陈豨已供认不讳，你还不将你密谋反叛的事从实招来？"

韩信仰天大笑，这笑声在大殿震荡、回旋……他怒吼道："这全是阴谋、阴谋……"

萧何发现自己果然被吕后利用了，深感愧对韩信，忙跪下向吕后求情。可是未等他开口，只见吕后已下令将韩信推出宫外斩首。

韩信怒喝吕后说："你这狠毒的恶妇！我韩信为大汉立下十大功劳，陛下赐我三不死，见天不死，见地不死，见兵器不死，看你有何办法杀我？"

吕后冷笑一声："好！今日就不违背圣上许诺，来人！将韩信推入殿旁钟室，门窗遮蔽，不让他见到天日，地上铺上地毯，不让他踏着地，不要拿兵器，用菜刀将他斩首。"

萧何没想到吕后竟想出这般狠毒之招。料知韩信大祸将至，不顾一切地伏地声泪俱下说："娘娘手下留情，不可错杀大将，待陛下回来后再做定夺不迟。"

这时的吕后哪理会这些，根本不理睬萧何，将手一挥，只见刽子手将韩信推进钟室，用菜刀将韩信活活砍死。

萧何见韩信顷刻间被害死，大吼一声，气昏在地。

狠毒的吕后不但害死了韩信，而且还下令围剿侯府，诛灭韩信三族，一个活口也未留下，真是惨不忍睹。

韩信死后，萧何非常悲伤，他曾亲自到韩信坟头祭奠悼念，老泪纵横。他深感愧疚和自责，虽然他没有如后人所说的那样与吕后设计害死韩信，可是他明知韩信入宫会凶多吉少，还是抱着侥幸的心理力劝韩信入宫。当然这也与他的私欲相关，他怕开罪吕后和刘邦，给自己惹来麻烦，于是不敢违背吕后的旨意，而让韩信铤而走险。因此萧何觉得是自己害了韩信，他不该领韩信进宫。这正是成也萧何，败也萧何！当初月下追韩信、推荐韩信登坛拜将的是萧何，今日带韩信去未央宫被问斩的也是萧何!

如果说萧何月下追韩信成为天下美谈的话，那么韩信被杀事件，萧何却背上了黑锅，并一代一代地流传下去，成为千古遗恨。但愿人们能还他一个清白！让他于九泉之下能够心安理得。他毕竟只是封建社会的一名丞相，我们不必太苛求他。

13 自污名节

韩信被除去之后，功高盖主的萧何便成了刘邦疑忌的对象。刘邦当时正在征讨陈豨，他一面派人传令拜萧何为相国，加封萧何五千户食邑；一面又派出五百士卒，名为充当萧何的护卫，事实上是监视萧何的举动以防有变。萧何忠心为国，胸中本无异心，当然也猜想不到刘邦的险恶用心。后来在东陵布衣召平的提醒下，才发觉自己的处境危险。

召平向萧何进言："公将从此惹祸了！"

萧何惊问原因，召平答道："陛下连年出征，亲冒矢石，唯公安守都中，不被兵革。今反得加封食邑，名为重公，实是疑公。试想淮阴侯百战功劳，尚且诛夷，公难道能及淮阴吗？"

萧何听后，很是惶恐，问召平有何良策，召平答："公不如让封勿受，尽将私财取出，移作军需，方可免祸。"

萧何点头称道，于是他坚决辞让了五千户封邑，还拿出自己的家产捐作军费。

这一行动果然使刘邦欢心，消除了他对萧何的疑心。

萧何一再谦让，仍未能消释刘邦的猜忌。当年秋天，英布被逼反汉，刘邦亲自率军征讨。他身在前方，却屡次派人探问："萧何在长安干什么？"探问的人回去报告说萧何派人运输军粮，安抚百姓，刘邦听后，默默不语。他又在猜疑了。

有人劝谏萧何说："相国您不久就要有灭族之祸了！您位居相国，功称第一，此外已不能再加了。主上屡次问您所为，恐怕您久居关中，深得民心，若乘虚号召，据地称尊，岂不是驾出难归吗？现在您没有意识到主上的用意，还这样孜孜不倦地为民办事，这样就会更加大了主上对您的疑惧了。忌日益深，祸日益迫。您为什么不多买点儿田地，胁民贱售，在百姓中留些坏名声，好让主上放心呢？"

萧何治家向以节俭闻名，平时置田宅只挑些穷乡僻壤之处，从不占民良田，就是盖房也不修高大的房屋。他常对家人说："我的后人倘若贤仁，就让他们效法我的节俭吧；倘若不贤，豪门势家也不会看上这穷田陋房以施欺夺。"而今，人们竟劝他贱价强买民田，这实在有违萧何廉洁持家的本心。但是，名声太高，刘邦就会疑忌他有野心，招致杀身之祸。在如此猜忌的雄主身边，他只好装一回"贪官污吏"了。因此，萧何采纳了宾客所进的"自污"之计。

刘邦在外面听说萧何强占民田，不得人心，心中大喜。当他回师长安的时候，又有不少人上书告萧何的状。刘邦不去追究，安然入宫。至萧何一再问及，才笑着把人们的上书送给萧何，意味深长地说："你身为相国，原来就是这样利民的啊！现在你自己去向百姓谢罪吧！"

萧何无奈，只得补给田价，或将田宅仍还原主，才使人们的谤议逐渐平息了。

一位勤于民事的国相，在生性多疑的皇帝身边，只能以这样的"自污"举动免遭杀身之祸，这实在是莫大的悲剧。

但是，萧何毕竟装不成污吏。此后不久，他那关注民生疾苦的清廉本性，终又促使他甘冒风险为民请命了。

萧何见长安城居民日益增多，耕地越来越少，百姓缺衣少食，而皇家的上林苑中却闲置了大片空地供养禽兽。于是萧何便进言刘邦说："请皇上让百姓随意到上林苑开垦种地吧。这样一来，一可栽植菽粟，赡养穷苦百姓；二可收取槁草，供给禽兽食用。"

这本来是一举两得的好办法，不料刘邦却怀疑他讨好百姓，勃然大怒道：“你自己多受贾人财物，却为百姓算计我的上林苑来了！”当即下令给萧何戴上刑具，交付廷尉关押起来。可叹萧何时时留心，不料却大祸临头，被囚狱中，亲尝苦味去了。

14 死无遗恨

萧何被囚禁了好几天，大臣们都不知何故，也没人敢为他求情。后来，当大臣们知道了萧何被捕的原因后，都觉得萧何真是太冤枉了，于是都打算上书皇上，请求释放萧何。

有一王卫尉很替萧何鸣不平，时刻想着要找机会为萧何求情。一天，他进宫面见刘邦，见刘邦心情很好，便乘机问道："相国有何大罪，竟被关押狱中呢？"

刘邦不高兴地答道："我听说当年李斯做秦丞相时，凡有善行，都归皇上；有恶行就自己承担。而今萧何，自己接受商贾小人的钱货贿赂，还为百姓请命，想用我的上林苑收买人心，所以我把他关押起来治罪，并不冤枉他。"

王卫尉说："办事忠于职守，只要对百姓有利的事，就舍身为之请命，这正是丞相该做的事啊！陛下怎么能疑心相国收受别人的贿赂呢？皇上您也不想一想：当年皇上与项羽相争数年，后来陈豨、英布谋反，陛下亲自上前方征讨，当时都是相国镇守关中。相国若有异图，不费吹灰之力即可坐据关中，这函谷关以西就不是陛下您的天下了。萧相国尽忠陛下，使子弟从军，出私财助饷，毫无利己思想。萧相国对这样的大利尚且不图，难道还会贪图商贾小人的小恩小惠吗？况且前秦导致灭亡，便是君上不愿闻过，大臣也不敢指斥皇上的过失，致使秦皇一意孤行，才亡了天下。丞相李斯就是能为主上分担过失，又何足效法？陛下您这样猜疑相国，真是小看了相国！”

刘邦听后，虽不是滋味，但又自觉说不过去，思来想去，王卫尉的话毕竟有理，他犹豫了好多时，才派人去把萧何放了。

萧何当时已是60多岁的老人了，他被刘邦赦罪释放后，还毕恭毕敬赤着双脚前来向刘邦谢恩。

刘邦酸溜溜地对萧何说：“相国快去休息吧！相国为民请求上林苑，我不肯许，我不过是夏桀、商纣那样的天子罢了，相国却成为贤相。我之所以关押相国，就是要让百姓知道我的过失呀！”

刘邦的这番辩解，虽然言不由衷，但对萧何的公正廉洁终于还是承认了。

萧何在处理和刘邦的关系上，历来十分机警且顾全大局，每当刘邦对他有疑忌的时候，他都能十分得体地消除，使自己始终能和刘邦一心一意，共同把西汉国家治理好，这一点实在是难能可贵的。这说明萧何不仅能顺应潮流，不断跟随时代前进，而且自始至终兢兢业业，不跛扈矜功，不凭势向主上讨价还价，而是以国家和人民利益为重，激流勇进，为巩固新王朝的事业鞠躬尽瘁。

公元前195年，汉高祖刘邦病逝。萧何不顾身体衰老，毅然辅佐太子刘盈登上帝位，是为汉惠帝。惠帝二年（公元前193年），年迈的萧何由于长期过度操劳，终于卧病不起。病危之际，惠帝亲临病榻前探望萧何，趁机询问即将辞世的相国说：“您百年之后，有谁可以代您为相?”

萧何回答说：“知臣莫若君。”

惠帝猛记起高祖遗嘱，便问道：“曹参可好吗？”

萧何在病床上挣扎着向惠帝叩首道：“陛下所见甚是，陛下得以曹参为相，我萧何虽死，也无遗恨了！”

这番话证明，萧何对曹参的代己为相抱有多么诚恳的赞许和期望。

萧何与曹参虽曾同为沛吏，有过良好的交情，后来在创建汉业中，又都是功业卓著的辅弼之臣，但在建汉后封赏之时，两人却相处得不太融洽。据《史记·曹相国世家》记载，曹参攻城野战之功甚多，而封赏每居萧何之下，因此与萧何未免有了隔阂，或许还发生过不小的冲突吧。但萧何素知曹参贤能，于病体垂危之际，还举荐这位与己“有隙”的同僚为相，甚至为此而向惠帝顿首，称之为“死无遗恨”。从中可以看出萧何的胸怀是何等宽广啊！表现了一代名相宽宏大量、一切以大局为重的风度。

萧何生年不详，死于汉惠帝二年，大约活了60多岁。纵观萧何辅佐刘邦平治天下的经历，我们可以发现萧何是一位非凡的名相。他廉洁自律，持身治国，一丝不苟。他头脑清楚，能预见天下变化之机兆；慧眼识才，有奋身荐举世间奇才之热忱；甘于寂寞，以兢兢业业的工作支撑大局；忍辱负重，敢为百姓之利舍身请命。

唐朝史评家司马贞在《史记索隐》中称赞名相萧何说：“萧何为吏，文而无害，及佐兴王，举宗从沛。关中既守，转输是赖，汉军屡疲，秦兵必会。约法可久，收图可大，指兽发踪，其功实最。”这几句话，可以说概括地总结了萧何的一生。

（四）

政书双馨比萧何

——王导

1　开国功臣

王导，字茂宏，出身门阀士族，其实为西晋时期琅琊（今山东诸城）地区一大望族。祖父王览官任光禄大夫，父亲王裁位居镇军司马，皆为权倾朝野的知名人物。

王导少年时便风流倜傥，识量清远，素有雅名。14岁时，他去见堂兄王敦，正巧王敦的好朋友陈留郡（今河南开封陈留县）张公在座，他素以清高识人闻名。张公见王导相貌清秀，举止不凡，奇怪他小小年纪竟会有如此风度，便对王敦说："这个年轻人容貌志气，将相之器也。"王敦听后，连连点头，以后对王导更加看重。

王敦，字仲仁，汝南相王俊之子，王导堂兄。王敦为人强勇，聪慧练达，成年不久便踏入仕途，初任职司空府，后迁太子舍人、尚书郎，朝中大臣都称赞他年少有为。王导对他十分尊崇，二人关系亲密，经常在一起，相互切磋。

王导成人后，袭祖爵即丘子。后来又在司空刘寔的荐引下，历任东阁祭酒、秘书郎、太子舍人、尚书郎等职。在此期间，他结识了琅琊王司马睿，二人志同道合，关系日密。王导辞去官职，随司马睿出镇下邳（今江苏睢宁西北下邳县），并奉司马睿之请官任安东司马，在司马睿帐下出谋划策，深得宠信。这一切都为王导日后飞黄腾达奠定了坚实基础。

这一时期，正值西晋末年，中原混战，北方百姓纷纷南渡，到长江以南地区谋求一线生路；北方的士族门阀势力也相继南迁，出现了“中州士女（士族地主）避乱江左者十六七”的局面，即中原地区十分之六七的人口都逃往江南。司马睿向来有大志，见天下大乱，西晋颓势已成定局，便决定南迁，重兴大业。

司马睿南迁之后，出镇建康（今南京），随他而来的北方士族大户约有百家，称为侨姓士族，构成了一股强大的地方势力。但是，当地土著的南方士族（又称吴姓士族）势力也很强大。他们家世殷富，家学渊远，自视清高，傲睨一切。尤其是其中的佼佼者，誉满大江南北的纪瞻、顾荣等人，更是狂傲不羁。在他们的影响下，当地的士族和平民百姓根本不把威震江北的琅琊王放在眼中，更谈不上听命于他了。对此状况，司马睿十分恼火，可一时又想不出好的办法，加之初来江南，根基未稳，不能施以武力镇压，况且以后还需要这些人的帮助才能建立新的政权。无奈，只有求教王导，最后决定依靠王氏家族的威势压倒南方士族的嚣张气焰。

王导正在策划如何行动时，恰逢王敦过江朝拜琅琊王，王导便对他说：“琅琊王虽然品德高尚，为人宽厚，但威望却不高。兄长你的威名已经播扬四海，振荡江南，如果有你的拥戴，江南士族一定会望风顺服。”于是，王敦留下来和王导共辅司马睿。

初春三月，桃红柳绿，鸟雀啁鸣，建康城内一片春意浓浓。纪瞻、顾荣等人夹杂在踏青游春的人流中，信步慢行。他们一路上吟诗弄文，饮酒畅谈，悠然得意，胜似闲庭信步。一行人，个个俊逸潇洒，尽显风流体态，引得行人频频回首。

突然间，笔直的官路上一顶大轿迎面而来，轿子装饰得十分华丽，轿中端坐一人，气派非凡。纪瞻、顾荣尽管早已认出轿中之人便是琅琊王司马睿，却丝毫不以为然，脚步不停，仍然自行其乐。他们根本瞧不起这位司马睿，认定后面跟着的许多人，也不外乎跟班杂役而已。谁知，当他们漫不经心地抬头望去时，却惊呆地立在路旁了。只见第一匹马上之人，长身玉立，威风凛凛，足下一双马靴，腰下一柄战刀，满面肃然，对着众人拱手作揖，他就是出身显赫、威震朝野的武将王敦；第二匹马上之人，相貌清奇，亲切蔼然，高冠峨带，衣袖飘飘，满眼睿智，对着众人含笑不语，他就是出身世家大族，名扬大江南北的名流雅士王导。后面数人亦鱼贯而前，皆为当朝名人，或权高位重，或儒雅风流。

纪瞻、顾荣等人惊惧不已，急忙拜于道边，低首屈服。

示威成功。一行人回到王府后，司马睿十分高兴，格外感激王家兄弟。王导乘机进一步劝说：“自古以来，无论哪一位皇帝，要想坐稳江山，都必须礼遇有名望的老者，熟悉民风习俗，虚己倾心，招贤纳俊。何况现在天下丧乱，九州分裂，大业草创，更是急需天下人才。顾荣、纪瞻、贺循等人都是江南望族，人心所望，如果能将他们招来为官，定能安顿人心。”司马睿接受了王导的建议，降服顾荣等人，招为己用。至此，江南百姓渐渐归顺。

由此，司马睿在江南站稳了脚跟。他继续依靠王敦、王导兄弟出谋划策、鼎力相助，除多方搜罗南迁的士族外，还极力拉拢南方土著士族，引用顾荣、贺循等人为幕僚，共同支持司马睿在江南建立偏安政权。公元317年，即晋愍帝被俘的第二年，司马睿在建康称晋王。第二年，即皇帝位，是为晋元帝，史称东晋。

2 功高震主

东晋政权建立之后，晋元帝为奖赏琅琊王氏的拥戴之功，封王导为丞相，专管朝廷内政；王敦为大将宫，总督江、扬、荆、湘、交、广六州军事。他曾对王导说过：“卿，吾之萧何。”把王导比喻成汉代良相萧何。王导为人谦逊平和，对此赞誉深感不安，他对晋元帝说：“臣学识疏浅，哪里敢与萧何相比拟。就是本朝的顾荣、纪瞻等人，亦皆为江南俊秀，胜臣一筹，陛下如果能对他们善加优待，他们一定会为国尽力。”

王导不仅广纳贤才、整顿朝纲，同时又以身作则，躬行节俭，大力发展经济，为北伐中原做准备。他认为要想使国家中兴，学校教育是一个首要问题。王导积极主张选择朝中子弟入校学习，使他们懂得如何遵纪守法，端正秩序。只有遵守严格的等级制度，明确君臣地位，国家才能安定，不致混乱。

司马睿初即帝位时，王导和文武官员跪列两旁。想起当年和王导原为朋友，随意落座，倾心交谈的情景，司马睿不禁一时兴起，高声呼叫，令王导上来共坐龙床，百官愕然。王导推辞再三，司马睿仍不罢休，王导无奈，说：“如果天上的太阳和万物一样落在地上，那么芸芸众生还靠什么来仰照呢？”司马睿听后，悻悻然不再坚持。所以，王导认为整顿学校教育，树立严格的秩序是非常必要的。

王导经过一番努力，不仅使东晋王朝趋于稳定，同时也以自身的才华和能力征服了民心。东晋王朝刚刚建立时，偏安江南一隅，国弱势微，许多南迁的士族名士对王导在这一特殊时期能否担当起兴国大任表示怀疑。其中有一个名叫桓彝的大臣，也是江北的世家大族，他刚渡过长江，见朝廷微弱，便对另一位大臣周顗说："因为中原地区发生变故，战乱频仍，我才渡江南迁，以求生存。哪里想到朝廷会寡弱如此，前途渺茫，该怎么办才好？"由此，整天忧郁不乐。

过了几天，桓彝来到王导家里，二人经过一番交谈，尤其是王导给他分析局势，恢复了他北伐中原的信心。桓彝再见周顗时，心境顿变，说："我见过王导，就好像见过管仲一样，没有什么可忧虑了。"

王导不仅解除了桓彝的忧患，同时也鼓励各位大臣恢复重振山河的勇气。

一次，渡江南迁的大臣名士相邀到新亭宴饮。席间，众人遥望江北，心情郁闷，十分伤感，周顗不觉慨然长叹："风景不殊，举目有江河之异。"意思是说，长江两岸风光依旧，没有任何不同之处，只是国家却被异族所占而已。

众人闻言相对流涕。只有王导愀然变色，说："在座各位本当尽力辅佐王室，力图有朝一日克复中原，怎么竟然像楚囚一样对泣？有何益处1"众人听罢，停止哭泣，对王导肃然起敬。

王导尽心辅政，深受晋元帝宠信，朝中大臣也很倾心，宫内几乎所有政事都由王导参与决定。再加上王敦在外督军重镇，这样，东晋军政大权都掌握在王家兄弟手中，致使琅琊王氏的权力越来越大，大有功高震主之嫌。所以，当时朝野内外流传着这样一句话："王与马（司马）共天下。"

随着王家兄弟权势的增大，司马氏和王氏之间便渐渐产生了矛盾，并且越来越深。起初，司马睿刚刚在建康即位时，彼此关系还很密切，互相支持，互相利用，矛盾并不突出。王导和王敦，一文一武，全力辅佐司马睿稳定局势。王导被封为宰相后，王敦被任命为统帅，督军六州，兼江州刺史，镇守武昌。这样，王敦便完全掌握了长江上游地区，

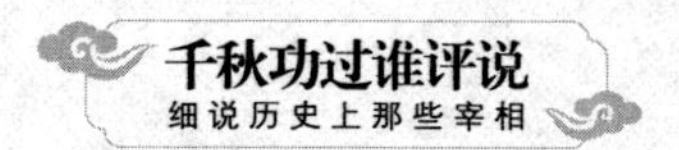

声威极盛，对于地处长江下游的都城建康构成很大威胁。司马睿早已觉察到这一危险的形势，便设法削减王敦的权力，分别派刘隗和戴渊为镇北大将军，各领一万人，严加防范。名义上是防范北方各国的南侵，实际上是用来对付王敦，以防不测。

3 低调做事

刘隗，字大连，彭城人，也是避乱江南的北方士族子弟。他精通文史，风流儒雅，并且善于揣摩人心、察言观色，伶牙俐齿，很会讨人欢心。所以深得司马睿宠信，视为心腹。

刘隗是个善于钻营私利的邪恶小人，他嫉妒王家兄弟权势过高，便迎合司马睿，对王导进谗言，使司马睿渐渐疏远了王导。其后他又进一步劝谏司马睿诛杀王导，以削减王家势力。司马睿一方面忌怕王敦兵变，另一方面王导毕竟是开国功臣，为东晋王朝立下汗马功劳，不忍骤然下手迫害，所以没有接受刘隗的建议。

王导很清楚自己所处的不利境况，便忍声吞气，不与刘隗争锋。王敦却不然，他与王导的性格截然不同。王导平和冲淡，王敦强毅残忍。

一次，王导和王敦同到豪富石崇家做客。石崇家有一个规矩，令绝色女子给客人斟酒劝酒，如果客人不将杯中酒饮尽，就把女子拉到门外杀掉。王导本不会饮酒，但为了不伤女子性命，杯满必饮，喝得大醉。王敦却端坐不饮，一连杀了3个女子，他仍然面不改色，不肯喝下一杯酒。王导劝他，他却说："杀他自家人，与我有什么关系？"

王敦明白司马睿封刘隗、戴渊做镇北将军的真正意图，便积极准备发动兵变。可是如果贸然发兵进攻都城，是明显的反叛行为，会招致天下人的反对。因此，王敦找了一个借口，说："刘隗奸邪，危害国家，必须清除他这个君侧之奸！"王敦的这个借口，是从汉初的吴王刘濞学来的。刘濞当初谋反，就是声称要除晁错，“以清君侧”。

当时谢鲲在王敦部下担任长史，他劝王敦要谨慎从事，说：“刘隗固然奸邪，可是，他是城狐社鼠啊！”

所谓“城狐社鼠”，就是藏在城墙里的狐狸，躲在神庙里的老鼠。人们要想捕杀城狐社鼠，都不能不有所顾忌。因为捉城狐，恐怕会毁坏城墙，得罪君王；熏社鼠，恐怕要烧坏神庙，对神不敬。由于投鼠忌器，狐鼠之辈就仗着皇城和神庙作威作福。《晏子春秋》记载着管仲对齐桓公所说的话：“社鼠者，不可灌，不可熏。”就是这个意思。

可是王敦并未听从建议，因为他的本意不在城狐社鼠，而在城墙神庙本身。他早有篡位之心，此次借口诛杀刘隗，实际意在司马睿之位。

晋元帝永昌元年（322年），王敦终于在荆州起兵，大军一路冲杀，很快占据了石头城（属现在的南京，在当时建康的西边），元帝派刘隗迎战，战败，退居金屯。消息传来，王导十分惊惧，唯恐招致灭族之灾，便每天从早晨到夜晚率领全族老小跪在畜台边等待元帝发落。

一天，周顗进宫从王导身边走过，王导连呼：“周兄相救！”周顗当时并未回头，王导便心怀恨意，恨他不顾旧日情谊，见死不救。

晋元帝调兵遣将，仍无法阻挡王敦的攻势，都城建康岌岌可危。元帝本想杀死王导，以图报复。周顗入宫求见，上表劝谏元帝不要妄开杀戒，一是王导不同于王敦，他一贯忠诚，此次叛乱与他无关；另一方面，杀掉王导，会更加激怒王敦，大军冲杀过来，江山不保。不如放过王导，让他劝说王敦退兵；外放刘隗，平息此次叛乱。

元帝无奈，只好采纳周顗的意见，与王敦求和。下诏还归王导朝服，官复原职，赦免全族罪过；并召见王敦，加封为前锋大都督。王敦虽没有攻破都城，但也占尽上风，便借机罢休。刘隗失败后，曾从金屯入宫辞别元帝，君臣二人执手相看，洒泪而别。刘隗先逃奔淮阴，被刘遐攻袭，后携妻子及200余名亲信投奔石勒，石勒委任他为从事中郎、太子太傅，一直到死。

王敦在元帝请和之后，大开杀戒，杀掉了一大批往日与自己相恶的大臣，并保举许多亲信之徒。当讨论如何对待周顗时，王敦问王导：“周顗名震大江南北，应当官任公卿？”王导默不作声。王敦又问，“那么就把他录用为一般官员？”王导仍旧默不作声。王敦最后又问，“要么就把他杀掉？”王导还是默不作声。于是，王敦便下令将周顗诛杀了。

事后，有一天，王导在整理大臣的奏疏时，突然发现了周顗替自己向晋元帝求情的那份上表，方知其中真情。王导不禁呆住了，双手执表，痛哭流涕：“吾虽不杀伯仁（周顗字伯仁），伯仁因我而死。幽冥之中，负此良友。”意思是说，他虽然没有直接操刀杀周顗，但是，对于周顗的死，他应负有一定的责任。后世有句成语“伯仁因我而死”就是由此而来的。

王敦兵变，虽然和平解决，但晋元帝司马睿却因此事担惊受怕，心情郁闷，过了不长时间，就撒手人寰了。

晋元帝司马睿，字景文，15岁即嗣琅琊王。据史书记载，司马睿隆准龙额，目有精曜，顾眄炜如，为人沉敏有度量，不显灼然之迹。其性情简俭冲素，能够容纳直言，虚己待物。但是，他恭俭之性充备，威武之气不足。所以，他渡江南迁，依靠王导兄弟建立东晋政权，即帝位后，便处处受其制约，不得尽力施展。司马睿在位5年，曾大力发展农业经济，劝民农桑，但收效甚微。最后落得王敦恃权兵变，刘隗洒泪逃奔，自己孤独一人忧愤积胸，郁闷而亡，葬于建平陵。

4 平定王敦

司马睿死后，其长子司马绍即帝位，是为晋明帝。王导奉遗诏继续辅政。

司马绍即位时，不满23岁。他幼而聪哲，深为元帝所宠爱。一次，元帝将他抱置膝上，正好有前赵使者自长安来，元帝遂问司马绍："你说太阳和长安哪个更远？"司马绍立刻回答说："长安近。因为从没听说有人从太阳旁边来。"第二天，元帝宴请百官，又以此问司马绍，司马绍则回答："太阳近。"元帝失色说："为什么和昨天回答得不一样？"司马绍满不在乎地说："举目就能够看见太阳，却看不见长安。"自此元帝更加喜欢他，认为他聪慧敏捷，不同常人。

司马绍性情至孝，有文才武略，钦贤爱客，雅好文辞。同时，又习武艺，善抚将士。为太子时，就与王导、庚亮、温峤、桓彝等大臣关系密切。只有王敦因其神武明略，在朝野上下颇有威望，对其十分忌恨，想以不孝之名图谋废掉其太子之位。

一次，大会百官，王敦厉声问温峤："太子以何德称？"温峤回答："钩深致远，盖非浅局所量。以礼观之，可称为孝矣。"意思是说，司马绍性格沉稳，具有远见卓识，并且遵守礼仪规范，可称为孝顺。百官都赞同温峤的评价，王敦无奈，遂放弃了这一念头，但他始终怀恨在心。

太宁元年（323年），即司马绍即位的第二年，封王导为大司徒，官居要位，一切政事均由他执掌。王敦自上次兵变之后，退居武昌，遥制朝政。但他始终野心不死，一直图谋篡位夺权。这次，王导重掌大权，他认为有机可乘，便自武昌移镇姑熟（今安徽当涂），自领扬州牧，再一次起兵谋反。

王导奉元帝遗诏重新执政后，十分感激晋元帝的宠信之恩，现在又深得明帝的倚重和善待，决心不负皇恩，辅佐明帝重振国威。王导一方面下令继续加强农业生产，发展经济，安顿民心；另一方面集中力量准备北伐，以求收复国土。王导很有雄才胆略，虽然帮助司马睿建立了东晋政权偏安江左，但北伐复国却是他一生为之奋斗的目标。早在东晋政权建立不久，他就积极支持祖逖进行了第一次北伐。

祖逖，东晋初期官任豫州刺史。在当时东晋偏安政权中，祖逖是一个有志恢复中原的士族官僚。他向晋元帝司马睿请求出兵北伐，却没有得到有力的支持。后经王导多次上疏劝谏，司马睿允许祖逖自己募兵，自行解决军队的装备给养问题。公元313年，祖逖率领宗族部曲百家渡江北上，进驻淮阴（今江苏淮阴），一面招募军队，一面制造兵器，募得2000余人，然后北进。经过几年的努力，祖逖所部兵力逐渐壮大起来，控制了豫州各地豪强大族的坞堡壁垒，在豫州百姓的支持下，屡次打败后赵石勒的军队，收复了黄河以南各州郡。正当祖逖在河南屯田储备粮饷、准备渡河北伐之际，晋元帝唯恐祖逖势大难制，对他北伐中原不但不予以支援，反而派戴渊任六州都督去牵制他。

王导本来对祖逖北伐之举鼎力相助，全力支持，但此时晋元帝宠信刘隗，已逐渐疏远了王导。王导自身难保，祖逖失去了后盾，更是举步维艰。另外，王敦权势益重，积极准备举兵谋反，北伐之事越发无人敢过问。祖逖深感大功难成，忧愤成疾而卒，第一次北伐就此失败。

祖逖死后，王导十分遗憾北伐之举半途而废。这一次，他又在明帝的支持下，运用手中权力任用荆州刺史庾亮、庾翼准备第二次北伐。但是，没能等到出征，便发生了王敦再次谋反之事。王导对王敦不顾国家利益，只为满足自己私欲的行为非常痛恨。为了申明大义，维护东晋政权，表明自己的心迹。王导毅然决然大义灭亲，向明帝请命亲自率军前去平定王敦叛乱。

明帝司马绍加封王导大都督、领扬州刺史，集结人马征讨王敦。王导派遣庾亮、郗鉴、温峤分路据守石头城，以阻王敦进攻建康，并征调临川太守、兖州刺史刘遐入京师护卫。

王敦以其兄王含为元帅，与部将钱凤、周抚、邓岳等率5万大军进攻建康。元帝亲率六军和王导一起迎战，两军对峙，多次交战，各有胜负。王敦因军旅征战，且久攻建康不下，积劳成疾，卧床休养。王导利用时机，率领宗族子弟身穿孝服为王敦发丧，假传王敦已死。王敦部下闻讯，以为王敦真的死了，群龙无首，立刻丧失了斗志。王导随之发起进攻，一举打败了王敦的军队，杀死了王含、钱凤等将领。消息传出，王敦忧愤至极，真的盛怒而亡。至此，彻底平定了王敦叛乱。

平定了王敦之乱，东晋局势渐渐趋于平稳。晋明帝以王导平叛有功，对其更加倚重。仍复太保、司徒官位，并进加始兴郡公，允其剑履上殿，入朝不趋，赞拜不名，以示宠信。同时，又诏令朝臣参议政事，改革弊政，以图革新，并准备力量再次北伐，完成中兴大业。正值司马绍信心十足，重振朝纲，想有所作为时，却突然发病。

一切希望和努力顿时化为乌有，天不遂人愿，年轻的晋明帝司马绍带着无限遗憾离开了人世。

5　三朝贤相

晋明帝在位仅仅3年，于公元325年病逝，死后葬于武平陵。遗诏王导辅政。这时的王导已年过半百，接连送走了两代皇帝，自己也踏入了人生旅程的最后一个阶段。

晋明帝死后，太子司马衍即位，年仅5岁，是为晋成帝。因成帝年幼，其母庾太后临朝摄政，王导以司徒身份录尚书事，与中羽令庾亮等人共同辅政。由此，在王、庾两大族之间展开了一场权力的角逐。

庾亮，字元规，是成帝的母亲明穆太后的哥哥，国戚庾琛之子。庾氏亦是当年随晋元帝渡江南迁的北方名门望族之一。庾亮相貌俊美，举止飘逸大方，并且十分善谈，喜欢老庄之道，崇尚韩非子的刑名之学。他性格沉稳，不严自威。晋明帝初为皇太子时，就闻其盛名，辟为西曹掾。后经人引见，明帝见他风度优雅，远过所望，因此十分器重，并聘庾亮的妹妹为皇太子妃，即后来成帝的母亲明穆太后。中兴初年，拜中书郎，领著作，侍讲东宫，后累迁至给事中、黄门侍郎、散骑常侍等职，权力越来越大。

当初王敦出镇芜湖时，元帝派庾亮到王敦处筹策议事。第一次相见，二人就交谈得十分投机，致使王敦移席靠前。庾亮告辞后，王敦对左右人夸奖说："庾元规贤于裴頠远矣！"即痍亮比裴頠更贤明。裴頠是当时一位很有名的风流人士，以才华胜人著称。于是，王敦留庾亮在军中任中领军。后来，王敦图谋反叛时，表面上对庾亮很尊崇，内心却十分忌惮。庾亮觉察后，恐怕牵累自己，便借口有病辞官而去。不久，王敦兵变，庾亮奉命代替王导为中书监，加左卫将军，和众将一起征讨王敦部将钱凤等。因功，封永昌县开国公，固让不受，转护军将军。

明帝病重，内心焦躁，不想见人，下令群臣不得入内。时抚军将军、南顿王司马宗，右卫将军虞胤等，平日深受明帝宠信，见帝病重，便与西阳王司马羕图谋废帝自立。庾亮感觉情势危机，便不顾一切闯入卧室内，只见明帝气息奄奄，不觉泪流满面，叙述了司马羕等人不轨之意，说："规共辅政，社稷安否，将在今日。"即国家兴亡的关键就在今天，让明帝速立遗诏确定辅政大臣。

庾亮语辞恳切，明帝颇有感悟。于是，引庾亮同升御座，下诏庾亮与司徒王导受遗诏辅幼主，并加亮给事中，徙中书令，太后临朝，一切政事全由庾亮决断。由此，王导权力日减，大权尽落庾氏手中。

王导辅政，素以宽缓平和而得众臣之心，而庾亮执政，则任法裁物，严刑苛刻，颇失人心。明帝遗诏曾褒进大臣，而征西大将军陶侃、祖约都不在其中。陶侃、祖约认为是庾亮将他们的名字从遗诏中删除，所以怀恨在心，并有怨言。庾亮恐二人重权在握，如果图谋叛乱，就会无法控制，便派温峤督军江州，以防不虞之变而为声援，并修建石头城以做防备。

南顿王司马宗再次图谋不轨，欲废除成帝自立。庾亮诛杀司马宗，并废司马宗之兄西阳王司马羕。司马宗为皇室近戚，司马羕为国族元老，明帝在世时，对二人格外宠信。因此，朝野上下都认为庾亮诛废二人是为了剪除异己，削弱宗室力量，以图独霸政权。

当时，有个琅琊人名叫卞咸，是司马宗的死党，和司马宗一起被诛杀。卞咸的哥哥卞阐逃奔历阳太守苏峻，苏峻将其收留。庾亮派人下书让苏峻交还卞阐，苏峻不肯，并将其藏匿起来。

苏峻，字子高，少年时为有名书生，18岁举孝廉。后遇永嘉丧乱，弃文从武，泛海南渡。因讨伐王敦有功，进封冠军将军、历阳太守，加散骑常侍，掌江外军事，威高权重。苏峻平素就对庾亮专权十分不满，收留了大量逃亡之徒。庾亮担心苏峻在外兵强难制，一旦谋反，鞭长莫及。为了稳住苏峻，便征其为大司农，调入京师，以便控制。苏峻十分清楚庾亮的用意，恐其害己，不肯受诏。

当时，有个朝中大臣讽喻苏峻不敢进朝为官，苏峻反驳说："庾亮怀疑我图谋造反，我入朝为官哪里还能活命？我宁肯山头望廷尉，不能廷尉望山头。"于是，联合祖约以讨伐庾亮为名举兵反叛，一路逼进京师。

6 苏峻之乱

起初，温峤得知苏峻不肯受诏入京为官便产生疑虑，恐其不利于朝廷，请求庾亮让自己回师京城护卫成帝。而庾亮怀疑镇守西部边境的征西大将军陶侃也会趁机叛乱，就急报温峤书信："吾忧西陲过于历阳，足下勿越雷池一步也。"

历阳，即历阳郡，在今安徽省和县一带，当时苏峻的驻军所在地。雷池，即雷水，源出湖北省黄梅县界，流经安徽省宿松县至望江县而汇积成池，所以叫作雷池，雷池更向东流而入长江。温峤驻军江州，即今江西全省和湖北省武昌一带，均属江州。如果离开江州回京城建康，必须越过雷水。所以，庾亮叫他"勿越雷池一步"，实际意思就是叫他不要回京，一步也别动。庾亮嘱咐温峤："我担心西部边境，万一出事，要比历阳的苏峻更加麻烦，所以您一定要坐镇原防，按兵不动，千万不可跨越雷水，哪怕是一步也不行啊！"

同时，王导也奉庾太后的诏令，集结三吴义兵，即吴兴（今浙江湖州）、吴国（今江苏苏州）、义兴（今江苏宜兴）的官吏自募士兵，进京护卫朝廷。但是，庾亮担心王导借此机会扩大自己的势力，不准义军进护京师。由于庾亮的阻拦，京师兵力匮乏，力量薄弱，无可据守。

苏峻部将韩晃率军入侵宣城（今安徽宣州市），庾亮派军抵抗，大败。苏峻乘胜进逼建康，庾亮亲自率领六军迎战苏峻于建阳门外。尚未排好阵势，苏峻大军便冲杀过来，庾亮一败涂地。庾亮带着三个弟弟庾怿、庾条、庾翼乘坐小船慌忙西逃，苏峻部将乱军追赶。庾亮左右有人挽弓射敌，慌乱之中却射中自已船上舵工。致使庾亮大惊失色，十分狼狈。

庾亮弃城逃走之前无颜面见王导，只好对侍中钟雅说：“这里的后事就委托您了。”钟雅长叹一口气说：“现在栋梁折断，房屋倾颓，是谁的责任啊！”庾亮面红而惭：“今日之事，不复再言，只望您能保护幼主平安。”钟雅无奈，只好和王导一起护拥成帝于太极殿上，可怜幼主司马衍，小小年纪却遭此大劫。文武百官不知去向，只剩下老臣王导率领钟雅、褚翼、荀崧数人围护在身边。

苏峻攻入大殿，士兵挥动戈矛冲向帝座，威逼左右侍从离开成帝，王导大声怒骂：“冠军将军苏峻尚未觐见皇帝，尔等小人竟敢肆意侵逼？”遂以身护卫成帝。王导素以勋德辅政，待人和蔼平易，且善于因事成就。现在虽已年过半百，手无寸铁处此危境，但威势依旧慑人。苏峻以前对王导颇有好感，此时见王导挺身而立，面无惧色，仍不失往日宰臣之风度，便下令士兵下殿，不再过分威胁。

苏峻带兵下殿，却突入皇太后内宫，逼辱太后，剥裸左右侍女为戏。一时间，乱军四处抢掠，并驱役群臣四处奔窜，百姓号泣，震响整个京师。太后被辱，惊愤而死。

皇太后庾氏，性情仁惠，姿仪端庄大方，容貌清逸秀美。元帝初时闻之，聘为太子妃，以德见重内庭。明帝即位，封为皇后；成帝即位，尊其为明穆太后。时群臣上表疏：“天子年幼，恳请太后应该像汉代和熹皇后一样临朝听政。”太后再三辞让，不得已才受命摄政，却将大权交与兄长庾亮。万万没有想到，一切皆因庾亮恃傲专权，连累自己惨遭杀身之祸。

苏峻攻进都城，逼死太后，又下令士兵放火烧毁皇宫大殿，挟持成帝移驾石头城。庾亮当初为防备陶侃而修筑的石头城，却成了苏峻的坚固堡垒，也算是作茧自缚。可怜成帝哀泣上车，王导等人护拥步行。京都倾覆，主上蒙尘，灭顶之灾，全由庾亮妒忌疑人而致。

庾亮逃奔温峤处，拥立陶侃为盟主，讨伐苏峻，恢复帝位。陶侃驻镇寻阳，平日怨恨庾亮，这次庾亮又弃帝而逃，众人都认为他会诛杀庾亮以谢天下。不料，陶侃素有大将风度，以国事为重，只对庾亮说："君侯以前修筑石头城用来防备我，为什么现在反来求我？"庾亮听后更为惭愧。

陶侃、温峤纠集兵力攻破石头城，诛杀苏峻，平定了叛乱，迎成帝重返建康。

王导随成帝回宫，因护驾有功，改司徒为丞相，使持节、侍中，领扬州刺史，封始兴公，重掌辅政大权。此时，建康城中大部分宫殿已成灰烬，众人建议迁都，意见不一。温峤想要迁都豫章（今江西南昌），三吴豪族主张迁都会稽（今浙江绍兴）……众说纷纭，各出己欲。王导分析局势，从实际出发，对群臣说："孙仲谋和刘玄德都认为建康是帝王之宅，并且古代圣明的君主不应该因为宫殿不够华丽，些微受损就迁移都城。如果努力发展农业生产，节约用度，就不必担心一时的凋敝；如果不事农桑，乐土也会变成废墟。况且北方游寇时时窥伺我们，想趁我们混乱之机发起攻击，我们应该以静镇之，安定民心。"从此，群臣不再提迁都之事。

7 乱世善终

平定苏峻后，王导继续以丞相辅政，庾亮则出镇武昌。二人之间权力之争仍未停息。庾亮虽然出镇在外，但因为是皇帝的亲舅舅，所以，许多人趋赴、巴结于他。尽管曾弃城逃奔，颇受微议，但势力仍旧很强大。对此，王导很不服。一天，王导与人外出游历，遇西风刮起一阵尘土，举起扇子连连遮挡，慢慢说："元规尘污人。"

王导执政善于因势利导，虽然无日用之益，而岁计有余。苏峻叛乱之后，朝廷因连年用兵，国库空竭，仓库中只剩有数千匹绨布。卖出去又不值钱，不卖又无法补贴国用。王导左思右想，想出了一个好办法，让群臣每人做一件绨布单衣穿上，于是全国官吏及百姓竞相仿效，绨布的价格骤然上涨，一端（古代布匹尺寸，两丈为一端）高达一金。

王导为国朝元老，成帝年幼，每次见到王导都行拜手礼，以示尊重，给王导下诏书时，手诏则写"惶恐言"，中书则写"敬问"。成帝每次到王导府邸，见到王导的妻子曹氏也行拜见之礼。侍中孔恒暗中上表成帝不宜行拜见之礼，王导得知后，说："还是我王导软弱无能，如果我像卞望之、刁玄亮、戴若思那样跋扈无忌，孔恒怎敢言语！"

王导为人十分圆滑练达，所以几经周折，仍能保住丞相高位。庾亮因王导势大，多次图谋欲废其丞相之职。平定苏峻逆反，庾亮出镇武昌，政事全由王导操纵，庾亮欲举兵再次废导。有人密告王导要早做防备，王导内心惊惧，表面却不以为然，平心静气地说："我与元规同辅朝政，休戚相关，悠悠之谈，绝非元规之意。如果真如君言，不必元规费事，吾自辞官，告老还乡，毫无怨恨。”庾亮听后，略感惭愧，谗间之言不再流传。王、庾之争告一段落，转为平缓，东晋政权亦渐趋稳定。

王导简素寡欲，辅相三世，家里仓无储谷，衣无锦缎绫罗。王导性情冲淡平和，却不喜随意玩笑。据传，王导的妻子曹氏嫉妒成性。王导派人修筑别馆安置美妾，不敢与曹氏居住一起。不料被曹氏得知，将要前往别馆寻事。王导怕美妾受辱，急忙令下人驾车，因恐怕赶不到曹氏前头，便用手里的尘柄击牛快走。

第二天上朝，司徒蔡谟听说此事后，便对王导开玩笑说：“今日朝廷将赐您贵物。”王导不知他在开玩笑，更谦让一番，内心却很得意，不料蔡谟接着说，“听说主上并不赏你其他东西，只有一辆短辕犊车，一把长柄尘尾。”王导方知蔡谟戏弄于他，大怒不已。

生逢乱世，并且整天都在权力角逐中度日的王导，于咸康五年（339年）病逝，年64岁，谥文献。成帝为他举行了隆重的葬礼，朝堂举哀三日，可谓善始善终。

王导有6个儿子，当初渡江南迁时，王导曾请郭璞替他卜筮，卦成，郭璞说：“大吉大利。淮水断绝，王氏家族才能灭亡。”果如其然，王导的6个儿子除了老二早亡之外，其他都高居官职，为东晋政权建功立业，使王氏家族兴旺发达，始终为一大望族。

王导自西晋建兴三年（315年）随琅琊王渡江南迁，到东晋咸康五年（339年）病逝，前后共24年。在这24年中，王导帮助晋元帝建立了东晋王朝，辅佐明帝、成帝两朝君主；经历了王敦、苏峻两次叛乱；并与庾亮等皇亲国戚争权夺利，竟日角逐；同时，又施以国政，极力发展农业生产，安顿民心。可谓竭尽全力，惨淡经营，为在风雨飘摇中的东晋政权得以偏安江左、苟延一时立下了汗马功劳。乱世宰臣，功不可没！

（五）

运筹帷幄良相辅

——房玄龄

1 生逢乱世

房玄龄（579—648），字乔（一说名乔，字玄龄），齐州临淄（今山东淄博市）人。他出生于一个世代为官的官宦之家。其父房彦谦，本是北齐齐州（今山东济南市）治中，北周灭北齐后，他痛惜北齐的灭亡，潜谋匡辅，但未取得什么结果，便发誓不再出仕。房玄龄三岁时，隋文帝杨坚代北周而建立隋朝，此时，房彦谦正赋闲在家，过着无官一身轻的生活，一家人生活得其乐融融。

开皇七年（587年），在刺史韦艺的竭力推荐之下，房彦谦不得已到朝廷赴命。这一年房玄龄刚好9岁。吏部尚书卢恺非常看重房彦谦，擢其为承奉郎，不久即升迁为监察御史。后来，房彦谦放任长葛（今河南长葛）令，甚有惠政，百姓号之为“慈父”。隋文帝仁寿年间，曾遣使者巡视天下，考察官吏的政绩，结果房彦谦被定为天下第一，超授州司马。长葛县境内的所有官吏和老百姓闻知房彦谦要升迁他处，便号泣于道，说：“房明府今去，我辈还活着干什么！”其见爱如此。房彦谦离开长葛之后，老百姓非常思念他，便立碑颂德，以示纪念。这些事情，在房玄龄幼小的心灵中打下了深深的烙印，他从自己所读的史书上已明白了一些道理，明白为官一任，能受百姓如此爱戴，那是非常不容易的事情，而他的父亲房彦谦做到了，房玄龄越加敬重自己的父亲。

隋炀帝时期，房彦谦见天下纲常不振，便辞官归隐老家。后来，隋炀帝设置司隶官，盛选天下知名人士，朝廷认为房彦谦众望所归，便征授其司隶刺史。房彦谦任司隶刺史后，凡经他举荐之人，都堪称当时官吏的楷模。正由于他的耿直清廉，惹得当时的一些达官贵人非常嫉恨，很快他便被排挤出朝廷，出任泾阳令。

房彦谦不但为官清廉，还是一个饱学之士，他无论为官还是赋闲在家，对子侄们的学业非常重视，时常督促勉励他们。房玄龄自幼就聪明机警，对父亲要求自己熟读的经书无不朗朗上口，深得父亲钟爱。随着年龄的增长，房玄龄在父亲的教育下，不仅写得一笔体兼草隶的好书法，更深受父亲那恢廓闲雅的文笔影响，文章也写得篇篇珠玑，非同一般。

对于儿子的日益长进，房彦谦的内心充满喜悦，但他并不单单教育儿子攻读学业，还重视培养儿子的品德。有一次，房彦谦对房玄龄说："人皆以官而富，我独以官而贫。我所遗留给后世子孙的，在于清白耳。"父亲的一席话影响了房玄龄一生，他后来的官宦生涯，无处不体现着父亲的教诲。

在房彦谦的精心培养下，房玄龄的道德、文章齐头并进，在当时便很有名气。由于受父亲的影响，房玄龄以天下为己任，对于时事的评论也经常出语不凡。在隋文帝开皇年间，有一天，房玄龄悄悄对房彦谦说："当今圣上，本无功德，徒以周之外戚攘国之神器而有之，又不为子孙立长久之计，擅自废长立幼，诸子相互倾阋，必招致祸乱。今天下貌似太平，官员竞相奢侈，乱作不久矣。"

房彦谦闻言大惊，急忙阻止房玄龄说："毋妄言，以免招致灭族之祸！"

其实，房彦谦对房玄龄的话是深表赞同的，后来他对自己的朋友李少通也讲了一段意思大致相近的话。他说："主上性多忌，不纳谏言，在朝唯行苛酷之政，未施弘大之体。天下虽安，方忧危乱！"

房彦谦、房玄龄父子对隋文帝的弊政看得十分透彻，语出中的，后来果然应验。

公元597年，房玄龄18岁考中了进士，授官羽骑尉，校仇秘书省。

年轻有为的房玄龄一入仕途，便不同凡响。当时，吏部侍郎高孝基十分善于识人，他见了房玄龄之后，惊叹地说："后生可畏，焉知来者之不如今！"后来，高孝基对宰相裴矩说："吾观人多矣，却没有能比得上房玄龄的，当以国器视之。遗憾的是吾不能使之平步青云也。"于是，拜房玄龄为隰城尉。房玄龄在汉王杨谅造反之时受到牵连，被贬官徙居上郡。这时，由于隋炀帝的残暴统治，天下大乱，群雄并起，房玄龄面对这种局面，常常忧心忡忡，心怀天下。

就在隋王朝分崩离析的前夕，房玄龄的父亲房彦谦死在泾阳令任上。房玄龄为之痛哭不已，五天不进饮食，尽了人子的义务。公元617年，李渊父子在晋阳起兵，迅速占领了关中。后来，李世民屯兵渭北。房玄龄服丧期满后，便前往李世民军营出谋献策。两人相见恨晚，谈得非常融洽。李世民拜房玄龄为渭北道行军记室参军。自此，房玄龄有了用武之地，跟随李世民驰骋疆场，运筹帷幄，决胜千里。

2 得遇名主

公元618年，李渊建唐，李世民受封为秦王。房玄龄则官拜秦王府记室，封爵临淄侯。每次随秦王征战，其他将士争相抢夺珍宝之物，唯独房玄龄收天下志士，与之相结交，使得人人愿为秦王尽死效力。李世民为此称赞房玄龄说："汉光武帝得邓禹，其门下更加亲密。今我得房玄龄，犹光武得邓禹。"

就连唐高祖李渊也高兴地说："玄龄为人机敏，每为吾儿陈事，千里之外犹如对面相语，宜当大任。"

胸怀天下的房玄龄，自从遇到李世民之后，他的奇谋智略得到充分展示，真可以说乱世出英才。

唐高祖李渊与皇后窦氏共育有四个儿子，长子建成，次子世民，第三子玄霸（早年夭亡），第四子元吉。李世民是四个儿子中最出众、最有智略的一个。自起兵之后，李世民便南征北战，不断平定割据势力，为唐王朝的建立立下了汗马功劳，威望甚高。

在李渊起兵之时，由于李世民有首谋之功，李渊便对李世民许愿说："若事成，则天下皆你所致，当以你为太子。"在当时形势下，李世民还不敢有此等奢望，就坚辞不受。随着李世民逐渐功高盖世，他的内心便产生了夺太子之位的野心。

李建成由于是李渊的长子，经常在李渊的左右，辅佐其处理军国大事。按传统的宗法制度，李渊建唐之后，封李建成为太子。身为太子的李建成，十分惶恐于李世民的威望，加之李渊曾经说过要让李世民为太子的话，兄弟二人便开始了争夺权力的斗争。在争斗之中，齐王李元吉站在太子李建成一边，他曾对建成说：“当为兄手刃秦王。”如此一来，在唐王朝内部便形成了以太子建成为首的太子派，和以秦王世民为首的秦王派两大集团。

最初的形势对太子建成十分有利，因为宰相裴寂、封伦支持太子，而裴寂又是李渊的宠臣。秦王世民为了改变自己的不利局面，也得到了宰相陈叔达和萧瑀的支持。同时，李世民还利用自己在外作战的机会，不断地结纳山东豪杰之士。

武德七年（624年）以后，唐朝基本上完成了统一大业，国内形势趋于稳定。于是，太子建成与秦王世民争夺皇位的斗争变得日趋表面化。由以前的明争暗斗，变成了直接陷害。

有一天，秦王世民接到卫士的报告：“太子派人投书。”秦王拆开一看，原来是太子邀请自己赴宴。秦王府的随从都劝李世民要提高警惕，最好不要去。秦王世民认为，过去兄弟之间虽然发生过矛盾，但还不至于发展到谋害手足同胞的地步，于是便不由分说地来到东宫。

太子建成准备的宴席十分丰盛，兄弟几人坐定以后，太子便与齐王元吉频频举杯劝酒，不断颂扬李世民的战功。酒过三巡，忽然，秦王世民觉得头晕目眩，两脚发软，意识到情况不妙，便挣扎着想站立起来，但还是提不上力气。齐王元吉见李世民倒下，惊慌地问太子建成：“这怎么办？”太子建成把眼睛一瞪，目露凶光，说道：“不必惊慌，派人送回去便是。”

李世民被送回秦王府，被灌了许多解毒之药方保住性命。太子建成见秦王世民未死，还不肯善罢甘休，又一次设计陷害。太子建成劝说高祖李渊到郊外打猎，并要求秦王世民前往陪驾。李世民接到父皇的命令，只得一同前往。

在打猎场上，太子建成暗地里让人给秦王准备了一匹性子极烈的马，李世民并未察觉，便纵马操弓，去追赶一头鹿。突然，那匹烈马野性发作，仰颈狂跳，把李世民甩出一丈多远，险些摔死。

面对太子建成一次又一次的陷害，秦王府中臣僚都十分忧惧，不知如何是好。这时，作为行台考功郎中的房玄龄对比部郎中长孙无忌说："今太子与大王嫌隙已生，日夜欲谋害大王，一旦发生事变，不仅大王性命危险，连江山社稷也不堪设想。莫若劝大王行周公之事，以安国家。生死存亡之际，犹如箭在弦上，一触即发。国家安危，大王性命，危在旦夕，不容半点儿疑虑。"

长孙无忌答道："我心怀此事久矣，只不过不敢开口而已。今经你之口说出，正合我意，我这就与大王商议。"

长孙无忌到秦王府把房玄龄的意思告诉了李世民，李世民便密召房玄龄至府中议事。房玄龄见到秦王后，对他说："大王功高盖世，本当承继大业。今日忧危之事，正是天助大王，愿大王勿疑惧。"与杜如晦等人共劝李世民诛杀太子建成、齐王元吉。

3　谏主夺嫡

两次阴谋的失败没有使太子建成善罢甘休，又和齐王元吉一同在李渊面前诬陷秦王世民。齐王元吉密奏说："请父皇诛杀秦王！"

李渊说："秦王有定天下之功，又没有什么罪状，以何辞杀之？"

元吉说："秦王初平东都，顾望不还，散钱帛以树私恩，又违敕命，非反而何？只应尽快诛杀，何患无辞！"

齐王元吉的请求遭到拒绝。

太子建成、齐王元吉见李渊不同意他们的请求，便开始削弱秦王府的势力。首先，他们实施收买计策，欲使秦王府的得力干将能为己所用。太子建成曾经密送金银器一车给尉迟敬德，但被拒绝。尉迟敬德将此事告诉了李世民，李世民夸奖尉迟敬德说："公心如山岳，虽积金至斗，知公必不为之所动。相赠便受，又有什么关系呢？况且可暗察其阴谋，未尝不是良策。今公拒之，必致祸。"果如李世民所言，齐王元吉密遣壮士去刺杀尉迟敬德，却未成功。后来，齐王元吉诬陷尉迟敬德，将其下狱治罪并准备杀害，经李世民恳求李渊才得豁免。整治了尉迟敬德，太子建成、齐王元吉对程知节（即程咬金）又肆意诬陷，将其贬为康州刺史。程知节对李世民说："大王股肱羽翼将尽矣，身何能久安！知节愿冒死不离京城，愿大王早定大计。"

通过一系列卑鄙的手段，太子建成、齐王元吉基本实现了自己的目的。李世民身边的战将所剩无几，太子与齐王心中窃喜。一天，太子建成对齐王元吉说："秦王府中智略之士，可惮者只有房玄龄、杜如晦二人，将其逐出朝廷，大事可成矣。"于是，太子建成就在唐高祖李渊面前诬陷房玄龄、杜如晦，使他们罢官归第。

秦王李世民眼见日益势蹙，便密遣长孙无忌召房玄龄等。这时，房玄龄与杜如晦以自己贬官归第的身份考虑，觉得不便于再参与朝廷之事，便对长孙无忌说："皇上圣旨我不敢违抗，如若复事于秦王，是抗旨不遵，必坐死，恕不敢奉教于秦王。"

李世民听后大怒，对尉迟敬德说："房玄龄、杜如晦欲叛我也！"立刻解下身上佩刀授予尉迟敬德，并说："公往观之，若无来心，可取其头！"

尉迟敬德与长孙无忌一同规劝房玄龄、杜如晦说："大王之计已决，公等宜速入府共谋，我辈四人，齐心协力，不愁大事不成。"

房玄龄本没有叛李世民之心，只是从一个忠臣的角度出发，认为不应违抗圣旨而已。他见秦王着急万分，不由得动心，觉得应为之分忧，便答应前往。

尉迟敬德说："我等四人，不便同行于道，请公等改服而行。"于是，房玄龄、杜如晦身着道士服装，秘密进入秦王府。

房玄龄、杜如晦来到秦王府，一见到李世民就叩首谢罪，李世民并不在意，安慰他们说："我知公等忠于大唐，然今事急，不得已而为之。公等勿多疑，速速谋划安国家之计。"

房玄龄开口说道："大王，我以前曾建议诛杀太子、齐王，今箭已在弦，不得不发。俗语云：当断不断，反受其乱。大王速下决心。"

杜如晦很赞同他的意见。

秦王世民说："不知有多少人这样劝我，难道一定要通过流血解决此事吗？就没有其他办法了吗？"

尉迟敬德不耐烦地说："现在和大王心贴心的人只剩下我们几个，齐王在皇上面前耍阴谋，说我能打仗，要我随他一同出征。有朝一日我领兵离开大王，那将大祸临头，请大王快下决心。"

这时，有个卫士进来报告，说东宫官员王晊求见。王晊见过秦王之后对他说："太子与齐王商议，最近齐王要出征，他们想借给齐王饯行之际，于席间杀大王。"李世民听罢，满腔愤怒地说："真没有想到，一母同胞，手段竟如此毒辣！"

长孙无忌说："王晊乃深明大义之人，他说的消息当千真万确。"

秦王世民慨然叹道："我总希望王晊讲的不会变成事实。"

房玄龄见李世民还犹豫不决，便道："大王，先发制人，后发为人所制。现在大祸已临头，不能对太子抱任何幻想了。太子一旦发起祸端，大王还有什么办法应付呢？到时将后悔莫及。"

尉迟敬德愤慨地说："假若大王不愿采取行动，我情愿去为盗匪，免得被太子杀头。"

在房玄龄等人的劝诫之下，李世民最后下定决心，感叹地说："既然如此，我也不好违背大家的意愿。"

武德九年（626年）六月四日，李世民按照房玄龄等人的计谋，在玄武门附近设下伏兵，袭杀了太子建成、齐王元吉。数日之后，唐高祖李渊册立李世民为太子，并下诏说："自今以后，国家事无大小皆听太子处决，然后上奏即可。"这样，李世民掌握了实权，李渊如同虚设。

第二年正月，唐高祖李渊正式禅位给太子李世民，改年号为"贞观"。李世民就是历史上著名的皇帝唐太宗，自他继承皇位之后，励精图治，善于纳谏，与大臣们共论兴衰存亡之事，时时警诫自己，由此开创了大唐的"贞观之治"盛世。

4　孜孜以求

贞观元年（627年），唐太宗任命房玄龄为中书令。这一年的九月，唐太宗对朝中官员论功行赏，并让陈叔达在殿下唱名示之。结果，房玄龄、杜如晦、长孙无忌、尉迟敬德、侯君集功名列第一，房玄龄封爵邗国公，食邑一千三百户。其余大臣，皆依次封拜。

封赏完成，唐太宗说："朕论卿等功劳，定封邑，恐不能尽当，不要讳言，请为朕各自言之。"

淮安王李神通出列说道："陛下，臣举兵关西，首应义旗，今房玄龄、杜如晦等专弄刀笔之事，功居臣上，臣窃不服。"

唐太宗说："义兵初起，叔父虽首应，也不过是为自脱其祸。及窦建德吞噬山东，叔父全军覆没；刘黑闼卷土重来之时，叔父望风而逃。房玄龄运筹帷幄，坐定社稷，论功行赏，固然应居于叔父之先。叔父，国之至亲，朕虽无所爱，但也不可以拿私恩滥封叔父。"

淮安王李神通惭愧而退，其他大臣便相互宽心说："陛下至公，即使淮安王也不偏袒，我辈还有什么话可说。"

房玄龄为人非常谦虚谨慎，对于论功行赏之事深为不安，便面奏唐太宗说："陛下，臣功第一，心不自安。"

唐太宗不以为然地说："昔汉高祖封赏大臣，萧何居诸臣之先，卿即朕之萧何也，功列第一，理所应当。"

房玄龄叩头谢过，又对唐太宗说："陛下，秦府旧人未迁官者多矣，他们都抱怨说：‘吾属奉事陛下左右多年，今论功行赏，反而居前太子、齐王府大臣之后。’臣认为不大妥当，应当给他们加封适宜的官爵。”

唐太宗说：“王者至公无私，因此能服天下人之心。朕与卿等每日所衣所食，皆取之于民，所以设官定职，是为了百姓，当选择贤能之人而用之，岂能以亲旧为先后哉！新而贤，旧而不肖，又怎能舍新而取旧乎？”

房玄龄听了唐太宗的一番宏论，心中赞叹：真英主也，想着想着便脱口而出：“英主在上，乃社稷百姓之福。”

不久，房玄龄进位尚书左仆射，监修国史，更爵魏国公。唐太宗对房玄龄说：“公为仆射，理应为朕广求贤才，听说公日阅牒讼数百，岂有暇为朕求贤人哉！细小事务归左右丞，大事公预之即可！”房玄龄深以为然，感激唐太宗如此关心自己，更加为国事日夜操劳。

有一天，唐太宗与房玄龄讨论为政之道，房玄龄说：“为政之道，应当用法宽平，早晚尽心，恐一物失其所。闻人有善行，如己有之。不以求全而责于人，不以己之所以衡量他人之短。”

唐太宗说：“公言甚是，朕以为为政莫若至公。昔日诸葛亮流放廖立、李严于南夷之地，诸葛亮卒后，廖立、李严悲哭不已，非至公能如此乎？朕非常仰慕前世之明君，公不可不效法前世之贤相也。”

房玄龄等人回答说：“臣等谨遵陛下旨意，尽心效力。”

贞观三年（629年），房玄龄、王珪以宰相身份主持评议百官政绩，治书侍御史权万纪觉得不公，便上奏唐太宗，请求治房玄龄、王珪之罪，唐太宗派侯君集推问此事。魏征上奏为房玄龄、王珪辩护说：“玄龄、王珪皆朝廷旧臣，素以忠直为陛下看重，多所委任。其所考评之人，数以百计，怎能没有一二人不当者？察其情形，非为阿私所致。若推问出确有其事，陛下还能委之以重任吗？而且权万纪自身也在考堂之上，其身不得考，便有如此陈论。此正欲激陛下之怒，非竭诚为江山社稷计耳。”唐太宗才释而不问。

贞观四年（630年）秋天，唐太宗问房玄龄：“隋文帝是个怎样的皇帝呢？”

房玄龄答道：“隋文帝勤于政事，每临朝，常至日头偏西，五品以上官员皆引坐论事，性虽不甚仁厚，也算得上一个励精图治之主。”

唐太宗说：“公只得其一，不知其二。隋文帝事皆自决，是不信任群臣。天下至广，就算一日万机，劳神苦形，也不可能做到事事妥切。朕则不然，择天下贤才委之以官，使之思天下之事，经由宰相审核，而后奏闻即可。有功则赏，有罪则罚，谁敢不竭力尽心？如此则天下何愁不大治乎？”

房玄龄说：“陛下知用人之道，使人人谨奉职守，尽其才能，过文帝百倍。”

唐太宗说：“公以宰相之职，助朕处理政事，自今而后，凡朕所下敕诏有不合时宜者，皆应奏明，不得阿从。”

房玄龄说：“臣遵旨。”说罢，告辞退出朝廷。在当时，众朝臣对房玄龄尽于职守无不由衷地佩服，唐太宗更加看重他，屡屡褒奖。

有一天，唐太宗宴请群臣，正值气氛热烈之时，唐太宗对王珪说：“卿精于鉴别，善于谈论，卿为朕品评房玄龄以下诸大臣，且自谓与他们相比如何。”

王珪起身离席，答道：“孜孜奉国，知无不为，臣不如玄龄；才兼文武，出将入相，臣不如李靖；敷奏详明，办事公允，臣不如温彦博；耻君不及尧舜，以谏诤为己任，臣不如魏征。然疾恶好善，激浊扬清，也是臣之微长。”

唐太宗深以为然，大臣们也深服王珪精辟的评论，而王珪对房玄龄的品评则最为精当。身为宰相的房玄龄，从方方面面总理朝政，真可谓鞠躬尽瘁，死而后已。

5 几落几起

贞观十二年（638年）秋天，唐太宗问房玄龄："帝王创业与守成哪一个更难？"

房玄龄答道："草创之时，与群雄并起，角逐天下，经几番苦战，才使他们臣服而拥有天下，臣以为创业难。"

魏征反对他的观点，他说："自古帝王莫不得之于艰难，而失之于安逸，臣以为守业难。"

唐太宗说："玄龄与朕共取天下，出百死而得一生，故知创业之难。征与朕共安天下，常恐骄奢生于富贵，祸乱生于所忽，故知守成之难。然创业之难既已往矣，守成之难方当与诸公谨慎处之。"

房玄龄拜谢道："陛下既出此言，乃四海之福也。"

即使房玄龄忠心耿耿，但也有人对他不满，出言诬陷他。同中书门下三品宋国公萧瑀，性格狷介，与群臣多不合。他见房玄龄深受唐太宗赏识，便心生妒恨，借机向唐太宗进谗言说："房玄龄与中书门下诸位大臣，朋党不忠，陛下不知详情。他们执权顽固，只是未反罢了。"

唐太宗说："卿言太甚！人君选贤才以为股肱心膂，当推诚以待之。人不能求全责备，应舍其所短，而取其所长。朕虽不聪不明，还不至于不知善恶好坏！"

萧瑀听了唐太宗的话，十分羞愧，内心不自安，唐太宗念其有功，不忍加罪。唐太宗对房玄龄的信任，由此可见一斑。

后来，房玄龄因微过被遣，归于府第。褚遂良上奏说：“房玄龄自义旗初建始，翼赞圣功，武德之季，冒死决策；贞观之初，选贤立政，人臣之勤，玄龄为最。今玄龄并无不赦之罪，岂可弃之！陛下如果嫌其衰老，可讽劝使之退休，不可以微小过失而弃数十年之勋臣。”

唐太宗觉得褚遂良说得有理，便有些后悔，赶忙派人召回房玄龄。但很快又因一点儿小过失，房玄龄再次被遣，归于府第。不久，唐太宗临幸芙蓉园，房玄龄听说之后，急忙让子弟洒扫庭院，告诉他们说：“皇上的乘舆马上就会到来。”房玄龄的子弟十分疑惑，以为他老糊涂了。就在这当儿，唐太宗果然来到房玄龄的府第，载之还宫。

相传，当时京畿一带大旱数十天，唐太宗载房玄龄回宫之后便下了一场大雨，消了旱情。老百姓欢呼雀跃，说：“此乃陛下优待房玄龄之故也。”因此可见房玄龄在当时百姓的心目中堪称贤相，深受人们的爱戴。

房玄龄虽身居相位，名贯天下，却从不居功自傲，更不贪权图利。唐太宗曾经召集大臣讨论世袭之事，并封房玄龄为宋州刺史，更爵梁国公。唐太宗之所以要封房玄龄为宋州刺史，目的是为了让房玄龄的子弟世袭。但房玄龄觉着自己身为宰相，应为众大臣做出榜样，不应贪图功名，便上奏唐太宗说：“陛下，臣已身居相位，又封宋州刺史，这样恐会使大臣们追逐名利，惑乱朝政。臣以为不妥，请陛下先罢臣的刺史职位，以正大臣视听。”

唐太宗深以为然，便依了房玄龄的奏折，只封其爵梁国公。房玄龄辞掉了宋州刺史之后，朝中大臣纷纷仿效，辞去能世袭的官职。唐太宗十分感慨地说：“上行下效，朝中大臣今日能如此行动，皆玄龄之功也！”

后来，房玄龄加太子少师，当他初到东宫见皇太子时，皇太子欲拜之。房玄龄慌忙躲避一旁，坚辞不受。东宫的诸色人等见当朝宰相如此谦虚恭谨，不由得暗中称赞，皆言他是亘古未有的贤相。

贞观十六年（642年），房玄龄进位司空，仍旧总领朝政。房玄龄觉得自己居相位日久，极宠隆极，累次上表辞位。唐太宗遣人对房玄龄说："辞让，固然是一种美德。然而国家赖公已久，一日而去良佐之臣，朕犹如亡去左右手一般。公筋力犹健，精力未衰，再勿辞让。"

但作为个人，房玄龄有时太过依从于唐太宗，这是他的不足之处，不如魏征敢犯颜直谏，魏征就此也曾批评过房玄龄。

有一次，房玄龄与高士廉在路上碰到少府少监窦德素。当时，窦德素正主持修缮北城门，房玄龄一见到他便问："北门近来修缮得怎样？为什么要劳民伤财呢？"

窦德素将此话奏给了唐太宗。唐太宗闻奏大怒，指责房玄龄说："公只须知南牙政事即可，朕修缮一下北城门，与公何干？"唐朝的宰相议事处位于宫城南边，所以称之为南牙。

房玄龄见唐太宗怒不可遏，赶忙拜谢。魏征上奏说："陛下，臣不知陛下为何责备玄龄，而玄龄又为何而拜谢？玄龄为陛下的股肱耳目，于朝内朝外之事无不应知者。如果修缮北城门乃为善举，那玄龄就应助陛下成之；如果不是善举，那玄龄就应请陛下罢之。玄龄问于主管之人，于理应当。臣实不知何罪而责，又何罪而拜？"

唐太宗、房玄龄听了魏征的谏言，都觉得自己犯了错，赞叹魏征耿直。唐太宗罢了修缮北门之事，房玄龄则对于朝中之事更为谨慎。

金无足赤，人无完人。虽然房玄龄也不免身有过错，但毕竟是瑕不掩瑜，于大政方针无不表现出一个大唐贤相的政治风度。

6　凌烟之首

自唐高祖李渊太原起兵开始，李世民领兵南征北战、东征西讨，在他的周围可以说谋士如云，战将比比皆是，这些人后来大都成了唐王朝的栋梁之臣，同唐太宗一起迎来一个传之后世的至治时期——“贞观之治”。

对于自己的有功之臣，唐太宗李世民无时不记挂着褒奖他们。高官厚禄已是平平淡淡的封赏方法，唐太宗在思考着一种前无古人、后无来者的奇特办法，以显示自己的非同一般。贞观十七年（643年），有一天，唐太宗茅塞顿开，兴奋地对大画家阎立本说：“朕欲图画功臣之像，不知可否？”

阎立本与其兄阎立德乃唐初最有名的人物画家，笔力刚健，经常用极为简练的笔法表达人物的不同性格，画功臣图那算得了什么呢？听了唐太宗的问话，阎立本不假思索地回答：“陛下，臣于人物画最为得心应手，当无什么差错。”

唐太宗大喜，立刻对阎立本说：“卿为朕先画一幅《秦府十八学士图》如何？”

阎立本答道：“臣遵旨，请陛下赐十八学士姓名。”

唐太宗不假思索地报起名来：“房玄龄、杜如晦、虞世南、孔颖达……”一口气说出了十八位曾跟随自己左右的学士，阎立本飞快地记着，直至唐太宗说出最后一个人的名字，君臣两人才歇了口气。

唐太宗之所以将房玄龄第一个说出，除了房玄龄是自己的第一谋臣之外，还有另外一个十分重要的原因。

唐太宗的皇后长孙氏，自从13岁时嫁给唐太宗李世民之后，言行颇守礼法，对唐太宗的“贞观之治”有着极为重要的影响，后世史学家称长孙皇后为古代贤后，载誉千年。长孙皇后自幼喜欢读书，被册封为皇后之后，仍然手不释卷，每与唐太宗谈论古今，多阐述善恶之政，无不精辟至当。然而，每当唐太宗问及军国大事，则说：“牝鸡司晨，家遭离散，不可。”

如果唐太宗一再发问，便一言不发，就算偶尔回答一次，也不存私念，颇为精当。因此，深受唐太宗及大臣们的由衷敬重。唐太宗如有过失，则婉言相劝。

长孙皇后的同胞兄长长孙无忌是唐太宗布衣之交，两人的感情十分深厚。在战乱时期，长孙无忌跟唐太宗同生死共患难，立下赫赫战功。在“玄武门之变”中，长孙无忌又最为坚决，深得唐太宗的信任和赏识。唐太宗李世民继承皇位之后，欲以长孙无忌为右仆射，长孙皇后深感不安，她历来痛恨外戚专权断送国家的情况，也认识到外戚均无好的下场。长孙皇后引史为鉴，不愿看到长孙氏家族的人重蹈历史的覆辙，就对唐太宗说：“妾身为皇后，家族已显贵至极，实不愿兄弟子侄再来掌国家大权。汉之吕氏、霍氏两外戚掌权的教训应引为切骨之戒，望陛下明鉴。”

但唐太宗不听长孙皇后的劝谏，一定要任命长孙无忌为右仆射。长孙皇后无奈，便差人把兄长找来，告诉长孙无忌说：“皇上欲以兄长为右仆射，我已向皇上陈明利害，请不要以长孙氏家族的人身居要职，这会减少许多意料不及的麻烦。愿兄长能亲自向皇上辞谢右仆射之职。”

长孙无忌知道妹妹的良苦用心，自然愉快地听从了妹妹的意见。第二天，长孙无忌面陈唐太宗，说明不愿为右仆射的缘由，态度既诚恳又坚决。唐太宗迫于无奈，只好将此事作罢。

长孙皇后年幼之时，由于家道衰落，备尝生活的艰辛，被册立为皇后之后，依然没有改变她的生活习惯，极为简朴节约，严格管教亲生子女，对太子承乾管教则更为严厉。一次，身边的人对长孙皇后说："太子生活过于简陋，其他王子有的东西，太子都没有，请皇后改善太子的生活。"

长孙皇后道："身为太子，最怕的是没有德行，只要具有贤德和好名声，何必去为没有好的东西而分心呢？"

长孙皇后一生都坚持克制欲望，情感得不到正常宣泄，身心健康遭受严重损伤，加之早年就患有咳喘的毛病，终于在贞观十年（636年）的夏天病情恶化。太子承乾见母亲病重，内心十分着急，奏请母后说："母后的病，虽有名医良药，但仍不见转机，儿臣想请父皇大赦天下，然后度人为道士，为母后求福，母后的病定会早日康复。"

长孙皇后在病痛之中，依然清醒地说："死生之事非人力所能强求。若祈祷可以延年益寿，我平日里又没有做什么坏事，行善都没有什么效果，又何必去祈祷呢？大赦天下乃国家大事，岂可因我而乱国法？至于度人为道士，更是误国害民，你如果奏请此事，我还不如去速死！"

太子承乾见母后态度坚决，不敢再坚持己见，更不敢将自己的想法告诉父皇，只好来找房玄龄，将自己的想法原原本本对他说了一遍。房玄龄听后思索了一下，对太子承乾说："皇后之贤，亘古未有，依臣之见，为一贤后而赦天下也未尝不可，只是此事要告知皇上方才可行。臣这就面奏皇上。"说罢，赶忙来到后宫，将太子承乾之意奏了上去。

唐太宗听后，戚然说道："吾儿孝，皇后贤，朕何惜此区区小事！"便欲下诏大赦天下。长孙皇后闻知，急忙劝阻，方才停止。此时，房玄龄因一件小事惹怒了唐太宗，唐太宗盛怒之下将房玄龄遣归回家，停职闲居。病危中的长孙皇后心急如焚，病情愈加严重，眼看就要告别人世了。唐太宗心情也特别沉重，前来探视长孙皇后。长孙皇后见皇上到来，便与之作诀别之语。

长孙皇后总共说了三件事情作为自己的遗嘱：第一件为死后俭薄送

终；第二件请唐太宗要纳谏容忠，勿听谗言；长孙皇后念念不忘的第三件事，便是劝唐太宗召回房玄龄。她情深意切地对唐太宗说：“房玄龄事陛下多年，小心谨慎，周密细致，运筹帷幄，决胜千里。陛下也经常比之汉代萧何、邓禹，却为小小之事而遣之归第，非明智之举。人非圣贤，孰能无过，臣妾愿陛下信之任之，不轻易罢免如此少见的贤相，臣妾死亦无憾矣！”

面对自己心爱的皇后即将告别人世，唐太宗的眼睛湿润了，牢牢记住了她的话，频频点头答应，并说：“你所说的话，朕铭记心中，这就召回房玄龄，你放心吧！”说毕，立即下诏让房玄龄还朝。这时，长孙皇后憔悴的脸上露出了笑容，不久便去世了。

长孙皇后去世之后，十三年来，李世民一直让后位空着，直到他去世为止，由此可以看出李世民对长孙皇后的敬仰、怀恋之情。每当唐太宗看到房玄龄，便不由得想起长孙皇后的临终嘱托，对房玄龄也愈加敬重，凡大事必听其参决。有一次，唐太宗打算任命司农卿李纬为民部尚书，问一位大臣：“房玄龄闻李纬为尚书，说了些什么？”

那个大臣曾和房玄龄谈到李纬之事，但房玄龄没有正面表示反对，只是说：“李纬长了一脸好须！”那个大臣见唐太宗问自己，便如实回答说：“无他语，只赞其须。”唐太宗听了，立刻取消了原定的任免计划，将其改任太子詹事。

这一次，唐太宗让阎立本画《秦府十八学士图》，自然没有忘记房玄龄，他对房玄龄的敬重，也正反映了对长孙皇后的思念。

阎立本出手不凡，将十八学士画得惟妙惟肖，深得唐太宗赞赏。尤其是阎立本对房玄龄的描画，更是呼之欲出，那一双深谋远虑的眼睛，使人感受到他似乎正在谋划惊天动地的伟业，唐太宗看了许久，叹道：“卿之笔乃神笔也，使朕有两个房玄龄也！”

后来，唐太宗又对阎立本说：“朕欲在凌烟阁画上二十四个功臣像，以纪念他们的功德。”

阎立本说：“臣当尽力为陛下效命。”在阎立本的辛勤努力之下，又一组大型人物画《凌烟阁二十四人图》产生了。这二十四个功臣是：房玄龄、杜如晦、长孙无忌、李孝恭、魏征、高士廉、尉迟敬德、张亮、程知节、虞世南、刘政会、李勣、秦琼、唐俭、李靖、侯君集等。唐太宗亲自为这幅功臣图题写了赞语，褚遂良题写了画名。

房玄龄被画入学士图和功臣图中，在当时是一件非常荣耀的事情，但他却并没有居功自傲，狂妄自大。当别的大臣向他表示祝贺之时，他只是淡淡地说："蒙皇上不弃，当如诸葛孔明，鞠躬尽瘁，死后而已，方才称其名也。"

对房玄龄来说，无论是学士图还是功臣图，那一切都已是往日的回忆，远非自己的终点，只是一个更高的起点而已，他还要在自己的有生之年为唐太宗、为大唐王朝、为天下万民日理万机，向事业的巅峰迈进。

7 病笃忧国

晚年的房玄龄经常病体缠身。唐太宗依旧委之以重任，下诏说："玄龄多病，听其居第，卧床治事。"朝中如遇大事，便命人以肩舆抬着上殿。每一次遇到这种场面，唐太宗便流泪不止，说："公老矣，朕亦老矣！"

房玄龄看到昔日英气勃发的唐太宗也日渐衰老，又看看自己，不由得也哽咽起来，接着唐太宗的话说："陛下乃天之子，何出此言，吾皇万岁万万岁！"

君臣两人每次就在这样的气氛中处理政事。唐太宗实在太需要房玄龄这样的老臣了，不忍心看着他就这么病死，常命御医为之诊治，并遣人送去宫中的各种美味。还专门让人每天报告房玄龄的起居状况，如闻之有起色，便喜形于色；如闻之病情加重，便终日郁郁寡欢。可见唐太宗始终没有忘记长孙皇后的临终嘱咐，处处以自己的行动来实践对长孙皇后的承诺。

但唐太宗对长孙皇后所嘱咐的第二件事却逐渐淡忘了，逐渐变得好大喜劝，不虚心纳谏，而且贪图女色，对于炼丹之事也非常热衷。不虚心纳谏，魏征生前就批评过唐太宗。有一次，唐太宗问魏征："朕之政事与往年比何如？"

魏征说："威德所加，比贞观之初则远矣。贞观之初，陛下恐人不谏，导之使言。今则不然，虽勉强从之，犹有难色。"

唐太宗听了魏征的回答，也略有所感地说："非公不能及此，人苦不自知耳。"

至于贪图女色，长孙皇后在世之时，唐太宗便有所显露，曾幸隋炀帝萧后，纳齐王元吉妃杨氏，召亡隋公主等。长孙皇后死后，更是有过之而无不及，每见佳丽，多不肯放过，徐贤妃、武则天等皆十三四岁即被召入宫。对于一代明君而言，这不能不说是一大败绩。

对于炼丹之术，唐太宗为秦王之时，便曾和房玄龄微服私访茅山道士王远知，以求长寿秘诀。但唐太宗真正食服丹药是从贞观十七年（643年）开始的，那时，人们将丹药视为长生不老之药，还不知道它对人体的危害。贞观二十一年（647年）正月，高士廉去世，唐太宗非常悲痛，决定亲临其家吊丧。当时，唐太宗刚服过金丹，炼丹方士说服丹药不得临丧。房玄龄为了唐太宗的安危着想，劝道："陛下方饵金石之药，不能破其禁忌，当为宗庙社稷天下苍生自重！"但唐太宗不听劝告，执意前往，后被长孙无忌挡驾方才罢休。最终，唐太宗死于丹药的毒性。

作为一代贤相的房玄龄，对于唐太宗的贪图女色不敢有所言，对于其服丹药认识不足而没有言，唯独对好大喜功一事有自己的看法。贞观之末，唐太宗屡伐高丽，并御驾亲征，让房玄龄留守长安。唐太宗经常对房玄龄说："公当汉萧何之任，朕无西顾之忧矣！"

实际上，房玄龄对伐高丽之事持反对态度。唐太宗每次征伐之时，房玄龄都上书劝阻说："愿陛下不可久有事于外夷，更不可轻敌，则天下安。"唐太宗不听劝告，结果遭受两次失败。

贞观二十二年（648年）春天，唐太宗又欲伐高丽，下诏以右武卫大将军薛万彻为行军大总管，右卫将军裴行方副之，领兵三万余人及楼船战舰，泛海击高丽。这一年，房玄龄已是七十一岁高龄的老人了，多病的身体更是雪上加霜，一天重似一天，眼看着不久于人世。当他听说唐太宗又欲伐高丽之时，便非常忧伤地对子女说："我受主上之厚恩，今天下无事，惟征高丽不已，群臣莫敢谏，吾知而不言，死有余责。”说罢，房玄龄叫家人取来笔墨纸砚，躺在床上，用尽平生气力写了最后一道奏折。房玄龄在其中慷慨陈词，他写道：

“陛下乃一代圣德之君，上古帝王所不能臣服的人，陛下皆臣服之矣；上古帝王所不能制定的事，陛下皆制之矣。隋末以来，为患中国者，莫过于突厥，而今皆束手服帖，其大小可汗为陛下握刀宿卫；薛延陀、铁勒等，皆分置州县；高昌、吐谷浑，偏师扫除。惟高丽历代抗命，无能克之者也，陛下责其弑逆之罪，身将六军之师，至荒裔，不日拔辽东，虏获数十万，可谓功倍前世矣。”

“《易》曰：‘知进退存亡不失其正者，其惟圣人乎？’盖进中含退之义，存中含亡之机，得中含丧之理，臣为陛下惜者在于此也。《老子》曰：‘知足不辱，知止不殆。’陛下之威名功德可谓盛矣，然拓土开疆之事亦可以止矣。边夷乃丑类，不足待之以仁义，以平常之礼苛求于他们，上古皆以禽鱼畜之。今陛下欲灭绝其类，恐其如兽受困而奋起搏击，这反而使之存，救了他们。忆往日，陛下每决死囚，必让臣下三番五次上奏，且始进素食，停音乐，因人命关天之故也。今陛下使无罪之卒行于军阵之中，委之锋刃之下，使之肝脑涂地，使其子孤妻寡，老父伤心慈母落泪，使阴阳变更，伤害和气，实为天下之所痛恨也。如高丽违失臣节，伐之可也；侵扰百姓，灭之可也；为后世之患，夷之可也。今高丽于此三者之中，不存其一，却使大唐徒生疲惫，不知所得者大，所损者大乎？臣愿陛下沛然下诏，允高丽自新改过，焚泛海之舟，罢应募之兵，则天下安，臣死亦无憾矣。”

唐太宗看了这篇情真意切的奏疏，十分感慨地说：“彼病笃若此，尚能忧我国家。”

这时，房玄龄已处于病危状态，唐太宗不仅下诏让皇太子至其府第慰问省疾，并亲临探视，与房玄龄握手诀别，君臣两人悲不自胜。房玄龄挣扎着说：“臣去矣，愿陛下保重！”

不久，房玄龄便辞世而去。唐太宗下诏为其举行了隆重的葬礼，赠官太尉、并州都督，谥曰“文昭”，赐班剑、羽葆、鼓吹、绢布二千段、粟二千斛，并许其陪葬昭陵。为相三十二年的房玄龄，享尽了荣宠，也将美名流传于后世。

8 清名受辱

房玄龄生前不仅勤于国家大事，也非常重视子女的教育，治家颇有法度。当时，一些达官贵人的公子哥挥霍无度，竞相奢侈。对于这种情况房玄龄是深有感触的，他唯恐自己的子女仗势欺人，于是集录了古代和当时社会一些有名的家训，亲笔将其书写在屏风上，让诸子各取一具，时刻以之约束自己。

房玄龄有三个儿子，长子房遗直，次子房遗爱，三子房遗则。房玄龄十分仰羡汉代袁氏家族四世三公的家世，常常对三个儿子说："汉之袁氏累世忠节，吾心所尚，尔等宜以之为师，时时训诫自己。"

房玄龄每次处理完朝中政事，回到家中，一边督促儿子的学业，一边询问他们对自己所集录的家训有何心得，并让他们背诵给自己听。每到这时，房玄龄总是聚精会神地听着，并给儿子讲解其中的含义，回答儿子的疑问，父子几个经常因此而没有了拘束，畅论古今，一家人真可谓其乐无比。临结束之际，房玄龄总不忘记提醒儿子这么一句话："时常留意于此，可永保躬身矣。"

房玄龄对诸子的要求可谓十分严格，但他的次子房遗爱却不爱学习，喜好舞枪弄棒。成人之后，唐太宗将自己的爱女高阳公主下嫁给房遗爱，房遗爱由此成了驸马爷。自从和唐太宗结为儿女亲家之后，房玄龄既喜悦又担心，心情非常矛盾。对于高阳公主，因唐太宗非常钟爱，房玄龄便上奏说："陛下，公主可不尽儿媳之礼。"

唐太宗表示反对，就这样，高阳公主虽贵为金枝玉叶，也不得不尽当时媳妇对公婆的孝道。但高阳公主的内心是非常骄狂的，常仗着自己的公主身份在家中惹是生非。在房玄龄病危之时，唐太宗下诏以房玄龄嫡长子房遗直袭其爵位，官拜银青光禄大夫，次子遗爱官拜右卫中郎将，三子遗则官拜朝散大夫。

本来，唐太宗因高阳公主的关系，对驸马房遗爱恩礼有加，不同于其他驸马。而高阳公主却对丈夫房遗爱这次只被任命为右卫中郎将非常不高兴。她气无出处，便忌恨起房遗直来。房遗直有乃父之风，见公主不高兴，内心生了恐惧，急忙上奏唐太宗要将自己的官爵让与房遗爱，唐太宗不许，并将高阳公主训斥了一番。高阳公主意颇怏怏。

房玄龄死后，高阳公主在家中更是飞扬跋扈，为所欲为，甚至连自己的丈夫也肆意陷害。有一次，高阳公主怂恿房遗爱去贸易财货，自己却在唐太宗面前诬告房遗爱贪冒财货。幸亏房遗直大力相救，讲出实情，才使得房遗爱免遭灭顶之灾。

高阳公主不仅为人恶毒，而且色欲极重。有一次，她与房遗爱出外打猎，偶遇僧辩机，对其雄壮有力的身躯非常欣赏，便和辩机在自己的封地结庐帐而居，淫乱无度。为了安慰丈夫房遗爱，高阳公主找了两个十分漂亮的女子送给他，使其缄默不语。过了一段时间，高阳公主担心自己的丑事败露，便恋恋不舍地与辩机告别，还送给他一个金宝神枕，使之日夜思念自己的风流余韵。后来，遇到唐太宗下令捕天下之盗，有人在辩机房中发现了那个金宝神枕。因为金宝神枕乃宫中之物，搜捕之人便怀疑辩机有盗窃之嫌，就将其抓捕归案。经严刑拷打，辩机承认乃高阳公主所赠，御史便把此事上奏唐太宗。

唐太宗闻奏大怒，下诏处死辩机，并将高阳公主身边的奴婢侍女十余人也处以死刑。自此，高阳公主失去了唐太宗的宠爱，便心生怨恨之情。唐太宗死时，高阳公主竟然哭无哀容，时人多非之。

唐高宗在位的时候，高阳公主不改前非，并变本加厉，与僧智勖、僧惠弘、道士李晃等人日夜狎戏，同床共枕，秽声播外。房遗爱不但不闻不问，反而与高阳公主的情夫们结为兄弟。他们几人在一起厮混得久了，便心生奸邪之念，欲冒天下之大不韪，勾结掖廷令陈玄运，使之窥探朝中动静，准备谋反。房遗爱与高阳公主积极谋划，巴陵公主与驸马柴令武也参与了他们的阴谋，但最终并未实施。

后来，唐高宗任命房遗直为汴州刺史，房遗爱为房州刺史，高阳公主于心不甘，诬告房遗直谋反。唐高宗派长孙无忌鞫治房遗直，结果没有半点谋反之嫌，反而查出房遗爱与高阳公主的谋反之状。唐高宗大怒，下令将房遗爱、柴令武等人处以极刑，高阳公主、巴陵公主赐死家中。

事后，长孙无忌叹道："想不到房玄龄有如此不肖之子，使其父徒辱英名！"

唐王朝为纪念一代贤相房玄龄的功德，特许其配享宗庙。自从房遗爱谋反之事暴露之后，唐高宗诏停其配享。房玄龄如果泉下有知，恐怕不免要伤心落泪。为人子者当以房遗爱为戒，惜自己性命，更应惜父辈英名。

综观房玄龄的一生，可以说清明廉洁，一心奉公。历代史学家在评论唐代宰相时，无不首推房玄龄，总是说：唐代贤相，前有房杜，后有姚宋。唐人柳芳叹道："房玄龄佐太宗定天下，及终相位，凡三十二年，天下号为贤相。然无迹可寻，德亦至矣。故太宗定祸乱而房玄龄不言己功；王珪、魏征善谏，房玄龄赞其贤；李勣、李靖善将兵，房玄龄行其道；使天下能者共辅太宗，理致太平，善归人主，真贤相也！房玄龄身处要职，然不跋扈，善始善终，此所以有贤相之令名也！"柳芳的评论可谓恰如其分，司马光、欧阳修后来写有关这段历史评论时，都全文抄录。但房玄龄的功德，已是历史，只能欣赏和借鉴，更好的永远在于今天和未来。

（六）

逆鳞直谏第一人

——魏征

1　投身瓦岗

公元589年，隋文帝杨坚攻灭割据建康（今南京）的陈王朝，统一全国，结束了自魏晋以来长达三个半世纪的南北割据局面。隋文帝是位比较节俭、谨慎的皇帝，他在位期间，实行改革，发展经济，老百姓的生活比较安定。然而，继位的隋炀帝却是反其道而行之，开凿运河，营造宫室，游幸玩乐，攻打高丽，滥用民力。繁重的劳役、兵役压得老百姓喘不过气来，大量的青壮年被迫离乡背井，而且连妇女也被征发服役，致使田地荒芜，民不聊生。老百姓为了活命，只能起兵反抗。公元611年，在山东首先爆发了农民起义。不几年工夫，农民起义的烽火便蔓延到整个黄河中下游地区和长江流域。乱世英雄起四方，很多的地主武装也乘机而起，天下又是一片纷扰攘夺，动荡不安。

大业十二年（616年）以后，南北方的农民起义渐渐形成三支大的队伍。一支是杜伏威领导的江淮起义军，一支是窦建德领导的河北起义军，一支是李密领导的河南瓦岗起义军。

大业十三年（617年）春天，瓦岗军袭取了隋朝的大粮仓洛口仓（在今河南巩县），后来，又打下洛阳附近的回洛仓，控制了河南的大部分郡县。李密在义军首领翟让、单雄信、徐世勣等人推戴下，自称魏公，建立行军元帅府。瓦岗军威震中原，各地的小股起义军纷纷归附，力量很快就发展到几十万人。

这年九月，隋朝武阳郡（今河北大名县东）的郡丞元宝藏起兵响应瓦岗军。李密封元宝藏为上柱国、武阳公。元宝藏受封后，命门客魏征起草书信向李密致谢。魏征在信中向李密献计，请求让元宝藏“帅所部向西取魏郡（今河北临漳），向南会集义军诸将攻黎阳仓（在今河南浚县境内）”。李密接到书信，见其文辞允当，想来执笔者定非等闲之辈，便向信使询问。信使报告李密，书信是军中掌管文书的魏征起草。李密一听大喜，立刻修书，派人前去征召魏征到瓦岗军中供职。

魏征其人，字玄成，生于北周静帝大象二年（580年）。他的家原在巨鹿下曲阳（今河北晋县西），后来迁到相州内黄（今河南内黄县）居住。魏征的家庭也算书香门第，他的父亲魏长贤博学多才，为人正直，在北齐朝曾当过县令。当时北齐朝政治腐败，魏长贤屡次上奏指陈时弊，但都不见纳用。于是，他愤然告病辞官，后离世。

由于父亲过早去世，少年的魏征过着清贫的生活。但魏征从小勤奋读书，养成了胸怀大志的秉性，期望有朝一日能干一番有益国家和天下百姓的事业。

直到30岁以后，魏征依然过着贫困落魄的平民生活。他不愿去做经营资财田地的事情，而是博览群书，熟读经史，钻研历代王朝的治乱兴衰事迹。唐史中称赞魏征“好读书，通贯书术”。隋末乱世，社会动荡不安，正是英雄豪杰用武之时。为了寻求施展才能的机遇，魏征告别家人，装扮成道士，出外云游。及至元宝藏起兵，请魏征典掌文书事务，自此正式投身反抗隋炀帝暴政的时代洪流之中。等到魏征应李密征召来到瓦岗军中，担任元帅府参军掌记室，主管文书的这一年，已经38岁了。然而，出身大贵族的李密只是喜欢魏征的文章才华，并未将他看作可以共商大计的心腹。魏征曾向李密提出十项策略建议，但均未被采纳。

再说游幸江都（今江苏扬州市）的隋炀帝，为了镇压中原的农民起义军，派遣江都通守王世充率领江淮劲兵赶赴洛阳。正值河南、山东发生水灾，饥民满野，官府赈济不及，一日死者达上万人。李密乘此机会，派徐世勣、元宝藏等将带兵突袭黎阳仓，随即开仓放粮，救济灾民。不出一个月，又有二十万余贫民加入瓦岗军。至此，瓦岗军的力量声威达到极盛，与王世充为首的十万隋朝官军在洛口隔洛水对峙。自初冬十月至次年正月，瓦岗军于洛水之北几次打败王世充的进攻，乘胜进入金墉城（在洛阳之东）与据守洛阳的隋军鼓角相闻。

大业十四年（618年）三月，江都发生兵变，隋炀帝被禁军首领宇文化及缢杀。兵变之后，宇文化及下令返回长安，带着隋炀帝的后妃宫嫔、文武官员和数万名护驾将士沿着大运河北上。宇文化及打算回长安后自立为帝。

隋炀帝凶死江都的消息传到洛阳后，留守的官员们拥立越王杨侗（炀帝之孙）为皇帝，改年号为“皇泰”。朝中大事由段达、王世充、元文都等“七贵”共同执掌。“七贵”当中，王世充心怀异图，觊觎帝位。不久，他发动兵变，杀死元文都等人，自专朝政，杨侗成了他手中的傀儡。

位于关中的隋朝京城长安，早在一年前就被李渊父子占领。李渊本是隋朝的太原留守，大业十三年（617年）七月，他扬起反隋大旗举兵南下，而后西渡黄河，长驱进入关中，于十一月攻克长安，扶立隋炀帝的孙子代王杨侑为帝。炀帝被杀之后，李渊便废掉了这个十四岁的傀儡，自己登基称帝（唐高祖），定国号为唐，改年号为“武德”。李渊父子首先着力于巩固关中和太原两地。而李密率领的瓦岗军在洛阳一带与王世充厮杀相持，从时间上有利于李渊父子稳定阵脚，积聚力量。

李唐武德元年（618年）七月，沿运河北上的宇文化及因军中缺粮，带领三万人马来攻打瓦岗军占据的黎阳仓城，守将徐世勣急派快马向李密求助。李密闻报，派勇将秦叔宝和程知节为先锋火速驰援，自己率两万人马继后。双方相持旬日之后，在童山（今河南浚县西南）展开决战。这是一场两败俱伤的殊死拼杀，瓦岗军保住了黎阳，却元气大损。宇文化及带着剩下的万余人马逃到魏郡（今河南安阳）苟延残喘。

这时，瓦岗军的死对头王世充早已厉兵秣马，想乘瓦岗军兵将疲惫急待休整的时机出击。九月，王世充进军偃师，扎营于通济渠南岸。李密率瓦岗军精兵扎营于偃师北面的邙山。开战之前，李密召集部将商议，老将裴仁基分析道：“王世充率大军至此，洛阳城中必定空虚，我军应分兵扼守要道，使其不能东进，同时以三万精兵向西直逼洛阳。王世充如若回救洛阳，我军则按兵不动，如果他再引兵向东，我军则再逼洛阳。如此一来，王世充疲于往来奔波，我军以逸待劳，必能获胜奏捷。”李密听后，深表赞同。

但是，单雄信、陈智略、樊文超等将领却因为曾经屡次打败王世充，有些骄慢轻敌，在会议上喧然争执，要求出战。李密惑于众人议论，不听裴仁基的苦苦相劝，决定出兵迎敌。

这次重要的战前会议，魏征因职位较低而未参加。但他完全明白这场即将展开的大战关系到瓦岗军的前途存亡，于是主动求见元帅府长史郑颋，向他献策道：“魏公虽然连获胜利，但精锐士卒伤亡过多，再加上对有功将士未能及时奖赏，影响军心士气。有此两点，不可轻率出兵迎敌。王世充军中缺粮，其志在于速战死战，我军不可与其争锋，而宜深沟高垒，与敌相持。不过旬日时间，王世充粮尽就会不战自退。到时我军再追而击之，一定能取得大胜。”郑颋是投降李密的隋朝官员，根本瞧不起平民出身的魏征，他听了之后，轻蔑地讥笑道：“这些不过是老生常谈而已！”魏征的一腔热忱，不料遭此奚落，就反唇抗言道：“这是制胜奇策，怎么能说是老生常谈！”遂拂衣而起，愤然离去。

结果，正如裴仁基和魏征所料。李密轻敌迎战，不设营垒，被王世充伏兵袭击，放火焚营，全军溃败；将领张童仁、陈智略、单雄信等人投降了王世充；偃师城也被王世充攻破，裴仁基、郑颋、祖君彦等几十名将领成为俘虏。兵败如山倒。邙山一战，数十万瓦岗军溃败离散。李密召集残兵，谋图再举，但诸将都个个心灰意冷，不复振作。无奈之下，李密带着两万人马，西入关中投降李渊。魏征也跟随李密，一起来到新建的李唐都城长安。

武德元年（618年）十月，李密兵败降唐，受封为邢国公。寄人篱下，今非昔比。但是李密仍妄自尊大，不识时务，对李渊的先隆礼相待而后冷落不用心生耻愤。于是，他请求李渊让他去洛阳一带招抚旧部。离开长安之后，李密打出叛唐旗帜，想东山再起，却落得个兵败被杀的下场。此时，低微的魏征仍未为李渊所知。

2 入唐为臣

李渊父子虽已建国立朝，但天下依然是群雄割据的逐鹿局势。魏征审时度势，认为这正是自己建立功名、求取仕进的好机会。十一月，魏征自请前往山东地区（包括今河北、河南及山东）招降瓦岗军旧部归唐。李渊任命魏征为秘书丞（掌管国家图书之职），乘驿车东下。

魏征受命后直奔黎阳，先给据守此城的徐世勣写信指陈形势利害："当初魏公（李密）举旗反隋，振臂一呼便拥众几十万，声威所及，半于天下。然而一败不振，终降唐朝，由此可知天命之所归也。现在你身处兵家必争之地，不早作自图，就可能错失机会，前途有危了。"徐世勣看过信之后，前思后想，决定归唐。他一面将所辖地区的郡县户口、士马人数造册登记，派人送往长安，一面运送粮草接济唐将淮安王李神通。这时，李神通因被河北义军窦建德所败，自相州退至黎阳，遂与徐世勣合兵守城，保存实力。

魏征劝说徐世勣归唐后，又前往魏州（即武阳郡）劝说自己的故主元宝藏归降。魏征在山东地区的招抚活动，以得到徐世勣所占据的李密旧地十郡和二十万众为最大成绩，这对李唐平定中原地区起着基础的作用。黄河中下游地区，先前有洛阳王世充、李密瓦岗军、河北窦建德，以及北上的宇文化及四股武装力量。宇文化及与李密两败俱伤之后，李唐在中原地区的强劲敌手就只剩下两个了。

武德二年（619年）二月，窦建德在山东聊城擒杀了自称皇帝的宇文化及。十月，又领兵南下攻克黎阳，李神通、徐世勣父子及魏征等人全都当了俘虏。窦建德早在大业十三年（617年）时就已自称长乐王，第二年又称帝建立夏国。他早就听闻了魏征的名气，便任命魏征担任起居舍人（记录皇帝言行的官职）。

武德四年（621年）五月，窦建德被率军东征的秦王李世民击败活捉，押至长安斩首。盘踞洛阳的王世充，在孤城难守的穷途末路，只好开城投降。山东地区宣告平定。

窦建德失败后，魏征与隋朝旧官裴矩一起回到关中。皇太子李建成听说魏征有才干，召他担任太子洗马职务，主管东宫的经籍图书。魏征在三年多的时间里，先后在元宝藏、李密、窦建德军中谋职，辗转奔波，并不得志。现在，皇太子对他有所器重，不禁心生感激，积极地为其出谋划策。

这时，刚刚建立的李唐新朝内部，争权夺利的矛盾已尖锐化。秦王李世民从太原起兵到平定分裂的战争中，屡建功勋，秦王府中集合了一大批文武人才，这就使得排行老二的李世民想凭借功绩和实力夺取太子之位。但是，太子和老四齐王李元吉也都不是平庸之辈，不会坐而待毙，他们对秦王功高志盛的逼人气势，采取了公开的反击行动。

作为太子属官的魏征，也在为太子的地位忧心。武德五年（622年）六月，窦建德的部将刘黑闼借突厥兵又在河北趁乱反唐。魏征认为这是一个绝佳的机会，他向太子献计道："秦王功盖朝野，威望甚高。而殿下只是以年长居于东宫太子之位，没有像秦王那样的功劳镇服天下人心。如今刘黑闼纠集窦建德旧部，不过是一群散兵败将，人马不足上万，又缺乏粮草，如若用大兵征讨，一定能获成功。殿下应当向皇上请命，亲自前往平定河北，既可以建立军功赢得众望，又能够结纳山东豪杰人士，从而使殿下的储君地位得以保持稳固。"同时向太子提出相同建议的，还有太子中允王珪。

皇太子采纳了魏征的建议，征得父皇同意后，于十一月挂帅出征。

魏征随太子前往河北，并提出攻心政策，宣称除刘黑闼外，其余反叛者只要缴械，一律不加追究，将俘获的反叛兵将，宽大释放回家务农。这个收买笼络人心的方法立见成效，刘黑闼很快被唐军打败，受俘斩首。这次出征不到两月时间，既显示了太子的才能，又使河北地区成为太子的势力范围。

此后的两三年中，东宫和齐王府的势力迅速增强。一母所生的三个亲兄弟不断明争暗斗，已经到了水火难容的地步。武德九年（626年）五月，突厥大兵入侵，太子向父皇建议，由齐王元吉统兵出征，并点调秦王府的勇将尉迟敬德、秦叔宝、程知节和段志玄等人随军出征。秦王陷入孤立无援的危急关头。

六月四日，秦王李世民冒险作孤注一掷，在太极宫北门（玄武门）发动兵变，射杀前来上朝的太子和齐王。这就是史书上著名的“玄武门之变”。三天之后，李渊不得以立李世民为皇太子，总理朝政。八月八日，李渊下诏传位，29岁的李世民登基称帝。次年正月，改年号为“贞观”，开始了被后世盛称的政治清明的“贞观之治”。

3 蒙恩遇忠

李世民执掌朝政后，立刻传召魏征。作为李建成的亲信下属，众人都替魏征的性命前途捏着一把汗。但魏征并不惊慌，坦然前往。李世民一见魏征，劈头责问："你为何要离间我们兄弟。"魏征面不改色，从容答道："如果先太子早听从我的建议，就不会有现在的下场。臣下各为其主尽忠，我为先太子出谋献策，这有什么过错呢？春秋时管仲辅佐齐桓公创立霸业，但他在为齐桓公哥哥公子纠的师傅时，还曾用箭射中公子小白（即齐桓公）的带钩。"李世民听后，无言反驳，他也曾经听说过魏征多才善辩，现在又听他引用管仲相桓公的典故，言语坦率，态度不卑不亢，不禁对他的耿直心生赏识和器重，满腹的嫌怨也减了大半。随后，李世民任命魏征为詹事主簿（掌管文书之职）。登基称帝后，李世民又提升魏征任谏议大夫，专门向皇帝提意见。

魏征与王珪两人同为太子李建成的死党，现在又都被李世民继续起用。其中原因在于这两人都富有才能并愿意为李世民效力尽忠。尤其是魏征，家居中原，隋末又参加过瓦岗军，在山东地区是个颇有影响的人物。还有一个李勣（即徐世勣，入唐后受赐李姓），尽管不是秦王府的旧人，但都是很会带兵打仗的将才，而且在山东地区的势力和影响还超过魏征。重用如此人物，李世民的考虑自然主要是从稳定局势治平天下出发的。这样做可以调动文武大臣的忠君之心，有利于自己听取不同方面的意见，而不致被当年的秦王府亲信们蒙蔽。

"玄武门之变"后，朝野上下人心惶恐，太子李建成的一些死党逃到河北地区，笼络当地的豪杰，伺机反叛。李世民对这些人采取了镇压政策。魏征向李世民建议道："对他们不能一概加以同罪处置，应以安抚为上策。陛下不向他们显示大公无私之心，祸患便不能根除。"太宗觉得魏征言之有理，就对他说："朕派你到河北去安抚他们。"并即刻下令：凡是太子和齐王府的旧人，一律赦免，不再追究。

魏征受命为安抚特使，前往河北。临行前，太宗授予他遇事酌情处理的权力。分散在河北地区的李建成党羽，大多数人是魏征所熟悉的，因此太宗派他去是最恰当的现身说法人选。当魏征行至磁州（今河北磁县）时，正好遇见两辆囚车，押着李建成的侍卫李卫安和李元吉的护军李思行向长安去。魏征同他的副使商量说："我们动身时，皇上已下达诏令，对这些人一律赦免不再追究。如今还将这两人押到长安去治罪，那还会有谁相信皇上的诏令呢？我们奉命来安抚人心，他们也是不会相信的。古时大夫奉命出使，凡是对国家有利的事情，就能够自行处理。我们出发时，皇上也给予相机行事的权力，我们就应该不负皇命，完成任务。"副使听后，也赞同魏征的处理意见，将李卫安和李思行释放，然后写成奏文上报太宗。当魏征完成安抚山东的使命，回到长安后，太宗十分满意，君臣之间的关系也日益亲密起来。

太宗即位之初，国家经过隋末动乱和统一战争，元气大损，民生凋敝。特别是黄河中下游地区，在十余年的战火浩劫之后，非常荒凉残破。隋朝全盛时全国户籍簿上有将近九百万户，而唐初只剩下二百多万户，还不及隋朝的四分之一。怎样恢复生产发展经济，使国家尽快振兴起来，这是太宗君臣面前的头等国政事务。要想人民富裕、国家兴盛，必须大力发展农耕，同时朝廷也必须制定并执行有效的政策。为此，唐太宗日夜忧心，常常召集大臣一起讨论前代的治乱兴衰历史，他感叹道："如今正当大乱之后，天下恐怕一时难得治理好啊！"

魏征上言分析道："百姓历经战乱，愁苦不堪，这样就容易教化。这就如同饥饿的人要寻求食物，口渴的人要寻找水源，来得更快。"

太宗听后仍旧摇头，"古人早就说过，善人治理国家也需要百年工夫，才能克服残暴，免除杀戮。”

魏征接着说：“那并不是指圣明之人而言。圣明的人治理国家，就如发出声音一样，很快就会有回声，一年之内必能见到效果。如果三年才见成绩，那已经是太晚了。”

宰相封德彝听了魏征的话，很不以为然，对太宗说：“魏征所言，不过书痴说梦，只会扰乱国家，陛下切莫轻信。自夏、商、周三代以后，人心不古，世风日下，刻薄奸诈之徒越来越多。秦时用严刑峻法，汉代又行王霸之道，都想治理好天下，但却都没有成功。”

魏征反驳封德彝说：“五帝和三王不必交换百姓来施行教化，照五帝的方法就能实现五帝的政治，照三王的方法就能实现三王的政治，要害在于如何做。黄帝讨伐蚩尤，经过七十次战争，平定了乱事。九黎作乱，颛顼就讨伐他们，得胜之后天下也就安定了。夏桀胡作非为，商汤将他赶走。商纣残暴无道，周武王起兵讨伐他，商汤和武王都亲眼看到了太平。如果说自三代以后，人心一天比一天奸诈，再不会回复敦厚朴实，那么到今天岂不都变成鬼了？还如何谈得上治理国家呢？”

魏征转向太宗接着说道，“臣以为，隋朝之所以短命而亡，是由于扰民太甚。我朝新立，虽不如隋时富裕，但天下安定，人心思治，这是陛下甚少扰民的结果。总结隋亡的教训，就是静之则安，动之则乱。如果百姓想休养生息，而朝廷却要征发徭役，百姓生活困顿却要他们负担很重的赋税，国家的衰亡就会因此而起。当今之政，应当偃武修文，减轻百姓的赋役负担，减省刑罚，让他们着力于农耕生产。这是达到国家治理的根本所在，请陛下慎重考虑！”

唐太宗听完魏征一席话，点头称赞，坚定了信心。他毫不迟疑地决定采纳魏征的建议，偃武修文，以诚信治理天下。太宗求治心切，不时单独召见魏征，在他的寝宫里商议政事。魏征感激太宗对他的特别恩遇，总是毫无保留地道出心中的话。由于魏征的建议切实中肯，深合太宗的心意，不久就被提升为尚书右丞（尚书省的官员），依然兼原任谏议大夫，参与尚书省的政务，并监察朝政得失。

4 受宠遭嫉

魏征日益受到太宗的信任和器重，招来一些朝臣的嫉妒，太宗左右的亲信大臣中有人诬告魏征包庇自己的亲戚。太宗派温彦博去查办，发现这纯属诬告。温彦博向太宗汇报说：“魏征作为臣子，不能检点自己的行为，远避嫌疑，因此才受到这种没有根据的毁谤。这是应该受到责备的。”太宗便让温彦博去警告魏征要引以为戒。

第二天，魏征上朝对太宗奏言道：“臣听说君臣一心，叫作一体。君臣上下以诚相待，才能使国家达到治理。哪里有丢开大公无私的精神，只在检点行为上费心思、下功夫的！如果朝廷上下都走这样的路，国家的兴亡就不能预料了。”

太宗听了一惊，讲道：“朕明白了。”

魏征叩头又说：“臣希望陛下让臣做良臣，而不要让臣做忠臣。”

太宗有点儿不解，问道：“忠臣和良臣有不同之处吗”

魏征答道：“古代尧和舜的臣子稷、契、皋陶，就是良臣；夏桀的臣子关龙逢、殷纣的臣子比干，就是忠臣。良臣本身享有美名，君主获得光荣的声誉，子孙相传，国运无穷。忠臣本身遭难被杀，君主落得了昏庸残暴的恶名，国亡家灭，只不过取得个空名罢了。这就是良臣和忠臣的区别。”

太宗听了连声赞叹：“对！对！朕再问你，君主走什么途径才能明智，犯什么过失就会昏暗？”

魏征畅言回答："君主所以明智，在于能够听取各方面的意见；君主所以昏暗，是由于只听信单方面的话。古代尧、舜当政，开放四方言路，使自己能够看到各方面的事情，听到各方面的言论，当时尽管有共工和鲧这样的奸人，也没有受他们的蒙蔽；尽管有些人言行不符，也没有被他们迷惑。秦二世深居宫中，专信赵高，结果秦的统治迅速崩溃，天下人纷纷起兵造反，但他还不知道。南朝梁武帝相信朱异，侯景领兵打到京城，他还被蒙在鼓里。隋炀帝相信虞世基，天下到处起义，他一点儿也不清楚。因此说，君主能够倾听各方面的意见，奸邪之徒就无法蒙蔽，下情才能上达。"

太宗感慨道："君主理政，事务繁多，如果一人独断，不听取臣下的意见，是不可能处理好的。君主如果有过失，大臣就应该及时进谏。"为了表彰魏征的忠耿公直，太宗下令赐绢五百匹。

5 善始善终

贞观十三年（639年）四月，爆发了中郎将阿史那结社率的叛乱。阿史那是突厥族的姓，结社率是突厥首领突利可汗的弟弟。他随其兄入朝来到长安，就留下来任职。由于长时间没有升官加俸，心中怨恨不满。这一年，太宗行幸九成宫，结社率担任宿卫，想乘机作乱，最后事败被杀。

不久，在云阳（今陕西三原附近）又发生了石头燃烧的怪事。同时，从上年冬天到次年五月，天旱无雨。这些天灾人祸，在天命和迷信观念盛行的古代，皆被认为是不祥之兆，世人皆传是因为君主德行有失，招致上天震怒，降灾以示警告。太宗因此下诏，要求五品以上官员上书商议国政。

魏征在这次的奏文中从十个方面指出太宗未能够善始善终的缺点，言辞激切，忠君忧国之情溢于字里行间。“臣事奉陛下已有十多年，陛下曾表示要守仁义之道，俭约朴素。言犹在耳，臣时刻不敢忘怀。但近年以来，陛下却日渐显出不能善始善终的苗头。臣今谨向陛下分别陈述，期望能有万分之一的帮助。

“贞观初年，陛下不烦扰百姓，不追求享乐，教化远及国外。现在却遣使求良马于万里之外，访求珍宝于四方。昔日汉文帝谢绝千里马，晋武帝焚毁雉头裘。陛下平日常说，要与远古的尧舜相比。而现在的作为，已在汉文帝和晋武帝之下了。这是有始无终的苗头之一。

"从前子贡曾问政于孔子，孔子曰：'要谨慎啊！治理百姓就如同用烂缰绳驾驭着六匹马。'子贡说：'何必要那样害怕呢？'孔子回答：'不按道义去引导，百姓就会成为仇敌，怎么能不害怕！'贞观初年，陛下爱护百姓如同子女，不随便兴动土木。如今却放纵奢侈，总想动用民力，还说是'百姓无事，容易养成骄惰习气，只有多服劳役，才容易听从使唤'。从古至今，没有由于百姓安乐而国家灭亡的，哪有预防百姓骄惰而让他们多服劳役的呢！这是有始无终的苗头之二。

"贞观初年，陛下率先刻苦，务使有利于百姓。近年却放纵嗜欲，劳烦百姓，虽然体恤百姓的话还挂在口边，但自身享乐却舍弃不下。肆意营建，总说'不这样于朕与便'。以做臣子的常情来说，谁敢与陛下争论！这是有始无终的苗头之三。

"贞观初年，陛下能够亲君子而远小人。近来却是对小人轻慢而亲热，对君子只在礼貌上表示尊重。尊重君子，实际上是敬而远之；轻慢小人，实际上是喜爱亲近。远避就看不到优点，亲近则看不到缺点。看不到优点，无须人来离间就疏远了；看不到缺点，自然就会亲昵起来。亲小人而远君子，要想天下太平，这是未曾听说过的。这是有始无终的苗头之四。

"贞观初年，陛下不爱珍玩，不做无益之事。如今却是稀罕的宝物纷纷有人贡入，享乐的用品不断制作出来。为君奢侈靡费却希望臣民朴素无华，无节制地役使民力却希望农业振兴，这是不可能的事情。这是有始无终的苗头之五。

"贞观初年，陛下求贤若渴，凡是贤明者荐举的人才，就相信任用，唯恐遗漏了人才。如今用人却只凭主观好恶，得到诸多贤明者举荐而任用的人，有一个人说坏话就弃而不问。就连任用多年一直信任的人，也因一旦怀疑就予以斥退。识人要看其平素行为，察事要观已成的形迹。一个人非议之言，未必可信，人的一贯行为不会突然改变。陛下不究根本，就定褒贬，致使佞谗言者得志，坚守道义者遭到疏远。这是有始无终的苗头之六。

“贞观初年，陛下处高位居深宫，不好游猎。近年以来，意志松懈，让远方四夷进贡鹰犬，早出晚归骑马巡游以为快乐。一旦发生不可预测的变故，恐怕就来不及解救。这是有始无终的苗头之七。

“贞观初年，陛下以礼优待臣下，因此下情能得到上达。如今外臣奏事，难得见到陛下之面。有时借臣下的某些缺点，就追问他们的细小过失。这样，臣下即使有忠诚之心，也无从倾心吐露。这是有始无终的苗头之八。

“贞观初年，陛下讲治国之道孜孜不倦，常担心有所不周。近年来仗着功成业就，自负骄傲，放纵欲望，无故劳师动众，问罪四夷。亲近之臣顺承旨意，不肯谏劝；被疏远者惧怕圣威，不敢进言。长此以往，危害不小啊！这是有始无终的苗头之九。

“贞观初年，霜旱之灾不断，京城百姓迁往关外。几年之间，百姓扶老携幼往来迁移，却始终没有一户逃亡。这是陛下怜惜关怀，抚恤有加，所以百姓遭灾受难也无二心。近来却是劳役烦扰，百姓疲困不堪，关中受害尤甚。杂匠服役期满，仍然留雇不放。兵卒轮流宿卫京城，又被驱使做别的事情。频繁地从四方采办货物，运输的驿夫往来于途，络绎不绝。万一年成不好，百姓之心恐怕就不会像以前那样安然稳定。这是有始无终的苗头之十。

“天下祸福没有定数，都是人们自己招来的。人不犯错误，不祥之兆就不会出现。如今旱灾遍及四方，叛乱之事就在陛下身边出现，这是上天所示的警告，正是陛下应该警惕、继续努力求治的时候。千载难逢的机遇，错过了就不会再来。陛下乃圣明之君，可以大有作为却不加努力，臣因此忧虑苦闷，叹息不已！”

太宗看过奏疏，深受感动，下令赏赐魏征黄金十斤、骏马两匹。他还对魏征恳切地表示道：“朕已知错，并愿意改正，使正确的治国之道贯彻始终。如若违背这个的话，还有什么面目再与你相见。朕把你的奏疏贴在屏风上，早晚观看，还要把它抄送给史官，让后世人民也了解君臣相处的道理。”

大概就在这一年，太宗想任命魏征为尚书右仆射（尚书省长官），魏征推辞不受，太宗尊重他的意见，取消了任命之意。后来，皇太子李承乾和弟弟魏王李泰之间不能和睦相处，太宗伤情而忧虑，对亲信大臣说道："如今忠心正直的大臣中，有威望的没能超过魏征了。朕用他为太子的师傅，期望天下人心都归向太子，这样，太子的翅膀就坚强了。"魏征托命而坚决辞谢，太宗亲自下令道："昔日汉高祖的太子以商山四皓为辅佐，如今朕要仰仗你的威望，就是这个道理。你虽然卧病在床，也可以成全他。"贞观十六年（642年），太宗任命魏征为太子太师，借此平息群臣因太子与魏王相互倾夺而产生的疑虑和议论。

6 谏臣亡君

唐史上记载，魏征的身材相貌非常普通，不比一般人魁伟。但他有志气，有胆量，敢于犯颜进谏，即使遇到太宗发怒，仍然神色不变，据理争辩，最终太宗也就平静下来，耐心听取他的意见。人们觉得，古代的勇士孟贲、夏育也不如他。

贞观十七年（643年）正月，魏征的病情日益加重。他虽然身居宰相位，但清正俭朴，不治产业，家中无专门接待宾客的正厅，太宗下令为他修建正厅，五日完工。依照他俭朴的生活习惯，太宗又赏赐他白色的布被和褥子。魏征病重期间，太宗不断派遣使者去慰问，赐给药品和食物，并派专人守护，随时报告病情。

魏征弥留之际，太宗亲自到他家中看望病情，屏退左右，二人谈了一整天。第二次去的时候，太宗带着太子和衡山公主，准备把公主许配给魏征的儿子叔玉。魏征在病床上挣扎着披上朝服，拖着衣带，向太宗行礼。太宗心情悲伤，流着泪问魏征还有什么要求。魏征道："寡妇不愁织布的纱线少，只担心周朝的灭亡。"这是引用《左传》上的话，表达他对国家前途兴亡的关心。太宗感伤道："你勉强看一眼你的新儿媳吧！"这时，魏征已经无力答谢了。

这天晚上，太宗由于心中牵挂，梦见魏征神色和平常一样。次日（正月十七日）清晨，魏征病逝，享年64岁。太宗亲自到魏征家中哭吊，十分哀伤，并停止上朝五天，以示哀悼。皇太子在西华堂哭吊致哀，百官和各地来京的官员都参加了魏征的吊唁仪式。依照朝廷礼仪规定，魏征被追赠司空（正一品）、相州都督，赠谥号“文贞”，享受陪葬昭陵的最高哀荣。

临送葬时，魏征的夫人裴氏辞谢道：“魏征一向节俭朴素，现在按一品官员的丧礼对待，物品仪仗如此丰盛，不是他生前志向所愿意的。”太宗答应了裴氏的请求，送葬时，便没有用彩涂的丧车和茅草捆扎的殉葬物品，只用白木丧车蒙以白布车帷。太宗登上御苑的西楼，望着魏征的灵柩哭泣，非常哀痛。晋王李治（即唐高宗）主祭，太宗撰作了碑文并亲笔书写。随后又封赏魏征家享受九百户的租税。

魏征死后，太宗思念不已，上朝时对大臣们说道：“以铜为镜，可以正衣冠；以古为镜，可以知兴替；以人为镜，可以明得失。现在魏征死了，朕失去了一面镜子。近日朕从他家中得到一份未及写成的文稿，其中讲道：‘天下事有善有恶，任用善人国家就安宁，任用恶人国家就衰败。对于公卿，感情上有喜爱的也有厌恶的，厌恶的只看见其缺点，喜爱的只看见其优点，因此对人的喜爱厌恶，是应当特别谨慎的。如果喜欢一个人并了解他的缺点，厌恶一个人并了解他的优点，那么，国家就能够兴盛了。’朕看过后静心细想，在这方面恐怕免不了有过失。大家可以把这些话写在朝版上，遇到这种情况时，请务必向朕进谏。”

二月，太宗命大画家阎立本为功臣画像，安放于太极宫中的凌烟阁内。享受这一殊荣的有长孙无忌、杜如晦、魏征、房玄龄等二十四人，太宗亲自撰作了像赞。每当思念魏征时，太宗就到凌烟阁观看他的肖像。朝臣中有人妒忌魏征生前功名和身后荣誉，就寻找机会在太宗面前毁谤他。魏征生前曾把杜正伦和侯君集两人推荐给太宗，认为他们有宰相之才。杜正伦被提升为兵部员外郎，后改任太子左庶子（东宫官职，略似门下省侍中在政府中的职掌），因督责太子，泄漏了太宗说过的话，被贬为交州都督。侯君集跟随太宗征战有功，官至检校吏部尚书，参议朝政；后来征伐高昌时，私取珍宝妇女，被人弹劾，侯君集自恃功大，愤愤不平，又有人告发他谋反；最后因牵连到太子谋反一事中下狱被杀。那些奸猾小人，借此诬奏说魏征结党营私。太宗听了心中很不高兴。又有人奏称魏征曾将自己谏诤的奏章抄送给史官，想要名扬后世。太宗听闻后更加气愤，便下令收回将衡山公主嫁给魏征儿子的许诺，并推倒为魏征所树的墓碑，对魏征家的抚恤照顾也淡薄了。

贞观十八年（644年）的冬天，太宗不听亲信大臣的忠告劝谏，想炫耀武力，显示“天可汗”的威风，下令李勣和张亮统军由海陆两路进攻高丽（地处朝鲜半岛北部，北境抵今辽宁东都和吉林南部）。第二年初，太宗御驾亲征。不料高丽执政大臣泉盖苏文组织兵力拼死抵抗，唐军每攻一城都消耗巨大。从六月到九月，唐军攻打安市城（今辽宁盖县东北），久围不克。高丽和联军十五万兵马猛攻安市东南的驻跸山；李勣等大将率军苦战，才击退高丽援军。这时天气渐冷，唐军粮草供应不及，太宗只好下令回师。路途上风雪交加，泥泞没脚，死掉几千名士卒，战马几乎完全损失，十月才狼狈退至幽州（今北京一带）。

辽东之役，劳师无功，太宗深感后悔，不胜惆怅地说道：“魏征如果还活着，朕就不会有这一趟辽东之行了。”他下令将魏征的家人召到当时的驻所，赏赐慰问他的妻儿，给予优厚的待遇，又让人用羊去奠魏征的坟墓，将以前推倒的墓碑又重新立起来。但是，这时衡山公主已另嫁他人，不能再改正了。

魏征有四个儿子：叔玉、叔琬、叔璘、叔瑜。叔玉继承了魏征的爵位，任光禄少卿。及武则天神龙初年，由叔玉的儿子魏膺继承封爵。叔璘任过礼部侍郎，在武则天时被酷吏所杀。叔瑜当过豫州刺史，擅长草书和隶书，他的书法技艺传给了儿子魏华和外甥薛稷，当时称书法家“前有虞、褚（虞世南、褚遂良），后有薛、魏”。魏华任过检校太子左庶子，受封武阳县男的爵位。玄宗开元年间，魏征家的正厅失火，子孙们哭祭三天，玄宗下令百官都前往吊问安慰。魏征的五世孙魏謩在唐宣宗朝曾担任过宰相职务。

7 监修史书

魏征作为唐初名臣，辅助太宗治理天下，以政治家的美名，随“贞观之治”而永垂青史，流芳后世。同时，他又是一位学识渊博的历史学家，对唐朝的文化事业做出了应有的贡献。

由于战乱，隋末时图书典籍失散甚多。魏征在担任秘书监时，曾负责组织学者对经、史、子、集进行搜集整理。唐太宗尤其重视总结历史经验，诏命魏征负责将经史典籍中有关历代的明主、昏君、贤臣、奸佞、后妃等不同类型人物的事迹，诸子百家中的名言，编集成书。贞观七年（633年），五十卷的《群书治要》编写完成。太宗阅览后大为赞赏，认为此书可以作理政借鉴，下令另行抄录，分别赐给他的皇子。

早在唐高祖武德四年（621年），朝廷就着手修撰梁、陈、北齐、北周和隋朝的正史，但当时天下还没有完全平定，修史工作时断时续，未能完成。贞观三年（629年）时，唐太宗重又下诏修史，命礼部侍郎令狐德和秘书郎岑文本修《周书》，中书舍人李百药修《北齐书》，著作郎姚思廉修《梁书》以及《陈书》，魏征负责修《隋书》。由宰相房玄龄和魏征先后担任修史的总监。

魏征主持《隋书》的修撰，历时八年。其中的“本纪”和“列传”，由当时的大学者中书侍郎颜师古、给事中孔颖达撰写。为了写好这部史书，魏征还亲自访问隋朝遗臣，收集资料。后世称为“药王”的孙思邈，熟悉隋时旧事，魏征屡次前往拜访他。《隋书》中的序、论是魏征亲自撰写的。此外，他还撰写了梁、陈、北齐史的总论部分。这些史论集中总结历史经验，表现着魏征“居安思危，节奢以俭”的政治思想，也是唐初元老重臣和谏官辅政，以及唐太宗治国的基本指导思想。

贞观十年（636年）正月，五部史书同时完成，由监修官房玄龄和魏征一同署名，进呈唐太宗。太宗十分满意，下诏对编修人员嘉奖赏赐。魏征以监修之功，进位光禄大夫（文散官第三级），封爵郑国公。

魏征所流传下来的诗文，还有《魏郑公诗集》《魏郑公文集》。他的言论，尤其是和太宗讨论治国措施的见解主张等，比较集中地记载于唐玄宗时史学家吴兢编撰的《贞观政要》一书中。

（七）

精忠谋国断如神

——狄仁杰

1　公正宽大

狄仁杰，并州太原（今山西省太原市西南）人，出生于普通的官僚地主家庭，少年时代埋头刻苦读书，深入钻研儒家经典和百家之言，“日数千言不肯休”，常常夜以继日，焚膏继晷。

一次，一位门人被人杀死，县上派官吏前来调查案情，众人都争着向官吏表白，说自己是大好人，从来没有杀过人，只有狄仁杰仍在一旁认真读书，根本就没有理会这件事情。县吏非常生气，责问狄仁杰。狄仁杰回答说：“我正在书中与圣贤对话，探讨问题，哪里有闲工夫与俗吏说话啊！”说得县吏面红耳赤，无言以对，灰溜溜地到一旁去了。

后来，狄仁杰以明经举，步入仕途。明经是唐朝初期科举制度中最重要的科目之一，与进士科并列，考试内容主要是经义。

狄仁杰从政后，最初担任汴州参军（王府或将军府的重要幕僚）。因为狄仁杰办事公正廉洁，认真负责，因而得罪了一些人。他们罗织罪名，诬告狄仁杰。当时担任黜陟使（官名，职责是巡察全国各地，调查官吏的行为以施赏罚，并询访地方情况）的阎立本招狄仁杰询问。谈话当中，阎立本发现仁杰是一位很有才干的青年，便举荐他担任了并州法曹参军。

一次，和仁杰在一起共事的参军郑崇质要出使很远的边疆，而崇质的母亲又年老多病，这使崇质非常为难。仁杰知道此事后，对他说：“难道能让你的母亲在万里之外为你担心吗？你在万里之外能安心工作吗？”说完，仁杰求见了长史蔺仁基，自告奋勇要求代替郑崇质出使边疆。当时，长史蔺仁基与司马李孝廉不和，听了这件事后，为仁杰对朋友的情谊感动，对李孝廉说：“看看狄公对朋友的情谊，我们还有什么矛盾不能解决呢？我们真是无地自容啊！”从此，两人和好如初。他们常常对人说：“狄公之贤，北斗以南，只有他一人。”

后来，狄仁杰上调中央，担任掌管刑狱的大理丞。短期之内，他认真负责地处理了前任遗留下来的17000多件案子，而且没有一人再上诉申冤，人们都称赞其公正宽大。后人据此编出了许多精彩绝伦的传奇故事，甚至一个荷兰人还以此为题材，编了一本《大唐狄仁杰断案传奇》。

某一年，左卫大将军权善才、右监门中郎将范怀义误砍了唐太宗李世民昭陵上的一颗柏树，若按当时的法律论罪，最多是将两人免官，但唐高宗却降旨要将他们处死。狄仁杰据理力争，认为权善才、范怀义罪不应死。唐高宗一听，十分恼怒，对狄仁杰说：“他们两人砍伐了昭陵上的柏树，让朕落了个不孝的罪名，必须杀了他们才足以解恨！”朝廷大臣都向狄仁杰暗示别再为这两个人而冲撞皇上了，狄仁杰却毫不气馁，坦然对高宗晓之以理：“皇上，有人说，自古以来顶撞君主的人都没有好下场，但臣并不以为然。在夏桀商纣时代也许是这样，而在尧舜时期则不然。臣庆幸自己生在尧舜一样的时代，不怕皇上听不进我的好言规劝。汉朝时期，有一盗贼窃取了高祖庙堂前的玉环，文帝大怒，将盗贼交付廷尉张释之惩治。张释之按盗宗庙御物判处弃市（杀头）罪，上奏文帝。文帝怒不可遏，斥责道：‘人无道以至于此，竟敢盗取先帝明器！我交付廷尉，竟欲判他灭族之罪，而你却拘守成法，这有违我尊崇宗庙的原意。’张释之免冠叩头说：‘法令该如此判处。今以盗宗庙器而灭族，假使万一有个无知愚民挖取长陵上的一锨土，皇上将以何法惩治呢？’文帝终于认识到廷尉的判处是恰如其分的。今依照大唐法律，权善才、范怀义并没有犯下死罪，陛下却下旨要将二人处死，法令如此反复无常，以后还怎样依法治理国家呢？你现在为了昭陵上的一棵柏树而处死二位大臣，后世之人将如何评价陛下呢？”高宗觉得狄仁杰说得在理，免了权善才、范怀义的死罪。没有多久，朝廷授狄仁杰为侍御史，举劾非法，督察郡县。

公元681年，司农卿韦弘机在洛阳修建了华美的宫殿，唐高宗移住东都洛阳。狄仁杰上奏折弹劾韦弘机，指斥韦弘机的错误在于使皇帝生活腐化，会把皇帝引入歧途。唐高宗遂免了韦弘机的官职。

左司郎中王本立是朝廷的一位秘书，他凭借皇帝的宠爱，在朝廷横行霸道，仗势欺人，大臣们都不敢得罪他，只有狄仁杰上奏弹劾王本立的罪行，但唐高宗却下旨宽恕了王本立。狄仁杰再次上奏说：“朝廷虽然缺乏人才，但并不缺少像王本立这样的人，陛下为什么要宽恕他而违反国家的法律呢？如果陛下一定要宽恕王本立，那么就先把臣流放到荒野之地，以警告朝廷的忠贞之士。”唐高宗同意狄仁杰的看法，王本立得以依法治罪，满朝文武都钦佩狄仁杰的胆识和勇气，对他肃然起敬。

2 爱民如子

狄仁杰奉命巡视岐州，在路上遇到数百逃亡的兵士抢劫老百姓的财物，人们非常恐慌，四处逃逸。地方官府拘捕了一部分兵士，并严刑拷打，有的甚至被折磨致死。狄仁杰看到这种情况，对地方官吏说：“这种办法不对，要是把他们逼得走投无路，就要发生灾祸。因此，最好的做法就是对他们进行宽大处理。”因此，岐州官府张贴了告示，声称抢劫财物的兵士只要主动投案自首，官府可以宽大处理，已被抓获的兵士只要说明了情况，当场释放。抢劫兵士听到这个消息后，奔走相告，兴奋不已。很快，这些兵士都主动前来官府自首，一次大的灾祸得以避免。这件事传到朝廷，唐高宗非常高兴，连声称道狄仁杰办事得体，为政宽厚。

武则天垂拱二年（686年），狄仁杰调任宁州刺史。他爱民如子，关心民间的疾苦，为他们排忧解难，深得拥戴，大家立碑石歌颂仁杰的功德。当时，御史郭翰奉旨巡察陇东各地。一路所到之处，弹劾了不少贪官污吏。当他进入宁州境内时，发现百姓安居乐业，纷纷称颂刺史狄仁杰的美德。郭御史回朝之后，向武则天奏明狄仁杰施政有方，颇得民心的事迹，因此狄仁杰被提升为朝廷掌管工程建设的冬官侍郎。一次，狄仁杰以江南巡抚使奉旨持节出巡江南。吴楚一带俗多祭祀，仁杰对这种迷信做法非常讨厌，下令关闭、拆毁了一千七百所祠堂庙宇，只保留了夏禹、吴太伯、季札、伍员四祠。

武则天当政初期，为了巩固自己的地位，依靠庶族官僚李义府、许敬宗等贬杀了长孙无忌、褚遂良等元老重臣，诛杀了许多唐宗室皇戚，甚至谋害、幽禁自己的亲生儿子，重用武氏家族武承嗣、武三思等人，引起了李唐宗室的强烈不满。唐嗣圣元年（684年），柳州司马徐敬业以匡复唐室、拥立庐陵王为号召，在扬州起兵反武则天，人数曾发展到十余万，后遭败绩。垂拱四年（688年），琅邪王李冲在博州、越王李贞在豫州又起兵反武则天，但因力量悬殊而遭败绩。为了尽快恢复豫州的平安，武则天对狄仁杰委以重任，派他任豫州刺史。当时豫州很多官吏都被卷入这一反叛武则天的事件中，因此获罪的达六七百家，有数千人将被抄家灭族。狄仁杰到任后，司刑屡次派人催促他尽快将这些人处置。狄仁杰看到这么多的人将要被杀死，心中委实难过。他向武则天密奏道："这些人大都是黎民百姓，他们并不是想要反叛朝廷，只是受到威胁而在诸王军中服役。我说的这些话，似乎是在为叛乱者讲情，但我如果知道实情而不说，又违背了陛下体恤百姓的本意。我请求陛下为他们减刑，将他们从轻发落。"武则天看过奏章后，认为他的话很有道理，同意赦免这些犯人的死罪，将他们发配到丰州。当这些衣衫褴褛、疲惫不堪的囚犯经过宁州时，许多父老乡亲都出来迎接："是我们的狄公救了你们的性命。"囚犯们于是拜服在狄仁杰的德政碑前，感动得痛哭流涕，整整三日方才告别了狄公的德政碑，继续赶路。到了丰州，囚犯们又亲手为狄仁杰立德政碑，感谢他的宏恩。

在镇压越王反叛武则天的战斗结束后，身为朝廷军队统帅的宰相张光辅自恃劳苦为高，纵容部下将士向豫州老百姓勒索钱财，滥杀无辜。狄仁杰对此事大为愤怒，命令手下坚决制止官军的不法行为。张光辅对狄仁杰的做法大为不满，厉声责问狄仁杰："你一个小小的州官，竟然敢管到我元帅的头上了，真是活得不耐烦了！"狄仁杰回答说："元帅息怒，让我把话讲完。以前在河南起兵作乱的，只有一个越王李贞。公率领三十万大军进兵河南，圆满完成了平乱任务，可喜可贺。但是公如果听任部下将士抢掠百姓，横行暴虐，那岂不是灭了一个越王，又出现了成百个越王了吗？你身为大军统帅，却看着手下的人屠杀已经投降的叛军，为邀功请赏而使豫州血流成河。我若手有尚方宝剑，先把你杀了，就是死了也没有什么遗憾的。难道你想驱民造反吗？”狄仁杰正气凛然，说得张光辅目瞪口呆，无言以对，却耿耿于怀。回朝后，张光辅以狄仁杰出言不逊奏与武后，狄仁杰被贬为复州刺史，旋又降为洛州司马。

3　刚直不阿

公元690年，武则天改唐为周，以洛阳为神都，号“圣神皇帝”。在中国历史上，武则天是仅有的一个封建女皇帝。武则天纵然是一个封建女皇帝，但她是一位唯才是举、任贤用能的政治家。在她当政期间，百姓们基本安居乐业、丰衣足食，社会经济在进一步地向前发展，为后来唐玄宗时期出现的“开元盛世”打下了雄厚的基础。

武则天爱才、识才，因而狄仁杰的才能不会为其遗忘。天授二年（691年），武则天重新起用狄仁杰，任命他为地官侍郎、同凤阁鸾台平章事（二级实质宰相），参与国家管理。

一天，上朝时，武则天告诉狄仁杰说：“你在豫州时有很好的成绩，老百姓都拥戴你，但也有人说你的坏话。你想不想知道他们是谁吗？”狄仁杰回奏说：“陛下，臣不愿知道。陛下认为我有过失，我愿改正。陛下知道我没有过失，是我的幸运。至于说我坏话的人，请陛下不必相告，这样大家以后还能和睦相处。”对狄仁杰的机智幽默，武则天极为赞赏，叹道：“狄仁杰真有长者风度啊！”

当时，太学生王循之上疏，请求给假回乡，武则天准奏。以后太学生中要求见武则天的人很多，武则天也都一一满足了他们的请求。对此，狄仁杰颇有微词。他上疏说：“我听说过，最高君王除了‘赦免’‘诛杀’两大权柄不交给别人外，其他所有国家大事，都由有关单位分层处理。所以，对左右丞相以上官员们的争执，不能解决的问题，天子才予以裁决。太学生即使上疏，是秘书们的分内事，如果天子竟为它发布指令，则天下事情之多，指令岂不是发个没有完结了。如果一定不想使他们失望，那么就请建立一套规章制度，公布天下，让人们知道就可以了。”武则天采纳了他的提议。

狄仁杰被擢升为宰相，说起来也多亏娄师德向武则天大力推荐。可是狄仁杰并不知道，而且言谈之间还对娄师德流露出相当的蔑视，好几次把娄师德挤兑出朝廷。武则天察觉到这种现象，对狄仁杰说：“你看娄师德这个人怎么样？”狄仁杰回答说：“他当将领，领兵打仗、守卫疆土还不错，至于其他方面有什么才能，我不知道。”武则天又问：“娄师德有没有知人之明？”狄仁杰回答说：“我曾经跟他共事，没有听说也没有发现他有知人之明。”武则天笑道：“其实，娄师德这个人很有鉴才的眼光，我之所以起用你、信任你，就是娄师德的举荐。他有这样的眼光，你居然还一无所知吗？”狄仁杰深感惭愧，准备与娄师德携手共事，同做一番事业，可惜娄师德不久便因病去世。狄仁杰也有看错人的时候，然而他知错必改，反倒更增加了他的声望。

武则天改唐为周后，为了巩固政权，预防反叛，不仅对政敌进行严厉打击，而且重用索元礼、周兴、来俊臣等酷吏，专办所谓谋反大案。酷吏们制作了许多可怕的刑具，对被告人进行骇人听闻的折磨和屠杀。他们在审案时，常先把刑具罗列出来，使被审人胆战心惊，主动自诬，并广加牵连，构成大狱。据历史记载，索元礼、周兴所杀各数千人，来俊臣所破千余家，唐宗室贵族被杀的数百人，大臣被杀的达数百家，刺史、郎将以下被杀的无法计算。

当时，武氏家族依靠武则天的权势，狐假虎威，不可一世，顺我者昌，逆我者亡。武则天的侄儿武承嗣权倾朝野，在朝中横行霸道。大臣们生怕因得罪他而获罪，在武承嗣面前低三下四，唯命是听。唯独狄仁杰、魏元忠等刚直不阿，不买武承嗣的账。狄仁杰还极力反对武则天将武承嗣册立为太子，坏了武承嗣的大事。

4 被贬澎泽

为了拔除这个眼中钉、肉中刺，公元692年，武承嗣与来俊臣密谋之后，诬陷同平章事任知古、地官侍郎狄仁杰、冬官侍郎裴行本、司礼卿崔宣礼、文昌左丞卢献、御史中丞魏元忠、潞州刺史李嗣真等7人阴谋叛乱。之前，来俊臣奏请武则天：第一次审问就自动招认的，得以免除死刑，而减轻一等处分。武则天批准，颁布实施。狄仁杰等下狱后，来俊臣拿出这套皇家训令，诱惑他们自动招认。狄仁杰回答说："现在是大周革命的时代，万物重生，我们是唐朝的旧臣，谋叛的确是实情。"另外几位被控谋反的大臣除魏元忠外，都和狄仁杰一样，全都立即服罪。来俊臣大喜，下令不用酷刑，只将被告等收监。一天，判官王德寿前来狱中探望狄仁杰，对他说："我受长官驱使，身不由己，打算靠着这个逆案，谋求小小升迁，请你在口供中顺便提一提平章事杨执柔为同谋，是不是可以？"狄仁杰听后十分愤怒，说："上有天，下有地，你居然让我狄仁杰干这种卑鄙无耻的事情！"说着便用力以头撞牢中柱子，血流满面，吓得王德寿连忙劝阻，不敢再说了。

狄仁杰承认谋反，来俊臣便放松了对他的监视。狄仁杰运用自己的聪明才智，从狱吏那里借来笔砚，偷偷撕碎被子，在碎布上写下申诉信，而后缝在棉衣里，说服一个狱吏将棉衣送回家去。棉衣送到狄仁杰家中后，仁杰的儿子光远认为当时正在冬季，父亲把棉衣送回，其中必有蹊跷。于是他剪开棉衣的里子，发现了那封申诉信，并立即想方设法把信送呈武则天。武则天看到狄仁杰写的申诉信后，大吃一惊，立刻召来俊臣进殿询问事情的真相。来俊臣进殿后毫无惊慌之色，他从容地对武则天说：“陛下，臣并未对他们施以酷刑，是他们招认了犯罪的事实，虽然如此，臣仍旧把他们关在条件较好的牢房里。如果狄仁杰等人问心无愧，当初又怎么会自己招认谋反呢？臣估计是他们又反悔了。”对于来俊臣的这一番话，武则天将信将疑，便委派中书舍人周琳前去狱中调查。来俊臣知道事不宜迟，定要将狄仁杰等人置于死地。他一方面要狄仁杰穿好朝服会见中书舍人周琳，一方面又命令王德寿代狄仁杰写一份请求赐死的《谢死表》，交周琳上呈给武则天。周琳是个胆小怕事的人，他明明知道这份《谢死表》是来俊臣伪造的，但他生怕为此事而得罪了来俊臣，因而一回宫，就把《谢死表》呈报了武则天。

武则天看了狄仁杰等人的谢死表后十分痛心。狄仁杰是她最信任的人，如今也要反叛她，失去狄仁杰无疑砍了武则天政治上的左膀右臂。武则天爱才，有不同的见解可以争辩，但绝不容反叛她的人在朝中为官。想来想去，武则天终于拿起笔准备批复来俊臣的奏文。

就在这关键时刻，一个9岁的孩子救了狄仁杰等人的性命。这个孩子是黄门侍郎乐思晦之子。乐思晦是在三个月以前被处死的，其子交工部为奴。这个孩子极其聪慧，于是人宫告变。武则天一见他长得聪明伶俐，顿生爱心，问他是谁。孩子回答之后，说有话启奏。武则天问道：“你有何事上奏，你父亲通过正当审判，确系犯罪，他死得并不冤枉。”孩子回答说：“事实不是这样。谁都怕来俊臣的苦刑，谁在他的苦刑之下也会招供的。先父确是冤枉。如果陛下不信，可将您最信任的朝臣交给来俊臣审讯，在他们的逼供下，所有的人都得承认有罪。”

孩子的话使武则天恍然大悟，她下令让人从狱中提来狄仁杰等人当面对质：“你既然承认谋反，为什么又私自写申诉信，要你的家人代你诉冤呢？”狄仁杰回答说：“陛下，我如果不承认谋反，恐怕活不到现在，哪里还有机会来向陛下讲明实情呢？”武则天又问：“那么为什么你等都写了谢死表呢？”狄仁杰听了大吃一惊，他回奏说：“陛下，我根本没写过什么谢死表！”另外那几个大臣也否认写过。武则天吩咐手下人把谢死表取出，递给狄仁杰等人观看。狄仁杰说：“这不是我的笔迹，是别有用心的人假冒我的名义伪造的。陛下如果不信，可以派人查实。”真相大白，武则天如释重负，她马上下令释放了狄仁杰、魏元忠等人。

但是，武则天的侄子武承嗣一伙却不肯罢休，他屡次对武则天说：“狄仁杰等人确有谋反的意图，陛下应该把他们杀死，怎么能释放他们呢？”武则天说：“我不想滥杀大臣，更何况他们并没有明显的叛迹，赦免狄仁杰等人的诏书已经下达，不可收回，你不要再说了。”接着，来俊臣等人又联名上奏，请诛狄仁杰等7人，御史霍献可甚至以头叩击宫殿石阶，苦苦相求武则天处死狄仁杰等人，武则天都没有理睬。但是，武则天虽然释放了狄仁杰等7人，并没有让他们恢复原职。狄仁杰被贬为彭泽县令，魏元忠、裴宣礼、任知古、卢献4人也被贬为各地县令，裴行本、李嗣真被放逐到了岭南。

周万岁通天元年（696年），契丹部落孙万荣率军攻陷冀州，诛杀州长陆宝积，屠戮官员及平民数千人；又进攻魏州，河北官民人心惊慌，纷纷逃亡。武则天下诏擢升彭泽县令狄仁杰为魏州（今河北省大名、魏县等地）刺史前去平息纷乱。狄仁杰上任后，发现前任刺史独孤思庄因害怕契丹军队入侵，把老百姓全部迁入城里，修葺城墙，打铸兵器，被动固守，百姓不得不放弃农业生产，听任田地荒废。狄仁杰毅然打开城门，让百姓全部出城耕种田地。他说：“契丹军离魏州还远得很，怎么能慌张到这个样子？万一契丹军来犯，我自会带兵抵抗的。这种打仗的事与老百姓没有关系。”孙万荣听说此事后，也被狄仁杰的胆识和魄力震慑住了，不战自退。魏州百姓高兴异常，立碑感谢狄仁杰的功德。随后，狄仁杰改任幽州都督，朝廷赐紫袍、龟带。武则天还在袍服上绣了十二个金字，以表扬狄仁杰的赤诚之心。

5　唯贤是举

周神功元年（697年），狄仁杰升任鸾台侍郎、复同凤阁鸾台平章事（与中书省同掌机要，共议国政）。当时，将军王孝杰率军大败吐蕃军队，重夺西域龟兹、疏勒、于阗、碎叶四郡，在龟兹设安西都护府，派军驻防。狄仁杰上疏说："先皇太宗李世民时，平定瀚海沙漠九姓部落，遴选阿史那思摩当大可汗，使他统御所有部落。原因是，蛮族叛乱就征讨，蛮族归降就抚慰，符合'铲除灭亡，支持兴盛'的古义，不必派军到很远的地区驻守防卫，这是受人赞美的法令和治理边疆的原则。所以，臣建议：应封阿史那斛瑟罗当大可汗，把西域四镇委托给他；物色高句丽国王的后裔，命他镇守安东。节省很远地区的军费，而把军力集中边塞，只要不再发生蛮族内侵的暴力事件，就足够了。何必非穷追到他们巢穴，跟蚂蚁较量胜败不可。我们只须训令边防驻军，加强防备，派兵深入敌境侦察，囤积粮食，严阵以待，等蛮族军发动进攻，然后反击。用安逸对付疲劳，士卒精力倍增；以主位对付客位，我军得到地利；再加强城墙防卫，把百姓全部集中于城池，盗寇来时，没有东西可以抢掠。于是，两股盗匪（指突厥汗国和吐蕃王国）如果深入我境，则有覆灭的危机；如果只在边界捣乱，则得不到什么利益。如此数年之后，可使两股盗匪不战而败。"

虽然武则天并没有接受狄仁杰的建议，但狄仁杰事事为百姓着想的心愿是非常难能可贵的。

周圣历元年（698年）八月，狄仁杰拜为纳言（相当于现在最高的监察长官），兼右肃政御史大夫。同年，东突厥可汗阿史那默啜率兵攻陷定州（今河北省定州市）、赵州（今河北省赵县），虐杀官民无数。武则天命狄仁杰为河北道行军元帅讨伐东突厥汗国，并亲自送军队出征。公元698年9月，东突厥汗国首领阿史那默啜把所俘虏的赵州、定州等州男女一万余人全部杀害，然后从五回岭（今河北省易县境内）方向逃窜。所经过的地方，突厥兵烧杀抢掠，无恶不作。狄仁杰率军十万追击突厥兵至沙漠以北，率军返回。接着，武则天改任狄仁杰为河北道安抚大使。

当时，因为突厥军队的威胁，河北许多百姓身不由己归顺了东突厥汗国。后来，眼看朝廷的军队把突厥兵赶走，百姓们怕受到惩罚，纷纷逃亡。狄仁杰得知后，向武则天上书，请求特赦河北（指黄河以北地区）各州不作任何调查审问。武则天下诏批准了狄仁杰的奏章。狄仁杰于是安抚远近，查获被突厥俘虏的人，一律送回本乡，并从各地不断征调粮食，救济穷苦人民，整修驿站道路，帮助军队顺利撤退。狄仁杰恐怕各将领及中央钦差大臣大肆索取供应品，自己带头吃粗米饭，禁止部属侵扰百姓，有违犯的，定斩不赦。河北一带逐渐安定。狄仁杰回朝后，被授予内史。

狄仁杰不但是一位绝对称职的清官，而且是一位慧眼识人、知人善任的伯乐。

武则天称帝之后，觉得自己的地位尚不巩固，欲以官位收买天下人心，因而广泛招揽人才。一天，武则天对狄仁杰说："朕现在需要一奇才，卿能否举荐一个。"狄仁杰问："陛下需要怎样的人才？"武则天说："此人要有非常之才，有作为，能领导，要见识过人。""要他担当何事？"狄仁杰问。武则天说："文要领袖群臣，武要统帅三军。"狄仁杰回奏道："陛下如果只是需要能写文章的人，当今宰相苏味道、李峤就可以了，若陛下需要有才干、有作为，真能领导群雄的，则有荆州长史张柬之。他的年纪虽然大了些，但做宰相是绝对称职的。况且他多年来一直怀才未遇，陛下如果能够重用他，他一定会感恩戴德、全力辅佐陛下统治天下。"武则天便将张柬之提升为洛州司马。过了一段日子，武则天又问狄仁杰有没有人才可以举荐，狄仁杰说："我上次推荐的张柬之，陛下还没有用他！”武则天说：“我已经任用了，将他提升为洛州司马。”狄仁杰说：“我向陛下推荐的是宰相之才，陛下却只把他用作司马，这不是把人才浪费了吗？”武则天这才将张柬之提拔为秋官（刑部）侍郎，后又任命为宰相。

后来，狄仁杰又向武则天举荐了桓彦范、敬晖、姚崇、窦怀贞等几十人进朝廷任宰相、大臣。人们赞颂狄仁杰说：“天下桃李，全都出自您的门下。”狄仁杰说：“我推荐人才，是为国家，不为我自己。”

公元697年，契丹部落将领李楷固、骆务整在孙万劳被杀后，前来投降朝廷。由于他们两人曾数次击败朝廷军队，许多大臣都要求将他们处以极刑，诛灭九族。武则天举棋不定，问狄仁杰如何处置为好。狄仁杰说：“李楷固、骆务整骁勇过人，既能为他们的旧主人尽力，同样也能为他们的新主人尽力。如果用恩德感化他们，他们都是能够为我们所用的。”因而上疏请求赦免李楷固、骆务整。亲朋好友都劝他不要做这种傻事，然而狄仁杰说：“只要对国家有利，管什么对自己有害！”武则天接受了他的建议，下令赦免释放李楷固、骆务整。接着，狄仁杰再次奏请加授他们官职，武则天命李楷固为左玉钤卫将军、骆务整为右武威卫将军，派他们率军攻击契丹残余部落。公元697年7月，李楷固等平定契丹残余部落，向武则天进献所生擒的契丹俘虏。武则天非常欣喜，擢升李楷固为左玉钤卫大将军，封燕国公，赐姓“武”。为了庆贺平定契丹部落的胜利，武则天大宴文武百官，并亲自举起酒杯向狄仁杰致敬说：“这都是你的功劳！”并打算给他赏赐。狄仁杰回答说：“这是陛下的声威，将士们奋力拼杀换来的成果，我有什么功劳！”坚决不肯接受赏赐，武则天深为敬重。

周圣历元年（698年），狄仁杰的长子光嗣担任司府丞。其时，武则天命令几位宰相每人举荐一位尚书郎官员。狄仁杰推荐的正是自己的长子光嗣，光嗣被任命为地方官员外郎，行事果然十分称职。武则天兴奋地说：“狄仁杰真好比是春秋时的祁奚，内举不避亲，推荐的人才非常合适。”狄仁杰此举，更加显示出一代名相知人善任、公正无私、无所畏惧的精神风貌。

6 中兴唐室

狄仁杰是唐高宗时的旧臣，因此他做梦时都想着有朝一日能恢复大唐功业。狄仁杰为官以来，始终爱民如子，不畏权势，在武则天任用酷吏诛杀唐宗室及大臣、官吏时，狄仁杰能躲过此祸，进而升至高位，掌握权柄，参与朝政，成为武则天的左膀右臂，这就是天不灭唐了。

狄仁杰忠于唐室，但在武则天势力强盛的时候，他只好三缄其口，暂时观望。就像武则天当年图谋大业时一样，狄仁杰也知道他需要忍耐，需要计划，需要时机。他知道，要重兴唐室，就需要一批胆大心细干练的有为之士，并且使他们官居要职，掌握实权。于是，他利用武则天对自己言听计从、颇为重用的机会，接连向武则天举荐贤才数十名，武则天全都委以重任，为恢复大唐江山准备了有生力量。同时，他又说服了武则天不立武姓子侄为太子而重立庐陵王李显为太子，把恢复大唐江山的目标向前推进了一大步。然而他深知自己年纪大了，体弱多病，而武氏势力依然强大，唐李与武姓的争斗还会继续下去。他知道，要扭转乾坤、恢复唐室，还需要一个大智大勇、干练果断之人，他想到了张柬之。狄仁杰了解，张柬之虽沉默寡言，但老成深算，精明干练又效忠唐室。张柬之当时官居荆州长史，狄仁杰向武则天推荐张柬之担任了宰相之职，参加朝政管理。狄仁杰认为，恢复唐室的力量已安排妥当，他可以毫无顾虑，计划一定能够实现。

狄仁杰的刚正不阿、爱护百姓、知人善任，使武则天对他非常信赖，更加器重，常常称呼他为“国老”，而不提及他的名字。

武则天外出游玩，必让狄仁杰伴随左右。有一次，狄仁杰陪武则天游逛，忽然一阵大风，把狄仁杰的帽子吹掉，坐骑受到惊吓，向前奔跑。武则天赶忙命太子李显追上去拉住马缰，等狄仁杰把帽子戴好。让皇太子协助臣下扶马，足见武则天对狄仁杰的厚爱。

因此，这位国老有的时候不给武则天面子，当着满朝文武的面与武则天争辩。如果换了别人，武则天早就将他放逐岭南了，而对狄仁杰每每谦让，往往违背自己的意愿按照狄仁杰的意见做。

武则天时期，出于取代李唐的政治需要，大兴佛教，全国各地修建了许多大大小小的佛寺，许多人出家为僧。僧人不服役纳税，建寺造像又是极大的浪费，所谓“夺百姓口中之食以养贪残，剥万人体上之衣以涂土木”，给人民造成深重灾难。面对佛教势力的不断发展，狄仁杰非常担心，主张限佛、抑佛。

一次，信奉佛教的武则天计划铸造一个大佛像，计划费用达数百万。狄仁杰上疏劝谏说：“今天佛教寺庙，规模壮观，超过皇宫。庞大的工程，鬼神没有出半点儿力，出力的全是世人；建筑材料没有一件从天上掉下来，终究还要靠地上供应，如果不压榨人民，怎么能够到手！化缘游荡的和尚，都假托佛法，连累贻害世人。大街小巷，都有读佛经的场所；市场闹区，更有烧香佛堂。捐献布施，比政府征收赋税还要得急迫；做法事的需要，比皇上的诏书训令更为严厉。昔日南梁时，梁武帝大量施舍，毫无节制。可是，等到三淮（秦淮河）巨浪沸腾，五岭狼烟冲天时，虽满城都是寺庙，却不能拯救灭亡灾难，满路都是黄色袈裟，偏缺少勤王之军。如来佛祖创立佛教，以慈悲为主要教义，怎么肯驱使人民，装饰自己！如今，全国各地水灾、旱灾接踵而至，边境又不安宁，如果浪费政府公款，又榨枯民力，万一有地方告警，用什么援救！臣请陛下停造大佛像。”武则天听罢，点头称是，停止铸像。

公元700年夏天，武则天前往三阳宫避暑，有西方僧侣敦请武则天参观埋葬舍利子双字杠佛骨的活动，武则天答应。狄仁杰跪到马前说：

“佛，是蛮族的神灵，没有资格劳动天下之主。那个西方和尚神秘诡诈，不过利用陛下来诱惑愚民罢了。况且山路危险狭窄，容不下卫队，不是天子应该去的地方。”于是，武则天返回。

由于一生操劳，狄仁杰的身体变得非常孱弱，常常觉得力不从心，他多次向武则天提出辞职，请求退休，武则天都不允许。狄仁杰每次进宫朝见皇上，武则天总是阻止他叩头下跪，说：“看见国老下跪，连我身上都感觉到痛苦。”她告诉大臣们，不是军机要事，切勿打扰国老。

7 死后加殊

周久视元年（700年）9月26日，狄仁杰病逝，终年71岁。武则天听到这一消息后禁不住老泪纵横，哭泣着说："南宫（政府所在地）已成为空城了。"追赠狄仁杰文昌右相，谥文惠。以后，朝廷每遇到大事，大家不能做出决定的时候，武则天总是感叹说："上天为什么这么早就夺走我的国老！"

狄仁杰逝世后，张柬之等人暗中策划，立誓要恢复唐室。当时，武则天宠爱面首张易之、张昌宗兄弟，政事多委以二张。二张凭借女皇宠幸，作威作福，权倾朝野，引起朝野大臣的普遍愤慨。同时，武则天本人也疾病缠身，身体一天不如一天，再也没有精力管理朝政。这是恢复唐室的绝好机缘，张柬之等人决定起事。

公元705年1月22日，在张柬之、敬晖、桓彦范、姚崇等人的周密部署下，一部分御林军包围了张昌宗的家丁，控制了其财产府第；一部分御林军包围了皇宫，胁迫武则天让位。接着，张柬之命御林军大将军李多祚去见太子李显，说明来意，请他一起参与。李显听说此事后，感到惊恐与不安，一时不知说什么好。李多祚见此，对李显说道："今天是非常之日，殿下知道臣等要做什么吗？臣等要恢复唐室，要恢复太宗皇帝的天下！臣等为正义不惜抛头颅、洒热血，殿下只须出面领导臣等就行了。"李显仍然徘徊，他对李多祚等人说道："我知道张氏兄弟罪有应得，可是母后重病在身……而且这也太出乎意料……"李多祚不等他说完，赶紧道："殿下只要出去告诉众大臣殿下不反对就行了。如果大功不成，臣等就全家灭门了。"正当李显犹豫不决之时，李多祚马上令众人把李显扶上马，走出东宫。张柬之等人看见太子李显走出东宫，马上派兵士捉拿张易之、张昌宗兄弟，并将其杀死。接着，张柬之、李多祚等人簇拥着李显来到武则天的面前。武则天问道："为什么这么吵闹？你们怎么这么大胆，胆敢进里面来？"张柬之说道："请陛下恕罪。张易之、张昌宗犯有叛国之罪，臣等已将他们杀死，未能事先奏明陛下，请见谅。"这时，武则天一眼看见了自己的儿子李显，大声斥责："也有你！赶快回去，他俩已死，你也该称心了。"桓彦范迈步前进道："臣斗胆冲犯陛下，太子不能回去。先帝以太子委托陛下，陛下早应将皇位传与太子。今求陛下退位，太子登基。"听到这些话，武则天把站在面前的官员逐一看了一看，然后有气无力地说道："朕知道了，你们都下去吧。"

公元705年正月二十三日，李显以皇太子监国；二十四日武则天正式退位，迁居洛阳宫城西南的上阳宫，名义上享有"则天大圣皇帝"的尊号；李显重新登基，是为唐中宗。二月一日，朝廷举行了唐朝光复的仪式。所有的旗帜、徽章、官衔、官衙名称，都恢复成跟高宗初年的一样，洛阳由神都改称东都。唐室王公子孙都被蒙赦回朝，恢复原来爵位，由来俊臣、周兴流放的朝臣及家族都被赦回乡。由狄仁杰荐举的人如张柬之、桓彦范、敬晖、姚崇等，都成为唐朝的中兴名臣。狄仁杰也被追赠为司空，唐睿宗时又追封为梁国公。

天宝六载（747年），狄仁杰与张柬之、魏元忠等八人一同配享太庙，附祭于中宗庙廷。

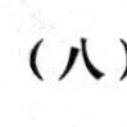

（八）

理财圣手开国伯

——刘晏

1 辗转为官

刘晏（715—780），字士安，曹州南华人（今山东东明县东南），天资聪颖，才华横溢。他来到长安以后，京师的王公百官都听说秘书省来了个神童，纷纷前来探寻，找他说话，半讨教半测试，刘晏总是随机应答，不卑不亢，一时间名声大噪，号为“神童”。由此，刘晏利用在秘书省当差的绝佳时机，饱读诗书，增长知识，为他以后治理国家打下了良好的基础。

玄宗天宝年间，刘晏接任了夏县县令（今山西夏县），他并不督促老百姓缴纳赋税。这种不苛严的做法却收到了苛严做法也收不到的效果——老百姓反倒感恩戴德，主动按时缴纳赋税。刘晏也应“贤良方正”的考试，补上了温县县令（今河南温县）。不论在哪里做官，也不论官职大小，刘晏总是廉洁奉公，体察民情，注意扶持生产，减轻百姓负担，到处都留下了他为百姓做好事、做实事的身影。

唐玄宗天宝十四年（755年），“安史之乱”爆发，华北大片土地沦陷，玄宗逃往四川，太子李亨在灵武（今宁夏灵武县）继位，是为唐肃宗。此时，刘晏避乱逃到襄阳。襄阳的当权者也是玄宗的儿子，名李璘，他也趁乱招兵买马，网罗人才，借以扩张自己的势力，刘晏这种人才自然逃不过他的视线。不想刘晏却拒绝了，相反，他接受了李亨的任命，去吴郡（今江苏苏州）任度支郎中，管理江淮一带的租赋。他写信给房绾说：“现在的王子王孙平日生活在深宫之中，如果掌管国家大事，指望他们像齐桓公、晋文公那样建功立业，太不现实了。”

刘晏刚到吴郡，李璘就以“东巡”为名领兵东下，公开叛乱了。当时的江南采访使兼吴郡太守李希言让刘晏去余杭（今浙江杭州以西）。不久李希言也兵败退到余杭，刘晏向他陈述了防守计划，发动义兵加强防守工事。李璘听说刘晏早有准备，便改道晋陵（今安徽灵璧）往西去了，结果兵败身死。这一段经历和功劳，他始终不向别人提及。

后来，肃宗调刘晏任彭原（今甘肃宁县）太守，又改官陇（今陕西陇县）、华（今陕西华县）两州刺史，接着调任为河南尹。当时，洛阳为安史乱军史朝义占据，刘晏只得把治所从洛阳迁到长水（今河南卢氏）。不久他就升官任御史中丞，领度支、盐铁、铸钱等使。原来的京兆尹郑叔清、李齐扬因残暴过度而被免职，刘晏又兼了京兆尹的职务。京兆尹是主管都城长安的行政长官，既是显要职务，又颇为难当。刘晏只是掌握大局，不在琐碎的事情上斤斤计较。即使这样，他也没能躲过官场的险恶。适逢司农卿严庄下狱，审问追究当然是京兆尹分内的事，不想严庄出狱以后记恨刘晏，在皇帝面前告状说刘晏泄露朝廷机密，加上当时的宰相萧华也嫉妒他，这样刘晏就在劫难逃了，他被贬为通州（今四川达县）刺史。

刘晏在通州干了半年，萧宗就死了，太子李豫继位，是为唐代宗。代宗又把刘晏调回任京兆尹，兼任户部侍郎，领度支、盐铁、转运、铸钱、租庸使。刘晏把户部侍郎一职让给了颜真卿，自己改官国子祭酒。后来他又把京兆尹让给严武，自己改任吏部尚书，同中书门下平章事，掌宰相之权，度支等使职务照旧。刘晏由于和程元振关系不错，元振垮台后，他也受到牵连，被罢免为太子宾客。不过这次还好，他马上又进官御史大夫，领东都、河南、江淮转运、租庸、盐铁、常平使，全面负责河南直到江淮的财政事务。这才真正使他得以全面负责国家的财政，充分显现才能。

2 改革漕运

唐朝自建国开始，其政治、经济、文化、军事中心在关中一带。随着关中以及北方的人口日益增加，粮食问题日渐突出。这时，南方广大地区特别是江淮流域的经济得到长足的发展。从南方调运粮食接济北方已成当务之急。那时，一般每年都要从南方调运100万石左右的粮食到北方。常走的线路是由淮河经汴水入黄河，再转渭水到长安。但这条线路有诸多不便。一是从洛阳到陕州（今河南陕县）这一段约有300里水路水流湍急，礁石极多，特别是在三门峡行船更为危险，常常沉船，每年走水路沉没的粮食都高达十之七八，损失格外惊人。这一段如果改走陆路，又恰逢山区，也极为不便。当时设置八个运输站，每站40里，交替接送，要动用无数民工和车马，运费高达每石米500钱，已远远超过粮食本身的价钱了，实在是得不偿失。二是有些水道年久失修，船速很慢，加以兵匪出没，破坏极大。所以漕运问题始终是个极为棘手的难题。等到“安史之乱”爆发，洛阳被占，黄河受阻，江淮粮食被迫改由长江上溯汉水到洋州（今陕西洋县），再转陆路到长安。这条线路路程远，费时长，运量又小，运费也就奇高。京师米价飞涨，一斗要卖到1000—1500钱的天价。那时，农民为了支持军队打仗，只好把尚未成熟的青谷捋下来上交，连皇帝的御膳房也上顿不接下顿。战乱一停，漕运的问题就成了头等大事。刘晏于此时接任，真可谓天降大任于斯人。

刘晏接手以后，首先是亲自赴各地考察，弄清问题的症结，好对症下药。他从淮河、泗水坐船到汴水，又从汴水到黄河，接着向西到底柱（今河南三门峡东），硖石（今三门峡南），观看了三门峡的漕运情况；又到河阴（今河南荥阳）、巩县（今河南巩县）、洛口（今巩县附近）一带，考察了隋朝时宇文恺修建的梁公堰分黄河入通济渠的水道，又考察了李杰所筑的新堤，这样就把运河的利害所在了解得清清楚楚。刘晏深知官场积习，怕受人牵制不好办事，便写了封信给当朝宰相、权臣元载。他在信中说：

目前复兴漕运，大致好处和困难都各有四点。京师一带赋税沉重，百姓苦不堪言，如果江淮粮米能够顺利运到，可以减轻赋税徭役的一半，缓解百姓的沉重负担，这是一利；东都洛阳战乱以后破坏严重，百姓逃亡，百不遗一，社会经济生产受到严重创伤，如果漕运畅通，村庄、市镇可以逐渐恢复常态，生产也可重新发展，这是二利；各地将帅有违朝命的，周边各族有企图入侵的，如果他们知道我们供给线有保障，各地物质源源而来，军粮充足，就不敢轻举妄动，我大唐的威严就可以重塑，这是三利；车船通行无阻，百货水陆并至，当朝定会赶上当年的贞观、永徽盛世，人民定会安居乐业。人心稳定，则社稷稳定，这是四利。但要保证漕运畅通，尚有四大难点。一是从宜阳（今河南宜阳）、熊耳（今宜阳西）到虎牢、成皋（皆在今河南荥阳）500里之内，居民不过千户，房屋没有一间完整，炊烟不见，野狼嗥嚎，要想在这种环境下办漕运，实在难于成功；二是河汴水道，年久失修，岸塌树倒，到处淤塞，泗水千里以内如同旱地行舟；三是从东垣（今河南新安）、底柱到渑池（今河南渑池）、北河（洛阳以西的河段）之间的600里沿线，久无驻军和哨所，盗贼猖獗，车船毫无安全可言；四是淮阴（今江苏淮阴）和蒲阪（今山西永济）之间，长达3000里，驻军无数，营垒相连，军官们品级爵位都很高，他们老早就叫嚷吃不饱、穿不暖，漕粮常被他们截留，这些人手握兵权，极难管制。如果以上事情不能妥善处理，则振兴漕运无异于一句空话。

元载接到这封长信，便全权委托刘晏处理有关漕运的一切事宜。刘晏有职有权，便着手分项解决各个难题，其方法之巧妙，效果之显著，实在令人叹服。

首先是疏通河道，淘挖淤泥。刘晏身先士卒，哪里堵塞，他的身影就出现在哪里。经过广大民工的辛勤劳动，长年淤积的河段基本得到治理，为漕运打下了良好的基础。

其次是改善运输设备。他在扬子（今江苏仪征）建造了10个船场，聘请优秀的工匠打造了两千艘坚固耐用的大船，每船可装米千石；从巴、蜀、襄、汉等地调运大批竹子、麻皮，制成坚韧的纤索，规定按时更换，以保证纤索的质量。

第三是改进运输方法。过去漕粮直运，每年二月由扬州发船，四月渡淮入汴，水浅船慢，六七月才到黄河，又正逢黄河涨水，要到八九月才能西行，运一次耗时半年多。刘晏结合过去的经验，实行分段运输。他把全程分成四段：邗沟、淮水为一段，汴水一段，黄河一段，渭水一段，在各个河段的接口处设立了四个中转站，即扬州、汴口、河阴、渭口，每个河段使用各自的船只及船工。这样做有几个好处：一是克服了江淮船工不熟悉黄河水性的缺陷，各级船工分段负责，他们熟悉自己段内的河道，知道如何避免险滩急流，大大增加了行船的安全性和行船速度；二是各个河段都可在河水深浅适中时行船，既可使原船免除旷日久等，又可在中转站集中管理粮食，减少损耗；三是在不同的河段用相应大小的船只，避免水深时船小以致运力没有得到充分挖掘，或者水浅时船大造成搁浅的情况发生。

第四是改散装为袋装。这也是为了适应分段运输，便于装卸，减少损耗，也利于在水浅的地方改成陆路运输。

第五是加强管理，改民营为官营。过去漕运由州县富户督办，号称“船头”，船工由百姓担任，他们的待遇极差，又受船头的气，所以积极性很低。现在刘晏改为官运，船工由士兵担任，军官负责押运，10只船为一个编队，以便彼此照应，对运输优异的给予奖励，极大地调动了大家的积极性。

经过刘晏的仔细筹划，依靠广大船工的辛勤努力，江淮粮食终于通过漕运运抵长安。过去是“斗钱运斗米”，改革漕运后，每石米运费才需700文，一年能运40万石，多的时候达百万石，京师米价立即得到了平抑。运粮船刚到长安时，京城百姓欢呼雀跃，代宗派乐队到东渭桥迎接刘晏，夸赞他是当世萧何。

3 改革盐政

刘晏督办漕运，大获成功，但他并未停步不前，又投入了紧张的盐政改革。因为唐朝当时的客观形势不容许他有片刻喘息时间。安史之乱后，广大华北地区藩镇割据，各个节度使手握重兵，不听中央号令，不向朝廷上交赋税，相反还时不时找些事端，这样中央军费开支巨大，财政十分紧张。为了扭转这一被动局面，朝野上下又把期盼的目光投向了刘晏。而他不负众望，又紧锣密鼓地开始着手整顿唐朝的盐政。

食盐是人民生活必需品，市场价值极大。唐初开放盐禁，不收盐税，使盐商发了大财。“安史之乱”以后，唐中央财政吃紧，便实行食盐国家专卖制度，专门设置“监院”，管理盐务，制造食盐的经过专门登记，名叫“亭户”，所产食盐必须卖给国家，私自煮盐、贩盐要判重罪。这套制度虽然对中央财政状况有所改善，但也存在不少弊端。如盐官卖盐只收现钱或绢帛，农民一时拿不出钱帛只好淡食；有些农户居住分散，供应很困难；各级盐业办理人员利用手中的职权敲诈勒索，等等。针对以上弊端，刘晏以户部尚书的身份出任都畿、河南、淮南、江南、湖南、荆南、山南东道盐铁使，着手改革盐政。

当时，许（今河南许昌）、郑（今河南郑州）、邓（今河南邓县）、汝（今河南临汝）等各州以西使用河东（今山西一带）池盐。汴（今河南开封）、滑（今河南滑县）、唐（今河南唐河）、蔡（今河南汝南）等各州以东使用海盐。除了河东以及西北的池盐、山南西道的井盐由户郭度支直辖，河北、山东一带的海盐被藩镇管辖，其余广大盐区作为全国食盐的主供区，皆归刘晏管理。面对如此广大的辖区和如此巨大的业务量，刘晏不仅不增加机构和人员，相反他的第一步即是精简机构，淘汰冗员。刘晏认为盐务办理好坏，关键在于得人而非任官，不尽职的官员，骚扰百姓的官员，越多越坏事。他把产盐少的监院一并裁撤，只在主要产区保留了10个盐监和4个监场。盐监负责收购和管理食盐，盐场负责储存、中转分销。同时，在一些主要城市一共设立了13个巡院，负责管理粮食和食盐的销售，调节市场物价，打击私盐。这些机构的办事人员都经过刘晏的慎重挑选，品行端正，有真才实学，办事能力很强，而他们都对刘晏极为尊崇，令行禁止，忠诚于盐政改革事业。

进行了盐政的机构改革以后，刘晏便着手改革食盐的运销体制，他把原来的官运官销体制改为就场专卖体制。亭户所生产的食盐仍由盐官统一收购，不许私自卖给商人；盐官所收食盐就近在盐场卖给盐商，同时收取盐税。盐商缴纳盐款后可以任意运销，国家不再限制。这样形成了民制、官收、商运商销“一条龙”。其结果，官方控制货源及批发，保证了国家的利税收入，同时控制了盐价，避免盐商牟取暴利。另一方面，他奏请皇上下令，严禁各地对盐商额外加税，以免食盐的成本和价格上涨，于民不利，同时这也能调动广大盐商的积极性，使得他们乐于把食盐运销各地。商运商销的方法还使政府节省大量劳力和开支，从一个侧面防止各级经办人员的敲诈勒索。为了照顾偏远地区，刘晏还专门安排了“常平盐”，如果盐商不愿意到这些地方，就以平价抛售官盐，防止盐价飞涨，这使得偏远地区也能得到充足的食盐供应。此外，刘晏还在江淮一带的交通要道设立了几千个储存食盐的仓库，总量达两万多石，哪个地区如果出现食盐脱销的现象，附近的盐仓就及时调拨供应食盐。另一项改革措施是“以绢代钱”，鼓励商人纳绢。因为政府对绢的需求量很大，军队做衣服等都需要用绢，刘晏把绢对盐的比价定得稍微高一些，这样有不少盐商都愿意纳绢代钱，使政府在销售食盐的同时，掌握了不少必需的军用物资，又省却了政府去转购的麻烦。

由于刘晏采取了一系列富国富民措施，盐政改革取得了巨大成效，官方、盐商、百姓皆得其利。商人能够通过正当合法的渠道经营食盐的运输和销售；百姓避免了盐价暴涨之苦，生活有了保障；官方收入也大大增加——每年的盐税收入翻了十多倍，达到每年600多万贯，占全国全年财政总收入的一半以上。如此成就实在令人瞠目。有一年，西北盐池被大雨破坏，结果长安盐价飞涨，朝廷急命刘晏速调来3万石食盐救急。这些盐由扬州起运，仅用四十天工夫就到了长安，京师人都有些不敢相信，以为刘晏是个变戏法的。的确，刘晏确是个善理财政的“魔术大师”。

4 整顿经济

刘晏办理漕运和改革盐政取得了空前的成功之后，又转入更为艰难的全面整顿经济秩序之中。在恢复和振兴唐王朝的经济这一伟大变革中，刘晏总是能抓住问题的症结所在，提出针对性极强又富于实效的办法，往往能马上扭转不利局面，取得意想不到的效果。

粮食是事关国计民生的头等物资，粮价又是社会状况的晴雨表。一旦粮食紧缺，粮价飞涨，那社会离动乱的边缘也就不远了。刘晏深知此点，所以他始终把平抑粮价、防止粮价飞涨作为自己的头号任务。他在运作中掌握最根本的一点，是粮食的基础价格应由国家控制，市场只能起到调节作用，国家可以通过吞吐物资、调节供求的经济手段来控制粮价，把粮食的价格波动控制在一定范围之内。他的平抑手段是十分高明的。

粮食丰收的年份，粮价下降，有时甚至惨跌，以致农民辛辛苦苦劳作了一年，指望粮食丰收好改善生活，结果却赚不到什么钱。这时，刘晏就以高于市场的价格收购粮食，农民们欢迎这个措施，喜滋滋地把粮食卖给国家，刘晏便把这些余粮储存起来，以备荒年之用。粮食歉收的年份，粮价必定上涨，刘晏又把丰年储存的余粮以低于市场的价格出售，农民们能够买得起，可以免受缺粮之苦。这一套“常平”制度刘晏运用得得心应手，根治了不法商人囤积居奇、牟取暴利的行为，极大地方便了广大百姓群众。到后来，刘晏掌握的粮食有300万石之多，还有什么比这更能让刘晏与当朝统治者心安的事呢？

刘晏进行的另一项卓有成效的经济改革是“均输”，即国家把每年的赋税收入折合成现钱，在各地收购土特产品和手工业品，转运京师供使用和调节市场，国家从中增加收入和平抑市场之利。有的时候，关中地区粮食丰收，长安便不需要再漕运大量粮食。这时，刘晏就在东南地区采购一些土特产品运往长安，像绫绢、瓷器、漆器、茶叶等。减运粮食，增运所谓“轻货”，可以大量节省运费，又扩大了东南地区土特产品和手工业品的销路。同时，也刺激和发展了东南地区的生产。对于零星的、不值钱又不好运输的东西，刘晏便将这些产品集中到产铜区销售，卖了以后换回铜、铅、新炭等，就地铸造铜钱，一年之中也能造出十多万贯，供应了市场流通的需要。刘晏总是这样，把过去认为不值钱、没有太大价值的东西进行处理，使这些东西同样能派上用场。他经常告诫手下人说：“物资没有什么有用无用之分，关键在于我们如何使用。表面上看起来没有什么用的东西，只要我们使用得当，同样可以发挥它的作用。”他的话说得多么精当啊！

刘晏还特别重视市场行情的掌握与判断，重视各种市场信息的收集。他派到各地巡院去的巡院官有一项重要职责：每旬、每月要把所在州县的雨雪丰歉等农事消息报告给刘晏，只要哪个地方出现歉收的苗头，知院官即刻汇报，不等这些州县申请，刘晏就已着手减免租赋、防灾赈济的安排了。刘晏特别重视走在市场的前头，重视对市场情报的采集与整理，而这需要一个快速准确的信息传递网络。在当时的条件下，刘晏尽可能地改革了通信制度。原来的邮递由富户包办，名为“捉驿”，驿夫们生活辛苦，效率自然也高不了。刘晏将它改为官吏主持，招募身强力壮跑得快的“驶足”，给予较高报酬，举凡农业生产、百物行情以及物资余缺等各种市场信息都由这些驶足快马加鞭，一站一站传递。虽然相隔很远，但用不了几天刘晏就能得到消息。掌握了市场行情，也就掌握了市场物价的控制权，也就使得刘晏能够始终主动、积极地干预、调节市场。

通过一系列的经济整顿、恢复工作，刘晏取得了显著的成效。唐朝政府每年的财政总收入增加到过去年份的3倍多，所增部分十有七八来自江淮盐利，而这并不是靠盘剥民众得来的。相反，由于刘晏的各项措施得力，百姓生活反倒安定下来，人口也逐渐增加，“安史之乱”结束时，中央所控制的人户只有293万多户，刘晏改革以后全国人口增加到380万户。据统计，所增户数都增加在刘晏管辖的地区，不是刘晏管辖的地区，户口就没有增加。还有什么比这组数字更具有说服力呢!

5　清正廉洁

主持经济事务是一项肥缺，在唐朝政风日坏的当时，只要刘晏对自己的要求稍微一有放松，则他个人所能聚敛的财富便可想而知。事实又是如何呢？刘晏的住宅在长安修行里，房子矮小简陋，一点儿也不像当朝宰相的居所。他的家里一个仆人、婢妾也没有，家务事都是家里人亲自动手。他早上上朝，常常只在路上买两个烧饼，一边骑马一边有滋有味地吃着。有官员笑话他，他倒劝这些人不妨尝尝，说味道好着呢！他常说："居住但求安全，不必讲究宅第的富丽；饮食但求饱适，不必讲究菜肴的丰盛；骑马但求稳健，不必讲究毛色的漂亮。"刘晏为天下人办了多少实惠，可他自己又落下了什么呢？他死以后，他的政敌去抄他的家，结果刘晏的全部家产竟是"杂书两车，米麦数石"！

刘晏对自己俭省，待人却厚道，他的大部分薪俸都周济他人了，一些不知名的穷书生就常常得到他的资助，穷亲友就更不用说了。一次，他到一个亲戚家里去串门，发现那家没有门帘挡风，便叫人暗暗记下了门的尺寸。不久，那家亲戚就收到了一副崭新的门帘。像这类事例，在刘晏看来是再平常不过的了。

刘晏办事很讲效率，办公起来又非常拼命。他自己常说，好像看见钱在地上流动。他又常常骑在马上，手里还拿着马鞭子指指划划地筹算。刘晏的忘我勤奋在朝野是出了名的。他每天都是天刚亮就开始办公，到深夜才停下来，节假日也几乎没有休息过，总是当天的事情当天办完，从不拖到第二天，因为第二天还会有更多的事情等着他处理呢！刘晏还不辞辛苦，常年奔波各处检查工作，体察民情。他在江淮督办漕运时，披星戴月，日夜兼程，连路过曹州老家也没工夫回去看一看，真正是做到了为国家鞠躬尽瘁，殚精竭虑。

刘晏选拔与任用人才也有自己的标准。他曾经说过："士人前途有爵禄的希望，求名重于求利；佐吏在政治上没有什么前途，他们重利甚于求名。"所以，稽核、出纳等核心要害事务，他都任用士人去办，而办理文书等文秘工作，他就交给佐吏。这也可算是抓住了人的心理特点，用人所长吧！有些权贵利用种种手段，要刘晏给他们的关系户安排职位，刘晏深知这些人办事不足，败事有余，但又无法推脱，也不敢推脱，因为这些人是得罪不起的。他便想了一个办法，即用高薪厚禄来白养着他们，不给他们安排什么事做，当然这些人也做不了什么事，他们会干什么呢？即使这样周旋，刘晏还是没有躲过一场夺去他生命的政治浩劫。这场浩劫以后，历史家都认为刘晏死得冤枉、可惜。

6 饮冤而亡

唐朝的宫廷斗争是颇为惨烈的，几乎每位皇帝的继位登基都要伴随一场权力斗争。唐代宗李豫能够当上皇帝，元载出了大力，但他又不遵守作为臣子应该遵守的规范，居功自傲，大权独揽，这样代宗便又要对他下手了。大历十二年（777年）三月，代宗治了元载的罪，抄了他的家。刘晏此时正任吏部尚书，审判元载一案他自然无法逃避。但刘晏深知官场险恶，便奏请代宗，请求加派官员共同审理。这样，御史大夫李涵、右散骑常侍萧昕、兵部侍郎袁傪、礼部侍郎常衮、谏议大夫杜亚五人便和刘晏一起办案，元载对自己的罪行供认不讳，被处死刑。同案的另一人王缙本来也是定的死刑，但是刘晏不愿过多株连他人，便复奏代宗请求减轻王缙的刑罚，代宗同意了，所以可以说王缙的命是刘晏救的。

但毕竟有人不理解刘晏的心情与苦衷，反倒记恨在心。元载的心腹之一，时任吏部侍郎的同乡杨炎即属此类，他对自己的被贬职深怀不满，以为是刘晏在害他，发誓将来一定要报复刘晏。代宗死后，唐德宗李适继位。李适开始能当上太子，多亏了元载，所以他上台后有意为元载翻案，杨炎也因德宗喜欢他写的文章而一跃成为宰相，这就使得刘晏在权力斗争的漩涡中处于极为不利的境地，他的政治厄运开始了。

德宗做太子的时候，代宗非常宠爱独孤妃，因而也喜欢她所生的儿子韩王李迥。有一个宦官名叫刘清潭，也非常得宠，他和独孤妃是一派，曾经请求代宗立独孤妃为皇后、韩王为太子，当时谣传刘晏也参与了他们的阴谋。这时杨炎就以此事为借口发难了。有一天，他参见德宗，激动流涕地说："全靠祖宗神灵保佑，先帝和陛下的关系没有被贼臣离间。刘晏他们居心不良，危害国家，可他现在居然还好好地活着，我身为宰相，没有使他得到应有的惩罚，按照法律，请陛下治我的死罪吧！我死事小，只是陛下千万不要被刘晏这帮奸臣蒙骗，一定多加提防啊！"德宗生性多疑，这席话正击中了他的痛处，可是当朝的另几位大臣都极力反对治刘晏的罪。崔祐甫说："陛下已经宽宏大量地宣布了大赦，就不应该再追究没有根据的传言了，那样会使天下人寒心啊！朱泚、崔宁也都大力替刘晏辩护，尤其崔宁言辞极为激烈。杨炎一怒之下把崔宁贬出中央朝廷，接着又设法罢免了刘晏的使职。他对德宗说："尚书省应该是国家的最高行政机关，过去添设许多专使，分割了尚书省的权力，现在应该恢复旧制，盐铁、转运等事仍应集中由户部来管。"德宗应允，下令撤销盐铁、转运等专使，这样刘晏就被解除了在财政经济方面的一切领导职务。紧接着，杨炎又借口刘晏奏事不实，把他贬到忠州（今四川忠县）去当刺史，派宦官押送出境，同时把一向与刘晏不和的庾准调到荆南任节度使，做刘晏的顶头上司。庾准自然心领神会，就上奏说刘晏给朱泚写信抱怨皇上，又说刘晏招募兵员，擅自动用国家财物，并且威胁朝廷的宣诏使臣，企图造反，杨炎为此作证。这下，刘晏性命不保了。

建中元年（780年）七月，德宗派了一个宦官到忠州赐刘晏自尽，素来刚强的刘晏没有多说什么，便饮恨而亡了。这时，他65岁。刘晏的妻子、儿女也被充军发配到岭南，受株连的多达几十人。19天以后，赐死诏书才下达，朝野内外方知刘晏已死，这下舆论大哗，人们极为诧异惋惜，甚至对中央一向不服的某些藩镇首领也上表为刘晏喊冤。淄青节度使李正己本人和刘晏没有任何关系，他上奏德宗，说他处分刘晏过于仓促，对于刘晏的罪状并没有加以核实，证据不足，而且先杀人后下诏，这样百官民众怎么能服气呢？他还请求放回刘晏的亲属，但德宗拒绝给予答复。一代名臣，为大唐谋了那么多福利，却落得如此下场，怎不令人痛心疾首!

刘晏对于中唐的经济改革做出了重要的贡献，是彪炳史册的一位贤相。他蒙冤而死，可他制定的一系列利国利民的经济政策并没有被废止，因为唐朝政府还需要用它来发展生产，增加收入。刘晏培养、任用的一批财经官员继续负责财经事务，他们都非常出色，其代表人物有韩洄、元琇、裴腆、李衡、包佶、卢征、李若初等人，是他们保证了刘晏的措施得以继续，刘晏的理财思想及他所培养的理财官员，可说是他死前给大唐留下的最为丰厚的遗产。

刘晏死后不久，德宗也非常后悔。等到事情渐渐平息，他就在兴元初年（784年），即刘晏死后的第四年准许把刘晏的遗体归葬原籍。贞元五年（789年），刘晏已经入土九年了，德宗提拔刘晏的儿子刘执经做太常博士、刘宗经做秘书郎。执经辞官不要，请求追赠他父亲，德宗于是下诏赐刘晏郑州刺史加司徒的官衔。至于那位杨炎，他后来不可避免地卷入了另一场政治漩涡，最终被贬到边远地带，走在路上就被赐死了。历史真是开了一个大玩笑，只不过天下人很少有怀念杨炎的，人们总是念叨着刘晏。他的英名和改革功绩，将长留青史。

（九）

半部《论语》治天下

——赵普

1 入幕潜底

赵普生于后梁末帝龙德二年（922年），字则平，原籍幽州蓟县（今北京西南）。父迥为避赵德钧兵乱，迁居洛阳。赵普读书不多，自幼学习吏事。成年后，被聘为永兴军节度使刘词的幕僚。

公元956年，周世宗柴荣亲征淮南。周将赵匡胤袭破清流关（今安徽滁县西北），而赵普就是这个时候被周相范质推荐来到了滁州。赵普同匡胤本就认识，这次相见，二人格外喜悦。

赵匡胤部下受命清乡，抓捕到一百多名乡民，说他们都是盗匪，打算斩首。其他人对此没有异言，只有赵普出来反对。他对赵匡胤说：“未曾审问明白就将他们一律杀死，倘或诬良为盗，难道不会误伤了人命？”

“书生所见，未免太迂腐了。须知此地百姓本是我们的俘虏，我将他们一律免罪，已经是法外施恩，现在又甘愿做盗匪，如果不立即将其正法，怎么警告众人呢？”匡胤笑着说。

“南唐虽然是我们的敌国，百姓到底有什么罪过？况且明公素有大志，很想统一中原，怎能将它划出界线呢？王道不外乎行仁，还请明公三思！”赵普说。

匡胤见他这么执着，就说：“你如果不怕劳苦，就烦请你去审讯吧！”

赵普便去，一一讯问，多无证据。于是向匡胤禀告，除确有赃物可以定罪的外，其余全部释放。乡民们非常高兴，都称赞匡胤仁慈而明察。

赵普的细心、周到和先见之明给匡胤留下了深刻的印象，凡遇有疑难问题，匡胤都同他商榷。赵普对这位志向不凡、威武英明的将军也格外器重，一心效忠，知无不言。

赵匡胤的父亲赵弘殷这次也随周世宗出征。他奉命夺取了扬州，后留韩令坤居守，自己领兵来到滁州城里。不久，弘殷生起病来，匡胤早晚在侧侍奉。

忽由扬州传来警报，说唐军纷至，要求救援。周主也有诏书到来，命匡胤速往六合，兼援扬州。匡胤内奉君命，外迫友情，不能坐视不管。但这个大孝子见父亲病势日重，又不忍远离，公义私情，交织心头，使他进退两难，难以决断。当下找来赵普商议。赵普说：“君命不可违，请公即日前往。如果考虑到尊翁，我赵普愿意代公尽一个儿子的责任。”

“这事怎么敢烦劳你呢？”匡胤有点儿过意不去。

“公姓赵，普也姓赵，彼此本属同宗。如果不嫌我的名位，公父就是我父，一切视寒问暖及进饭奉药等事，统由普一人负责，请公尽请放心！”赵普说。

匡胤见他说得这么诚挚，非常感激，说：“既蒙顾全同宗之谊，此后当视为手足，誓不相负。”

赵普连忙答礼：“普是什么样的人呢？怎敢受此大礼？”

匡胤于是留赵普居守，把公私各事都委托给他。随后，选了两千名精兵，当日出发。

唐军攻不下扬州，便移兵去打六合，赵匡胤力败唐军。周世宗班师回朝，因赵匡胤等在外久劳，也令还朝，另派别将驻守滁州和扬州。匡胤在六合接到命令马上领兵回滁州，入城探望父亲。父亲的病已经好了。他跟儿子说：“全靠赵判官一人日夜侍奉，病才慢慢好了。”匡胤再次向赵普拜谢，等到来替代的将领一到，匡胤便与父亲、赵普一同回汴都（今河南开封市）。

到汴都后，匡胤随父入朝，世宗大加犒赏。他向世宗引荐赵普，说：“判官赵普，具有大材，可以重用，希望陛下明察！”世宗点头。

退朝后，封弘殷为检校司徒，兼天水县男；封立有大功的匡胤为定国节度使，兼殿前都指挥使；封赵普为节度推官。三人上表谢恩。

这样一来，禁兵便由匡胤父子分管。赵普也开始成了赵匡胤的幕僚。

2　周王西去

公元595年4月，周世宗从沧州（治所在今河北沧县东南）进兵攻辽，益津关（在今河北霸县）、瓦桥关（在今雄县西南）、莫州（治所在今河北任丘北）均降。5月，瀛州（今河北河间）又降。

周世宗非常欣喜，便欲一鼓作气进攻幽州（今北京城西南）。谁知途中患上寒症，炎热的夏天，偏冷得他不停地发抖，拥上棉被也不觉暖和，一连几天不见起色。他曾在商议进攻幽州的宴席上，对那些持不同意见的将领说："不捣辽都，决不返师！"将领们想请驾还都，又怕触怒他，不敢前去奏请。深受世宗信任和倚重的赵匡胤将军对大家说："主病未好，这样停留在此，倘若辽兵大至，反为不美。等我去奏请还都好了。"

匡胤来到御榻前，毕恭毕敬地问了安，然后谈到军事。世宗说："本想乘胜平辽，不料朕身体欠安，延误军机，怎么办才好呢？"

匡胤见世宗已有所动摇，便委婉地说："大概老天还不想绝灭辽国，所以圣躬不安，不能马上荡平它。如果陛下顺天行事，暂且搁置不问，臣以为老天一定会降福，圣躬自然会安康了。"

世宗犹豫了半晌才说："卿所言极是。朕且暂时回都，卿可将各处兵马调回，明天就启銮吧！"

匡胤退下，马上传旨，调回李重进、孙行友等，一面准备还都事宜。

赵普夜见匡胤，问了世宗病情，寻思了一会儿，然后对他说：“主上的病看来是难好了。一旦辞世，7岁的孩子继位，明公的处境就吉凶难料了。”

“这话怎么说？”匡胤关切地问。

“明公为周拓疆略地立下大功，威名远扬，众将畏服；现又分掌禁军，权大威重。少主无恩于明公，诸将又无一人可与明公相媲美。自唐末以来，国家兴替，全因武将擅权。明公处此，能不为少主和群臣所疑吗？为人所疑，岂能不危？明公若能顺势而为，趁此开创基业，非但不危，而且会大富大贵。祸福吉凶，全由明公。”赵普说毕，两眼紧盯匡胤。

匡胤深思良久，抬头对赵普说：“周主对我有大恩德，怎么可以背负他？”

“如果明公将来能妥善地安置周室，就可以了。有非常之人，才有非常之事。何必为此牵怀？不然，将会自陷窘境，不知明公大志何日可伸了。”赵普又进逼一步。

匡胤思考一下，口中说出“张永德”三字。

赵普马上接口说：“普自有办法。”随即在匡胤耳边低语了几句，匡胤点头称是。二人又商讨了一阵，方各自歇息。

第二天，周主起床升座，命令将瓦桥关改为雄州，让韩令坤留守，将益津关改为霸州，让陈思让留守，然后乘舆启行，匡胤等均随驾南归。世宗在路上觉得稍微好了点儿，就从书囊中取出文书批阅。突然看到里面有一方木板，上写五个大字：“点检做天子。”世宗非常惊异，细细看了一回，仍旧收藏在书囊中。等回到都中，便把殿前都点检张永德的官免了。永德的妻子是周太祖郭威的女儿，他和世宗是郎舅关系。世宗担心他会像石敬瑭那样阴谋篡夺周室，所以将他免职，改任自己认为忠勇仁孝的赵匡胤为殿前都点检，兼检校太傅。匡胤的声威自此更盛。

宰相范质等人因世宗病未痊愈，请立太子以正国本。世宗便立儿子宗训为梁王。宗训才7岁，懂得什么国事？只不过挂个虚名。这一年，皇后符氏去世，世宗又册立皇后的妹妹为继后，入宫不久，世宗的病又加重了。没过多天，急召范质等人入受顾命，重言叮嘱，让他们好好地辅佐太子。当天晚上，世宗驾崩。范质等奉梁王宗训即位，尊符后为皇太后。一切典礼，皆遵旧制。

只有匡胤被改任归德军节度使，兼检校太尉，仍任殿前都点检，以慕容延钊为副都点检。延钊和匡胤交情笃厚，人称莫逆，这时又同在殿廷共事，格外亲切。所谈之事，别人是不能知道的。赵普对匡胤说："权柄已重，局势已成，勿失时机。"匡胤点头，两人密语了很长时间。

3 陈桥兵变

转眼之间到了元旦，这是小皇帝宗训纪元的第一天，文武百官都去朝贺，气象很是宁静安康。过了几天，忽然有真（今江苏仪征）、定（今河北定县）二州的急报传至京都，称："北汉主刘钧，联络辽兵入寇，声势甚盛，请速发大兵防边！"

小皇帝宗训只管嬉戏玩耍，哪管他什么军国大事！二十几岁的符太后得知后，急召范质等人商议。范质奏说："都点检赵匡胤忠勇绝伦，可任命他为统帅，副都点检慕容延钊，骁勇剽悍，可令做先锋；再命各镇将领会集北征，全部由匡胤调遣，统一指挥，定会万无一失。"符太后紧悬的心才落了下来，连忙命赵匡胤会师北征；慕容延钊率领前军先行出发。

延钊领命，选好精兵，即日启程。赵匡胤调集各处镇帅，石守信、王审琦、高怀德、张令铎、张光翰、赵彦徽等陆续到来，于是祭旗兴兵，分队进发。

这时，都城谣言很盛。人们三三两两地在一处议论："世宗征辽回来，路上得到一面木牌，上说'点检做天子'，结果把张永德给免了，任了赵匡胤，怕这话要应在赵点检身上了。命里没有甭强求！天意难违！"

"赵点检声名显赫，方面大耳，怕是个真龙天子。"

"听说将要册立点检做天子。你看这队伍过来过去的，怕是有乱子了。”

传来传去，都中人心惶惶，百姓竟成群结队地逃出城避难去了。

宫廷里面却很安静，并不知道外面传着这种消息。

匡胤率领大军按驿前进。兵到陈桥驿（今河南开封市东北陈桥镇）已是傍晚时分，太阳将要下山。匡胤命各军扎营，住宿一晚，第二天再赶路。他同将领们一起用过饭，因多喝了些酒，便早早进寝室休息去了。

当晚，曾受赵普悄悄拜访过的都指挥江宁节度使高怀德站出来对众将说：“主上新立，况且又很幼弱，我等身临大敌，虽出死力，何人知晓？不如顺天应人，先立点检为天子，然后北征，不知道公等意下如何？”

众将对幼主的确无信心，而对匡胤素来拜服，出城时又见百姓众说纷纭，以为民心所向，所以，一经怀德挑头，便一同响应：“高公说得很对，我们就依计速行。”

“这事须禀明点检，才可以照此施行。但恐点检不应允，好在点检亲弟匡义也在军中，暂且先同他说明白，叫他进去告诉点检，才可望成功。”都押衙李处耘说。

大家一起赞同，便邀来匡义商议。

“这事非同小可，先同赵书记计议一下，再来决定。”匡义说。

这里的赵书记说的是赵普。他已不是节度推官了，而是以归德掌书记的职务随同赵点检出征。匡义将此事通知赵普，赵普说：“主少国疑，怎能定众？点检素有威望，中外人心所归，一入汴京，就可以正帝位。今晚安排妥当，明晨便可以行事。”

匡义同赵普一起出庭，赵普调遣诸将，说如何如何，可使点检不得不为天子。

第二天，天近拂晓，将领们一齐逼近匡胤寝室，争呼“万岁”。

“点检还没有起床，诸公请不要高声！”寝门侍卫摇手打断说。

“今天册立点检为天子，难道你还不知道吗？”众人说。

话音甫定，匡义便分开众人进去，正好赶上多喝了点儿酒的匡胤惊醒过来。

“室外什么事？”

匡义将外面的情形大略说了一下。

“这……这事可行得么？”匡胤看上去有些张皇失措地说。

“众将拥戴，兄长不妨就为天子。”匡义劝说。

“且等我出去看看情况，再作计较。”匡胤说。

匡胤走出门来，只见众将宝剑露刃环列在外，一齐呼道：“诸军无主，愿奉点检为皇帝。”

匡胤还未来得及回答，高怀德已捧进黄袍，披在匡胤身上。擅披黄袍已是死罪，众将校又一律下拜，山呼万岁，生米已煮成熟饭。

赵点检骑虎难下，显得有点儿无奈。他对众人说：“事关重大，怎么可以仓促举行？况且我曾世受国恩，怎么可以妄自尊大，擅行此不义之事？”

赵普马上接口说：“这是天命所归，人心所向，明公如果再推让，反会上违天命，下失人心。如果为周家考虑，但教礼遇幼主，优待故后，也算是始终优待他们了。”

说到这里，将士们已将匡胤拥上马去。匡胤揽住缰绳，对众将说：“我有号令，你们能否听从我？”

“能！”众将齐声回应。

“太后和主上，我当北面侍奉他们，你们不得冒犯！京内大臣，与我是同僚，你们不得欺凌；朝廷府库，以及百姓之家，你们不得侵扰！如能听从我的命令，后当重赏。否则，将戮及妻子儿女，决不宽贷！”匡胤严肃地说。

众将听令后又拜，无不赞同。匡胤这才整顿兵马，开回汴京。派楚昭辅和客省使潘美加鞭先行。

4 毫无怨言

潘美先去授意宰辅，楚昭辅去抚慰匡胤家人。两人驰马入都，都中才获知消息。

当时正是早朝时间，突闻此变，君臣都吓得不知所措。

“卿等保举匡胤，怎么生出这种变端？”符太后埋怨范质，说着哭了起来。

“待臣出去劝谕他们。”范质嗫嗫嚅嚅地说。

符太后也不多说，洒泪还宫。

范质退出朝门，同右仆射王溥商讨对策，王溥也无言以对。正在彷徨时，忽见家人来报：“叛军前队已进城了，相爷快回家去！”二人闻言，一溜烟跑到家中去了。

匡胤前部都校王彦升果然带着铁骑驰入城中，正好碰上打算召集禁军守城的侍卫军副都指挥使韩通。韩通出言不逊，彦升追至韩家门内将其劈死，并把他的妻子儿女全部斩尽杀绝，然后出城迎接匡胤。

匡胤领着大军从明德门入城，命令将士一律归营，自己退居公署。

过了一会儿，军校罗彦环等将范质、王溥等人拥入署门。匡胤见了，呜咽着说：“我受世宗厚恩，被六军逼迫至此，违负天地，怎能不汗颜呢？”

范质等人刚要开口，罗彦环严厉呵斥道：“我们无主，大家商议立点检为天子，哪个再有异言，我的宝剑决不容情！”说毕，拔剑出鞘，挺刃相向。

王溥面如土色，退下台阶向匡胤跪拜。范质不得已也拜。匡胤赶紧下阶扶起二人，让他俩坐下，然后商讨即位事宜。

“明公既为天子，怎么处置幼君呢？”范质试探地问。

“就请幼主效法尧禅舜的故事，他日将以虞宾相待。如此，便是不负周室。”赵普在旁回答说。

“太后和幼主，我曾北面臣事，早已下令军中，誓不相犯。”匡胤补充说。

“既然如此，应该召集文武百官，准备受禅。”范质说。

“请二公为我召集，我决不薄待旧臣。”匡胤说。

范质、王溥当即退出，入朝宣召百僚。日晡时分，百官才齐集朝门，分立左右。

这时，石守信、王审琦等拥着匡胤从容登殿。翰林承旨陶谷即从袖中掏出禅位诏书，递给兵部侍郎窦仪，由窦仪宣读诏书：

天生烝民，树之司牧。二帝推公而禅位，三王乘时而革命，其揆一也。惟予小子，遭家不造，人心已去，天命有归，咨尔归德军节度使殿前都点检，兼检校太尉赵匡胤，禀天纵之姿，有神武之略，佐我高祖，格于皇天，逮事世宗，功存纳麓，东征西讨，厥绩隆焉。天地鬼神，享于有德，讴歌讼狱，归于至仁，应天顺人，法尧禅舜，如释重负，予其作宾。于戏钦哉，畏天之命！

窦仪读毕，宣徽使引匡胤退到北面，拜受制书。不久便扶着匡胤登崇元殿，加上衮冕，即皇帝位，百官朝贺，“万岁”声响成一片。礼毕，即命范质等入内，将幼主和符太后胁迁到西宫。孤儿寡母呜咽着去了。

当下由群臣商议，称周王为郑王，符太后为周太后，下令周宗正郭玘祀周陵庙，仍令岁时祭享，一面改定国号，称之为宋朝，纪元建隆，大赦天下。追赠韩通为中书令，加以厚葬。然后封赏佐命元勋：授石守信为归德军节度使，高怀德为义成军节度使，张令铎为镇安军节度使，王审琦为泰宁军节度使，张光翰为江宁军节度使，赵彦徽为武信军节度使，并皆掌侍卫亲军；提慕容延钊为殿前都点检，副点检之缺由高怀德兼任；赐皇弟匡义为殿前都虞侯，改名为光义；赵普为枢密直学士。为安定政局，匡胤仍让周宰相范质依前任司徒兼侍中；王溥仍任司空兼门下侍郎；魏仁甫为尚书右仆射，兼中书侍郎，均为同平章事。

明里暗里出谋划策，使赵匡胤登上帝位的赵普，得到的只是一般的官职。作为政治家、作为同匡胤有着特殊关系的赵普，对匡胤的做法是理解的。因此，他没有发牢骚，一如既往地为巩固新皇朝出力。

5 辅主平叛

匡胤登位以后，经赵普、窦仪穿针引线，将韶年守寡的妹妹嫁给丧妻的高怀德。这位曾将黄袍加在匡胤身上的高将军，便成为尊贵的皇亲国戚了。

蜜月不久，忽有一道诏书传入高府，令他讨李筠，即日出师。怀德拜受诏书后，进去对公主说："北汉主刘钧，这一次与李筠联兵，是真来入寇了。"他急忙辞别公主，入朝去了。

李筠是太原人，历事唐、晋、汉三朝，战功赫赫。周时提为检校太尉，领昭义军节度使，驻节潞州（今山西长治市）。

匡胤受禅，加封李筠为中书令，派使赐册。李筠在属下劝说下勉强接受，心中很是不服。北汉主得知，派人送来蜡书，约筠一同起兵。李筠便欲起事。长子守节劝谏不听，反惹动他一腔怒火。

"你晓得什么？赵匡胤欺侮孤儿寡母，诈称辽、汉犯边，出兵陈桥，收买将士拥立自己，回军逼宫，废少主，幽太后，大逆不道，我还好北面事他吗？"李筠斥责。

于是，李筠在宋建隆元年（960年）四月草定檄文，历数匡胤不忠不孝之罪，布告天下。他一面请北汉发兵，一面派骁将儋伯袭泽州（今山西晋城东北）。

北汉主刘钧率兵前往，李筠在太平驿迎接，拜伏道旁。刘钧面封李筠为平西王，赐马三百匹。相谈时，李筠略言："受周厚恩，不敢受死。”刘钧默然不语。原来周和汉是世仇，李筠提到周朝，反惹起刘钧猜疑。他让宣徽使卢赞监督筠军。

李筠同卢赞一同返回潞州，心中很是不平，又见汉兵人少，越加后悔。无奈箭在弦上，不得不发，只好让守节居守，自己率军南来。

警报传到汴都，宋太祖赵匡胤即诏命石守信为统帅，高怀德为副帅，兴师北伐。

赵普入宫见匡胤，说：“李筠如果西下太行，直抵怀孟，扎寨虎牢，据住洛阳，将会养成大势，难以应付。另外，禁卫军里有许多曾是李筠的旧部，难保不生变端。陛下初定大位，人心未稳，此次北征关系重大，须统帅诸将亲征为是。”太祖颔首称是。

石守信、高怀德朝见匡胤，礼毕，匡胤宣谕说：“二卿此行，慎勿纵李筠西下太行；必须迅速进兵，扼住要隘，自可以破敌。”

二人叩头领旨，退朝后即整军出发。路上，又听说太祖派慕容延钊、王全斌出兵东路，夹击李筠，便大胆前进。大军行至长平（今山西高平西北），同李筠军遭遇，两军鏖战一场，未见分晓，天晚各自收军。

第二天又战，正杀得难分难解，慕容延钊率军赶到，突入敌阵，敌人顿时大乱。石守信、高怀德乘势掩杀，敌军败逃。宋军追了一程，才退了回来。

石守信同慕容延钊、高怀德商量进兵。

“王全斌将军已绕道捣泽州，我们应去接应才是。”延钊说。

石守信便传命三军并进。行数十里至大会砦。大会砦依山为固，易守难攻，李筠收罗败兵在此把守。宋兵猛扑数次，都被矢石射回。后用延钊之计，准备埋伏，诱敌出砦，大胜李筠。李筠返奔至砦，砦外已竖起大宋战旗，一员金盔铁甲的宋将领着宋兵从砦内杀出，李筠吓得向西北方向逃窜。

这位从砦内杀出的宋将就是王全斌。他原打算潜往泽州，因见路径复杂，恐怕孤军有失，中途返回，绕出大会砦，来会石守信和高怀德。

不想正赶上敌军离砦出战，便趁机占据了它。入砦之后，全斌说明一切，大家全都欢喜。忽有殿前侍卫来到，报称御驾将至，诸将离砦十里迎接。赵普也随同前来。

第二天，匡胤即下令亲征。大军陆续出发，将至泽州，敌人择险据守，扎下数营。匡胤便命进攻，一一摧垮，李筠跑入泽州。宋军追至城下，四面围攻，破城而入，李筠自焚而死。

过了一天，宋军又进攻潞州。守节向北汉主求援，北汉主刘钧早已逃跑，无奈，只好向兵临城下的宋军投降。宋太祖赵匡胤授以团练使之职。

平定潞州之后，淮南道节度使李重进便成了宋太祖的心腹大患。

李重进是周太祖郭威的外甥，生长在太原，历事晋、汉、周三朝。周末任淮南节度使，镇守扬州。匡胤受禅，加授重进中书令之职，命他移镇青州（今山东益都），以便就近压制。重进本来同匡胤并肩事周，分握兵权。匡胤受禅后，恐为所忌，常不自安。等接到移镇命令后，心中更是不满。李筠攻宋的消息传到扬州，重进派亲吏翟守珣到潞州联络，打算南北夹攻。

翟守珣未去潞州，反而悄悄来到汴都求见太祖匡胤。太祖问明虚实，便对守珣说："他无非防朕加罪，因而另做打算。朕今赐他铁券（免死牌），誓不相负，他能相信不？"

"臣观重进终有异志，愿陛下事先预防！"守珣说。

"朕同你相识多年，所以你特来报朕，可以说是不负故交了。但朕想亲征潞州，恐重进乘虚掩袭，多一掣肘，烦你规劝重进，让他缓发，不要使二凶并发，分我兵力。待朕平定潞州之后，再征重进，就比较容易了。"太祖说。

太祖厚赐守珣，守珣遵旨返回扬州。见了重进，说了一派谎话，止住重进发兵。太祖北征时，特派方宅使陈思诲奉着朝书，赐重进铁券，以稳重进之心。重进留住思诲，只说待太祖回汴一同朝见。

太祖凯旋，重进心中有些惊惧，准备整理行装，随思诲入京朝见。

后听部将谏阻，恐入京难返，便写了密书送往南唐，约同一起反宋。南唐竟将重进密书派人呈送太祖手里。太祖勃然大怒，即命石守信、王审琦、李处耘、宋偓四将公领禁兵出征重进。四将即领兵南下，时为建隆元年（960年）九月。

宋军迁延未克，赵普又劝太祖亲征。

“诸将统帅大军，重权在握；加之他们曾是周室将士，以周之将士攻周之贵戚，没有人不顾虑这些。一旦有变，怎么办呢？以臣愚见，陛下还是亲征为好。”

“卿虑甚是，朕当亲征。”

十一月，赵普随太祖亲征扬州。重进见太祖亲征，非常惶恐，眼看城池难保，便举家自焚。重进死后，全城混乱，宋军一举攻克。翟守珣向太祖请求，将重进遗骨收拾装棺，予以埋葬。

赵普两次劝太祖亲征，无非防手握重兵的将帅兵变，危及初创的宋家基业。二李既灭，这位太祖倚重的臣子便筹谋可以使宋王朝长治久安之策。

6 劝主释兵

匡胤征灭二李，返回汴京，翟守珣被提拔为供奉官。有时匡胤命守珣随驾微服出游。

“陛下幸得天下，人心未安，今乘舆轻出，倘有不测，那该怎么办呢？”守珣劝谏说。

“帝皇创业，自有天命，既不能强求，也不能强拒。从前周世宗在的时候，见到方面大耳的将士，时常杀死，朕整日侍侧，也未曾受害。可见，只要天命所归，是绝不会被人暗算的。”匡胤笑着说。

有一天，匡胤又微服来到赵普府第。赵普赶忙出迎，引入厅中。拜见完毕，也劝太祖要谨慎小心。

“如果有人应得天命，任他所为，朕也不去禁止。”匡胤又笑着。

赵普也知匡胤继位虽有天意，但“人谋”的成分有多少，他心里最明白。匡胤的辩解怎能消除这位忠臣的疑虑。

“陛下原本圣明，但一定认为普天之下，人人心悦诚服，没有一个人同陛下为难，臣却不敢断言。就是执掌兵权的诸位将帅，难道就个个都可靠吗？万一他们瞅准机会，暗中发动变乱，祸起萧墙，那时不知所措，后悔莫及。”赵普说。

“石守信、王审琦等人全是朕的故交，想来一定不会发动叛乱。卿也有些过虑了。”匡胤不动声色地说。

“臣也不怀疑他们的忠心。但仔细观察这些人，都不是有很好的领导才能，恐怕他们不能压服部下。如果军营中部下们威胁他们发动变乱，他们也不得不唯众是听了。”赵普明确地说出自己的担忧。

赵普的这种担心正是匡胤所担心的。面对赵普的坦率和忠心，他不想再隐瞒赵普。

“朕从未迷恋过花酒，何必要出外微行呢？正是因为国家初定，人心是否归朕，尚未可料，所以私行察访，不敢丝毫有所懈怠啊！”

赵普说：“只要把一切大权集中到天子手里，他人不敢觊觎，自然就太平无事了。”

君臣又谈了一会儿，太祖便回宫去了。

过了很长一段时间，直到建隆二年（961年），内外各将帅仍然没有变动的消息。赵普心下着急，又不便经常进言，触怒一班武夫，不得已隐忍过去。到了闰三月，才见把慕容延钊调为山南东道节度使，撤销殿前都点检一职，不再任命。自后又过了三个月，不见动静。直到春夏之交，太祖将赵普召入便殿，旁无别人，君臣二人开阁乘凉，从容坐谈。

太祖感叹说：“自唐末至今，数十年来，经历八姓十二君，篡窃之事相继发生，变乱不止。朕想息兵安民，定一个长久之策，卿认为怎么样才可以呢？”

“陛下提及此言，正是人民的幸福。依臣愚见，五代变乱，全是由于藩镇权势太重，君弱臣强，如果裁抑他们的兵权，控制他们的钱粮，接收他们的精兵，何愁天下不安？臣去年也曾启奏过。”赵普起身回答说。

“卿不要再说，朕自有处置的办法。”

赵普便退了出来。

太祖匡胤是部将拥立的，他自己明白这一点。他不能也不愿采取过去新王朝开国君主杀功臣夺君权的办法，他想和平解决这个问题，并求一个长久之策。赵普的话给他提出了加强君权和长治久安的方针。这位触类旁通的君主豁然开朗，将赵普的方针演绎出一整套的政策和策略。他首要的任务便是解决拥兵以自重的将领问题。

和赵普谈后第二天，太祖晚朝，让有司在便殿设酒宴，然后召石守信、王审琦、张令铎、赵彦徽等人赴宴。酒喝得正兴奋的时候，太祖屏退左右之人，对众将说："朕没有卿等，不会有今天。但身为天子的确太难了，还不如做节度使时逍遥自在。朕自受禅以来，已经一年多了，何曾睡过一晚稳当觉呢。"

"陛下还有什么担忧呢？"石守信等离座起身问。

"朕同卿等都是故交，不妨直告你们。这皇帝的宝位，哪个不想坐它呢。"太祖笑答。

众将闻言不对，伏地叩拜，说："陛下怎么说出这话？现在天下已定，有谁敢生异心？"

"卿等原本没有这种心思。如果属下贪图富贵，暗中活动，一旦生变，将黄袍加在你们身上，你们虽不想这么做，也要骑虎难下了。"

守信等心里越加惊惧，哭着说："臣等愚陋，想不到这些。乞求陛下哀怜，指示一条生路！"

"卿等且起！朕有几句话，要同卿等商议。"

守信等遵旨起来。

"人生如白驹过隙，一忽儿是壮年，一忽儿又到了老年，一忽儿又死了，总没有人能有几百年的寿数。追求富贵，无非是想多积累些金银，能很好地娱情乐性，使子孙们不至于穷苦罢了。朕为卿等着想，不如释去兵权，出外镇守大藩，多买一些良田，给子孙置一些不动的产业，再给自己多买一些歌童舞女，饮酒作乐，以享天年。朕且要同卿等约为婚姻关系，世世为亲，代代和睦，上下相安，君臣无忌，难道不是一条上策么？"

守信等转悲为喜，拜谢说："陛下竟能这样体念臣等，真是所说的'生死而肉骨'了。"

于是，大家又喝了一会儿酒，尽欢而散。过了一天，都上表称病，纷纷辞去军职，交出兵权，带上太祖特别赐给的财物，欢天喜地做节度使去了。这就是历史上著名的"杯酒释兵权"的故事。

7 改革失败

“杯酒释兵权”只是消解兵权的第一步。中唐以来方镇弄权的隐患和新执掌禁军的弄权问题，仍是太祖面临的当务之急。解决这个问题的关键，是把赵普提出的方针精神渗透到朝廷和地方的职官建置中去。

在赵普的参赞下，一套改变了过去权力结构中的独立性，而使其能依附君权运转的相互制约的职权体制制定出来。

中央设副相、枢密使副与三司计相以分宰相之权，使其互相制约。枢密使直属皇帝，掌指挥权，而禁军之侍卫马、步军都指挥和殿前都指挥负责训练与护卫。为防止军队为将领所私有，实行“更戍法”，使得“兵无常帅，帅无常师”。

乾德元年（963年），太祖用赵普谋，罢王彦超等地方节度使及渐削数十异姓王之权，委以他任，另以文臣取代武职，使武臣方镇失去弄权的根基，另一方面，收厢兵之骁勇和天下精壮充当禁军，使天下精兵皆归枢密院统率。

地方则以文人出任的知州和副职通判为行政官员，重要文献需要会签才有效。通判是皇帝督察知州的耳目。此外，又在地方设转运使副，主管将地方钱粮的大部分输送中央，以限制地方的财政粮饷权限。

这样，就形成了干强枝弱并且内外上下相互制衡的体制。

赵普为使这个体制正常运转，以便巩固新王朝，是尽心尽力的。石守信等到地方就职过了几年，太祖想召天雄军节度使符彦卿入朝掌管禁兵。符彦卿是宛邱（今河南淮阳）人，父名存审，曾任后唐宣武军节度。彦卿幼时就擅长骑射，壮年时更加骁勇，历晋、汉两朝，一直镇守外藩；周太祖郭威即位，授以天雄节度使之职，晋封为卫王。周世宗先后册立他的两个女儿为皇后。就连赵光义的继室，也是彦卿的第六个女儿。所以，周世宗加封彦卿为太傅，宋太祖又加封他为太师。这时，太祖因将帅多已去了地方，便想召彦卿入值。

赵普得知此事，连忙入宫规劝。

“彦卿位极人臣，怎么可以再给他兵权？”赵普直奔主题。

“朕一向厚待彦卿，谅他不至于负朕。”太祖不以为然。

“陛下怎么负了周世宗？”赵普切中要害。

太祖无语，心中打消了召彦卿的念头。

新体制的运行，使五代藩镇的弊病一扫而空。

智者千虑，必有一失。赵普参与制定的方针政策，只是以防兵变、防方镇跋扈、防官员损害君权为出发点，而不是提高国力，提高军力、政权、财政三方面的效力。所以，它虽然改变了五代武臣专权、政变频繁的局面，使宋王朝成为一个高度集权统一的国家，并对当时社会经济的发展起了重要作用，但却种下了宋王朝以后走向“积贫积弱”的局面的祸根。

由于将帅无权，指挥效率低下，军队战斗力削弱，使百余万宋军竟难以挡住辽和西夏的侵扰。又由于政府权力分散，形成了叠床架屋的官僚结构，官吏冗多，行政效率低。尽管北宋政府尽力搜刮人民的财物，仍难以应对庞大的财政开支。这使得宋王朝在三百年的统治时期，一直对外屈服于辽、夏、金民族政权，对内不能消除官乱和民变，处在深重的统治危机之中。

这种“积贫积弱”局面的形成，赵普和宋太祖是要负历史责任的。

8 因私罢相

太祖在平定南汉之后，又趁闲微服私访。

一天晚上，太祖来到赵普家，正赶上吴赵王钱俶送书信给赵普，并赠有海产十瓶放在廊屋下。忽然听说太祖到来，赵普仓促出迎，来不及将海产收藏起来。太祖进来瞧见，问是什么东西。赵普不敢谎报，据实奏对。

“海产一定不错，不妨一尝！”太祖说。

赵普不能违旨，便取过瓶子启封。打开一看，却非什么海产，乃是十分贵重的黄灿灿的瓜子金！赵普十分紧张。

“臣还没有打开书信，实不知情。”赵普解释。

太祖又想起李煜送银之事，心中很不高兴。他决不答应臣下玩弄他，或者暗中夺他的权。他明白自己是怎么当上皇帝的，明白赵普暗中出力之多。他感激赵普，又深忌赵普。当上皇帝之后，他不希望自己的臣下是个暗中运筹的高手，他需要他们的绝对效忠。他多次微服出行，驾临臣子之家，表面上是一种亲密的表示，事实上是为了监视臣下。对赵普也不例外。

赵丞相这次碰上这么一个说不清的事情，算是触了霉运。

太祖听了他的解释，感叹地说：“你不妨就收了它。看他的来意，大概以为国家大事全由你书生做主，所以格外厚赠哩。”说完便走了。

赵普匆匆送出，懊悔了好几天。后来看到太祖仍像以前那样优待自己，才放下心来。

谁知一波未平一波又起。

赵普准备修建住宅，派亲吏到秦陇一带采购大号木料。亲吏将这些木料联成大型排筏，放流至汴京。亲吏趁此机会多购了一些，在都中出售，牟取暴利。

了解情况的百姓凑在一起议论纷纷。

“王法只给我们百姓实行，哪里管得了赵相国？”

“赵相国和皇上，亲兄弟似的，这点路数还不让？”

“皇上对赵相国言听计从，哪里离得了他！”

“当大官，好赚钱呀！”

三司赵玭闻知，一查，方知秦陇一带的大号木料已有诏书明令禁止私人贩运。赵普暗地派人前去采购，已是违旨；贩卖牟利，便属不法。当即将详情奏知太祖。

太祖上次见了瓜子金，已觉赵普玩弄了自己，现又见他违旨贩木，分明是把自己不放在眼里，不知他背地还干了些什么。太祖不禁大怒，但口中只说：“他还贪得无厌么？”

于是，命翰林学士拟定草诏，即日罢免赵普。幸亏前丞相王溥竭力规劝，才留诏未发。

不久，太祖又发现赵普的儿子丞宗娶枢密使李崇矩的女儿为妻，违背了朝廷为防止臣下架空皇权不准宰辅大臣间通婚的禁令，太祖立即下令将他们分开。

翰林学士卢多逊及雷有邻又揭发赵普受贿，包庇抗拒皇命的外任官员。这更是欺君罔上。多逊在太祖召问时，又谈及赵普学问不足，嫉贤妒能，排挤窦仪之事。太祖更加不满，完全失去了对赵普的信任。但太祖此时已冷静下来，这位功臣终究不同别人，他不再想下诏罢免，而是疏远他，使他自省，让他自己找台阶下来，以免伤了和气。

事情到了这步田地，赵普只得请求罢免自己。当即便有诏书下来，调赵普外出为河阳三城节度使。卢多逊被擢升为参知政事。

多逊的父亲卢仁曾任少尹之职，当时已离官在家，得知多逊揭发赵普，不禁长叹："赵普是开国元勋，小子无知，轻易诋毁先辈，将来恐不能免祸。我能早死，不至于亲眼看见，还算是幸运哩！"

不久，卢仁病逝，多逊服丧离位。后奉诏任职，很得太祖信任。

太祖又封弟光义为晋王，光美兼侍中，儿子德昭同平章事。

9　三度入相

贺怀浦是太祖原配贺皇后的胞兄，曾充当指挥使，现同出任雄州（今河北雄县）知州的儿子令图共守朔方。他见契丹主年幼，太后萧氏执政，以为有机可乘，便奏请马上出师，北取幽蓟。

太宗准奏，命曹彬为幽州道行营都部署，崔彦进为副，米信为西北道都部署，杜彦圭为副，率军直奔雄州；田重进为定州都部署，出师飞孤（今河北涞源）；潘美为云（今山西大同）、应（今山西应县）、朔（今山西朔县）都部署，杨业为副，出师雁门（治所在今山西代县）。宋军浩浩荡荡，开进辽境。

自二月至四月，大军旗开得胜。潘美军攻克云、朔、寰（今朔县东北）、应等州；田重进军攻占飞狐、灵丘（今山西灵丘）；曹彬军攻克涿州（今河北涿县）。

捷报不断传至汴都，百官皆贺，唯独武胜军节度使赵普上书进谏说：

伏睹今春出师，将以收复关外，屡闻克捷，深快舆情。然晦朔屡更，荐臻炎夏，飞挽日繁，战斗未息，劳师费财，诚无益也。伏念陛下自翦平太原，怀徕闽浙，混一诸夏，大振英声，十年之间，遂臻广济。远人不服，自古圣王置之度外，何足介意？窃念邪谄之辈，蒙蔽睿聪，致兴无名之师，深蹈不测之地。臣载披典籍，颇识前言，窃见汉武时主父偃、徐乐、严安所上书，及唐相姚元崇，献明皇十事，忠言至论，可举而行。伏望万机之暇，一赐观览。其失未远，虽悔可追。臣窃念大发骁雄，动摇百万之众，所得者少，所丧者多；又闻战者危事，难保其必胜，兵者凶器，深戒于不虞，所系甚大，不可不思。臣又闻上古圣人，心无固必，事不凝滞，理贵变通；前书有兵久生变之言，深为可虑；苟或更图稽缓，转失机宜，旬朔之间，时涉秋序，边庭早凉，弓劲马肥，我军久困，切虑此际或误指纵。臣方冒死以守藩，曷敢兴言而沮众？盖臣已日薄西山，余光无几，酬恩报国，正在斯时。伏望速诏班师，无容玩敌，臣复有全策，愿达圣聪。望陛下精调御膳，保养圣躬，挈彼疲氓，转之富庶，将见边烽不警，外户不扃，率士归仁，殊方异俗，相率向化，契丹独将焉往？陛下计不出此，乃信邪谄之徒，谓契丹主少事多，可以用武，以中陛下之意。陛下乐祸求功，以为万全，臣窃以为不可。伏愿陛下审其虚实，究其妄谬，正奸臣误国之罪，罢将士伐燕之师，非特多难兴王，抑亦从谏则圣也。古之人尚闻尸谏，老臣未死，岂敢而谀，为安身而不言哉？冒渎尊严，无任待命！

这篇奏章才上，又有捷报再次飞传：田重进再破敌兵，攻入蔚州（今河北蔚县）抓住契丹监城使耿绍忠，将要进逼幽州。

太宗屡接三军捷报，更加意气风发，誓要将那幽蓟之地收复过来，因此不听赵普之言。

不久，曹彬军粮尽，退回雄州。太宗怕其受袭，以致前功尽弃，当下飞使传诏，令他不得轻敌，先引军和米信会合，加强兵力。曹彬遵旨行事。当时，崔彦进等听说潘美同重进已东下，准备攻取幽州，便劝说曹彬急取幽蓟，以免让两路偏师建功立业。曹彬心动，就与米信联络一气，带上干粮，径趋涿州。

契丹大将耶律休哥，初因手下兵少，不敢轻敌，专令轻骑锐卒截宋军粮道，一面报知辽廷，速发援兵。萧太后接得休哥禀报，自统雄师，带上幼主，出师南援。休哥听说援兵将到，便先至涿州，一面命轻兵扰乱敌人，搅得宋兵昼不安食，夜不安眠。又加时值五月，赤日炎炎，渴、热难当，宋军又累又饥，走了四天多才至涿州。

忽有侦骑来报：耶律休哥已统兵前来。曹彬急令列阵应敌。立刻又有探马报说：“契丹太后萧氏及少主隆绪，尽发国中精锐，前来接仗了。”宋营将士无不失色。因见兵士已疲，粮又将尽，曹彬便下令撤退。将士听后，一哄向南飞奔，兵马大乱。休哥得知，出兵追杀，一路杀来，直追至沙河。萧太后母子随后便到。休哥请乘胜南追，追到黄河以北再撤回大军。

萧太后说：“盛夏不便行军。宋军正犯此忌，所以兵败，我军怎么可以蹈其覆辙？不如乘此兵胜回朝，等到秋高马肥，再行进兵。”

曹彬等逃至易州（今河北易县），计点兵士，伤亡大半，只好拜本上奏，自行请罪。太宗览奏，心中忧愁，便下诏召曹彬、米信及崔彦进等还京，令田重进屯定州，潘美还代州（今山西代县），迁云、应、朔、寰四州吏民，分守河东、京西，各路布置尚未妥帖，契丹将耶律斜轸已率兵十万来攻。七月潘美军南撤，只能对有关将领分别治罪。

端拱元年（988年），赵普自任所入朝，太宗抚背抚慰，让留住京都。

尽管这位老臣有不尽如人意的地方，但太宗还是不得不佩服他的先见之明。姜还是老的辣啊！

当时，有位叫翟颖的平民同知制诰胡旦关系十分亲密。胡旦让他改名马周，以唐马周暗比，出头攻击李昉，说他“赋诗饮酒，不闻备边，旷职素餐，有惭鼎辅”等语。宋军败归，太宗心情不好，只得这“赋诗饮酒，不知备边”二语，不觉厌恶起李昉。李昉察知，即自请解职，被降为右仆射。

这时，太宗的二儿子襄王元侃表请再任用元老赵普。随之便有诏授赵普为太保兼侍中，吕蒙正同平章事。赵普这已是第三次入相。

襄王的表请虽和赵普劝太宗传子不传弟有直接关系，但太宗也有他的打算。他想重用吕蒙正，恐其资望尚浅，难令群臣信服和拥护，所以特地让赵普扶他一段。

吕蒙正秉正敢言，元老赵普也不觉折服。

当时，枢密副使赵昌言与胡旦、翟颖等狼狈为奸，曾让翟颖诽谤时政，并且历举知交数十人，推为公辅。赵普察知赵、胡私情，同蒙正联名奏请将其依法处罚。太宗准奏。还有郑州团练使侯莫、陈利用凭幻术得到太宗的喜欢，二人骄恣不法，居处穿戴竟仿皇帝。赵普列举其十条罪状，请求处斩。太宗将他们发配到商州（今陕西商县）。赵普上书，坚持让处死。

“朕为万乘之主，难道不能庇护一个人吗？”太宗说。

“陛下如果不诛灭奸恶之臣，便是乱法。法是值得珍惜的，一竖子有什么足惜呢？”赵普叩首回答说。

太宗不得已，命将其诛杀。

10　寿终正寝

太宗淳化元年（990年），赵普上表辞职，太宗不答应，到第三次上表时，才将其出为西京留守，仍授太保兼中书令。赵普得知太宗是为安置吕蒙正才让他入相，所以不愿久任。加之他曾劝太宗，让在太平兴国七年（982年）献银（治今陕西榆林东南）、夏（治今内蒙古乌审旗南白城子）、绥（治今陕西绥德）、宥（治今内蒙古鄂托克旗东南城川古城）四州而居住在京师的李继棒归镇夏州，招抚降辽的弟弟继迁；继棒非但不能抚弟，反而与继迁同谋，尝为后患。舆论多说："纵兕出柙，由普主议。"赵普心中更加不安，于是称病辞职。

待西京留守的诏命下来，赵普还是再三上表辞让，太宗就赐给他一道手谕："开国旧臣，只卿一人，不同他等，无至固让，俟首途有日，当就第与卿为别。"

赵普捧着手谕痛哭起来，随即入朝对答，太宗赐坐左侧。赵普多谈及国家之事，太宗连连点头。约过了一个时辰，赵普才退了出来。将要出都，太宗亲至赵普府第，握手叙别。

淳化二年（991年），赵普因自己年迈多病，让留守通判刘昌言奉表到京，自请辞官。

太宗派中使前来抚问，授赵普太师之衔，封魏国公，给予宰相的俸禄，并让他病好之后再来京朝拜。赵普感激涕零，支撑着又去办公，以图报效。

但病弱衰老的躯体，使这位功臣不得不考虑将要迈入的那个神秘世界。一想到这里，他便恐惧难安。并非他怕死，而是死后不知如何去面对早已在阴间等着他的杜太后和秦王廷美。这个难以抹去的想法困扰着他，使他每夜梦魇，口呼“太后娘娘”“秦王殿下”，一时申辩，一时哀求，夜夜难安。从此以后，他精神恍惚，渐渐地形销食少，卧病不起。刚一合眼，就看见秦王廷美怒容满面，坐在床侧向他讨命。实在无法，只得请来道士，设醮诵经，上章禳谢。道士问为何事，他又不便说出，想了一会儿，就从枕上坐起，要了纸笔，写道：

情关母子，弟及自出于人谋；计协臣民，子贤难违乎天意。乃凭幽祟，遽呈强阳，瞰臣血气之衰，肆彼魇呵之厉。信周祝霾魂于鸠鵊，何普巫雪魄于雉经。倘合帝心，诛既不诬管蔡，幸原臣死，事堪永谢朱均。仰告穹苍，无任祈向！

写完后，末署自己姓名，亲自密封，令道士点火焚祷。

道士遵命持焚，火刚烧及信函，忽然一阵狂风吹入法坛将它刮去。

后来，有一人在朱雀门找到一个信函，两边像是被火烧焦，中间却好好的。拆开一看，原来是赵普祷告上天的表章，字迹丝毫未曾毁坏。此事于是传遍京城。

赵普祷告之后，依然无验，病势一天天加剧。终于无力挣扎，在一天晚上，这位在政治舞台上屹立了五十年的政治家，怀着恐惧和不安离开了人世，终年71岁。这一年已是淳化三年（992年）了。

讣音传到朝廷，太宗大为伤心，对近臣说：“普事奉先帝，并且与朕是故交，能断大事。曾经对我有不足的地方，你们应该也知道，但自从朕即位以来，他对朕很是忠心，可算是一个社稷之臣。今闻他溘然长逝，心中怎不悲痛！”

于是辍朝五日，为赵普发哀，赠尚书令，追封真定王，谥曰忠献。太宗亲自提笔撰写神道碑铭文，作八分书相赐，并派右谏议大夫范杲摄鸿胪卿前去治丧，赙赠绢布各五百匹，米面各五百石。

赵普少习吏事，缺少学问。太祖曾劝他增加学问，此后才手不释卷。身居相位以后，吃饭一毕，常常闭门读书，第二天办公，取决如流。他晚年爱看《论语》。去世以后，家人整理他的遗书，书箱中只藏有两本，这便是《论语》二十篇。

赵普曾对太宗说过：“臣有《论语》一部，半部佐太祖平定天下，半部佐陛下致太平。”

他又善于强谏。太祖曾怒扯他的奏章，掷之于地，赵普脸色不变，跪着一一将碎片拾起拿回，粘贴完整，第二天又上奏上去。最后太祖感悟，便按他说的去做。

只是廷美的冤狱，确由他一人炮制，时人多有批评。

赵普的儿子承宗为羽林大将军，曾知潭、郓二州，颇有政声；承煦为成州团练使。他又有两个女儿，皆已成年，矢志不嫁，送父归葬之后，自请为尼。太宗再三劝阻，也不能使她俩改变主意，于是赐长女名为志愿，号智果大师，二女名为志英，号智圆大师。两女自建家庵，奉佛终身。

太宗死后，身为皇太子的元侃继位，念及赵普之功劳，又追封他为韩王。

赵普是个有一定功劳的历史人物，他所参与制定的方针政策，得失皆有，深深地影响着有宋一代。作为一代名相，他胸中缺少学问，妨碍着他做出更多的贡献，不能说不是一个遗憾。

（十）

能谋善断寇老西

——寇准

1　少年得志

寇准（961—1023），字平仲，华州下邽（今陕西渭南）人。祖先曾居太原太谷（今山西太谷）昌平乡，后移居冯翊（今陕西大荔），最后迁至下邽。

寇准生于名门望族，其远祖苏忿生曾在西周武王时任司寇，因多次立下战功，遂以官职为姓。曾祖父寇斌，祖父寇延良，都饶有学识，因遭逢唐末乱世，均未出仕。父亲寇湘博古通今，擅长书法、绘画，在诗词文章方面也很有声望，曾于后晋开运年间（944—946）考中进士甲科，后应诏任魏王记室参军（王室秘书），因屡建奇功，被封为三国公（即燕国公、陈国公、晋国公），追赠官职至太师尚书令（即宰相）。

寇准生于显赫的官宦世家、书香门第，自幼接受良好的熏陶教育。由于他天分极好，又兼刻苦攻读，年纪轻轻便脱颖而出。寇准14岁时已经写出了不少优秀诗篇；15岁时就能精习《春秋》及三传（《左传》《公羊传》《穀梁传》），并能区别三传异同，剖析问题也颇为精当。

太平兴国五年（980年），年仅19岁的寇准来到京都汴梁（今河南开封）应试，考中进士甲科，并取得参加宋太宗殿试的资格。当时，因宋太宗多喜录用中年人，有人便劝寇准多报几岁年龄。寇准却严肃地说："我正思进取，岂可欺蒙国君！"结果，寇准凭借满腹经纶，一试得中，受任为大理寺评事（虚衔），实任大名府成安县（今河北成安）知县。

同年（即同榜中甲科进士者）有李沆、王旦和张咏，四人后来皆成为北宋名臣。李、王、寇三人官至辅相，而张咏则做了封疆重吏。

寇准任成安知县期间，严格按照国家规定征收赋税和徭役，禁止巧立名目加额摊派，大大减轻了人民的负担。每当收税和征役时，他不许衙役横行乡里，欺压百姓，而是在县衙前张贴布告，上边写清应征对象的姓名、住址。百姓见此，便主动前来缴税和服役。

寇准还奖掖耕织，鼓励垦荒，致使成安县境田野悉辟，百姓安居，受到人民交口称颂。由于他政绩卓著，数年间屡屡升迁。

2 刚言直谏

宋太宗在位之际，时常诏命群臣直言进谏。一次，寇准上朝，恰逢众官建言与契丹议和。他听过之后，当即提出异议：契丹屡屡犯我边疆，只应加派劲兵驻守，不可与之议和。他亟陈利害，说得十分在理。因此，寇准受到太宗赏识，很快被擢升为枢密院直学士（掌最高军事机关中的机密文书）。

宋太宗在处理重大问题时常常征求寇准的意见，他也常能直言劝谏。一次，寇准奏事，因言语不和，惹得太宗发怒，起身就要退朝；寇准却上前挽（扯）住衣角，让太宗坐下，继续劝谏，直至事决之后才罢。太宗息怒后，细思寇准忠直举止，甚是嘉许，说："朕得寇准，犹如唐太宗得魏征。"

淳化二年（991年）春，天大旱，又闹蝗灾。宋太宗召集大臣议论施政得失，大臣多推说天意，虚辞搪塞。寇准却借题发挥说："《尚书·洪范》有言，天与人之间的关系，犹如形与影、音与响一样。大旱的征兆，似是谴责刑罚不当。"太宗一听，满脸怒容，起身退朝。

过了一会儿，宋太宗稍稍心平气和，又传令召见寇准，问："卿言刑罚不当，究竟有什么根据？寇准说："愿把中书省、枢密院二府长官召来，我当面评议得失。"

宋太宗立即宣唤二府长官王沔等人。寇准面对机要大臣，严词斥责说："此前不久，祖吉、王淮枉法受贿。祖吉赃少，竟被判处死刑；王准监守自盗，侵吞国家资财多至千万，却因是参知政事（副宰相）王沔之弟，只受杖刑，事后照例为官。这不是执法不公吗”太宗当即质问王沔有无其事，王沔连连叩头谢罪。太宗呵斥，大煞了二府的邪气。

从此，宋太宗更认为寇准忠正廉直，可委以大任，先后授任为左谏议大夫（谏院最高长官）、枢密副使（枢密院副长官）等职。不久，又把用通天犀制作的两条珍贵玉带赐给寇准一条。

3 屡遭谗言

淳化二年（991年）九月，寇准任同知枢密院事。其间他与知院（枢密院最高长官）张逊不和。

淳化三年（992年）夏末，寇准与同僚温仲舒并马出郊，行到途中，一个疯子突然来到二人马前，倒头便拜，口中狂呼“万岁”。寇准对细枝末节一向粗疏，未曾把乡野偶遇放在心上。

不料，此事被张逊察知，便唆使心腹王宾向宋太宗汇报，并借机添油加醋，肆意攻击寇准心存非分之想。

宋太宗一看奏章，龙颜大怒，立即传讯寇准，斥责他居心叵测。

面对飞来的横祸，寇准挺身直辩，说：“这是有人故意陷害。试想，狂徒跪在臣与温大人两者之前，为什么张逊却指令王宾独奏寇准有罪？”张逊让王宾详析其罪，寇准便让温仲舒作证洗冤。双方在朝廷上互揭阴私，相持不下，真如唇枪舌剑，辞色甚厉。

太宗心恨双方有失大臣体统，一怒之下，把张逊贬为右领军卫将军，而贬寇准为青州（今山东益州）知州。

此后，宋太宗每每想起寇准的逆耳忠言，常追悔不已，但出于皇帝至尊至上的虚荣心，又不便承认先前错贬大臣。一次，太宗双关地问：“寇准在青州过得快乐吗？”君侧小人明白这是有意召回寇准，便不怀好意地说：“青州是个富庶地方，寇准为一州之长，生活怎能不快乐呢？”过了几天，太宗再次这样询问左右。有人趁机进谗：“听说寇准天天喝得大醉。陛下如此想念寇准，不知寇准是否想念陛下！”

太宗逐渐心灰意冷，默默不语。

4 谋立太子

寇准奉诏从青州回到京师，立即觐见太宗。

当时，太宗已近风烛之年，为立太子的事情，他心烦意乱，焦虑不安。此前有冯拯等人上疏，请早立太子，太宗迁怒，把他们都贬到岭南去了。此后朝廷内外无人再敢提起立太子这件事。此时太宗又患脚病，疼痛难耐，真是身心交瘁，苦不堪言。在这种情况下，太宗急需一个情投意合的知心者来与自己做伴，并向对方倾吐自己的苦衷，以求得心理的平衡。况且立太子的事情，尚未确定，也需要有人帮助谋划决断。

一天，太宗闻报寇准上殿进见，便急忙宣入。待寇准参拜完毕，太宗先让他看看自己的脚病，随后赐坐，并问寇准："爱卿为什么来得这样迟缓？"只这一句似嗔若怪的问话，已足见太宗急切盼望寇准还朝相见的急切心情。此时寇准也思绪纷繁：尽管无过遭贬青州，太宗有负于他，但见太宗对他一往情深，也不便多言，只是尊中带讽地说了一句："臣不见您的诏书召还，是不敢擅回京师的。"

太宗对寇准的回答丝毫不介意，只想尽早听到寇准关于确立太子的意见，便马上转换话题。他问寇准道："爱卿看我这些儿子当中，谁可以继承皇位呢？"

寇准虽然此时心中已有人选，但不知太宗心中倾向于哪一个，因此不便直截了当回答太宗的问题。于是他只给太宗提出一个选立太子的原则。寇准回答："陛下为天下人选择君主，与妇人、宦官商量，是不行的；与近臣商量，也不行；只要陛下您能选择符合天下人所期望的人，就可以了。”

太宗听罢，低头沉思良久，然后屏退左右，对寇准说：“你看襄王元侃可以吗？”

实际上寇准心中所想的也正是襄王元侃，于是赶紧说：“知子莫如父。陛下既然认为可以，愿您当即决定。”

立太子的事，君臣二人就这样议定了。

寇准因协助太宗确立了太子的人选，使太宗了却了一桩心愿，于淳化五年（994年）九月，拜为参政知事（副宰相）。

至道元年（995年）八月，宋太宗任命襄王元侃为开封尹，改封寿王，立为皇太子。

太子到太庙参拜行礼归来，京城人民都夹道观望，欢呼跳跃，说：“真是个少年天子！”太宗得知后，心中不高兴，说：“人心一下子都归了太子，那将把我摆在什么地位呢？”

太宗老皇帝此时有如此心境，真是出人意料。寇准担忧太宗出尔反尔，把事情弄糟，便急中生智，立刻再拜并祝贺说：“太子众望所归，是陛下的决策英明，是国家百姓的洪福。”太宗听寇准如此一说，觉得自己在臣民心中的地位仍在太子之上，便马上兴奋起来。又入后宫，把此事说与皇后、嫔妃知晓。后宫的人也都出来庆贺。太宗乘兴命人摆宴，与寇准共饮，一醉方休。不久，寇准又加官给事中。

寇准直则直矣，但鉴于以前的教训，这次在确立太子的问题上则采取巧言顺君、抛砖引玉的方法和原则，劝诱太宗立襄王元侃为太子，并巩固了元侃的太子地位。

寇准既直且谋，被后人传为美谈。

5 施政以仁

至道年间（995—997年），寇准还曾安抚秦州（今甘肃天水一带）的番民动乱。

从唐末直至宋初，渭水南北住着一批少数民族，古称“番民”。宋太宗晚年，番民时常骚乱。为经略此地，太宗委派大臣温仲舒做秦州知府。温仲舒莅任后，采取驱逐政策，把渭南的番民一律逐到渭北，还修筑栅栏、堡垒，用以阻绝番民的来往。番民对此非常不满，时常暗思寻隙滋事。温仲舒却自以为得计，还撰写奏章向朝廷邀功。

宋太宗阅罢温仲舒的奏章，不禁忧心忡忡，赶忙召来寇准，说：“古代羌戎尚杂处于伊水、洛水之间。这些番民易动而难安，一旦驱动，或将重启骚乱，危害关中安宁。”

寇准熟谙古今之变，遂旁征博引道：“唐朝的帝王注重汉、番各民族之间的友好交往，大臣宋璟等也主张不赏边疆，终于形成边疆的安定局面，也出现了开元年间的太平盛世。而今，封疆大吏贪赏邀功，以致轻启边衅，怎能不招致祸患呢。此事大可警惕！”

太宗听罢，忙把温仲舒调往凤翔府（今陕西宝鸡中部），改派寇准前往渭北安抚番民。

寇准到了秦州，把当地番民首领聚集到一起，经过多次协商，议定迅速拆除渭水南岸的栅栏、堡垒，恢复了番民的帐篷庐舍，缓解了当地各族人民之间的紧张关系。从此，秦州境内出现安定、和平的局面，各族人民得以和睦相处。

6 被贬邓州

至道二年（996年），宋太宗在京师南郊举行祭祀天地的大礼。事后，中外官员皆得以加官晋爵。寇准身为副宰相，前所举荐的官员多得到重用，但其中也难免存偏私之处。比如，彭惟节位次一向在冯拯之下，此后却晋升至冯拯之上。冯拯不服，仍列衔在彭惟节之上。寇准很是愤恨，指斥冯拯扰乱朝制。事关名利，冯拯怒不可遏，竟也弹劾寇准擅权，且列举出岭南任官不平的几件事例。

宋太宗对此大为不满。参知政事张洎原与寇准交好，如今揣度太宗迁怒寇准，害怕受他牵连，因而落井下石，检举寇准诽谤朝政。

就在这时，广东转运使康戬又上言：宰相吕端、参知政事张洎、李昌令皆由寇准引荐升官，吕端与寇准结为至交好友，张洎一向曲意奉迎寇准，李昌令软弱不堪，因而寇准得以随心所欲，变乱经制。

宋太宗不禁龙颜大怒，回头责备宰相吕端。吕端见情势紧迫，便委婉地说：“寇准刚烈任性，臣等不欲反复争辩，只怕有伤国体。”说完，一再叩拜谢罪。

及至寇准上朝，太宗问及冯拯所举之弊端。寇准毫不相让，在朝廷上奋力自辩。太宗呵斥：“你在朝廷上强辩，有失执政体面。”寇准仍力争不已，并抱来中书省授官的卷宗，在太宗面前大论是非曲直。太宗见此光景，颇觉无法忍耐，叹息说：“鼠雀尚知人主之意，何况大臣呢！”

那年七月，宋太宗贬寇准为邓州知州；第二年，迁官工部侍郎；后又历任河阳、同州、凤翔、开封等知州、知府。

7 违心奉迎

天禧元年（1017年），宰相王旦病笃。宋真宗将王旦抬入宫中，征询日后的施政纲领，其中问："爱卿病情万一不测，朕将天下委托于谁呢？"王旦费力地举起笏板，奏道："以臣之见，皆不如寇准贤能。"真宗说："寇准性刚褊，请再思其余。"王旦摇头说："他人可否，臣实不知。"这实则是说，宰相一职非寇准莫属。

当年七月，王旦因病辞世；八月，进王钦若为相。

天禧三年（1019年）三月，巡检朱能与内侍周怀政合谋伪造"天书"，置于长安西南的乾佑山。当时，寇准已调往此地，任永兴军长官。宋真宗欲得"天书"，可又受到孙奭等人的谏阻，极言其虚诞无稽。值此，有人出计说："开始最不信天意的是寇准，如果让寇准进献天书，官民才能信服。"于是，真宗命周怀政晓谕寇准。

原来，寇准实不愿做这荒诞不经的事情，后经其婿王曙从中怂恿，方才勉强同意。当时，有个门生鉴于朝中群小盘结，人情险恶，况且寇准又过于刚正不阿，日后终难自脱官场横祸，遂向前献策说："寇公行至中途，假托有病，上书坚决请求补为外官，此为上策；倘若入见，立即揭发"天书"之诈，尚可保全平生正直之名，此为中策；如果再进中书省为相，是为最下策。"寇准身处名利之间，也难以自拔。何况，作为一个政治家，当政弄权，犹如将军驰马挥戈，雄鹰在空中展翅翱翔，乐在其中。但最终谋错一筹，违心地到朝中从事奉承之能事。

宋真宗见寇准入献“天书”，自然大喜过望，亲自将他迎入禁中。六月，王钦若有罪，免相，遂以寇准为宰相，兼任吏部尚书。

进献“天书”是寇准一生最大的失策。此事大大降低了他的声望，使之从此陷入难以自明的是非漩涡之中。当时，陕州有个著名隐士、诗人魏野曾就进呈“天书”一事，写诗讽刺寇准。寇准对此追悔莫及，曾写律诗《赠魏野处士》表达了自己复杂的感触。其诗说：

人闻名利走尘埃，惟子高闲晦盛才。
欹枕夜风喧薛荔；闭门春雨长莓苔。
诗题远岫经年得，僧恋幽轩继日来。
却恐明君征隐逸，溪云难得共徘徊。

诗中，寇准敢以“名利”二字自责，足见其坦荡的胸怀。

8 被贬道州

天禧四年（1020年）八月，寇准启程去道州贬所。路途虽是风险不断，因赖其贤相英名，终能遇难呈祥，平安到达道州。

自从莅任视事，寇准每天清晨早起，身着朝服升堂理政。公务之余，他特地建造了一座藏书楼，置放经、史、佛、道等书，每遇闲暇，便手不释卷，习诵不已。每逢宾客到来，便与之谈笑风生。观其作为，似无当初庙堂显贵的际遇，也无那些迁客骚人的感叹。

实际上，寇准的心潮无时不在汹涌回荡。范仲淹所谓“居庙堂之高，则忧其民；处江湖之远，则忧其君”，正是此时寇准心声的真实写照。忧国忧民的政治情怀常常驱使他翘首北望，向往日后再次秉政，施展自己的才学和抱负。他在道州时所写的《春陵闻雁》，就倾注了他难以名状的惆怅心情，其诗云：

萧萧疏叶下长亭，云澹秋空一雁经。
唯有北人偏怅望，孤城独上倚楼听。

然而“怅望”总归“怅望”，在云淡秋高时节，萧萧疏叶只有簌簌落地一途，北归宏愿充其量只能成为憧憬和梦想，挥斥朝堂也只能是对往事的回味而已。

乾兴元年（1022年）二月，宋真宗病危。起初，寇准罢相之后，目昏耳聩的真宗并不知道他月内三黜，居然还问：“我为什么久久不见寇准？”群臣畏惧丁谓权势，无人敢如实陈奏。及至临死，真宗又想起当年贤相，谆谆叮咛：“唯独寇准、李迪可托大事。”

丁谓见李迪现为首辅，与寇准心心相印，恐怕日后大局陡变，李迪仍将寇准荐举于新皇，与之共掌朝政。于是，丁谓便勾结刘皇后，在当年四月，再贬寇准为雷州司户参军。与此同时，又凭空诬陷李迪私结朋党，将他贬为衡州（今湖南衡阳）团练使。

为把李迪驱逐出京，丁谓竟致不择手段。有人颇觉不忍，对丁谓说：“李迪若死贬所，丁公如何受得了士人的舆论！”丁谓奸笑一声，肆无忌惮地回答：“他日好事的书生记述此事，也不过写上‘天下惜之’四字而已。”

丁谓必欲将寇、李二人置于死地而后快，便处心积虑地想出一条毒计：在传达刘皇后懿旨时，故意在中使（太监）马前悬一锦囊，内插一宝剑，并有意使剑穗飘在外，以示将行诛戮。李迪刚直，一见这般场面，误以为降旨赐死，便主动要去自戮。幸亏其子及宾客悉习救护，才没有枉送性命。

中使来到道州，也想如法炮制加害寇准。此时，寇准正与郡中僚属在府内聚饮。众人一见中使杀气腾腾的样子，十分惊惶，无不手足失措。寇准却泰然自若地对中使说：“朝廷若赐寇准死，我须亲看圣旨。”中使窘态百出，只得如实宣读：“敕贬寇准为雷州司户参军。”寇准异常镇定地叩拜于庭，然后升阶继续宴饮，直至日暮才罢。

第二天，寇准打点行装，再赴雷州贬所。

9　凄凉落幕

乾兴元年（1022年），寇准左迁到雷州（今广东海康）。年逾花甲的寇准，身处偏僻荒远的异乡，一旦回首往昔，身世之感、忧愤之情不时地撞击着他的心扉。他曾赋《感兴》诗一首，道出了自己的心绪：

忆昔金门初射策，一日声华喧九陌。
少年得志出风尘，自为青云无所隔。
主上抡才登桂堂，神京进秩奔殊方。
墨绶铜章竟何用，巴云瘴雨徒荒凉。
有时扼腕生忧端，儒书读尽犹饥寒。
丈夫意气到如此，搔首空歌行路难。

回想昔日金榜题名、踌躇满志，更加重了如今满目苍凉和忧思满怀的悲凉。此情此景，怎不令他扼腕生愤，大声控诉宦途的艰难及险恶！

自古庙堂之上虽然不辨忠奸，而江湖人间却能公正评判是非曲直。

丁谓自从排挤走李迪一班清廉大臣，又将寇准远流于绝地，之后更是横行无忌、为所欲为。于是，京师官民憎恶丁谓，怀念寇准，编了几句顺口民谣："欲得天下宁，当拔眼中钉；欲得天下好，莫如召寇老。""钉"，丁谓之姓的谐音，寇老即是对寇准的敬称。

千夫所指，无疾而死。寇准再贬雷州不到半载，身为万众眼中之钉的丁谓也获罪被贬。

乾兴元年六月，丁谓因伙同内侍雷允恭擅自改动建造皇帝陵墓的计划，获罪免官。不久，又查出他勾结女道士刘德妙欺君罔上，语涉妖诞。两罪并罚，遂贬他为崖州（今海南岛）司户参军。

丁谓到崖州贬所，中途必经雷州。寇准闻讯，遣人携带一只蒸羊，送到雷州边境，交与丁谓，一则表达自己的胸怀，另外也有拒之于门外的意思。丁谓远窜南国，举目无亲。值此长途跋涉、心力交瘁之际，原想在雷州小憩几日。寇准的家僮获悉此意，争欲杀死此贼。寇准不愿以私仇坏国法，便将家僮、衙役全部关在府内，使之尽情饮宴、赌博。

丁谓察知这般情况，只得惊惶就道。

宋仁宗天圣元年（1023年），寇准贫病交加，卧倒在病榻之上。此时，他曾用《病中书》为题，再写一首描写志行和遭遇的律诗：

多病将经年，逢迎故不能。
书惟看药录，客只待医僧。
壮志销如雪，幽怀冷似冰。
郡斋风雨后，无睡对寒灯。

他的品操和情怀如旧，可是心已经冷了！

是年九月，享年63岁的寇准终于走完荆棘丛生、蜿蜒坎坷的人生之路，与世长辞了！

死后，家人才接到宋仁宗任命寇准为衡州司马的诏书。其妻宋氏请求归葬西京洛阳，仁宗准奏。

寇准的灵车北归，取道公安（今湖北公安）等县。沿途官民设祭哭拜，路旁遍插竹枝，其上悬挂纸钱等祭品。一月之后，枯笔生笋。人们议论纷纷，说是寇公的高风亮节感化所至。因此，路人争为修祠立庙，年年岁岁，按时祭奠。雷州所修庙宇称“竹林寇公祠”，道州还建起寇公楼。

寇准谢世11年，即明道二年（1033年），宋仁宗恢复寇准太子太傅、莱国公等官爵，赠官中书令，谥号“忠愍”。

皇佑四年（1049年），宋仁宗又令翰林学士孙抃为寇准撰《莱国寇忠愍公旌忠之碑》的碑文，宋仁宗御笔为碑首篆书“旌忠”二字，以示嘉奖。

寇准不仅是一位功绩卓著的政治家，也是一位才华横溢的诗人，现有《寇忠愍公诗集》留世。

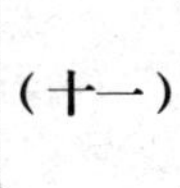

（十一）

文政双绝拗相公

——王安石

1 少年英才

天禧五年（1021年）十一月十二日，一个严寒的早晨，临江军判官王益夫人生下了一个儿子，全家上下沉浸在一片欢乐的气氛之中。这时一只小獾从外面跑入室内，欢跳不已，仿佛也在祝贺王家得子，父母给这个男孩取乳名獾郎。这个男孩便是后来的王安石。

王安石，字介甫，祖籍江西临川。临川王氏一家，到王安石的父亲王益时才跻入仕途，即使不算名门宦族，也称得上是官宦人家。王安石10岁随父亲来到韶州开始识字，他悟性极高，恃才傲物，吟风弄月。后来他回忆起那段时光，曾作一首诗，诗曰："此时少年自负恃，意气与日争光辉。乘闲弄笔戏春色，脱略不省旁人讥。坐欲持此博轩冕，肯言孔孟犹寒饥。"他不管人世间事，只专心学习博取功名利禄，甚至不把安贫乐道的孔孟放在眼里。17岁那年，他随父亲来到了江宁府。经过一年的交游，有一天他在家里忽然悟道：时光如逝，不会止步，少壮时如不确立一生的奋斗方向，将会一事无成。于是他谢绝一切应酬，闭门苦读，并自许为稷和契，决心为国家做一番贡献。这番感慨在他的一首诗中可以反映出来：

端居感慨忽自寤，青天闪烁无停晖。
男儿少壮不树立，挟此穷老将安归？
吟哦图书谢庆吊，坐室寥寞生伊威。
材疏命贱不自揣，欲与稷契遐相晞。

从此以后，他深入研究儒家经典：《诗经》《尚书》《周礼》《论语》《孟子》等。可是他并不满足于学习儒家旧说，而是在此基础上追求变通之理。他说："我读书唯求其中的道理，有合我心的，即使是樵牧之言也不废弃；言而无理，就是周、孔之言也不屈从。"不但如此，他还广泛阅读诸子百家之书，《难经》《素问》《本草》，诸子小说无所不读；农事、女工无所不问。他还作调查研究，验证书本中的知识。由此，王安石就在这样一个广阔视野中审视中国传统文化，汲取其中有用的成分，同时他也逐渐形成了自己认识世界和观察世界的思想体系。

对于先贤的文学作品，王安石可以过目不忘，手摩心追，苦志探赜，渐成自己的写作风格。他经常是动笔如飞，起初似乎不经心用意，待整篇完成以后，观览者无不被他的精妙构思折服，认为他的文采不减扬雄。曾巩是他的好朋友，常将他的文章送给文坛泰斗欧阳修阅示。欧阳修非常赏识王安石的文章，逢人便夸。王安石顿时名声大振。

少年时代的王安石一直跟随父亲王益宦海四游，先后去过都城开封和南方的四川、南京、韶州等地。在韶州知州任上，王益依法整治和打击了当时欺行霸市的奸商和为害一方的强梁地主，受到人民的称颂。

景祐四年（1037年）王益被朝廷任命为江宁府通判。宝元二年（1039年）二月二十三日，王益病逝于江宁府通判任上，享年46岁，葬于江宁牛首山。王安石一家便在江宁府落了户。自此，江宁便成了王安石的第二故乡。

王安石随着做官的父亲辗转南北十多年，北宋社会萧条衰败的景象在他脑海里留下了深深的烙印。特别是他父亲那些压制强暴势力、为民请命，使同僚为之侧目的作为给他以极大的影响。为纪念他的父亲，庆历八年（1048年）他写了一篇题为《先大夫述》的文章，记述了他父亲的生平事迹。不久，王安石又请曾巩依照这篇《先大夫述》写成先父的墓志铭。透过这旌扬先人事迹的孝行，不难看出王安石力求改变这种现状的决心。

2 中举入仕

庆历二年（1042年）春，经过三年多的努力，22岁的王安石终于考中了进士，名列第四名，被任命为签书淮南节度判官厅公事。这一年他随祖父回到了家乡临川，在此他写下了有名的散文《伤仲永》。八月他到扬州赴任，做起扬州地方行政长官韩琦的幕僚。三年期满，根据宋代官制，可以将自己的文章献给有关部门，请求在史馆试官。但王安石却例外，被任命为明州鄞县知县。

鄞县地处今浙江东部沿海，甬江的上游，奉化江从境内流过。这是一个跨江负海的水乡泽国。五代十国时期，吴越国王钱镠曾经在这里镇海围田，大兴水利，还派营田卒年年疏浚河道，造福一方，为后人所乐道。这时已入宋近百年，水利年久失修。王安石到任后，用了十多天走遍了东西十四个乡，了解了不少情况。老百姓都讲：这几十年没有水患，风调雨顺，一旦有灾，就难以抵御了。这一年又是一个丰年，王安石决定利用冬闲时间修复水利工程。在他的亲自带领和督导下，老百姓上阵出工，战斗在建设工地上。经过一冬苦战，有隐患的河渠被掘掉，建起能防御洪水的高大堤堰，使鄞县变成东南水陆便利的大县。皇祐元年（1049年）二月，王安石撰写《救善方》刻在石头上，树立在县衙外面。鄞县大治。

以往老百姓每到青黄不接时，常常贷钱于豪右大户。王安石到任第二年，将政府粮仓中的粮食借贷给乡民，并规定加收一定的利息，到秋后本息一并偿还。这样既可以免除乡民受高利贷盘剥之苦，又能够使粮仓的粮食新陈相易。

由于成绩卓著，王安石调任舒州通判。当时文彦博任宰相，认为王安石恬退无竞，淡泊名利，应该破格提拔，以此激励下层官吏的奔竞之风。因此，舒州任满后，朝廷召王安石回汴京，任史馆之官，他坚辞不就。北宋时代，人们把史馆、秘书省等机关称为“储才之所”。在这些部门供职，是晋升上层集团最方便的阶梯，因此大多数中举的士大夫都希望待在这里，但王安石却希望到地方去做官，充分发挥他的才智。因而他的任职问题一直拖到夏天仍未解决。王安石离开了汴京，来到了褒禅山（安徽含山县），写下了著名的散文《游褒禅山记》。欧阳修又推荐王安石做谏官，后者以祖母年事已高、需人照料为由，推掉了这个官职。经欧阳修再次推荐，王安石才担任了开封府群牧司判官（和王安石同时任职的还有司马光），但他仍十多次上书，请求任外官，希望多做些实际工作，整顿时弊。

嘉祐二年（1057年），王安石调任常州知州。嘉祐三年（1058年）春，他又调任江南东路提点刑狱。王安石在饶州（江西鄱阳县）办公，掌管监察、司法和刑狱，兼管农桑之事。江南原先有“茶法”。所谓茶法，就是政府对于茶叶的专卖。我国民间饮茶的时尚始于唐代，及北宋此风愈来愈盛，茶已经成为人们日常生活中的必需品，因而有“开门七件事，柴米油盐酱醋茶”的俗语。北宋时候产茶区主要在淮南和江东诸路，这里的茶叶由政府统一收购，然后在各地设茶场向茶商和消费者出售，目的是为了增加政府收入。因此禁止私人私藏、私运和私贩茶叶，违者绳之以法。但各茶场茶叶由于长途运输及风吹雨淋等缘故，使得茶叶质劣价高，所以百姓饮用的茶叶都来自私贩。王安后因势利导，建议将茶叶由政府专卖改为商人运销、政府抽税的方法。北宋政府接受了这一建议，在官道上设置税官，征收茶税。这种做法收效极佳，收入不下专卖。

嘉祐三年（1058年）十月，王安石又被调回京城开封，做了三司度支判官。王安石时年38岁，已有了十五六年做地方官的经验，对北宋社会和政治问题有了深刻的认识，政治上也逐渐成熟起来。嘉祐四年（1059年）春，他将积存于心中多年的想法写成了《万言书》，呈送给仁宗皇帝。主要有以下几点：

1. 吏治败坏，缺乏人才。改革科举制度，从地方上选拔那些有实际工作经验的人才，以达到国家大治。

2. 理财，解决吏禄。用发展生产的方法来解决下级官吏的俸禄问题。

3. 用现实和历史的经验，告诫朝廷注意处理好内外矛盾。宋廷对辽夏作战，民族矛盾激化，农民不断起义，阶级矛盾空前尖锐。只有变法，改弦易张。

4. 扬起"法先王"的旗号。效法先王改革旨意，而不效法先王的具体施政办法。

王安石洋洋洒洒的《万言书》（《言事书》）既没有引起仁宗的注意，也没有引起执政大臣的注意。

嘉祐六年（1061年），王安石被任命为知制诰，当阁门吏拿着任命书送到他家时，他拒不接旨，转身就走，阁门吏跟着他下诏书，他避入厕所。阁门吏无可奈何，只好将诏书放在他的书案上。王安石追上阁门吏，把诏书还给他。王安石又上辞职书，皇上不准，不得已，才接受了任命。

王安石怪诞的脾气已表露出来了。这一年，京城里有一位少年养了一只斗鹑，和他一同玩耍的小伙伴要借斗鹑去玩，这少年不同意。小伙伴由于平日和他关系要好，就下手把斗鹑抢去了。养鹑少年情急之下操起一把菜刀，追上去把那个小伙伴砍死了。事发生，养鹑少年被告到开封府。开封府判养鹑少年死罪。案卷送到王安石那里，他提笔批道："按照律令，公然明抢、偷窃者是强盗行为。这个不给，那个抢去是强盗行为；追而杀之，是捕盗行为，虽杀伤人，但不应论罪。"王安石追究开封府判案人员失于明察，有渎职之罪。开封府判案人员不服，上告大理寺。大理寺判定开封府判案无误。这事又惊动了皇上，皇上下诏指责王安石，命他去开封府道歉。王安石抗辩道："我无罪。"并不理会。御史又弹劾他，他依旧置之不理。此事也就不了了之了。

此时，王安石要求改革的呼声已引起士大夫的注目，并在社会上有所反响。他的名声也与日俱增，成为士大夫中要求改革的代表人物，大家也都把希望寄托在他身上。

嘉祐八年（1063年）仁宗赵祯去世，他的过继儿子赵曙即位，即英宗。可以说，英宗所继承的是一个千疮百孔的宋王朝。国库空虚，仅存空账，已难以维持庞大的官僚机构和禁军的开支了。

仁宗去世后，似乎给变法带来了一个新环境。英宗向大臣们提出了国家"积弊太多，如何裁救"的问题，欲进行改革。但这一年王安石因母亲过世，辞掉了知制诰，回金陵丁忧去了。这一去就是三年。在那个时代，守孝是衡量士大夫是否遵循伦理道德的一个重要标准。

尚健在的仁宗皇后曹氏，是一个"祖宗法度不宜轻改"的守旧派，她垂帘听政，常常和英宗政见相左，因而两个人关系非常紧张。后宫内如此，殿堂上的两位宰相富弼和韩琦也不和，势同冰炭，使英宗大伤脑筋。再加上英宗身体欠佳，体弱多病，没有太多成绩，便于治平四年（1067年）正月去世。

这一年王安石一直在金陵，英宗也几次想起用王安石变法，但他鉴于宫内的各种矛盾斗争，认为改革时机尚不成熟，因而屡召不起。王安石在金陵兴办私人书院，收徒讲学，陆佃、龚原、李定、蔡卞等此时都是王安石的高足。这为后来变法培养了一批人才，也为变法做了舆论上的准备。

3 神宗问政

治平四年（1067年），赵曙二十岁的儿子赵顼即位，这就是神宗。王安石作《贺皇帝登基表》，遣人从江宁送到汴京，献给神宗。神宗一即位，立即任命王安石知江宁府。这是为什么呢？

王安石做官以后，结交韩、吕两家巨室望族，和韩绛、绛弟韩维及吕公著交为朋友。这三个人都交口称赞他，名声始盛。神宗在颍王邸时，韩维是他的记室秘书。他给神宗讲史时，每每讲到神宗称好时，辄讲："这不是维之说，是维之友王安石的见解。"韩维升为太子庶子时，又推荐王安石自代。因此神宗见到贺表后，便想起了王安石，立即传谕，召王安石进见。等了很长时间，总不见人来，神宗便问辅臣："王安石这个人先帝曾屡次辟召他，他却称病不起，朕怀疑他是狂妄之人。现在又不肯应召，究竟是什么原因？"曾公亮答道："王安石有宰相之才，一定不会欺罔朝廷。"参知政事吴奎又进言道："臣以前在外地做官，曾和王安石共事过。此人护非自用，所作所为又十分迂阔，不近人情，一旦重用，必定会扰乱朝纲。"神宗不听，又下了一道诏书，任命王安石为江宁知府。

王安石在江宁府上任半年后，朝里有人诋毁韩琦，说他执政三朝，权力太大，是个不倒翁。神宗也感到韩琦遇事专擅，不和他商量，心中不高兴。这时曾公亮见时机已到，又向神宗推荐王安石可以大用。神宗立即补王安石为翰林学士。韩琦感到上下压力太大，请求辞去宰相，神宗顺水推舟，把他降为镇安武军节度使兼相州通判。他进宫辞行之时，神宗问他："卿去之后，谁可主持国政？"

韩琦回答："皇上心中必有人选。"

神宗又问："王安石如何？"

韩琦又答道："王安石做翰林学士，绰绰有余。如果任宰辅，恐怕他的气量还不足。"

神宗沉默不语，韩琦只好告退。

王安石接了诏命后，心里非常兴奋，吟诗道：

荣禄嗟何及，明恩渐未酬。
欲寻西掖路，更上北山头。

这首诗表达了他报效朝廷的决心，但他却迟迟不进京，经过七个月，他才到开封府报到。神宗听到王安石来到汴京，立即召见。

这是一个阳光灿烂的日子，王安石身着一身官服，进了朱雀门，来到州桥上，望着波光粼粼的汴河水，心情十分激动。因为此时的他已被任命为翰林学士兼侍讲。侍讲是给皇上讲解经书和历史，这样神宗可以直接倾听王安石关于改革的意见。

神宗皇帝年方二十，非常好学，经常向大臣征询改革的意见。他比起英宗更有朝气，决心除旧布新，欲改变真宗、仁宗以来政治上废弛的状况，希望有一个像魏征那样的人来辅佐他。当王安石来到御书房时，他问王安石："应该从哪里入手来治理国家？"

王安石答："首先选择一个好的办法。"

神宗又问："唐太宗怎么样？"

王安石答："陛下应该效仿尧舜之道，何必学习太宗皇帝。尧舜治国之道非常简单，又能切中要害，简便易行。后世人不能通晓其中道理，以为不可企及。"

神宗说："你这不是责难朕吗？朕见识短浅，难以实行你的宏伟理想。但是，只要你悉心辅佐朕，你我君臣就可以共建伟业。"神宗已经开始接受王安石及他的政见了。

4 拜相变法

过了十天，下了早朝，神宗皇帝的御书房里讲席又开始了，照例是宰相、枢密使、三司使参加。讲席完了，神宗将王安石单独留下，等君臣落座后，神宗讲："朕今天想和你好好议论一下。"接着又讲，"刘备得了诸葛亮，唐太宗得了魏征，然后才有所作为。这两下人是万世难得的人才。"

王安石说："陛下能行尧舜之道，就会出现像皋陶那样的贤臣，能做像武丁那样的君王，就会出现像傅说那样的贤臣。魏征和诸葛亮已经作古，不值得一提。我大宋江山之大，民众之多，百年承平，学者不能说不多，但陛下为什么又时常担心无人来辅佐圣躬呢？这是陛下择术不明、诚心不至造成的。因此，虽然有皋陶、傅说那样的贤人出现，也被小人阻挡。不得近身，只好身怀至宝而去。"

神宗讲："哪朝哪代没有小人？尧舜之时不是也有共工、驩兜、三苗、鲧这四凶吗？"

王安石答："尧舜之所以能成为尧舜，就是因为他们能辨别四凶而流放荒蛮。假如使四凶肆虐不道，那么皋陶、傅说会为国家效力吗？"

神宗听了感到非常顺耳。过了一会儿，神宗又问："我朝立国百年，升平无事，这是什么原因呢？"王安石并未立即做出回答。他心里想，这事涉及面广，又关涉先帝声名，不能贸然回答。因而说道："容臣稍后回复皇上。"

王安石出了皇宫，回到家里，就神宗提出的本朝百年无事的问题写了一篇题为《本朝百年无事札子》的奏章。文章说："本朝建立百年以来，累世因循圣上太祖的典章制度，无所改制，因而弊端丛生。农民不堪承受沉重的徭役，放弃耕稼；军队管理手段陈旧，士兵疲弱，难以征战抵御外寇，国家外弱，盐铁、户部、度支理财无法，最终形成了百姓不富、国家不强的局面。整个国家是一种得过且过的衰敝模样。这是由于北方少数民族还未强盛起来，上苍又没有降水旱之灾，所以百年无事。"接着王安石笔锋一转，讲道："国家的这种情况虽说升平无事，但是天助的。天助不可常恃，皇上不要怕天，充分发挥人的作用，那么今日正是大有作为的时代。"这篇奏章热情地鼓励和劝勉神宗皇帝励精图治，变法改革。

写完奏表，王安石又提笔作诗："但愿君王诛宰嚭，不愁宫里有西施。"

这道奏章通过政事堂送到神宗的御案上。神宗阅览着热情洋溢的奏章，赞叹不已，决心要用王安石变法。因为他和王安石都有着变法以图富国强兵的一致愿望。从此君臣之间有了较为深刻的了解。

仁宗庆历以后，朝廷上出现了许多要求变革的人物，改革的呼声也愈来愈高涨。司马光的学生刘安世当时讲："仁宗嘉祐末年以后，天下的种种事情似乎有些舒缓不前，萎靡不振，士大夫也有所感知和厌恶，大多要求改变这种现状。"

神宗即位后，要求改革的人越来越多。在所有主张改革的人物中，王安石的声望最高，大家都希望他出来执政，来改变这种社会现状。王安石的好友翰林学士司马光给他写了一封信。信中讲：

你独负天下盛名三十年，才高八斗，学富五车，不能退，只能进。现在天下的人，不管认识你也好，不认识你也好，都认为只要你王安石执政，天下太平可以立致，生民百姓尽被润泽。

司马光给予王安石以极大的支持。刘安世又把这番话广泛传播于世，一时间天下公论：“金陵王安石不做执政大臣，是王安石的不幸，也是朝廷的不幸。”舆论沸沸扬扬，王安石的身价倍增，一时间成为妇孺皆知的名人。

就在这个时候，神宗皇帝仍想在改革上取得老宰相富弼等人的支持。熙宁元年（1068年）他在宫里召见富弼，向他询问治国之道。富弼答道：“君王的好恶，实在令人难以窥测。”

神宗皇帝有些不高兴，又问道：“你看边防如何搞好？”

富弼答道：“臣愿二十年不言战事。”君臣不欢而散。

熙宁二年（1069年）富弼又向神宗上了一道奏章，大讲各地最近不断发生灾患，这是天意所致，并劝神宗要敬畏上天，若不敬畏上苍，任何事都难以实现。这道奏章使神宗对富弼大失所望，彻底丧失了对他的信任。这样君臣之间的距离就加大了，神宗不得不另外物色可以担当改革重任的大臣。他认为只有王安石才是唯一的最佳人选。

二月，神宗任命王安石为参知政事（副宰相），全权负责变法，这一年王安石49岁。

任命后，神宗召见王安石，和他进行了一次长谈。神宗说：“有些人不了解你，认为你只懂经术，不晓事务。”

王安石答道：“学习经术，正是为了经世致用。但后世被人们称为儒者的人大抵都是庸才，所以世俗之人都认为经术不能服务于现实。”

讲到这里，神宗插话问道：“不知你上任以后，要从哪里着手变法？”

王安石答道：“移风易俗，建立法度，这是当今最关键的事。”神宗点头称是。

人们凭着对王安石的好感和印象，尽管不清楚即将开始改革的新法的具体内容，但对执政的王安石还是非常信任的，抱有极大希望的。因为他们认为王安石是他们心目中合适的宰相人选。

王安石也认识到这一对他非常有利的政治局面，他立即上奏神宗，设立制置三司条例司作为变法的指导机构。神宗让王安石和他早年的朋友知枢密院事陈升之一同主持工作。王安石又让他的亲信吕惠卿具体负责日常工作和事务。他推荐章惇为编修三司条例官，曾布为检正中书五房公事，苏辙为检详文字，制定新法，后来所实施的新法大多是从这里制定和颁布到全国实施的。

5 兴农富国

熙宁二年（1069年）七月，均输法出台。王安石任命淮南等路发运使薛向在淮南、两浙、江南、荆湖等地区推行均输法。国家拨给五百万贯钱、米三百万石作为周转的费用。均输法依据首都开封库存物资情况，以及一年开支数量和所需物资，均输官可以根据情况将物资变卖成钱，或用钱买成物品。并按照徙贵就贱和用近易远的原则，降低购价和运输费用。王安石想利用这个办法将东南地区的物资运送到开封，供应皇族、官僚和大量军队消费，以达到民不加赋而国用丰饶的富国目的。

均输官薛向到任后，觉得任务繁重，请求设置属官，神宗全都准奏，所补吏役都模仿衙署体制。这时在开封府做推官的苏轼上疏谏诤：

衙署刚刚开办就设置官吏，未免太铺张了。官吏俸禄增加，日后势必从盈利中开支。层层盘剥的官卖物品必定比民间要贵，谁会过问？买进的情况恐怕也是这样。他们所领的几百万官本，将会永无收回之日了！纵然有些获利，征收商人物品的费用也很大，所得已不能偿其所失。

接着刘琦、钱觊等人上疏罢去均输法。神宗拒绝。

熙宁二年（1069年）九月四日，青苗法出台。这个新法主要针对当时非常猖獗的高利贷而制定的。

隋唐时代，国家在各州设置常平仓来调节谷价，用以青黄不接时纾难农民遭受高利贷盘剥的痛苦。到了宋朝，各地官员厌烦常平仓籴粜米谷的工作，又不赚钱，因此常平仓成为徒有虚名的仓库了。一些仓库中所存的粟米也被挪作军粮，以致造成了储藏几尽的局面。

王安石依据自己早年在鄞县实施的“贷谷于民，立息以偿”的经验，并参照了陕西推行青苗钱的方法，决定改革常平仓，实行青苗法。

这项法令由吕惠卿草拟，经过张端、苏辙会同吕惠卿复议审定。规定把常平广惠仓现有的一千五百万石粮米，由各路转运司兑换成现钱，在每年正月三十日以前和五月三十日之前贷给城乡百姓，分别称作“夏料”和“秋料”。加息二分，分别随夏秋两税交纳还贷。遇到灾荒，可以延期归还，等到稔熟之年再交。

贷款的具体数额是客户（佃农）和第五等户（北宋户籍制度根据财产多寡将百姓分为五等）不得超过一贯五百文；第四等户不得超过三贯文；第三等户不得超过六贯文；第二等户不得超过十贯文；第一等户不得超过十五贯文。借贷时，每五户或十户结成一保，由第三等以上人户充作保人，防范由于人户逃亡等其他原因造成政府折本。

青苗钱起先是硬性摊派，由于反对派的反对，改成由民户自愿请领。青苗法凭借政府经济力量对豪强高利贷行为进行弹压，使他们不能在青黄不接时以两倍至三倍的利息盘剥和兼并农民，解决了农民缺粮少食的后顾之忧，把精力放在发展生产上。同时，国家也从中获利不少，增加了国库收入。

熙宁二年（1069年）十一月十三日，农田水利法出台，也称为“农田利害条约”，要求各地开垦废田、兴修水利工程，由将受利的农户出工出料修建。如若工程浩大，民力不能自给，可根据青苗法向官府借贷钱谷，限期归还。如果费用仍然不够，州县官吏就应劝谕富户出钱贷款。

全国官吏对这个法令反应热烈，农民、商人极积响应，纷纷争言水利。好多人由于提出兴修水利工程的建议极好，被召到朝廷任职。还有些人由于兴修水利，灌溉民田，为利一方。如进士程义路提出关于兴修汴、蔡等十条河的水利工程，被朝廷采纳，参与了这几条河道的浚修工作。

从熙宁三年到元丰末年的十多年时间里，疏通了汴、蔡等十多条河道，又重新修复了古陂河堰，重新发挥了它们的灌溉作用。同时新开农田总计一亿亩左右。

这些田大致分为三类。

灌溉型。例如京东济州南李堰；濮州马陵泊；永兴军（陕西）耀州漆水堤、武功县六门堰、邠州石门堰等，灌溉能力极强。

淤田型。所谓淤田，就是引河水冲灌盐碱地、沙碛荒地，使淤泥沉积下来，成为肥沃土地，种植庄稼。北宋科学家沈括在《梦溪笔谈》中曾写道："淤田之法，其来盖久。"他认为汉代泾水流域曾出现过淤田。当时，有民谣："其泥数斗，且粪且溉，长我禾黍。"粪即淤。北宋初年，刻印了一部专门指导淤田的《水利图经》。不过大规模进行淤田是从熙宁开始的，为此王安石还设置了淤田司，专门管理和指导全国的淤田工作。熙丰年间总共淤田三千万亩左右，这是中国封建社会淤田史上绝无仅有的纪录。

由于淤田，使沙碱瘠薄盐卤之地变膏腴肥沃之地，出现了极高的经济效益。元丰元年，神宗派人到淤田地区取回一抔淤土，亲自品尝，土质极其细润。赞叹之余，神宗对熙宁年间的淤田工作给予了极高评价："我中华大河，源远流长，山川天水，膏腴渗漉，浇灌民田，可以变斥卤为肥沃。"

干旱半干旱垦荒型。即把荒地开垦成耕田。这些耕地缺乏灌溉系统，往往听命于大自然的喜怒哀乐，也就是所说的广种薄收之地。

这条法令集中反映了王安石的变法思想。他主张依靠天下的力量创造天下的财富，用天下的财富供给天下的消费。王安石充分认识到宋朝经济命脉所系是农业，认为应该以农业为根本，充分保护农民从事农业的积极性，摧抑兼并，解除农民的疾苦，使农民和土地永远牢固地结合在一起，最终为以神宗为首的封建官僚集团创造财富。

农田水利法颁布后，正如王安石所预料的那样，产生了极大的社会效益和经济效益。

开粥厂赈济灾民，是历代政府解决流亡灾民沿袭已久的方法。王安石结合农田水利法，实行“工役救灾”，将沿用多时的食粥赈济革除。因为王安石来自基层，熟谙个中弊端。以往北宋政府将灾民集中在城郭中，开粥厂煮粥散给饥民。往往因为人多粮少，漕运粮食又跟不上，使待哺饥民仆死路途。也由于人多产生疾病，病菌传播，造成灾民枕藉。因此王安石招募饥民兴修农田水利工程，进行生产自救。这种办法无疑是积极的，生产自救一举两得。南宋思想家朱熹在《朱子语类》中写道：“赈济没有奇策良法，不如搞水利。”

有一个名叫程昉的农田水利官，他募民整治滹沱河，新开好田一百万亩，引滹沱河水淤却良田四十万亩。又修漳河，开出沿河三县不少新田。百姓集体出川资，派遣代表去汴京待漏院，磕头感谢朝廷派程昉治河开田，消除百姓二三十年的灾害。一时间这成为京城议论的热门话题。

北宋中期，贫者欲耕而无地、富者有地而乏人的情况十分严重。这就使劳动力与土地占有者之间的矛盾日益尖锐。王安石结合农田水利法着手解决土地兼并问题。他将流亡在外的地主土地收回国有，招募农民种植。随后又在农田水利法中规定：凡是兴修水利工程所要占的土地虽归私人所有，或者私人土地距河港太近，影响众人利益，都依法收归国有。招募农民承佃土地，按英宗年间较低的百分之四的税额收税。这样使很多狭乡农民前往宽乡就业。一方面打击了兼并势力，另一方面也缓和了土地和劳动力之间业已存在的矛盾，改善了生产关系，提高了生产力。据统计，熙丰年间新开的一亿亩土地，年产十六万石粮食，其中百分之九十左右以私有形态存在于农民那里，真正实现了民不加赋，而国用充裕的目的。

“安史之乱”后，中国经济重心逐渐南移。到宋代已造成积重难返之势，所谓“国家根本，仰给东南”，“大众之命，惟汴河是赖”。因为推行了农田水利法，北方大兴水利，大范围地实现了粮食自给，所以出现了历史上空前绝后的经济重心北移的现象。

北方不但粮食自给，而且有盈余，因此熙丰年间缘边的屯田、营田机构全部撤除，这些机构原先所属士兵也都在农田水利法下承佃土地，解决部分军粮生产和供给问题。

在经济南重北轻的局面下，北方的缺粮往往通过漕运解决。北方粮食自给有余，减轻了南方农民的负担，给南方农业的发展提供了一个长足发展的机会，以致出现了南方米谷堆积的现象。

6　强兵强国

熙宁三年（1076年）十二月，王安石将兵法和保甲法同时出台。

宋初实行更戍法，将禁军的驻防地区每隔几年调换一次，三司将领不变。三司将领，禁军最高首领：殿前都指挥使、步兵都指挥使以及马军都指挥使，也称三帅。他们都由一些资历浅、容易驾驭的人担任，这就形成了“兵无常将，将无常师”的局面，防范了军队被将领私人掌握，遏制了武人的专横跋扈。

历史的辩证法告诉人们，什么事情都可能走向自己的反面。宋代皇帝在集中军权时，将军队弄得兵不知将、将不识兵。临阵打仗又按照在御前制定好的作战方案——阵图实施，结果削弱了战斗力，往往打败仗。这就是被宋太宗以后皇帝奉为圭臬的“祖宗之法”。

王安石在改革伊始就提出了“三不足”口号：“天变不足畏”“祖宗不足法”“人言不足恤”。他正是在这种“三不足”的思想指导下实施变法工作。

置将法从精简军队、裁汰老弱开始。不能任禁军者，降充厢军，不能任厢军者，回家为民。

经过整编的禁军留在京城进行训练。神宗每隔十天就来到便殿，看望在这里进行训练的禁军将士。他劝谕将士认真训练，同时奖励训练有功人员。形成了人人奋励的大练兵热潮，使禁军素质大幅度地提高。

在此基础上，用将兵法代替了以前的更戍法。首先在开封府、河北、京东和京西等路试行，并设置三十七个将。将即一个编制在三千人左右的军事单位。同时还设副职一人。正副将官都选择有作战经验和有才能的人担任，驻地固定在一个地方，使将兵互知。不久又在陕西设置了四十二个将。这样在与辽夏接壤的边境地区就有了大量经过正规训练的军队，增强了抵御辽、夏侵扰的力量。

治军，对外御敌，对内息乱。这一点王安石是非常清楚的。因为宋朝是一个内忧外患不断的朝廷。从宋太宗起便起义不断。王小波、李顺为首的四川农民起义便爆发在这时，历时两年多，给太宗震动不小。真宗朝四川又发生兵变。仁宗朝王伦在沂州率领士卒暴动，伏牛山、终南山、武当山有一群农民在张海、郭邈山领导下起义，等等。连开封府附近也是“寇盗充斥，劫掠公行”。当时欧阳修大声疾呼：“暴动一年多如一年，一伙强如一伙，大有遍布天下之势。”这些暴动最终被朝廷镇压下去了，但这只是解决矛盾的暂时之法。

为了从根本上解决问题，防患于未然，王安石及时提出了保甲法。

这条法令是由改革派赵子几提出的，他建议首先在他任职的开封府地区试行保甲法。依照他的建议，王安石让司农寺制定了《畿县保甲条制》（保甲法）。即把农民加以编制，十家为一保，设保长一人；五保为一大保，设大保长一人；十大保为一都保，设都副保长各一人。保长由家财最富裕的人担任。凡是有两个男丁以上的人家出一人做保丁，自备弓箭，进行训练。每一大保在夜里派五人轮流在保内“巡警”，提防盗窃、杀人、放火等案件发生。把那些身份和行业不明的外来人收捕送官。

经过一年的试行，保甲法在开封府已初见成效，发案率也减少了十之七八。此法很快推广到全国。

王安石推行保甲法的另一个目的是为了以保丁部分替代正规禁军，成为宋朝国防力量的一部分。为此，宋政府投入了大量的人力和物力对保丁进行训练。经过训练的保甲兵，马上功夫有些胜过了正规军。到熙宁末年，经过训练的保甲兵已有56万人。其中40万人散布在西北沿边地

区。因此保甲兵除了保护汴京安全外，还起到了保护西北边防、抵御辽夏侵扰的作用。王安石曾对神宗讲："他日兼并夏国，恢复汉唐版图，这就是我们的基本力量。"

至此，大部分新法已经颁布和实施了，并取得了预期的成效，改革已走向了高潮。因此，神宗任命王安石和韩维为同中书门下平章事（正宰相）。但这时危机四伏，一场改革和反改革的斗争正在酝酿着。

7　平边对策

熙宁五年（1072年）秋，河北雄州边警。

驻宋辽边境官员派五百里疾足传报汴京：辽国军队已越过拒马河，准备在河南设置哨所。

神宗接到边报后，立刻召集文武大臣进行讨论。

神宗讲："契丹兵已过了河，准备安兵扎哨，我们不可不防！众爱卿认为怎么办？"

王安石道："能有所纵，然后能有所操；所纵愈广，所操也愈广。根据目前的情况看，契丹未必想破坏两国已有的盟约。对付周边诸国，应有个先后。首先制服夏国，我们就不必和契丹在置哨所问题上争长论短，契丹也必定不敢移动哨所。"

很明显，王安石的意见是把主要力量用在对付西夏上，应以对西夏的军事胜利制止辽的军事挑衅，而不应就事论事地和契丹斤斤计较。

其实早在熙宁元年（1068年），王韶就提出，居住在熙河路（大约在今青、川、甘交界地方）蕃族内讧不断，西夏想以武力插手这件事。如果西夏占据这个地方，就会威胁大宋的秦凤、四川诸路。如果大宋占据这个地方，就会进而夺取兰会而拊西夏之背。鉴于这种局面，神宗派王韶去那里筹措军务。

对此王安石非常支持。熙宁五年（1072年）八月王韶大破吐蕃。筑武胜城，作为帅府。王安石给王韶去信讲："洮河东西，蕃汉附集之地。今日筑城，诚非小事，秋凉宜自己多加保重。”

这次胜利后，契丹也就再没有扰边，而宋军继续进取河湟之地。

熙宁六年（1073年）三月，王韶又攻克河州。王安石又给王韶去信：“对于诸蕃人，不宜多杀，应辅以招抚。”

王韶在王安石的指导下，恩威并用，又于当年十月大破吐蕃于河州，收复了洮、泯、岩、叠等州。王韶派李元凯入汴京奏捷。王安石上表庆贺大捷。神宗非常高兴，大排宴席，招待群臣。酒席间，大臣们不时吟诗助兴，祝贺大捷。王安石也诗兴大发，连赋几首，有一首诗云：

城郭名王据两垂，军前一日送降旗。
幕府上功连旧伐，朝廷称庆具新仪。

神宗听后龙颜大悦，立即取下自己所佩系的通天带赐给王安石。

宋朝在河湟地区的军事胜利给辽贵族以极大的震动，他们立刻拿出惯用的手段对宋进行讹诈，以破坏北宋的改革，延缓宋强国富兵的速度。熙宁七年（1074年）三月，辽派萧禧来到宋朝，要求重新划定蔚、应、朔三州之界。

蔚、应、朔三州在原石敬瑭割让燕云十六州范围之内。从那时起到熙宁六年，已历时一百四十年，双方不曾发生过边界争执。只是在英宗治平二年（1065年），契丹兵曾经在北宋境内的长城和六蕃岭设置哨所，而北宋的边防军毁掉了哨所，契丹也没有生事。可见双方界限是非常清楚的。

谈判一开始，辽人就提出以分水岭重新划分双方边界，但又不指明哪儿叫作分水岭。另一面，又在边境集结兵力进行挑衅，对宋朝代表施加压力，以便在谈判桌上捞取更多的实惠。

神宗又惊慌起来，召集文武大臣商议对策。

王安石首先讲：“据臣了解，辽国境内盗贼蜂起，他们虽然全力围捕，还不能禁止，哪里会有精力与我们为敌？我料定辽国不会大举用兵，希望圣上不要过虑。”

神宗问：“如果契丹坚持要两属之地，我们怎么办？”

王安石答：“不给。”

神宗又问：“辽国不答应，又怎么办？”

王安石答：“据理力争！”

神宗说：“江南李唐又何尝输理，而被太宗灭掉？”

王安石答：“今非昔比。如今地非不广，人非不多，财谷非少，正与太祖的形势相同，足以和辽相抗衡。”

这一谈判还未结束时，王安石便被罢相离京回江宁了。这件事对他来讲也成为对己不关紧要的事了。

熙宁八年（1075年）二月，王安石又再次为相。那次谈判还没有结果。在谈判桌上，辽国声称要派军队拆除宋朝越界修筑的军事设施。对此王安石仍主张不示弱、不示怯，全力拒敌。

三月，辽国再次派萧禧来汴京谈判。

四月的一天，神宗在天章阁召集文武大臣继续商讨怎样对付辽国来使。

王安石讲：“陛下不要担心契丹。契丹不过是探我虚实，进行军事讹诈而已。”

神宗说：“中原无必胜契丹的把握，所以我心神不安！”

王安石道：“正因为没有必胜的把握，才不应如此。如果卑辞对待辽使，必灭我威风，而长敌人气势。更何况契丹国又四分五裂，不可能大举进攻我们。”

虽然王安石一再表明契丹不足虑，仍不能消除神宗的顾虑，他又给韩琦等元老重臣下手诏，希望听听他们的意见。

手诏说：“朝廷通好北虏，几十年了。近年以来，生事弥多。万一发生不测，如何应付古之大政，必询及故老。卿固怀忠义，历相三朝。本身虽然在外，心却不忘王室。希望见状以闻，朕将享览。”

韩琦接手诏后，马上修撰奏章。他对神宗讲：“辽人的挑衅，完全是由于王安石改革的措施，引起了辽人见形生疑而招致的。”他举例讲：

河西之地，吐蕃部散居山野，并未给边境造成威胁。但听说强取其地，所以使契丹生疑。

北边边防之地，遍植榆柳，挖掘塘泊，限制虏骑，这又使契丹生疑。

赵、冀、北京之地，修城堡，开壕堑，又使契丹生疑。

近来在河北设置三十七将，各专军政。这又使契丹生疑。

最后说，希望把这些使契丹生疑之事全都罢去，方可释北虏之疑，则国家可迁延岁月。

韩琦的这些言论纯粹一派胡言，完全站在辽国人的立场上讲话。

韩琦的奏章送到神宗的御案上后，神宗对王安石说：“韩琦的用心可知。昔日向他询问北边之事，他仍说罢去以前的新法，契丹自然无事。”

王安石讲：“如果陛下与他合计国事，正所谓‘启宠纳侮’。”

神宗权衡两方面的意见，认为不对契丹做些让步，契丹很可能举兵来犯；也可能联合西夏，对宋朝构成犄角之势，使宋两面受敌。为此，他决定把辽人以前在长连城和六蕃岭两地安置哨所的地方作为辽方的南境。双方在蔚、应、朔三州的边境全依分水岭划定。

至此，一场持续几年的纷争，使北宋君臣惊慌不已的划界风波终于平息下去了。但我们也可以看出王安石关于划界的不妥协的态度是非常坚决的，平定挑衅的对策也是积极可行的。只是神宗最后没有完全听取，才使北宋丧失了七百里大好河山。

8 遗恨金陵

熙宁九年（1076年）十月，王安石经瓜州渡回到了他的第二故乡江宁。

王安石临离京前，神宗恋恋不舍地对他说：“你身居通都大邑，有什么嘉谋奇猷，不要忘了朝廷啊！”并赠送给王安石一匹骏马代足。

次年，王安石辞掉了判江宁府这个官职，只剩下使相兼集禧观使这个官衔。不久，神宗封王安石为舒国公，领集禧观使。从此王安石靠大蕃府发给的祠禄在江宁生活。

元丰二年（1079年）夏天，王安石在江宁府城东的白塘修建园子。这块地方是他在汴京时托人买下的，作为退身后居住之处。白塘距城7里，距钟山也是7里。他在这里修筑了几间宅第，种植了些花卉树木，并且把洼地开浚成池塘小港，还垒石作桥，挖凿水渠，把离此不远的八功德水引入园子，俨然一个天成园囿，遂取名“半山园”。

风景秀美的半山园成了王安石高卧吟诗的对象。《浣溪沙·百亩中庭半是苔》云：“百亩中庭半是苔，门前白道水萦回。爱闲能有几人来？小院回廊春寂寂，山桃溪杏两三栽，为谁零落为谁开？”还有题咏园中杏花，诗云：“还如景阳妃，今叹堕宫井。倜倜有微波，残妆坏难整。”

王安石还喜欢到江宁府附近的蒋山、钟山等地游玩，时而骑上神宗送他的骏马，时而骑上毛驴。外出很随便，身着便服，只带一个僮仆，不讲究排场。路上有人劝他："老年人出外旅游最好坐轿子。"他回答说："古代的王公贵族也太不道德了，让人代替牲畜。"

据说元丰末某一年，王安石骑驴到蒋山游玩，当时正值盛夏，提点刑狱李茂直去见王安石，两人在道边相遇。王安石下驴后，把李茂直让到路旁，递给他一把小折椅，自己坐在小兀子上，就谈了起来。谈话持续了很长时间，太阳已经西斜，李茂直让属下张伞，阳光正好漏在王安石身上，李茂直赶紧让左右人移伞为王安石遮阳。王安石摆摆手说："不用了。如果来世做牛马，还得给他人在日头下耕田。"一句话逗得大家直乐。

半山园北面不远处有一个土堆，相传是东晋谢安故宅遗址，百姓都叫它谢公墩。王安石经常来这里凭吊，坐在那里摩挲着生满青苔的基石，遥想谢安淝水之战胜利后在这里居住的情景，每次都使他感慨万分，便吟起诗来，有一首《谢安墩》诗表达了他此情此景的心境。

我名公字偶相同，我屋公墩在眼中。
公去我来墩属我，不应墩姓尚随公。

王安石这种近乎耕读式的田园生活引起了神宗的关注，派遣中使甘师颜送来了五十两黄金。王安石没有把金子留作私用，而是把它施给了定林寺。寺里的僧人给他安排了一所禅房，供他居住。从此，只要他不去出游，大多时间就在这间禅房里读书、著述，或接待来访客人。

元丰六年（1083年），画家米芾来到江宁，专门去定林寺拜见王安石。他给那间禅房题名为"昭文斋"。还有画家李公麟也在这昭文斋中为王安石画了那幅神态逼真的"著帽束带"像。

在昭文斋中，王安石完成了他的《字说》。罢相前，他完成了《三经新义》，并作为教材在学校推广。这部《字说》，用他自己的话讲是为建立道德规范和行为标准而编纂的。正因为如此，他非常看重这项工作。他在序言中讲："这同伏羲制八卦、文王演成六十四一样，是异用而同制的。"书成后，王安石把它献给朝廷。这些都表明，王安石虽然"身在山野"，却是"心系魏阙"的。

有一天王安石在昭文斋中昼寝，梦见一个头戴冕冠、身穿衮服，身材非常魁伟的人来找他，并自我介绍说："我是夏桀，和你商讨治理之道。"于是两人反复相诘百余个回合不分高下。忽然有客来访，把王安石惊醒。王安石惊得满身是汗，把被子都浸湿了。他对客人把梦中之事讲述了一遍，并说道："难道我的习气还是这样？"后来他作了一首《杖藜》小诗。诗中有"尧桀是非常入梦，固知余习未能忘"的句子。从这两句诗中也可以看出王安石是难以忘却他在汴京政治舞台上的政治使命。

大旱之后，必有丰年。熙宁末年那场大旱后，元丰元年、二年、三年连续三年庄稼大丰收。居江宁的王安石扶杖来到白下门外，微风吹来，麦浪滚滚，心里特别高兴，随口吟道：

元丰圣人与天通，千秋万岁与此同。
先生在野固不穷，击壤至老歌元丰。

元丰初这几年，神宗继承推行改革，只是取消有关摧抑兼并的条款，扩大增加田赋和各项税收的条款。神宗把增收的钱一部分封存起来储蓄备边，另一部分用来扩编禁军，增买战马，使变法朝着加强军事进行备战的方面进行了。

经过几年的准备，元丰四年（1081年）七月，神宗调动李宪、沈括等部35万大军向西夏发起了强大攻势。但是由于缺乏统一指挥，粮草不济，最后李军在灵州城下大溃。此役，宋朝的军兵加上民夫共伤亡30万人。

神宗并不甘心这一失败，继续通过战争实现他收复失地、完成盖世伟业的理想。翌年（元丰五年）九月，神宗听取徐禧的建议，在横山修筑永乐城，准备第二次进攻西夏。永乐城刚筑成，西夏便倾全国之兵来围攻。由于徐禧不善指挥，又不听取同僚的建议。西夏兵很快切断了永乐城赖以生存的水道。永乐城陷入重围之中。再加上友军坐视不救，永乐城被攻陷，徐禧及宋军将士20万被俘。

永乐城失陷的消息传入宫中后，神宗不知所措，彻夜徘徊于龙榻前。永乐之役给宋神宗精神上打击极大，使神宗陷入了极度的悲哀之中。

元丰七年（1084年）七月，苏轼从黄州赴任汝州团练副使，经过江宁，王安石热情地接待了他。

苏轼船到江宁的那天，王安石身穿便服，骑上驴子到河港舟边迎接苏轼。苏轼未戴官帽从船上走下来，作揖说道："轼今日以便服见大丞相了！"

王安石笑着说道："我俩还拘什么礼节！"

苏轼又说："苏轼自知相公门下用不着我了！"王安石再没回答，手挽苏轼邀他游蒋山。

苏轼在江宁住了一个月，王安石只和他吟诗酬唱，绝不谈及政事，这又和他内心世界是极为矛盾的。

就在会见苏轼那年的春天，王安石生了一场大病，头眩多痰，有一次竟两天神志不清，后经神宗派遣来的御医诊治，方才脱离危险。病愈后，把半山园捐作寺院，神宗题名为"报宁禅寺"。他一家又在城里租了一个院落居住。

元丰八年（1085年）三月神宗去世，王安石写挽词悼念他。同时，他也非常担心政局的变化，常常借读书来化解这种担忧。五月司马光拜相的消息传来后，王安石的心情就更加忧惧。接着又传来朝廷禁止读《字说》，使他的自尊心受到了极大伤害。以后，有关废除新法的消息接二连三地传到江宁，当他听闻市易、方田均税和保甲法被废时，仍能故作镇静之态，等到得知连募役法都废除时，再也矜持不住，不禁潸然泪下地说："此法不可罢！这是我和先帝花了两年的心血才定下来的呀，怎么也能罢去呢？"

元祐元年（1086年）春，王安石病情转重。四月六日，66岁的王安石怀着无限的忧哀和悲愤溘然长逝。

（十二）

先忧后乐气节高

——范仲淹

1 家道中落

宋太宗端拱二年（989年）秋八月，在武宁军（今江苏徐州）节度使掌书记范墉家诞生了一个男孩，全家人为之欢喜不已。这个男孩是范墉的第三子，即后来大名鼎鼎的范仲淹。

范仲淹的父亲范墉曾经是吴越国的大臣，后来随吴越国王钱俶一同降宋，被任命为武宁军节度使掌书记。范仲淹出生之时，范家已家道中衰，生活变得捉襟见肘。更加不幸的是，在范仲淹两岁的时候，范墉撒手归西，使得家中的生活雪上加霜。范仲淹的母亲谢氏为生计所迫，改嫁给淄州（今山东淄博市西南之淄川）长白山一位姓朱的男子。范仲淹也随母亲谢氏一同来到朱家，并改姓朱，名为朱说。

谢氏为了不使范仲淹的心灵受到伤害，对范家的变故一直守口如瓶，即使范仲淹长大成人之后，也未对他提半个字。好在朱家子弟并没有歧视范仲淹，对他也如亲兄弟一般，这让谢氏觉得很宽慰。朱家子弟及范仲淹都刻苦好学，在范仲淹21岁的时候，他们都被举为学究。有一次，范仲淹同众位同窗一同去见谏议大夫姜遵。姜遵为人以刚严著称，从不阿谀奉承别人，也不轻易夸赞后辈。但姜遵一见范仲淹，心中大奇。当其他人告辞之时，姜遵唯独将范仲淹留下来热情款待。席间，姜遵对其夫人说："朱学究年虽少，乃天下奇士也，他日不仅可为显官，亦将留盛名于后世也。"

得到姜遵夸赞的范仲淹从此名声大振，令众位同窗刮目相看。

但范仲淹并未因此而狂妄自大，反而更加严格要求自己，不仅学习刻苦，孜孜以求，而且生活节俭，从不奢侈浮华。但朱家子弟却不以为然，他们认为人生在世就是为了享受，与范仲淹的生活态度截然不同。为此，范仲淹与朱家子弟经常发生争执，常对朱家子弟进行批评。有一天，范仲淹又与朱家子弟争执起来，朱家子弟不悦地说："我自用朱氏钱，干汝何事？"

听闻这话，范仲淹疑惑不解，有人告诉他说："你祖籍苏州（今江苏苏州市），生于武宁军，本姓范氏，随谢夫人一起改嫁给朱氏。"范仲淹闻言，心中十分悲愤，满眼泪水，跑到母亲房中去问究竟。

谢氏见范仲淹已知道了事情的真相，也不再隐瞒，就将家中的变故如实地告诉了范仲淹。范仲淹听了母亲的话，大哭不已，便欲自立门户。

在此之前，范仲淹一直在长白山上的一座古庙醴泉寺中苦读。寺庙由于年久失修，香火也不甚旺盛，里面只有一个老僧人和几个小沙弥，非常清静，确是一个读书的好去处。老僧人对范仲淹十分尊敬，专门让小沙弥给范仲淹收拾了一间厢房作为书房。自从住进古庙，那清静幽雅的环境使他如鱼得水，诵读书籍，日夜不息。即使在寒冬腊月，为了使自己清醒精神，经常以冷水洗面。范仲淹所吃的饭更是简单，他常让小沙弥帮自己熬上一锅稠粥，待其凉下来以后，将粥划成四块，每顿吃两块便算一顿饭。那个老僧人见范仲淹天天如一，不由得佩服他的求学精神，便对小沙弥说："朱施主之食，不如僧人，其志不在小。忍得苦中苦，方为人上人，善哉！"

在醴泉寺中，只有那盏油灯日夜伴在范仲淹身边。每当深夜来临，透过纸糊的窗户，总能隐约看见那暗淡的灯光下范仲淹瘦弱的身影，那如饥似渴的神态，让人不由得想起一句俗话："自古将相出寒门。"经过数年不懈地努力，范仲淹学问大增，这也是他一生求学的关键时期。

自从范仲淹得知家中变故的真相之后便告别母亲，去应天府（今河南商丘）跟随戚同文求学。谢氏夫人苦苦挽留，范仲淹流着泪对母亲说："待中举后再相会。"就这样，范仲淹挥泪别母，去应天府求学。

2 应天求学

范仲淹来到应天府之后，仍旧过着如在醴泉寺读书时那样艰苦的生活。戚同文见范仲淹刻苦俭朴，便将自己的一生心得全都教授给了范仲淹。在应天府，范仲淹在戚同文的悉心指导下大通《六经》，于《易经》则更为精通。

宋真宗大中祥符七年（1015年），范仲淹已经26岁了。就在这一年，宋真宗驾幸应天府，全城为之空巷，都去争看真龙天子的庐山真面目，唯独范仲淹雷打不动，潜心读书。有人便问他："你为什么不去看看当今天子威仪？"

范仲淹若无其事地说："来日朝堂相见，未为晚也！"

问话的人听了范仲淹的豪言壮语，一时惊呆了，等他回过神来，范仲淹又专心地读起书来。那人赞叹地说："鸿鹄之志，非燕雀能比也！"

当时，应天府留守的儿子也师从戚同文学习，他把范仲淹以粥为食和不出观驾所说的话都告诉给了留守大人。留守听了儿子所言之事，感叹道："朱生，国之栋梁也！尔等应与之为友，以图来日有所作为。"并让儿子给范仲淹送去许多美味食品，范仲淹谢过之后，却没有动一箸。

过了几天，留守的儿子来拜访范仲淹，一进房门，便闻见食物腐败发霉的味道，就问范仲淹："朱相公，你房间有东西发霉了！"

范仲淹用手指了指留守的儿子几天前送来的食物，说："相公所赠，一无所动，完好无损，只是变味了！"

留守的儿子走过去一看，果如其然，只见那些美味已长满绿毛，恶臭难闻，便不由自主地捂着鼻子说："我家大人听说相公清苦，特命我馈赠相公食物，如今却未动一箸，是不是看不起我家大人？"

范仲淹见留守的儿子如此问话，恐生误会，急忙作揖谢罪，解释说："相公错怪我了，我一个晚辈，岂敢小觑你家留守大人！实际上我内心是感激不尽的，只不过我以粥为食已成为习惯，也不以之为苦。若我食用了你家大人馈赠的美味，以后我还怎么能以粥为食呢？请相公不要误会，体察我的用心。"

留守的儿子听了范仲淹的回答，心中油然而生敬意，回家又将范仲淹的话转告了留守。留守仰天凝视，久久没有说话，过了好大一会儿，低头看了看儿子，说道："备轿，我要亲自拜访这位朱相公！"

留守来到学馆，直直走到范仲淹的房间，他要亲眼看一看这位胸怀大志的青年儒生，是黑是白，是高是矮，是胖是瘦。留守之位可谓高矣，但当他推门的一瞬间，心中也不免紧张，主要因为范仲淹的所做所言实在非常人所能为，其形象在留守的脑海里很是圣洁和高大。

门终于推开了，展现在留守面前的却是一个瘦弱的儒生形象，其实没有什么稀奇之处。但当范仲淹被门声所惊，眼光离开手中的书卷，回头视向房门之时，留守看到了庐山真面目。但见范仲淹面庞瘦弱，略显苍白，一双炯炯有神的眼光惊奇地看着来人。留守也站在房门口未动，惊奇地欣赏着范仲淹。二人四目相对，鸦雀无声，一片寂然，似乎他们都在期待着什么。

范仲淹见来人衣着华贵，非同一般，心中不免犯了嘀咕：我没有同什么达官贵人交往呀，这位会是谁呢？留守见范仲淹迟迟不起身相迎，也不以为忤，暗自赞道：真乃铮铮铁骨！便主动对范仲淹说："朱生无恙乎？"

范仲淹这才放下手中书卷，起身拱手说道："多谢先生关照，不知先生何故光临寒舍？"

这时，跟在留守身后的人插话道："朱相公，此乃留守大人，大人器重相公之才，特意前来相扰。"

范仲淹不卑不亢地说："晚生不知留守大人光临寒舍，有失远迎，请恕晚生失礼之罪。"

留守豪爽地笑了笑，走上前来。范仲淹施礼看坐。待宾主坐定之后，留守就对范仲淹说："蒙犬子相告，方知朱生乃天下奇士，今日前来拜访，有扰相公清静。"

范仲淹拱手说道："大人光临寒舍，蓬荜生辉，晚生岂敢劳大人拜访，折杀晚生了。"

留守大人见范仲淹有礼有节、不卑不亢，更不因留守来访而喜形于色，一切都那么平静平常，越发看重和喜爱范仲淹，心中默默地说：生子当如此生！接着，留守与范仲淹谈古论今，极尽欢畅，一直谈到月上树梢才恋恋不舍地打道回府。范仲淹对留守的学识、敬才爱才之心也由衷地赞叹，送了一程又一程，直至留守的身影消失在银灰色的月光之中，方才回到房中歇息。

次年，即宋真宗大中祥符八年（1015年），朝中举行科举考试，已经27岁的范仲淹以朱说这个名字参加了考试，结果皇榜高中。这对于范仲淹来说是意料中的事情，尽管如此，他的心中仍然充满说不尽的欢喜。当时有人写诗称赞范仲淹说：

长白一寒儒，名登二纪余。
百花春满路，三月雨随车。
鼓吹迎前道，烟霞指旧庐。
乡人莫相羡，教子读诗书。

范仲淹古刹苦读的故事在民间广为流传，成了有志者的榜样。

3 换姓改名

范仲淹中了进士之后，被任命为广德军（今安徽广德）司理参军，开始了他的宦游生涯。范仲淹是至孝之人，他到广德军赴任之后，很快把一切手续办得妥妥当当，这时他想起自己苦命的母亲来，母亲的不幸使范仲淹两眼湿润，心中酸楚。为了让母亲安度晚年，便派人将其接到自己身边，以尽人子之道。

母子团聚了，一家人又开开心心、和和美美地过起日子来。但长久以来，范仲淹心中被一件事情所萦绕，时不时便陷入苦恼之中，到底是什么事呢?

范仲淹自两岁时起便改姓朱，名说，一直以朱说这个名字读书并参加科举考试。如今做官为宦了，朝廷的任命书上用的也是朱说这个名，它犹如一块巨石压在范仲淹的心头，使他不得开心颜。因为在封建社会里，一个人的名分是十分重要的，出卖祖宗姓氏那是大逆不道的事情。生活在那个时代的范仲淹自然不可能突破历史的局限，他多么想改回自己原来的姓氏啊，但事情并不那么容易。范仲淹作为朝廷命官，要改姓换名，那要取得皇上的恩准。否则便犯有欺君之罪，会招来灭顶之灾。

范仲淹的心中虽然苦恼万分，但对公事却一丝不苟，凡事必秉公办理，不徇私情。为此，范仲淹经常与上司发生争执，惹得上司大怒不已，每每遇到这种情形，范仲淹毫不屈服。有一次，范仲淹的上司收受贿赂，要求范仲淹从轻发落一名犯人。范仲淹据理力争，并把那个犯人的姓名写于屏风上，历数其罪，驳得上司哑口无言，只得屈从。在广德军，范仲淹以忠直著称，当地人为表达对他的敬佩，将一个亭子命名为“朱说亭”，以示纪念。

范仲淹初至广德军时，当地没有学校，文化教育十分落后，人多不知学。范仲淹针对这种情形，从外地请了三个名士来广德军开馆授徒，使民风大变，后来有许多人中了进士，这全都是范仲淹的功劳。范仲淹任广德军司理参军期间，仍保持着昔日俭朴的生活习惯，经常徒步去处理公务，从不骑马乘轿，在当地传为佳话。

繁忙的公务能让范仲淹暂时忘却心头的苦恼，但那毕竟是一个阴影，闲暇之时又变得浓重起来，折磨着范仲淹的心灵。

转眼间到了宋真宗天禧元年（1017年），范仲淹因政绩突出，升为文林郎权知集庆军（今安徽亳县）节度推官。赴任之际，昔日的苦恼又浮上范仲淹的心头，他思前想后，最终下定决心，给宋真宗写了道奏折，要求换姓改名。在奏折中，范仲淹将自己的家世诉说一番，并巧妙地引用范蠡改名陶朱、范睢改名张禄的故事，道出了自己的苦衷。他这样写道：“志在投秦，入境遂称张禄；名非伯越，乘舟偶效陶朱。”这是范仲淹为改回原姓写下的千古绝唱，在民间广泛流传。

宋真宗接到范仲淹的奏折，对他的家中变故深表同情，更被那副对仗工整、用意贴切的对联所吸引，立即准奏，恩许范仲淹由朱姓改回范姓。这对于范仲淹来说，真是天大的喜讯，他欣喜若狂，往日的所有苦恼都烟消云散了。范仲淹跪在父亲范墉的灵位前，轻声说：“父亲大人，不孝儿回归范氏来了。”从此，那个朱说没有了，大宋王朝多了一个姓范，名仲淹，字希文的大臣。

在此之前，苏州的范氏家族中有人听闻范仲淹要恢复祖姓，以为他有什么企图，便百般诘难范仲淹。范仲淹心平气和地说：“我只是欲恢复祖姓，别无他图。”那些诘难之人方告罢休，范仲淹也没有记恨自己的族人。后来，范仲淹官居参知政事（副宰相），他对儿子们说：“苏州范氏，对我有亲有疏，但如果以同祖宗观之，就没有任何亲疏了！对于宗族中那些饥寒之人，我怎能不去关心他们呢？自祖宗积德百余年以来，始有我这一副相，若我独享富贵，将来九泉之下如何去见祖宗之面呢？”于是，范仲淹以自己的俸禄在苏州购田买地，号为“义庄”，专门赡养宗族中那些贫寒之人，使那些诘难范仲淹的人无地自容，可是范仲淹却从来没有怪罪过他们。

苏州的其他老百姓也不同程度地接受过范仲淹的接济，人们都夸赞范仲淹说：“范公外和内刚，乐善好施，不阿权贵，不贱百姓，亘古未有。”这对于一个封建社会的官员来说，是非常难得的。

宋真宗天禧二年（1018年），范仲淹被任命为谯郡（今安徽亳县）从事，不久又升任秘书省校书郎。天禧五年（1021年），范仲淹监泰州（今江苏泰州市）西溪镇盐税，后来历行大理寺丞、监楚州（今江苏淮安）粮料院。在这期间，范仲淹虽官位卑微，却处处以天下为己任，办了很多利国利民的事情。

范仲淹监泰州西溪镇盐税仓时，泰州一带海堰年久失修，每年海浪袭击，使农田大规模被毁，老百姓流离失所。看到这种悲惨景象，范仲淹思绪翻滚，便向发运副使张纶上书，请求修海堰、保民田。张纶将范仲淹所言之事上奏朝廷，并指出泰州兴化县每次遭受的袭击最重。于是，朝廷任命范仲淹兼任兴化县县令，主持修筑海堰工程。

4 教学授徒

范仲淹接到任命书后，立即组织民夫开始修筑海堰。不巧的是，动工的第一天便遇上天降大雨，暴涨的海浪冲上堤岸，一百多民夫被海浪卷走，丧生大海。遇上这样不吉利的事情，范仲淹一面安慰死难者的家属，一面重新召集民夫。当时，迷信的老百姓说："龙王发怒，堰不可修！"一时间人心惶恐，但范仲淹镇静自若，力排众议，耐心劝说。朝廷闻知此事，也派使者来到兴化，讨论罢修海堰之事。淮南转运使胡令仪十分支持范仲淹，上奏朝廷说："海堰之事不可废！堰成，则民安，利国利民。"在胡令仪的一再坚持之下，朝廷召回了使者，允许继续修筑海堰。

经过一年的努力，长达数百里的海堰竣工了，从此泰州百姓再也没有遭受过海浪的袭击，过上了平安的日子。当地老百姓为了纪念范仲淹的功绩，通通改姓范，传为佳话。

宋仁宗天圣四年（1026年），范仲淹的母亲谢氏因病去世。范仲淹因母丧去官，暂居应天府。当时，枢密副使晏殊因忤旨被贬为应天府知府，晏殊早就听闻过范仲淹的大名，见其守母丧无事，便请其执掌府学，教授生徒。范仲淹接受了晏殊的请求。

自唐末五代以来，天下学校多废，大宋王朝的仁人志士为教化民风，每到一处往往兴办学校，晏殊、范仲淹无不如此。范仲淹来到学校之后，与生徒同甘共苦，甚至经常居住在学校中，顾不得回家。对于督学之事，范仲淹勤劳恭谨，一丝不苟，特别有法度。

范仲淹恐生徒懈怠，不悦于学，经常夜至其舍检查生徒的读书情况。有一次，范仲淹如往常一样来到生徒寝舍，碰见一个生徒躺在床上，便问："何故就寝而不读书？"

那个生徒急忙翻身坐起，随口答道："适才读书偶感疲惫，暂就枕歇息耳。"

范仲淹追问道："适才读何书？"

那个生徒搪塞道："适才读的是《春秋》。"

范仲淹并没有就此罢休，接着问道："读到何处？"

那个生徒被问得张口结舌，脸色登时变得通红，无言以对，只好承认自己刚才一直睡觉来着，并未读什么《春秋》。

有的生徒为了避免这种尴尬场面，被问得急了，便撒谎说读至某书某处。范仲淹丝毫不心慈手软，就翻至某书某处让其背诵，如果背诵不出，就严厉地批评。

除了严格要求生徒之外，范仲淹也十分爱护他们。每次为生徒出题目，让其写诗作赋，范仲淹必事先依题目亲自写诗或作赋，以试其难易，避免出现生徒作不出或者太易而达不到目的，充分体现了范仲淹的教育家风范。

不仅如此，对于那些生活贫困的生徒，范仲淹经常慷慨解囊资助他们。当时，应天府府学中有一个姓孙的生徒，终日郁郁寡欢，无精打采。有一天，孙生对范仲淹说："先生，请您借给我一千钱。"

范仲淹早就注意到了这位孙生的神态，见其向自己借钱，二话没说，如数借给了他。过了不久，孙生又来到范仲淹的住处，十分不好意思地张口又要借钱，范仲淹再借给他了一千钱。这一次，范仲淹问道："你借钱何用？"

孙生戚然动色，答道："晚生家中有老母，无以为养，故向先生借钱。"

范仲淹说："噢，原来如此，你所借钱款就赠与你赡养老母吧！"

孙生又说："若日得百钱，则生活无忧矣，晚生亦可潜心学问之事。"

范仲淹说："我观你辞气，非乞客之类。我若补子学职，月得三千钱，你能安于学乎？"

孙生大喜，赶忙叩首拜谢。就这样，孙生在范仲淹的帮助下，安心学习，十分刻苦，范仲淹甚是喜爱，并亲自给其讲授《春秋》。十年之后，孙生不忘范仲淹的教诲，也在泰山脚下开馆授徒，颇有其师的风范，深受人们的喜爱。

就在范仲淹去官督学期间，他依然不忘忧国忧民，针对当时的社会弊端，洋洋洒洒地写了万余言上奏朝廷，大略云："孝者，天下之根本也，其孝不逮，岂可忠乎？所以臣冒哀上书言国家大事，不以丧母之痛而敢忘天下之忧。请择郡守，举县令，斥游惰，去冗臣，遴选举，敦教育，养将才，保直臣，斥佞臣，使朝廷无过，生灵无怨，以杜奸雄滋生。"

宰相王曾看了范仲淹的慷慨陈词，感到非常惊奇，认为范仲淹是一个不可多得的人才。待范仲淹守丧期满后，适逢朝中馆阁缺人，晏殊未推荐范仲淹而推荐了另外一个人。王曾知道后，厉声对晏殊说："公明知范仲淹之才而不推荐，怎么能这样呢？我已把公所荐之人勾掉了，请荐范仲淹！"

晏殊见王曾这么着急且爱才心切，心中生愧，听从王曾的建议，推荐范仲淹就职。不久朝廷便任命范仲淹为秘书阁校理。在任秘书阁校理期间，范仲淹经常手执经卷，与诸位学者进行辩论，回答他们的质问，从不困倦，所讲经义，尤为精当，人皆叹服。诚如晏殊在推荐范仲淹时所说："范仲淹为学精勤，属文典雅，讲习艺文，足不出户，独守贫素，儒者之典范也。"

范仲淹还经常以俸禄接济四方游士，自己却过着俭朴的生活，以致使几个儿子不得不共用一套礼服，轮换穿着出外。至于议论天下大事，更是言辞激切，奋不顾身，时人以为忠，甚至有人说："大宋士大夫论事尚风节，乃范仲淹倡之也！"

5 范吕释嫌

在唐末五代时期，党项人拓跋氏割据夏州（今陕西横山县西），辖夏州、绥州（今陕西绥德）、银州（今陕西米脂）、宥州（今陕西靖边县西）四州之地。唐僖宗时，拓跋思恭曾率部协助唐王朝镇压黄巢起义，被封为定难军（今陕西北部）节度使，赐姓李，封爵夏国公。在五代时期，夏州李氏同后梁、后唐、后晋、后汉、后周都保持臣属关系，同时又始终保持割据局面。

北宋建立后，定难军第六任节度使李彝兴向宋朝纳贡称臣，宋太祖对其加官太尉，以示褒奖。从李彝兴到其子李光睿及其孙李继筠，都和北宋保持着密切的联系，夏州地区虽然仍旧处于割据状态，但形式上已是宋朝版图的一个组成部分。

宋太宗太平兴国五年（980年），定难军节度观察留后李继筠死去，其弟李继捧继位。这时，李氏家族发生内讧，李继捧的一些父辈宗族有的带兵袭击夏州，有的向宋朝上表反对李继捧继位。李继捧明白自己难以在夏州割据下去，就于太平兴国七年（982年）率亲族到开封朝见，并把夏、绥、银、宥四州八县之地献给太宗，表示愿意留在京城居住，宋太宗认为这是一举铲除李氏割据势力的大好机会，就改封李继捧为彰德军（今河南安阳）节度使，并准备把李氏宗族的近亲都迁移到京城，使李氏宗族离开长期割据的地盘，失去造成割据的基地。李氏多数宗族没有反抗就被宋朝迁到京城，接受宋朝的官职。但是居住在银州的李继迁兄弟却深为不满，假装送乳母出葬，把兵器藏在棺材里，同他们的亲信数十人离开银州，逃到夏州东北三百里的地斤泽（今内蒙古鄂尔多斯市巴彦淖尔），聚众进行反抗，揭开了持续一个多世纪的宋、西夏战争的序幕。

宋太宗至道三年（997年），宋太宗死，宋真宗继位，与北宋王朝连战数年的李继迁派使者同宋议和，要求北宋承认其割据地位。宋真宗由于刚刚继位，只好暂时同意求和要求，授予他定难军节度使，并把早已并入宋朝版图的夏、绥、银、宥等州划归李继迁管辖。后来甚至把灵州（今宁夏灵武）也分封给李继迁。李继迁死后，宋真宗又于景德三年（1006年）授予李继迁之子李德明定难军节度使，并封其为西平王，给予内地节度使的薪俸，每年赠予金、帛、缗钱各四万，茶两万斤。至此，宋朝正式承认了西夏的割据地位。

宋仁宗天圣九年（1031年），李德明死，其子元昊袭承统治权力。元昊是个雄心勃勃又很有才略的人，在他继承西夏的统治权力之后，就下令以兵法管理各个部落，使各部落成为能够随时征调的军事组织。他还下令党项人恢复鲜卑族旧俗，在三日内一律秃发，耳挂重环。他本人也改姓嵬名，改名囊霄，自称"兀卒"（青天子），屏弃了唐宋所赐之姓，重订西夏的礼乐制度和官制，并创制西夏文字，升兴州为兴庆府（今宁夏银川）。在宋仁宗景祐元年（1034年），元昊改年号为开运（不久即改为广运），不再使用宋朝的年号。与此同时，元昊向东进攻宋朝的府州（今陕西府谷）、环州（今甘肃环县）、庆州（今甘肃庆阳），向西攻取吐蕃大首领厮罗占领的青唐（今青海西宁），还攻占了回鹘的肃州（今甘肃酒泉）、瓜州（今甘肃安西）、沙州（今甘肃敦煌），把河西走廊全部置于西夏的控制之下，使西夏拥有东抵黄河、西达玉门、南达萧关（今甘肃环县北）、北抵大漠（今蒙古瀚海），幅员两万余里的广阔疆域。

宋仁宗宝元元年（1038年），元昊正式称帝，建国号大夏，公开撕毁了李德明同宋朝订立的和约。紧接着，元昊又于第二年正月上表宋朝，要求宋朝正式承认大夏，企图以此刺激宋王朝统治者，迫使宋朝做出反应。宋朝果然忍受不了这一刺激，于宝元二年（1039年）六月下诏削除元昊的赐姓和官爵，停止同西夏的边境互市，并在边境发布文告，宣布谁能捕杀元昊，即接其定难军节度使。元昊也借机把宋朝授予的旌节和封号敕诰退还宋朝，公开同宋朝决裂。这一年的十一月，元昊率兵进犯宋朝的保安军（今陕西志丹），宋、西夏之战拉开了序幕。

宋与西夏的战争爆发的时候，范仲淹在越州知州任上，宋仁宗召其为天章阁待制、知永兴军（今陕西西安），不久改任陕西都转运使。

正值吕夷简自大名（今河北大名南）复入相。吕夷简自从范仲淹被贬往饶州不久，也被罢去宰相之位，知大名府。这时也被召回朝廷，复任宰相。吕夷简对仁宗说："范仲淹乃当今贤臣，岂能以旧职用之！"

宋仁宗宣谕范仲淹与吕夷简消除他们之间的不愉快，范仲淹道："臣前论吕相盖为国事也，于吕相无憾也。"

吕夷简也说："夷简岂敢以旧事为念也！"

就这样，范仲淹与吕夷简不计较前嫌，重归于好，共同商议抗击西夏事宜。在吕夷简的提拔下，宋仁宗拜范仲淹为龙图阁直学士。

6 守边抗夷

在宋与西夏交战之初，由于宋朝长期以来推行“守内虚外”的腐朽政策，武备失修，军政腐败，将官怯懦寡谋，不识干戈，兵骄不知战阵，兵器也朽腐不堪，导致宋兵一败涂地，边境屡受侵犯。尤其是负责指挥对西夏防御战事的范雍等文官，既不懂军事又缺乏谋略，加之朝廷派去担任监军职事的宦官又横加干预军事行动，在宋仁宗康定元年（1040年）正月的三川口（今陕西延安西）战役中，因延州（今陕西延安）主帅范雍指挥失策，宋军大将刘平、石元孙被俘，万余宋军损失殆尽，延州城差点儿被西夏军队攻破。

三川口战役的惨败使宋朝大为震恐，连忙征调军马、粮草入陕增援，并撤换主帅，任夏竦为陕西经略安抚使，韩琦、范仲淹为陕西经略安抚副使，一同入陕主持军事。面对延州屡遭敌犯的情形，范仲淹主动请缨，要求驻守延州，获得朝廷的批准。范仲淹以龙图阁直学士、陕西经略安抚副使的身份兼任延州知州。

根据宋朝的规定：守边之兵由将官分领，总管领兵万人，钤辖领兵五千人，都监领兵三千人，作战之时，则由官位卑微的将官首先出击。结果，经常被敌人打得大败。范仲淹说：“将不择人，以官职大小为先后，此取败之道也。”他首先改革军中论资排辈的弊端。

范仲淹将延州兵一万八千人分为六队，每队三千人，由六个将官率领，加强训练。作战之时，不按以往的战法出击，而是根据来敌的数量强弱分布军事力量，共同御敌，如此一来，范仲淹主持的延州一线防务日趋稳固。

当西夏人知道到范仲淹在延州的防御部署之后，互相警告说："如今不能再轻视延州了！小范老子（指范仲淹）胸中自有数万甲兵，不比大范老子（指范雍）可欺啦！"

范仲淹在延州主持军事时，还特别注意选拔将才。行伍出身的狄青作战十分勇敢，临阵之时时常披头散发，头戴铜面具，在敌军中冲锋陷阵，所向披靡。范仲淹对狄青非常赏识，不仅给予优厚的待遇，还授予他《左氏春秋》，并对狄青说："将不知古今，匹夫之勇而已。"狄青在范仲淹的教导之下，奋发读书，精通秦汉以后诸将帅的兵法，成为一名智勇双全的将领，为大宋王朝立下赫赫战功，后来官至枢密使。这一切，都与范仲淹的栽培密不可分。

范仲淹还善于采纳他人的意见。当时，州（今陕西富县）判官种世衡说："延州东北二百里，有故宽州，请依其废垒而建城，以当适寇，右可固延州之势，左可致河东之粟，北可图银、夏之旧。"范仲淹便采纳种世衡的建议，在宽州城废址上修建青涧城（今陕西清涧），在那里兴营田，招商贾，听民互市，以通有无，并命种世衡知青涧城，使其成为抵御西夏的重要堡垒。

为了减轻关中老百姓运输军粮之苦，范仲淹上奏朝廷说："关中民苦于运输粮草，请陛下下诏建鄜州的鄜城县为军，凡河中、同州（今陕西大荔）、华州（今陕西华县）中下户租税均运至其地，以减少百姓路途之苦。"宋仁宗采纳了范仲淹的建议，并命名鄜城县为康定军。

范仲淹守边期间，十分爱惜士卒。相传，范仲淹曾以黄金铸了一个信笺筒，其上饰以七宝，每得朝廷敕诏命书，即贮之筒中。后来一个长年跟随范仲淹的老卒将其盗去，范仲淹知而不究。到了后来，一个叫袁桷的人题诗范仲淹像，诗云：

甲兵十万在胸中，赫赫英名震犬戎。

宽恕可成天下事，任他老卒盗金筒。

热情地歌颂了范仲淹的宽厚善良，从中也可以看出范仲淹爱惜士卒不随意惩罚他们的情形。

在对西夏用兵的策略上，范仲淹与韩琦有不同的主张。韩琦主张会兵出击，以攻为主；范仲淹则主张重防御，以守为主。可是韩琦是当时有名的军事统帅，名气远比范仲淹大，朝廷往往采纳韩琦的建议，结果总是招致失败。

宋仁宗康定元年（1040年），在韩琦的建议下，宋仁宗下诏准备大军讨伐西夏。及宋仁宗庆历元年（1041年）春天，仁宗下令大军进发，讨伐西夏。范仲淹上奏说："正月内起兵，军粮马匹，动逾万计，入险阻之地，遇上塞外雨雪大寒，则士卒马匹必然暴露僵仆，使贼有机可乘，所伤必众。今鄜、延诸州城垒、兵甲、粮草、士马攻守之计已严整有序，不患贼至矣！请等春暖之时出师，那时贼马瘦人饥，其势易制，又可扰乱其耕种之事，纵无大获，亦不至于有他虞战！"对于范仲淹所言，宋仁宗完全采纳，令夏竦、韩琦、范仲淹伺机出兵。

范仲淹为了孤立元昊，不断地招纳周围的少数民族，使其为宋所用，他把自己的想法上奏朝廷说："前陛下下敕令臣招纳蕃族首领，臣亦遣人探问其情，蕃族有通朝廷之意。为了使其不至于僭号而又能修时贡之礼，宜留鄜、延之路以为通道，领诸将勒兵器，贼至则击。乘讨伐未行之机，容臣示之恩义，岁时之间，或可招纳。不然，臣恐隔绝情意，偃兵无期。若用臣策，岁月无效，然后徐图举兵，先取绥、宥，据其要害，屯兵营田，为持久之计。如此，则茶山、横山一带番、汉人民，惧大宋兵威，可以招降，即使有窜奔者，亦是去西夏一臂，拓疆御寇，则无轻举之失也。"仁宗下诏悉听范仲淹所奏。

范仲淹前后六次上奏，请求朝廷缓兵而行，可是求胜心切的宋仁宗终于在庆历元年（1041年）二月下令讨伐西夏，但范仲淹始终坚持不能轻易出兵。

7 险遭杀头

当时，范仲淹的老友尹洙任秦州通判兼经略判官，他来到范仲淹处，对范仲淹说：“公于战事不及韩公也，韩公云：‘用兵当置胜负于度外也。’今公区区谨慎，此所以不及韩公也。”

范仲淹说：“大军一动，万命所悬，置之度外，仲淹未见其可。”二人意见不合，尹洙负气而返。

韩琦当时已派遣大将任福率一万八千人深入西夏境内，企图截断进攻渭州（今甘肃平凉）的西夏兵的退路。任福率军抵达好水川（今宁夏隆德县东）时，中了元昊的埋伏，任福、桑怿等大将战死，宋军大败，一万余人战死，陕西为之震动。韩琦率残兵败将还至半路，只见亡卒的父兄妻子号泣于马前，皆持纸钱故衣招魂哭道：“汝昔从韩公出征，今韩公归而汝死矣。汝之魂亦能从韩公而归乎？”哀恸之声惊天动地。韩琦不胜悲愤而掩面泣注，驻马不能前。

范仲淹听闻之后，叹息道：“当是时岂可置胜负于度外也！”

好水川之役以后，宋仁宗罢免了夏竦的统帅职务，重新调整了陕西边境的防御部署，由韩琦、王沿、范仲淹、庞籍分别任秦凤、泾原、环庆、延路的主帅，分别负责一路的防务。

范仲淹在任环庆路主帅之前，曾因与元昊通书信之事几乎被斩，后经吕夷简、杜衍等人竭力相救，方才获免，被贬为户部员外郎、知耀州（今陕西耀县），后来徙知庆州（今甘肃庆阳）。事情的原委是这样的：

当时，元昊想与范仲淹讲和，便放归俘获的宋军将领高延德，与范仲淹商谈讲和事宜。范仲淹见到高延德之后，得知元昊并不是真心实意讲和，且无表章，不敢将此事上报朝廷，乃自为书信谕其归顺，并又派遣高延德将书信送至元昊处。范仲淹在书信中说：

“景德之初，两河休兵，中外上言，以灵、夏数州本为内地，请移河朔之兵，合关中之师，以图收复。我真宗皇帝文德柔远，而先大王（指元昊之父李德明）诚心侍奉朝廷，心如金石，凡所言西陲战事者一律斥责，待先大王以骨肉之亲，赐以赵姓，全付夏土于先大王，旌旗车服，贵极王公，是我真宗皇帝有天地之造于尔等也！自此朝贡之臣，不绝于道，塞垣之下，逾三十年，有耕无战，养生送死，令终天年，此真宗皇帝之至化，亦先大王忠顺之功也。

“自先大王薨，今皇帝遣使厚吊，听大王嗣守其国，爵命隆重，一如先大王。大王以青春年少袭爵，违先君之誓书，遂僭位号，遣人归还旌节，中外为之警愤，请收行人，戮于都市。今皇帝念先帝真宗本意，及故夏王忠顺之功，不忍一朝骤绝，含容不杀。省初念终，天子何负于大王哉！

“子曰：‘名不正则言不顺，言不顺则事不成。’大王世居西土，衣冠言语，都从本国之俗，为何名称与天子相同也？大王建议之初，必谓大宋边城无备，士心不齐，驱马而来，所向可下。今奔冲边境之地，每年如此，汉家兵民有血战而死者，无一城一将愿归大王者，与大王当初愿望不是背道而驰吗？

“大王如果真心爱民，自当言当初僭号之举徒由众请之故，非大王本心。若以此谢罪，天子必当复大王爵位，承先大王保国庇民之志，天下谁人不赞大王之贤，一也。如众多之请，终不获辞，前所谓汉、唐单于、可汗之称，于本国语言为便，亦不失其贵，二也。臣贡上国，存中外之体，不召天下之怨，不速天下之兵，使人复康泰，三也。又，大王之国，用度或缺，朝廷每岁必有厚赐，以助大王，四也。前来入贡之臣，止称蕃校，以避爵命。按唐代方国之礼，常遣宾佐入贡于朝，则不必用蕃校之名。唐代诸蕃所建官名，未尝与中原相杂，使其持礼而来，则无嫌矣，其有功德者必可受朝廷之命，五也。边臣上言，乞以官爵金帛招致蕃部首领，仲淹一面请罢，唯大王告谕首领，无须去父母之邦，但回意中朝，则太平之乐，遐迩同之，六也。国家以四海之广，岂无遗才！在大王之国者，朝廷不戮其家，安全如故，宜善事大王，唯同心向顺，自不失其富贵，而宗族之人必更优恤，七也。马牛驼羊之产，金银缯帛之货，有无交易，各获其所，八也。大王若听仲淹之言，则上下同美其利，边民之患可息。况宗庙有先大王誓书在，诸路之兵，并非无名而举；钟鼓之伐，以时以年，大王之国将为之奈何？他日虽请于朝廷，恐有噬脐之悔，惟大王择焉！”

当范仲淹给元昊的书信送达西夏之时，恰遇宋军在好水川大败，元昊的答书甚为傲慢，语多不逊，范仲淹便当着使者的面将其焚毁，但暗录副本以上朝廷。元昊的答书共二十六页，其中不可以闻者达二十页，范仲淹所焚烧者便是这二十页答书，并把其余部分也略加改动，以免那些不逊之词惹怒朝廷。当元昊的答书送到朝廷后，朝中大臣议论纷纷，都觉得范仲淹不应与元昊通书信，更不应该将元昊的答书焚毁。

8　威震西夏

参知政事宋绶甚至上奏宋仁宗，要求斩范仲淹以治罪。

枢密副使杜衍道："仲淹本意在于招纳叛羌耳，何可深罪之！"

吕夷简也从中相助，知谏院孙沔又上书为范仲淹辩护，宋仁宗怒气稍解，方才轻贬范仲淹知耀州。

范仲淹任环庆路主帅期间，环庆路诸羌有酋长六百余人，在元昊僭号之初，他们都归服元昊，成了西夏进攻宋朝的向导。范仲淹为了招揽他们，以诏书犒赏诸羌酋长，阅其人马，与之相约道："还要报仇乃至伤人者，罚羊一百只、马二匹；因报私仇而杀人者，斩无赦。负债争讼，应当告官处理，动辄因此而绑缚他人者罚羊五十只、马一匹。贼马入界，追集不赴随本族者，每户罚羊二只，且质其首领。贼大入，老幼入保本寨，官给食物；不入寨者，本家罚羊二只；全族不至者，质其首领。"诸羌皆受命，从此他们为大宋所用，使元昊没有了入侵时的向导。

不久，朝廷任命范仲淹为邠州（今陕西彬县）观察使，范仲淹上奏说："观察使班列待制之下，臣守边数年，羌人颇亲爱为臣，呼臣为'龙图老子'，今退而为观察使，恐为其所轻，难以控制矣。"坚辞不受，得到朝廷的批准。

宋仁宗庆历二年（1042年）闰九月，元昊大举进攻泾原路所属的镇戎军（今宁夏固原），王沿派大将葛怀敏领兵御敌，在定川（今甘肃平凉市北）遭元昊包围，葛怀敏及将多人战死，九千多名宋军和六百匹战马皆被俘虏。元昊乘胜长驱直入，攻入渭州，大肆抢掠，并且发布文告扬言要亲临渭水，直据长安。关中为之震恐，民多逃入山谷之间。

定川战事初起之时，宋仁宗按地图对左右大臣说："若仲淹出援，朕无忧矣。"

后来，范仲淹果然领兵六千，自庆州增援定川，元昊才撤退回去。奏达京师，仁宗大喜道："朕固知仲淹可用也。"下诏进范仲淹为枢密直学士、右谏议大夫。范仲淹以军出无功，辞不敢受，宋仁宗不听，仍然拜之。

定川战役之后，宋朝罢了王沿泾原主帅之职，以韩琦、范仲淹、庞籍分管陕西的防务。在范仲淹等人的努力之下，宋朝的边境防线逐渐筑固下来，范仲淹与韩琦也名声大震，当时民间流传着这么一句谚语："军中有一范，西夏闻之心胆战；军中有一韩，西夏闻之心胆寒。"

虽然这样，对于宋朝来说，与西夏的战争充分暴露了它的虚弱，长期的战争同时也是宋朝不堪忍受的财政负担。对于以元昊为首的西夏统治者来说，频繁的战争和战争所造成的巨大伤亡，不仅给西夏各族人民带来深重的苦难，也严重地影响了西夏地区的农牧业生产。在范仲淹等人的精心经营之下，宋朝的边境防务逐渐稳固，西夏再发动新的战争也越来越困难。所以，从庆历三年（1043年）起，元昊开始试探着同宋朝重新讲和的可能。由于宋与西夏双方都需结束战争，经过一年多的反复商讨，宋与西夏于庆历四年（1044年）重订和议：西夏取消帝号，由宋朝册封为夏国王；宋朝每年赐给西夏银七万两，绢十五万匹，茶三万斤；宋朝重开沿边榷场，允许宋、西夏民间贸易往来。历时七年之久的宋与西夏的战争至此结束。

范仲淹守边四年，不但为保卫大宋疆土做出了巨大的贡献，而且还写了许多悲壮苍凉的词，其中比较有名的一首《渔家傲》就写于守边之时，词云：

塞下秋来风景异，衡阳雁去无留意。四面边声连角起，千嶂里，长烟落日孤城闭。

浊酒一杯家万里，燕然未勒归无计。羌管悠悠霜满地，人不寐，将军白发征夫泪。

范仲淹在这首词里，在未忘守边将士职责的前提下，以几乎所有笔墨描写叙述了边塞生活的艰苦，守边将士的苦闷，以及作为主帅的作者心中难以排解的矛盾，读来令人颇感一种沉重苍凉的豪放。但范仲淹并不是只写艰苦与将士思乡之情，他也代表全体将士深明大义地发誓要勒石于燕然山（今蒙古杭爱山，指匈奴故土），即准备像汉代大将霍去病、卫青那样将敌人赶过燕然山，然后刻石立碑凯旋。可是，宋朝腐败的军事制度和用人政策极大地削弱了军队的作战能力，使范仲淹保卫边疆的理想和着心底的悲愤一道迸发出来，使这首词显现出前所未有的以悲愤为基调的豪放。也正因为如此，后人一致认为：范仲淹的词是北宋词风转变的开端，是苏轼、辛弃疾豪放词派的先驱。

艰苦的守边生涯让范仲淹的意志得到磨炼，使他成为当时社会一位真正能出将入相的政治家、军事家、文学家，为他日后进行改革奠定了坚实的基础。

9 庆历新政

宋仁宗庆历年间，由于连年不断的宋夏之战，使阶级矛盾激化，社会危机加深，宋朝的各种弊政暴露无遗。在士大夫中，要求改革弊政的呼声愈来愈高。在庆历二年（1042年），欧阳修就曾上疏说："天下之势岁危于一岁，不可不改弦更张！"并对当时的弊政进行了深刻地分析。一向昏庸的宋仁宗这时也不得不担忧起时局来，遂于庆历三年（1043年）三月罢去吕夷简的宰相兼枢密使之职，任命欧阳修、余靖、蔡襄等人为谏官，显示自己欲改革天下弊政的意向。

当时，一些有名望的大臣纷纷向宋仁宗提出改革弊政的具体方法，主要有王禹偁的"五事"、宋祁的"三冗三费"、文彦博的"省兵"、王安石的"万言书"、司马光的"三札"等，其中以范仲淹的"新政"最为著名。宋仁宗遂于庆历三年（1043年）七月任命范仲淹为参知政事，任命富弼为枢密副使，让他们兴致太平，就当世急务提出处理意见。

庆历三年（1043年）九月，宋仁宗不断以手诏敦促范仲淹、富弼等人尽心国事，提出改革意见。范仲淹对别人说："皇上用我可谓至矣，然事有先后，且革弊于久安，非朝夕之间可以做到。"

后来，宋仁宗又在天章阁召见范仲淹、富弼，并破例给范仲淹、富弼赐坐，发给笔札，让他们当面陈述政见。范仲淹与富弼十分惶恐，避席而退。范仲淹不久即向宋仁宗呈送了自己的革弊建议，他说："历代之政，久皆有弊，弊而不救，祸乱必生。大宋建国已八十余年，纲纪制度日削月侵，已至不可不更张以救之的地步。”并提出了具体的十条建议：

一曰“明黜”。就是改革文官三年一迁升、武官五年一迁升的“磨勘法”。官员中有大功高才者，可特加任用。老病愚昧者另作处理。有罪者根据情节轻重进行处分。

二曰“抑侥幸”。取消少卿、监以上官员于乾元节荫子的做法；正郎以下，比如监司、边任，须在职满两年始得荫子；大臣不得推荐子弟任馆阁之职。旨在改变贵族官员子弟恩荫做官的旧法，严加限制，以减少冗官。

三曰“精贡举”。取消进士、诸科考试时的糊名法，参考其履历，以名闻；进士考试时先策论，后诗赋，诸科则取兼通经义者。旨在改革以诗赋墨义取士的旧制，注重策论和经学。

四曰“择官长”。委派中书省、枢密院主持选举转运使、提点刑狱、大蕃知州等重要官职；委派御史台、开封府、诸路监司等举知州、通判；委派知州、通判举知县、县令；限其人数，以举主多者从中书选除。

五曰“均公田”。各地官员按等级给予数量不等的“职田”，用来责其廉节，以防止贪污。

六曰“厚农桑”。每年二月，提倡各地开河渠，修筑堤堰陂塘，以利农业生产，州县选官主持；减漕运，劝课以兴农利。

七曰“修武备”。京师招募卫兵五万人，以助正兵，三季务农，一季教战，以省给赡之费。

八曰“覃恩信”。朝廷有赦令，各地必须执行，主管有违者，重治以法。

九曰“重命令”。各地法令应由朝廷统一。

十曰“减徭役”。裁并州县建置，使徭役相对减少，百姓不再困扰。

范仲淹的十条建议，除过修武备一条之外，其余九条都被宋仁宗采纳。从庆历三年（1043年）十月到庆历四年（1044年）上半年，宋仁宗依照范仲淹的革弊主张，陆续发布诏令，重新规定了内外官员的考绩升迁办法，对大臣陈请子弟亲戚任馆阁要职之事及转官升严加限制。还对恩荫制度重新做了规定，各级官员恩荫子弟亲戚的人数和官职都做了比以往更加严格的限制。要求地方官注意兴修水利，尽可能合并人口较少的县份，以减少役使的人数，使减少下来的役人回乡务农。这就是所谓的“庆历新政”。

10 新政夭折

范仲淹倡导的“庆历新政”，虽然主要目的是巩固北宋王朝的统治，但他对官僚机构的整顿，难免会触犯那些在因循腐败的官僚制度中获得利益的高官权贵。有一次，范仲淹查阅各路转运使的“班簿”（名册），每见有人不称职，随即用笔勾上记号，依次更换。

枢密副使富弼于心不忍地说：“范公则是一笔，焉知一家哭也！”

范仲淹毫不退让地回答：“一家哭，怎能和一路哭相比！”坚决罢免那些不称职的官吏。

正因为如此，主持新政的范仲淹等人遭受到各种无端的诽谤，攻击范仲淹、富弼是朋党的流言更是甚嚣尘上。那些利益受到损害的腐败官僚，想方设法陷害范仲淹等人。面对反对派的攻击和陷害，仁宗也不像以前那么积极了，这使范仲淹十分难堪，心中不免生了畏惧之情。当时，张海的起义军途经高邮军（今江苏高邮），当地官员晁仲约令百姓以金帛牛酒犒劳起义军，这事被朝廷得知，富弼主张诛杀晁仲约。

范仲淹面对朝廷形势的变幻莫测，主张宽宥晁仲约，他对富弼说：“自祖宗以来，朝廷未尝轻杀一臣下，这个规矩不可轻易破坏。我辈在朝中，同僚中同心者无几，圣上的心思也捉摸不透，如果轻导人主诛杀臣下，他日主上手滑，你我也难以自保！”

富弼没有把范仲淹的话放在心上。但到了后来，富弼宣抚河北还朝，宋仁宗不许其入城，富弼弄不清朝廷意图，心中不安，彷徨夜不能入寐，想起范仲淹的话，叹息道："范公乃圣人也！"有人根据此事作诗云：

奋髯要斩高邮守，攘臂甘驱好水军。
直到绕床停辔日，始知心服范希文。

就在范仲淹陷入苦闷的时候，以奢靡、阴险闻名的大官僚夏竦施毒计陷害范仲淹、富弼。夏竦为了达到他不可告人的目的，让女奴偷偷练习拥护新政的官员石介的笔迹，等女奴能以假乱真之时，让其写了一份所谓的废仁宗皇帝的诏书草稿，诬赖是石介代富弼起草的，并将其加以散布，企图置主持新政的范仲淹、富弼于死地。这些毁谤和中伤，使范仲淹、富弼感到继续留在朝廷会有性命之忧，就要求宋仁宗派他们到河北、陕西主持军事。

昏庸的宋仁宗在流言蜚语的影响下，那种迫切希望更改时弊的心情迅速消失得无踪无影，对范仲淹、富弼也不再信任，就顺水推舟，派范仲淹出任陕西、河东宣抚使，富弼出任河北宣抚使。及庆历五年（1045年）初，范仲淹、富弼又被以更张纲纪、纷扰国经等罪名贬黜，朝廷中支持新政的官员也都被贬到地方上任职。就这样，推行不到一年的"庆历新政"夭折了，范仲淹的报国理想也随之破灭。

范仲淹这一次被贬之后，再也未能回到朝廷，先后任邓州（今河南邓县）、杭州（今浙江杭州）、青州（今山东益都）等地区知州。庆历六年（1046年）九月，范仲淹任邓州知州，在那里写下了那篇脍炙人口的《岳阳楼记》，表达了自己"居庙堂之高，则忧其民；处江湖之远，则忧其君"的忧国忧民、心系天下的情思，并以"先天下之忧而忧，后天下之乐而乐"之句，抒发自己要继续以天下安危为己任的政治抱负。但被排斥在朝廷之外的范仲淹直至去世，再也没有机会实现自己的远大抱负。

宋仁宗皇祐四年（1052年）五月二十日，范仲淹因病逝于徐州（今江苏徐州），终年64岁。范仲淹死后，朝廷谥其为“文正”，赠官太师、中书令兼尚书令，封爵楚国公，于同年的十二月葬于河南洛阳县尹樊里之万安山下。宋仁宗亲笔撰写碑额，名之为“褒贤之碑”。欧阳修撰写碑文，富弼撰写墓志铭，赞颂范仲淹的文、德、才。到了南宋，朱熹称赞范仲淹说：“范公乃天地间第一流人物！”

后人为纪念范仲淹，将他的诗文、言行、事迹汇编成书，这就是我们今天所读到的《范文正公集》，那恢廓的气度、忧国忧民的高尚品德，足以使后人“高山仰止，景影行止”。

最后，让我们再次吟诵着范仲淹的“先天下之忧而忧，后天下之乐而乐”来结束本文吧！

（十三）

华夏文明续命人

——耶律楚材

1　十七入仕

耶律楚材（1190—1244），契丹族，字晋卿，生于金朝中都燕京（今北京），为辽东丹王突欲的八世孙。其父耶律履，本是金代的学者，因其品学兼优，曾仕金世宗，官至尚书右丞。耶律楚材3岁时，父亲去世，这对他的成长有很大影响。幸得其母杨氏良好的书礼教育，加上他天资聪颖，自幼勤学苦读，博览群书，待至青年时期，就已在天文、地理、律历、术数等方面有很深造诣。他深谙儒学，修以佛道，精于医卜之说。他还多才多艺，善抚琴，好吟咏。由于很早就接受“汉化”，工于汉文，所以，用汉文写作挥洒自如，而且才思敏捷，下笔成文，出口成章，极其自然纯熟。元朝一统天下，他推行以儒治国，可以说是凭一己之力为华夏文明续了命。

耶律楚材成长在乱世中。当时，整个中国正处在元朝大一统之前的列国纷争阶段，大金国最为强盛，占据中原，统治着北中国。但时过境迁，它的全盛时期已过，国势一年不如一年了。南宋王朝虽偏于江左，但一刻也没忘记北上收复失地，不时地向北方挑战。立国甘宁陕的西夏也对称霸中国怀有野心，乘机与南宋结交，在西北方向侵扰。真是诸强对峙，战事频生。此时，金国西北部的附庸蒙古族也乘机崛起，铁木真自被本部族推举为首领后，经过连年的征战，统一了蒙古。金章宗太和六年（1206年），铁木真成为全蒙古的“汗”（皇帝），尊称成吉思汗，是为元太祖。这个新崛起的势力，更是野心勃勃，在北方不断地向金国发动进攻。金国对其咄咄逼人之势难于应付。

就在这一年，耶律楚材17岁，他可以出仕了。按照当时的规定，他这个宰相之子享有赐补省掾（协助政府部门长官掌管文书、处理日常事务）官职的特权。可是他本人希冀参加正规的进士科考试。章宗认为旧的制度虽然不可更改，但是考试更可以发现人才，于是敕令他应期当面考试。在应试的17人中，耶律楚材风骚独占，掾吏之职自然探囊取物。从此，他便步入政界。此后，耶律楚材还曾任职开州同知。

成吉思汗的蒙古军事政权确立后，靠着强大的军事实力，开始征讨四邻。为了免于受到西夏的牵制，成吉思汗决定在攻金之前，先用兵西夏。1205—1209年间，成吉思汗对西夏攻伐三次，大大地削弱了西夏的力量，使之没有出外征战的能力。接着，经过周密部署后，从1211年起，成吉思汗大举进兵金国。已走下坡路却一意图谋压服南宋的金国哪里是成吉思汗的对手，蒙军“所至都邑，皆一鼓而下”，“凡破九十余郡”，直到兵临金国中都燕京城下。

金宣宗贞佑二年（1214年），金主完颜永济为了躲避蒙军南下的胁迫，委送其女入蒙，以和亲争得金国喘息的时间。同时，决定把首都南迁至汴（今河南开封）。耶律楚材的全家随之南下，只有他本人被任命为左右司马员外郎，职掌尚书六部日常奏章，辅佐金国右丞相完颜承晖留守在中都燕京，时年24岁。

成吉思汗十年（1215年）五月，围攻燕京年余的蒙军一举攻克燕京，右丞相完颜承晖自尽殉国，耶律楚材眼看金朝大势已去，于是在城陷之后，便“将功名之心束之高阁”，空怀经天纬地的才识绝迹于世，弃俗投佛，在万松老人（行秀）门下钻研佛理，一去三年。多舛的经历磨砺了耶律楚材，他等待着时局的发展，等待着实现壮志的机会。

成吉思汗十三年（1218年），机会终于来到。成吉思汗既定燕地，他逐渐感到人才的重要，这时他听说耶律楚材是位难得的人才，而且又是被金国所灭、与金国有仇的原辽国宗室后裔，便遣人求之，问询治国大计。耶律楚材虽然修身养性，过着隐居的生活，然而他时刻也没忘掉干戈扰攘、生灵涂炭的神州大地，极想依凭靠山，伸出双手去拯救水火中的苍生。得知有雄才大略的成吉思汗要召见他，他感到这是一个图谋进取的好机缘。他二话没说，即刻应召前往，以便使自己的盖世才华得以施展。有一首自咏诗可以表明他此时的心迹：

圣主得中原，明诏求王佐。
胡然北海游，不得南阳卧。

耶律楚材身材魁梧，髯长鬓美，极其勇武。回答成吉思汗的询问，更是声音洪亮而流畅。成吉思汗说道：“辽金世仇，我要为你洗雪国仇家恨。”耶律楚材的回答十分得体：“那是以前的事了。我的祖父已经入侍金朝，既然做了臣下，怎敢和君主为仇？”成吉思汗对他的回答非常满意，认为这个人重君臣之情，又遵守信义，是值得信任的。便把他留在身边，以备顾问。耶律楚材才学渊博，受到成吉思汗的宠信，并亲切地称他“长胡子”。耶律楚材此时想的是历史上董仲舒辅佐汉武帝以“文治”，使得汉家气势恢宏。如今，他也找到了这样的机会。

2 随军远征

成吉思汗十四年（1219年），蒙古军队在对自己的宗主国金国实施了一系列痛击之后，在军事上完全取得了主动。于是，除了仅用小股兵力继续对中原金地蚕食鲸吞外，集中精锐之师进行了有名的西征，攻打花剌子模国。

成吉思汗对西方的征讨早在1204年就开始了。那时主要是征服西辽国，1218年，成吉思汗最终灭掉西辽，使之领地尽归了蒙古。在征西过程中，中亚大国花剌子模曾与西辽结过盟，使蒙古与花剌子模两国结下怨仇。加之后来花剌子模国王摩诃末又背信弃义，杀死了蒙古派出的使者和骆驼商队，两国又生新恨。这旧恨新仇加在一起，使成吉思汗发誓，非灭掉花剌子模国不可。

在西征开始的前一年春天，成吉思汗专程派人到燕京，召请耶律楚材随军西征。耶律楚材十分激动，认为这是对自己的一个锻炼机会。因此，他即刻收拾好琴剑书籍，慨然上路。从燕京到成吉思汗的军营相距甚远，且路势险要。但所有这些，都未能阻止耶律楚材决心报答亲顾之恩、践平生壮志的宏伟心愿。他出居庸关，过雁北，穿阴山，越沙漠，经过一百余天的长途跋涉，最终如期到达了目的地。

成吉思汗西征出师的这一天虽时值夏六月，却忽然狂风骤起，阴云密布，转瞬间大雪飘飘。成吉思汗有些疑惧，不知此为何兆。于是立即把耶律楚材召至帐前，卜问吉凶。耶律楚材绝非庸俗的阴阳先生，他具有相当高的科学水平，他了解日月星辰运行规律，可以测知月蚀之期，可以修订历法。此刻，他没有简单地按大自然的规律去解释天象，而是以一位精明的政治家的思维，在解释这种天象时添加上政治内容。他巧妙地利用包括成吉思汗在内的蒙古将士对天文、星象知识了解很肤浅，又非常迷信的心理，以及蒙古军人对花剌子模国的行为义愤填膺、誓死雪耻的决心，毅然断言："隆冬肃杀之气见于盛夏，这正是我主奉天声讨、克敌制胜的好兆头。"成吉思汗希望的就是这种吉相。于是发十万大军离开也儿的失河（今额尔齐斯河），奔西南越过天山，向花剌子模国杀去。1222年，蒙古军占领了整个花剌子模国，占据中亚。可谓兵锋西指，所向无敌。

此次西征大胜，成吉思汗认为与耶律楚材的卜吉有关。从此，凡他出战，总是让耶律楚材随侍身旁，预测吉凶成败，参赞军政大事。耶律楚材也正是利用这种机会，运用自己的文韬武略，发表自己的真知灼见。

成吉思汗这个十分骁勇的"一代天骄"面对西征的赫赫战果，自然是崇武轻文。耶律楚材也明白这一点，意欲以文治国，那就应该不失时机地利用每一个"舞文弄墨"的机会，向君主灌输文治天下，绝不可轻视文士作用的道理。西夏人常八斤因善造弓弩而受成吉思汗的重用，这更增添了这位武夫的自恃。他不把文臣放在眼里，常常当着耶律楚材的面嘲讽说："国家正是用武之际，像你这样的儒者，到底有什么用处？"耶律楚材当仁不让，针锋直指地回敬他："制弓须用弓匠，制天下者难道不用制天下匠？"这机智的词锋、巧妙的辩诘，引起了成吉思汗内心的深思。是啊，光靠武士虽然可以夺得天下，然而"制天下"时还真得"制天下匠"不可。成吉思汗内心折服。此后，他便常对其子窝阔台说："此人（指楚材）是天赐我家，以后军国庶政，当悉委他处置。"

在进军花剌子模国过程中，耶律楚材曾力主并负责在塔剌思城（西辽都城虎思窝鲁朵西）屯田。这个地方是中西交通的要道，且土地肥饶，经济昌盛。这一改军事活动为恢复发展社会经济之举，对于只知道打仗、掠夺财富的蒙古军事贵族来说，意义重大。蒙古军也正是以此为基础继续西进的。

1223年夏天，成吉思汗回师驻军铁门关。据说当地人送来一只怪兽，独角，身形似鹿，尾巴同马，全身绿色，嘶鸣声咿唔又似人言。成吉思汗感到惊奇，询问耶律楚材。耶律楚材便从此次西征军事、政治目的均已达到，应尽快结束战事的大前提出发，依据古书上的介绍，借题发挥说："这种兽名叫角端，它的出现表示吉祥。它能作人言，厌恶生杀害命。刚才的叫意是大汗你应该早点儿回国了。皇帝是上天的长子，天下的老百姓都是皇帝的儿子，愿大汗秉承上天的旨意，保全天下老百姓。"成吉思汗听罢，立刻决定结束此次西征，班师回国。

3　才学初显

在成吉思汗西征之前，曾向西夏征发军队让其帮助西征，西夏拒不出兵，成吉思汗当时无暇征伐西夏，发誓日后一定要给予惩戒。当西征归途中，又获悉西夏与金国缔结和约，这无异于火上浇油。1226年秋，成吉思汗开始了对西夏的征讨，不到一年便灭了西夏。破城之后，蒙军众将士无不抢掠女子、财物，独有耶律楚材取书数部、大黄药材数担。同僚们对他的行为非常不解。不久，兵士们因历夏经冬，风餐露宿，多得疫病，幸得耶律楚材用大黄配制的药材救命，所活至万人，上下无不赞其慧眼独具，见识广远。

成吉思汗二十二年（1227年）的冬天，耶律楚材终于回到了燕京。在此前，蒙古国军事帝国效力于西土战事，对那些业已归顺蒙古的州郡缺乏完善的社会组织和法律制度，所以，派往各州郡的长官常常是任意掠夺、兼并土地，有的竟随意杀人。其中，燕京留守长官石抹咸得卜尤为贪暴，所杀示众之人头挂满了市场。面对如此混乱的国情，耶律楚材非常焦急。他从巩固蒙古国长期统治的大计着手，立即奏请成吉思汗下诏颁律，控制社会的混乱局面。禁令颁出，即：各州郡如果非奉盖有皇帝玉玺的文书，不得随便向人民征取财物；死罪必须上呈国家批准。凡违背此项命令的，其罪当死，决不轻饶。由于此法得体，切中时弊，且惩治条文分明，使贪婪暴虐之风有所收敛，社会秩序初步稳定下来。

这一年，成吉思汗病逝。按照蒙古的惯例，成吉思汗的四子拖雷获得其父的直接领地，即斡难河及客鲁连河流域一带蒙古本部，并且代理国政，是为元睿宗。

在睿宗监国期间，燕京城中社会秩序一度动荡。有一大批凶恶的强徒恃强暴夺，每天傍晚尚未天黑，这些盗贼竟拉上牛车径往富户人家掠取财物。若顺从听话，便掠财就走，如若稍有不从，就会惨遭杀戮，闹得人心惶惶，国无宁日。睿宗对此有所闻，认为只有耶律楚材才可以处理好这件事。于是，特遣耶律楚材和中使塔察儿前往究治。耶律楚材清楚，这些杀人越货之徒如此猖狂，谁也不敢阻拦追究，是大有来头的，处理起来会遇到很多麻烦，但他仍毅然前去查办。耶律楚材经过仔细侦查，很快便弄清了这些强徒都是燕京留后的亲属及一些豪强子弟。耶律楚材在掌握大量的证据基础上，斩钉截铁地将触禁者一一缉拿归案，然后拟出法办意见。此刻，这些恶徒的亲族都傻了眼，他们清楚耶律楚材执法不避权贵，又不屑钱财，要想减免刑罚，只有把希望寄托在暗中贿赂中使塔察儿上，以获得从轻发落。很快，耶律楚材便得知这一情况，他找到塔察儿，晓以大义，指陈利害。他指出此事并非个人恩怨，而是关系到社会的安定、国家的前途，若出以私心，处理得不妥，于君主与平民都无法交代。塔察儿听罢惊惧，深知有错，并情愿悉听楚材发落。耶律楚材见他知错能改，便继续同他一起对罪犯遂一审查，依法各有处置。其中16名罪恶昭彰、民愤最大的首犯被绑赴刑场，枭首于市。从此，巨盗绝迹，燕京秩序得以控制。

这两件事，在一定程度上表现了耶律楚材治国的才干，因而在高层统治集团中，更加增强了对他的信任。

1229年，睿宗拖雷已监国两年，依照成吉思汗的遗命，帝位应继传太祖三子窝阔台，但此时没有任何迹象表明拖雷将移权。作为一个有智谋的辅弼，耶律楚材清醒地认识到，汗位虚悬或错置，于国于民都不利。在最高权柄面前，古往今来，骨肉之间萁豆相煎之事并非罕见。除拖雷外，窝阔台还有个兄长察合台。此人向来性情缜密，为众人畏惧，也是汗位的有力竞争者。假若三人真的计较起来，彼此不让，结党营私，难免不会断送国运。所以，耶律楚材与窝阔台面议，商议尽快召开“库里尔泰会”，决议汗位。窝阔台嗣位，早经成吉思汗亲口布告，为什么还要召开大会，经过公认呢？这是因为，成吉思汗曾有一条制立的法制：凡蒙古大汗，如当新旧交续之时，必须经王族诸将，及所属各部酋长召开公会，议定之后方可继登汗位。

这一年秋天，成吉思汗本支亲王、亲族聚集克鲁伦河畔议定汗位的承继人。会议开了四十天，仍是议而未决。耶律楚材认为此事不可久拖了，便亲身力谏拖雷：“推举大汗，这是宗庙社稷的大计，应该早日确定。”拖雷仍说：“意见不统一，是否再等几天。”耶律楚材听罢，十分坚定地说：“此期不可变，一过此日，再也没有吉祥的日子了。”拖雷不好再拖下去，所以窝阔台就即了汗位。蒙古进入了太宗时代。

登基朝仪是耶律楚材精心拟制的。在此之前，蒙古族部落乃至蒙古国是没有朝拜仪式的。旧制简单，不足以表示尊贵。为了确保朝仪的顺利进行，耶律楚材事先选中了察合台亲王作为带头执行者。楚材对他说：“王虽是皇帝的哥哥，但也是个臣子，理应对皇帝以礼下拜。若你下拜，做了一个臣子应该做的事，那么就没有人会有异议了。”察合台觉得此话有理，在正式的登基大典上率领众皇族和臣僚跪拜于廷下。这样，耶律楚材一举除掉了蒙古国众首领不相统属的陋习，制定了尊卑礼节，严肃了皇帝的威仪。盛典进行得非常顺利。会后，察合台颇有感触，对耶律楚材称赞说：“你真是国家的贤臣啊！”

4　大局为重

蒙古帝国在成吉思汗时代才进入奴隶制社会，窝阔台即位以后，其管理的领域多数是已经进入封建社会的北中国。所以，这位少主在治理国家上显得力不从心，加上应兴应革的事太多，让其一时摸不到头脑。此时，全靠耶律楚材竭尽全力定国策、立制度，出台了一系列当务之急的法令，加速了这一民族的封建化进程。

在颁发法令之前，首先规定了既往不咎的政策。对那些因法律不明而误触禁网，按当时的老规矩必杀无疑的百姓们，不追究颁发政策前的法律责任，或给予从轻处置。这是抑制蒙古滥杀无辜行之有效的办法。同阁的一些臣僚嘲讽他，说此举实过迂腐。耶律楚材不为所动，力排众议，反复而耐心地把得民心者得天下的道理讲给太宗听，终得圣准。此项政策的实施，安定了人心。

接着，耶律楚材制定颁发了十八项法令，成为官民遵守执行的准绳，包括官吏设置、军民分治、赋役征收、财政管理、刑法执行等。这些采摭自中原的先进制度列为蒙古国策，可以说是历史性的决策，为后来正式确立的元代政治制度奠定了基础。这样，不仅遏制了军官的骄横不法，同时也打击了分裂割据势力，保证了国家政治上的巩固和统一。此项法令一直作为元朝的一项基本国策沿袭。

蒙古贵族崇尚武力，根本没有税制观念，他们看不到这样下去会兵强而国蹙。以近臣别迭为代表的人主张以牧业为主来保证国用，认为“汉人无补于国，可悉空其人以为牧地”。耶律楚材极力反对这种将燕京农业地区变成牧场的倒行逆施。他深知如今的蒙古国已是一个多民族的国家，应行汉法，大力发展农业，如果保守地强调畜牧，是狭隘的不合国情的落后政策。他干脆给太宗算了一笔账：“陛下马上要南征金国，军需从哪里而来？仅靠畜牧是远远不够的。假使发展燕赵的生产，以地税、商税，及盐、酒、冶铁税，外加山泽之利，可以获利五十万两银，八万匹帛，四十万石粮食，供给南征绰绰有余。这不远胜于变农为牧吗？”窝阔台经过认真思考，认为不无道理，便命耶律楚材全权筹划，立行征税制度。耶律楚材领旨后，即刻在河北一带建立十路征收税使，遴选汉或女真中德才兼备的士人，如选拔陈时可、赵昉等名儒充任。1231年秋天，窝阔台在云中行宫中面对十路课税使陈列在朝廷之上的金、银、帛、粟等税物十分高兴，这时他才真正懂得了耶律楚材力求行汉法的好处。他激动地对耶律楚材说：“你虽然没离开我左右，却能使国用充足。南国的臣僚中，有谁能比得上你？”耶律楚材谦虚地回答说：“南国的臣僚比我强的人很多。”窝阔台嘉其功劳，赐以美酒。当即下令任命他为中书令（宰相），把典颁、庶务的大权委托给他，且吩咐朝臣，政事不分大小都要禀报他。他自己也是有事必与耶律楚材商榷，以进一步权衡得失。

随着法制的健全和实施，国家日益兴旺发达起来。但那些自身权益受到侵害的豪强贵族们则到处散布谗言诽谤耶律楚材。有人说：“耶律楚材中书令援用亲旧，必有二心，应奏知大汗，斩杀此人。”耶律楚材听了并不与之斤斤计较，他坚信自己的言行是出于公心的。好在窝阔台自有明察，深责其诬。对于谣言传播最恶毒者原燕蓟留后长官石抹咸得卜，太宗命耶律楚材鞫审之。耶律楚材以国事为重，不把个人的恩怨放在心上，宽宏大度地奏请太宗日后再行处置。这种高尚的品德很受太宗的赞赏，私下对侍臣说：“楚材不记私仇，真是宽厚的长者。你们应当效法他的为人。”正是耶律楚材精忠为国，处处从大局出发，时时以社稷为重，殚思竭虑，而且长于韬略，才使得蒙古帝国迅速强大起来，政权也得以日益稳固。

5 助蒙灭金

窝阔台三年（1231年），蒙古国经过休养生息，国力日渐强盛，所以，窝阔台又把南征灭金的行动提上了议事日程。其实，南征这一思想，早在成吉思汗时就已确立。蒙古灭掉西夏，就是为吞并金朝而扫清外围。西夏已亡，既解除了蒙古的西顾之忧，又使金朝丧失了犄角之助。窝阔台认为时机业已成熟，便大举南进。

耶律楚材了解蒙军以往作战的陋习，凡攻城邑，拒守者城陷之时，不分军民，掠杀殆尽。随着南征日期的临近，他深感不安，认为滥杀无辜不但会使黎民百姓罹难，而且只会促敌拒降。临战前，他进谏太宗：为确保人民的生命安全，将河南一带的当地民众迁往山后，采金植田，让其远离战火。紧接着，又诏令金国逃难之民，降者免死。有人曾认为降者是危急则降，缓和便逃，还能补充敌人的兵源，实难赦免。耶律楚材以为不然，建议窝阔台制旗若干，发给降民使归本土，蒙古兵士不得侵害之。此举，不仅救活了无数的百姓，更重要的是消除了中原人民对蒙军的畏惧和敌视心理，为其顺利进军扫清了障碍。

窝阔台渡过黄河，占据郑州，遣将军速不台围攻汴京。金军用震天雷、飞火枪守御。震天雷是以铁罐盛满炸药，点火引爆，可穿透铁甲；飞火枪系以铁管注入火药，能烧伤十余步之敌。汴京攻守战历时十六昼夜，城内外死伤多达百万人。蒙军无速胜之法，金军无久守之志，双方于当年四月罢战议和。蒙军北退至河、洛，徐图破城之策。

窝阔台汗四年（1232年）十二月，蒙军思得良谋，遂派遣王檝赴南宋商议夹击金国。当时南宋虽然朝有忠直之臣，野有效死之士，但最高决策者畏葸厌兵，甘心日夜苟安，执行着北宋以来内紧外松的旧章法，致使朝政极度腐败，国势日渐衰颓，上下难为一体，竟如一盘散沙。蒙古对南宋政局的昏暗、衰败心明如镜，早已有蓄谋。只是出于灭金需要，暂行笼络利用。南宋却对蒙古估计不足，况且也无应对时局的良策，只是面对残局，胡乱应酬。当久专朝政的南宋丞相史弥远之侄史嵩之披露蒙军遣使消息时，朝廷多以为可借机报复金国宿仇。头脑清醒的大臣如赵范等人却不无忧虑，说："宣和年间，宋金海上订盟，其约甚坚，终究取祸，不可不鉴。"

所谓"宣和之盟"，是指北宋徽宗宣和二年（1120年），宋命大臣赵良嗣北行，约会方兴未艾的金国，夹攻辽国，口头约定功成之后，宋朝收复燕蓟失地。结果，五年之后辽亡；当年十月，金军背盟，南下侵宋，徽宗诚惶诚恐退位，其子钦宗即位；越一年，金人虏走徽、钦二帝，北宋灭亡。这可谓宋朝历史上的奇耻大辱。

时过仅百余年，应是殷鉴不远。连金哀宗完颜守绪也已洞察出蒙古野心，说："蒙古灭国四十，遂及西夏；夏亡遂及于我；我亡，必及于宋。唇亡齿寒，自然之理。"可是，南宋君臣多已忘记前车之鉴，再次重蹈覆辙。当年十二月，宋理宗遣人报使订盟。蒙古许诺待成功之后，可将黄河以南土地归宋。

蒙古得到南宋应援，当即再遣大将速不台围攻汴京。

第二年（1233年）正月，金国将领崔立发动"汴京政变"。这又是来自敌人营垒内部的响应，城陷指日可待。值此良机，速不台奏请窝阔台："金人抗拒持久，我军将士多有伤亡，待城陷之日，宜尽行屠戮。"耶律楚材听到屠城计划，急忙驰骑赶来入奏："将士暴露于野数十年，所欲得者无非是土地、人民。得地而无民，又有何用！"这已点到关键之处，可窝阔台仍然犹疑不决。谋臣的智慧是多方面的，楚材见以公论尚不足使窝阔台速下决断，便施了个假私济公的手段，巧借私欲来打动大汗，说："奇巧工匠、厚藏人家皆会萃于此地。一旦斩尽杀绝，大汗将一无所获。"窝阔台听了这一席话，被打动了，立刻准其所奏，下令只把金国皇族完颜氏杀掉，其余一律赦免。自此以后援为定例，遂废屠城之法。

四月，蒙军入汴京。当时为躲避战乱留居汴京者凡一百四十七万人，皆得保全性命。

六月，蒙军攻取洛阳，金哀宗完颜守绪走归蔡州（今河南省汝南）。

窝阔台汗六年（1234年）正月，金哀宗传位于宗室完颜承麟，是为金末帝。登基典礼刚刚完结，蒙、宋合兵攻入蔡州，完颜守绪自尽，完颜承麟为乱兵所杀，金国遂告灭亡。

河南初平，蒙军俘获非常多。还师之日，逃亡之人十有七八。窝阔台汗立下禁令：凡逃亡之民以及收留资助者，灭其全家，乡社连坐。于是，逃者不敢求舍，沿途不敢留宿，以致饿殍遍野。耶律楚材念及民情，又从容进谏："河南既平，民皆大汗赤子，又能逃到哪里？为什么因一俘囚，连坐而死数十百人？"窝阔台幡然悔悟，遂撤销此禁令。

金亡之后，西部秦、巩等二十余州久未能克。耶律楚材献计说："往年蒙军获罪，多有逃往此地者。因恐新旧二罪并罚，故以死拒战。倘若许以不杀，将会不攻自灭。"窝阔台下诏赦免逃亡旧罪，又宣布废弃杀降之法，诸城接连请降。这可谓善战者以攻心为上。

6 施政受阻

耶律楚材经常重复他的一句名言："兴一利不如除一害，生一事不如省一事。"他也是遵照这一原则从政的。

自窝阔台汗二年初定征税之制，至窝阔台汗六年灭金，四年之间，税收逐年增加。及窝阔台汗十年（1238年），每年课银多达一百一十万两。

在此期间，富人刘忽笃马、涉猎发丁、刘廷玉等欲以一百四十万两银"扑买"（承包）天下课税。蒙古君臣急功近利，本拟恩准。作为政治家、理财家的耶律楚材却深知民力、财力均有限度，若超过度，必会变利为害，转福为祸。为此，他谏阻说："这种人皆贪利之徒，欺上虐下，为害甚大。"这次，幸喜窝阔台纳谏，停止此议。

到了窝阔台汗十一年（1239年），译史安天合为谄媚右丞相、回鹘人镇海，引荐回鹘商人奥地剌合蛮"扑买"天下课税，数额增至二百二十万两。窝阔台终于利欲熏心，将一国课税转手出卖给臣商。为此，耶律楚材再次极言进谏，以致声泪俱下，辞色甚厉。窝阔台难以忍受楚材的激烈言辞，竟扼腕攘臂，气急败坏地说："你难道要搏斗不成？"楚材见大汗失态，才不便强争。稍停之后，窝阔台语带讥讽地说："你要为百姓一哭，我却要试行此法。"楚材已知无能为力，喟然长叹说："民之困穷，将自此始！"诚如楚材所料，把国家财政命脉交给回鹘商人，他们必将以成倍的数额压榨百姓，人民势必陷入穷困境地。

7　南下伐宋

窝阔台汗六年（1234年）正月蒙古灭金之后，长城内外结束了三权鼎立局面，形成了大江南北的蒙、宋对峙，势态更见明朗，而斗争日趋激烈。在这个政治棋盘上谁主沉浮，要看双方执政者的眼光和韬略。

同年六月，宋将赵范、赵葵建议收复三京（东京汴京、西京洛阳、南京商丘），倚黄河天险和各处关隘抵御蒙军。因有右丞相郑清之附议，是月宋兵入汴京；七月，入洛阳。

赵、郑诸人意在收复国土，其志可嘉，可惜不得其时。一则蒙、宋军力、财力对比过于悬殊，二则南宋君臣无心作战。当时，参议官邱岳就曾劝阻赵范，说："方兴之敌，新盟而退，正值气盛锋锐，岂肯捐弃所得以予他人！我师若往，彼必突至，非但进退失据，开衅致兵必自此始。况且千里长驱以争空城，既得之后当勤傀饷，否则，后患无穷。"乔行简等大臣也担忧"机会"不合，岁饥民穷，国力不堪，外患未必除，内忧或从起。说："规恢进取，必须选将练兵，物用丰足；而今将乏卒寡，财匮食竭，臣恐北方未可图，而南方已先骚动。"

这些朝议虽表现出南宋君臣向来存在的畏敌心理，却也反映了一定的客观事实。南宋到了这般地步，已是进退两难，和战无门。即使有一两个出类拔萃的栋梁之材，值此大厦将倾的时刻，也无回天之力。如无十数年甚至几十年恢复、振兴，是无济于事的。

果然不出邱、乔等人所料，蒙古得知汴京、洛阳军报，立即为其蓄谋已久的对宋战争找到借口，旋命塔思率军南下。同年八月，宋军终因粮草不济，兵溃两京，所复州郡皆为空城，再次落入蒙军手中。

窝阔台汗七年（1235年），南宋派遣程芾交通蒙古，欲约和好。但是，战场上失去的东西，绝难在谈判桌上找回来。蒙古利用此时机，加紧制订灭亡南宋的计划。

蒙古君臣朝议征服四方之策，有人提议：遣西域回族征江南，遣汉人征西域，利用民族间的矛盾心理，使之两相屠杀，交互制御。耶律楚材权衡利弊，提出自己的见解："中原、西域相去辽远，未至敌境，人马疲乏；兼之水土失宜，将生疾疫。宜各从其便。"结果又从楚材之议，遣阔端、曲出等攻南宋；命拔都、速不台、蒙哥等征西域；命唐古鲁火赤伐高丽。

蒙古以其巨大的兵力和高昂的士气，征伐孱弱、松散的周边诸国，犹如摧枯拉朽。几十年间，南宋便倾败于蒙军铁骑之下。

8　抱恨长辞

窝阔台汗十三年（1241年）。在蒙军南进节节胜利的时刻，蒙古历史上的一代杰出帝王窝阔台突然卧病不起。

皇后精神恍惚，召问耶律楚材。楚材趁此机会，再次借天命以尽人事，抒发自己的政见："如今任使非人，卖官鬻爵，囚系无辜甚多。古人一言而善，荧惑退舍。请赦天下囚徒。"皇后一心要救治窝阔台，来不及再说什么。楚材却怕窝阔台日后后悔，又说，"非君命不可。"一会儿，窝阔台稍稍苏醒，楚材同皇后一起入奏，请求赦免无辜罪人。事关为己祈福，窝阔台当即准奏。其时，他已口不能言，只是连连点头，表示首肯。楚材不敢耽误，连夜去宣读赦书。

不久，窝阔台渐渐痊愈。这年冬天十一月四日，性喜田猎的窝阔台又要骑马负弓，驾鹰牵犬，出郊竞射。耶律楚材念及大汗年事已高，身体尚未恢复，更担心游猎无度会妨害政事，便借演论术多次极言谏阻。左右侍臣却怂恿说："不骑射，无以为乐。"终于窝阔台连续疯狂驰骋五日，死于外地行宫。

当初，窝阔台留有遗诏，待他过世之后，以其孙失烈门（养子曲出之子）为嗣。如今窝阔台一死，第六后乃马真氏立召耶律楚材，征询汗位承继之事。楚材知有先帝遗命，说："此非外姓之臣所应过问，自有先帝遗诏，望能遵嘱而行。"乃马真氏不从，竟然自己临朝称制。耶律楚材一时难以阻止，只得徐图良策。

乃马真后崇信奸邪，作威作福。回鹘巨商奥都剌合蛮用重贿买通乃马真后，得以专政用事，权倾朝野。廷臣畏惮此人，或缄默不语，或趋炎附势。

耶律楚材早在奥都剌合蛮承包课税时，就已预见到奸商干政的祸害，并曾拼死力阻。如今看到苦果酿成，五内俱焚，只好舍命面折廷争，言人所难言。亲朋见此状均为他提心吊胆，可他只为国运着想，其他的皆置之度外。

乃马真后二年（1243年），又有所谓“天变告警”，出现了“荧惑犯病”的星宿运行现象。时当忌辰，耶律楚材先行稳定众心，免致扰攘。不久，朝廷有兵事。因变起仓促，乃马真后下令分授兵甲，挑选心腹，甚至要西迁而避祸乱。楚材进谏：“朝廷为天下根本，根本摇，天下将乱。臣观天道，必无大患。”有了这个定心丸，数日之后，上下安然如旧。

之后，朝政紊乱，国事日非。乃马真后竟将国家御宝大印交予奥都剌合蛮，并给他朝廷空白信笺，使他随意填写，擅发政令。耶律楚材反抗说：“天下本是先帝的天下，朝廷自有宪章，今欲紊乱制度，臣不敢奉诏。”经他强争，此事遂告中止。

不久，乃马真后降旨：“凡奥都剌合蛮所建白，令使倘若不书，斩断其手。”耶律楚材又站出来，凛然谏诤说：“国家典故，先帝悉委老臣，令使又有何责？事若合理，自当奉行；如不可行，死且不避，何况断手！”乃马真后不高兴，楚材辩论不已，竟大声陈词：“老臣事太祖（成吉思汗）、太宗（窝阔台）三十余年，无负于国，皇后怎么能无罪杀臣？”乃马真后虽然怀恨在心，却因他是先朝勋旧，孚望朝野，不能不敬畏三分。

作为一个忠正老臣，久见朝纲难申，未免忧思伤神。积年累月，耶律楚材终于忧愤成疾，于乃马真后三年（1244年）抱恨长逝，卒年55岁。

耶律楚材当政之年，一向廉洁自律，所得俸禄时常分与亲族，以表资助，却不肯私授亲旧官职。他说："睦亲之义，但当资以金帛。若使从政而违法，我不能徇私恩。"

耶律楚材去世后，有人诬陷说："楚材在相位日久，天下贡赋，半入其家。"乃马真后命近臣检视其家，仅见十几把琴阮（阮为古琵琶中的一种，形似月琴），另有古今书画、金石、遗文数千卷。至此，人们更赞叹其廉。

耶律楚材生前多有诗文写作，后人代他结集为《湛然居士集》。

元文宗至顺元年（1330年），因耶律楚材有佐运经国立制之功，元代立国规矩多由他奠定，追赠他为太师、上柱国，追封广宁王（一说懿宁王），谥号"文王"。

耶律楚材对蒙古立国中原有卓越贡献，为护佑中华民族建立了不朽功业。因此，他死时，蒙汉人民哀恸不止。后人对他的评价也极高，甚至以周朝的周公、召公作喻。清朝乾隆年间，为褒贤劝忠，在今北京颐和园为他建祠塑像。

（十四）

诸葛安石堪相比

——张居正

1　少年得志

张居正的祖先是安徽凤阳定远人，是朱元璋部下的兵士。曾随大将军徐达平定江南，立功浙江、福建、广东，授归州长宁所世袭千户。其后，张居正的曾祖父张诚由归州迁到江陵，张居正的祖父张镇为江陵辽王府护卫。张居正的父亲张文明曾先后7次参加乡试，但均落榜。

嘉靖四年（1525年）五月初三，张居正降生在江陵。其时，曾祖、祖父、父亲均健在。刚一出世的张居正即被全家视为掌上明珠，爱护备至。无论是生活和启蒙学习方面，张居正都得到特殊的关照，5岁时即被送到学校念书。由于张居正天资聪慧，学习用功，因此不到10岁就懂得经书的大义，出口成章，诗词歌赋信手拈来。

嘉靖十五年（1536年），12岁的张居正以才华出众考中头名秀才，成为名震荆州的小秀才。

嘉靖十六年（1537年）中秋八月，恰逢三年一度的科考。正是鹅黄绿肥、黄花满地的日子，天高气爽，万里无云，武昌城内，来自府县的学子云集一起，车水马龙。

此次秋闱如此隆重，与湖广巡抚顾璘的重视不无相关。这位当朝有名才子三年前赴任湖广，恰逢他在任的第一次秋闱，心情自然格外激动。他真希望全省莘莘学子俱各怀绝学，奋力考出优秀成绩，也不枉他勤勉为政的心血。倘能出一两个经天纬地之才，国家幸甚，桑梓生辉，他脸上也生辉！

这天早上，考场考官们开始阅卷。顾璘闭门谢客，独坐花厅，等候结果。忽然他脑子里猛然想起一件事来，一年前本省学政告诉他说，荆州发现一少年才子，名叫张居正，12岁应考便以头名得中秀才。顾璘独自揣摩，不知这位少年张居正会不会来应试呢？

这时，监试御史兴奋地跨进门来，急忙向顾璘汇报："此次秋闱可谓硕果累累，人才了得！"随手将一摞试卷递了过来。

顾璘急忙问："御史大人，将要录取的头名是谁？"

"想你巡抚大人绝料不到，竟是一个13岁的少年秀才，名叫……"

"名叫张居正！对吗？"顾璘忙抢着说。

监试御史很是惊讶，只见顾巡抚放声大笑："我已有先见之明！"他随即抽出张居正的试卷仔细品阅，横挑细查，见其果然气度恢宏，辨析严谨，丝丝入扣，一股凛然才气跃然纸上。

顾璘不禁拍案叫绝，立即派人召来了张居正。

只见张居正唇红齿白，眉清目秀，方巾儒服，气度不俗。顾璘打量很久，顿生爱怜之意。

"张居正，你年未弱冠，我且问你，长大以后有什么志向？"顾璘问。

张居正眼神机敏清亮，略加思忖，亮开稚音回答说："学生常听父母言及，昔先曾祖平生急难振乏，尝愿以其身为蓐荐，而使人寝处其上。使其有知，绝不忍困其乡中父老。学生当以先曾祖为榜样，宏愿济世，不仅以身为蓐荐，即有欲割取吾耳鼻，当亦乐意施与！"

顾璘大为惊异，想一13岁少年竟有如此大论，心中暗暗叹服。他又手指厅外院墙边一丝翠竹说："你可否以竹为题，即刻作一首五言绝句？"

张居正凝神视竹，略加思忖，未等顾璘一口茶呷完，他已念出来：

绿遍潇湘地，疏林玉露含。凤毛丛劲节，只上尽头竿。

顾璘一时呆愣在那儿，好半天才回过神来。他坚信张居正乃将相之才，将来必能成大器，因此连连点头。不过他又觉得张居正年纪太小，如果此次让他中举，他是否会骄傲自大而误了前程呢？倒不如先不录取他，再刺激一下他，使其能更加奋发读书、才具老练，今后必将前途无量。

于是，尽管张居正考试成绩名列前茅，却在这年的科举考试中未能如愿以偿。

三年后，英姿焕发的张居正又参加了乡试，毫无悬念地中举了。16岁中举，在当时也是少有的，许多人都很欣羡他、夸奖他。张居正并没有自满，他特地去晋见顾璘。

顾璘非常高兴，解下自己身上的犀带送给张居正，感慨地说："古人云，大器晚成，此为中才说法罢了。而你并非中才，乃大才。是我延误了你三年功名，直到今天才中举。你千万不能自满，再不求进取了。"

张居正谦恭地作揖说："感激您的教导。大人实乃学生的再生父母，指点之恩没齿不忘！"

顾璘见张居正很理解自己，非常欣慰，不由得谆谆嘱咐说："我希望你抱负远大，志向高洁，要做伊尹、颜渊，万不可只做一个少年英名的秀才，一个仅会舞文弄墨、歌风吟月的腐儒！要记住你的济世宏愿！"

张居正万分感激，眼中闪着激动的目光，再次向顾璘深深拜谢……

2　初入官场

嘉靖二十六年（1547年），张居正23岁中二甲进士，授庶吉士（见习官员，三年期满，例赐编修），步入官场，开始登上政治舞台。

这时的朝廷，内阁大学士是夏言、严嵩二人。严嵩并无特殊才能，只会谄谀媚上，以图高官厚禄。为了夺取首辅的职务，严嵩和夏言发生了尖锐的斗争。严嵩表面上对夏言谦让有礼，暗中却陷害报复他。夏言是个很有抱负的首辅，他任用曾铣总督陕西三边军务。当时，蒙古鞑靼部盘踞河套地区，时常南下进犯，烧杀抢掠，为非作歹。曾铣在夏言的支持下，提出了收复被蒙古人占领的河套地区的计划。河套地区东西北三面濒河，南面临近榆林、银川、山西的偏头关等边镇，土地肥沃，灌溉便利，适宜农桑。控制河套地区，对于明朝北面的边防有着重要的意义。曾铣率兵屡败敌人，得到明世宗的赞赏和支持。可是，严嵩为了报复夏言，利用明世宗恐惧蒙古鞑靼军的心理，攻击夏言、曾铣等收复河套地区的计划是好大喜功、穷兵黩武。这时，恰巧宫内失火，皇后去世，世宗崇奉道教，认定这是不祥之兆。严嵩趁机进谗言说："灾异发生的原因就是由于夏言、曾铣等要收复河套地区，混淆国事造成的。"昏聩无能的明世宗信以为真，立即下令将夏言罢职，曾铣入狱。内阁中凡支持收复河套地区计划的官员分别给予贬谪、罚俸和廷杖的处分。之后，鞑靼军进犯延安、延川等地，严嵩又抓住这一机会，给世宗进言说，鞑靼军是因为曾铣要收复河套地区而发的兵。世宗又按开边事之衅罪把曾铣处死。害死了曾铣，夏言还在，严嵩不把他置于死地是无法安心的。数月后，鞑靼接连进攻大同、永宁、怀来等地，京师告急，世宗急得团团转。这时严嵩又诬告说，这完全是夏言支持曾铣收复河套引来的祸患，又捏造了夏言曾经受贿的罪行。结果，夏言也被世宗处死。夏言一死，严嵩便爬上了首辅的职位，完全掌握了内阁大权。

张居正作为一个刚刚登上政治舞台的新科进士，根本无法左右当时的政局。不过，通过朝廷内一次又一次争权夺利的斗争，使他认识到时局的腐败。嘉靖二十八年（1549年），张居正写了一篇《论时政疏》，系统地论述了他改革政治的主张。这是他第一次疏奏，首次展现了他试图改革的思想。然而遗憾的是，并未引起严嵩和世宗的重视，这篇奏疏没有被采纳。

嘉靖二十九年（1550年）六月，鞑靼进犯大同。宣大（宣府、大同）总兵仇鸾是个草包，他的总兵官职是用重金向严嵩买来的。所以，面对敌人的进攻，他心惊胆寒，无有良策，只好向敌方送去重金，乞求人家不要进攻自己的防区。鞑靼收受重礼后，挥兵东进，相继攻占北口、蓟州，直逼通州，京师告急。明世宗吓得胆战心惊，遂下诏勤王。仇鸾为了邀功，以赢得世宗欢心，主动增援。世宗命其为平虏大将军，节制各路兵马。由于各地军队日夜兼程直奔京师，所以粮食无法自带，负责粮饷的户部不能及时拿出钱粮，使明世宗异常愤怒，一气之下，罢免了户部尚书李士翱的官职。

敌人直逼城下，明军被围在城中无计可施，只能眼睁睁地看着敌人在城下烧杀抢掠、胡作非为。兵部尚书丁汝夔迫于手下将士要出城杀敌的压力，连忙向严嵩请教。严嵩对他说："不能出城和敌人交战。我们在边塞上打了败仗还可以向皇上隐瞒实情，可是眼下在皇上的鼻子底下，万一吃了败仗，皇上怪罪下来，你我如何交代呀！"因此，尽管有许多大将要求和敌人作战，都被一一驳回，丁汝夔哪敢违背严嵩的意旨！鞑靼兵在城郊掠夺了大批财物，又见京城久攻不下，遂回师西去。平虏大将军仇鸾这时又要起了他的小聪明，他命手下杀了几十个老百姓，把他们的头割下来向皇上请赏，被封为太保。

尽管敌人退去，但生性多虑、心胸狭隘的明世宗仍觉得很不是滋味。想自己堂堂大明皇上，竟被小小的鞑靼人囚困于京城，简直是天下奇辱。由于这一年是庚戌年，所以历史上把这一事件定为“庚戌之变”。明世宗怒气难消，把这一切全怪罪于兵部尚书丁汝夔的身上，斥责他治军无方，退敌无策，坐以待毙，贻误战机，并下令将他逮捕归案。丁汝夔预感事态严重，遂向严嵩求救，严嵩对他说：“你不用担心，只要有我在，保证你不会死的。”谁知过了不长时间，丁汝夔即被杀害。当面向丁汝夔许下诺言的严嵩为了迎合皇上，保全自己的地位，哪里还顾及得了去救别人呢?

“庚戌之变”时，张居正就在京城里。他亲见了所发生的这一切事件及其内幕，对严嵩的误国卖友行径深恶痛绝，对仇鸾之流弄虚作假、欺上瞒下的丑恶表现极为愤怒，深深地感受到奸臣当道、官吏腐败、政治黑暗，自己的政治抱负和远大理想在如此环境下怎能得以实现？对此，他已心灰意懒，无意再留在京师。嘉靖三十三年（1554年），张居正借口请假养病，毅然离开北京回到故乡江陵。

3 仕途多舛

张居正在江陵一住就是3年。在这期间，张居正并没有停止为实现抱负而做的努力，他深入实际进行调查研究，详细地分析和了解民间所存在的各种问题，从而对时弊的认识更加深刻，改革的方向更加明确，改革的决心更加坚决。

嘉靖三十六年（1557年），张居正怀着革新政治的理想，由江陵再次回到北京，再次投入激烈争斗的政治漩涡中，他决心为实现自己的改革目标乘风破浪、披荆斩棘地大干一番。

嘉靖三十八年（1559年）五月，徐阶晋升为吏部尚书，第二年又由少傅晋升为太子太师。张居正亦由翰林院编修（正七品）晋升为右春坊右中允（正六品），兼国子监（相当于国立大学）司业（相当于副校长），高拱为国子监祭酒（相当于校长）。这时严嵩与徐阶的矛盾日益激化。由于严嵩年事渐高，工作中常常出现漏洞，世宗皇帝颇为不满，严嵩遂渐渐失去宠信。一次，皇上问方士蓝道行："谁是朝中的奸臣？"蓝道行说："严嵩是最大的奸臣，留待皇上正法。"之后当御史邹应龙上疏揭发严嵩父子罪行时，世宗帝便毫不留情地把严嵩罢职。

严嵩垮台后，徐阶继任为内阁首辅，张居正欣喜若狂，笑逐颜开，为一个新时代的到来而激动不已。因为徐阶是张居正任庶吉士时翰林院掌院学士，在翰林院的名分上，徐阶是张居正的老师。徐阶对张居正的为人处事和聪明才智也很欣赏，对张居正寄予很大的期望，把其视为国家的栋梁之材。张居正也竭尽全力辅助徐阶工作，二人真是相得益彰。嘉靖四十五年（1566年），明世宗逝世后，徐阶和张居正又以世宗遗诏的名义，革除弊政，平反冤狱，颇得人心。

明世宗逝世后，隆庆帝即位。第二年二月，张居正晋升为吏部左侍郎兼东阁大学士，入阁参与机要政务。这时高拱因为与徐阶不和而离开内阁，所以朝廷大事总体上均由徐阶和张居正管理。张居正如鱼得水，使自己的聪明才智得以尽情发挥，令朝中官员另眼相看。

这是一个烦闷的仲夏之夜，入阁之后满怀鸿鹄之志的张居正坐在书案前沉思默想，不时汗流如注。蚊虫噬咬，他却全然不顾，一心只想着要将自己的肺腑之言敬献给皇上。直到子夜时分他才考虑成熟，便欣然下笔。先写《省议论》，他痛切地指出："朝廷之间，议论太多，或一事而甲可乙否，或一人而朝由暮跖，或前后不觉背驰，或毁誉自为矛盾，是非淆于唇吻，用舍决于爱憎，政多纷更，事无统纪。"接着又写《核名实》，他厌恶那些自己不做事，唱高调"世上无人才"的人，认为其所以有此印象，是因为对文武群臣"惟名实之不核，拣择之不精，所用非其所急，所取非其所求"，所以才造成了是非混淆、赏罚不明的状况。他恳切要求皇上无论对任何官员，都要"以功实为准"，在使用上不能"眩于声名，抱于资格，摇之以毁誉，杂之以爱憎"，更不能"以一事概其平生，以一错掩其大节"……他一写而不可收，洋洋洒洒，又一口气写出了《振纪纲》《重诏令》《固邦本》《饬武备》，共计六件大事，遂题名为《上陈六事疏》。直写到东方现鱼肚白，他亦毫无倦意。

张居正一心想为国家社稷贡献自己的才智，谁知他那肺腑之言，换来的只是昏聩无能的隆庆皇上几句不冷不热的话："览卿奏，俱深切时务，责部、院议行。"一切再无下文了。

隆庆二年（1568年）七月，徐阶在举筹失措中被迫归田，高拱再次入阁兼掌吏部，执掌了内阁大权。高拱这个人是非兼半，他有值得称赞的一面，也有令人憎恶的一面。高拱最大的优点是非常重视发现和培养起用人才，尤其是善用德才兼备的年轻人。他考核官员，唯以政绩为准，从不问出身和资历，而且在选派官员时特别注意年龄和健康。他规定凡50岁以上者，均不得为州县之长，不称职者立即除去。他当政时起用了一批优秀人才，张居正就是其中之一。尽管张居正和徐阶关系暧昧，而除阶又是高拱的对头。

但是，高拱为人傲慢，刚愎自用，又很不善于听取下级的意见。因此，张居正虽然有幸在内阁任职，但有高拱在他之上，他想施尽才华大干一场又是一件非常困难的事情。

4 坐收渔利

公元1572年，隆庆帝因荒淫无度，早朝之时虚火攻心，一病不起。太监口传圣旨诏文渊阁大学士高拱、张居正、高仪入宫受命。

三位大学士匆忙入宫，只见皇上面如土色，陈皇后与李贵妃愁容满面，悲哀难忍，年仅10岁的太子翊钧肃立在御榻旁边。

秉笔太监冯保宣读诏书："朕嗣统方六年，如今病重，行将不起，有负先帝重托。太子正值幼冲，一切托付卿等，宜协辅嗣皇，遵守祖制，则社稷之功也。"

三人喉头哽咽，强忍悲痛，叩头谢恩，回文渊阁中等候消息。

三人在阁中坐定，一时间沉默无语。"二位阁老都在想什么呀？"高拱的嗓门向来粗声大气，张居正突然一惊，抬头望望高拱那咄咄逼人的目光，木讷地说："没想什么，无非是为皇上担忧而已……"

"我有一言说在前头，请二位三思。值此多事之秋，我等同受顾命，任重道远，理当精诚合作，同辅幼皇治理天下，断不可怀有二心！"高拱语气激昂地对张居正和精神颓废的高仪提出警告。

张居正不觉有几分悲愤，心中暗说："好不晓事！急着排异，为着什么来的呢？"他不会忘记，高拱现在权倾朝野，生性好斗，短短的几年里，他就先后赶走了四位大学士，那气概确乎非凡。

张居正知道高仪才干平庸，又是高拱推荐入阁的，刚才那警告，很明显是冲自己来的。他此时只有忍耐。他稳定一下情绪，转过头来，见高拱仍在盯着他看，遂以极诚恳的语调对高拱说：“首辅尽可放心，一切仰首辅筹划。居正不才，愿与首辅通力协作，共度艰危，此乃国家大幸矣！”

但高拱万万没有想到，与他作对的并不是张居正，而是大太监冯保。张居正也不曾意识到，自己竟渔翁得利。这一切均发生在隆庆帝驾崩之后。

隆庆帝逝世后，10岁的太子即将成为新的皇上，冯保可谓扬眉吐气，他要好好整治高拱。

原来，冯保本来在内宫仕途上一帆风顺，很快被嘉靖帝提升为秉笔太监。后来，掌印太监出缺，冯保自信该由自己顶补这一最高职务，想不到首辅大学士高拱偏偏在皇上面前举荐了平日他最瞧不起的陈洪，后又举荐了孟冲，冯保气得要死，他认定这是高拱故意给他难看。好在皇上短命，他因相伴太子，因此与皇后、李贵妃过从甚密，故而随着太子的登基，他也一下子从幕后走到了台前。

冯保开始发挥自己的聪明才智和雄辩的口才，与高拱展开了一场暗中较量。他向皇后及贵妃推荐张居正，贬低高拱。又千方百计地为自己升为掌印太监铺平道路，讨得了皇后及李贵妃的欢心，她们对他真可以说是言听计从。

太子朱翊钧继承帝位后，改年号为万历。在冯保的左右下，张居正不断得到提拔，而高拱明显地感到内宫对他不信任，于是他决定和冯保决一死战。

冯保顺利地当上了掌印太监，又兼东厂督主，可谓宫内、宫外大权在握，因此他根本不把高拱放在眼里。张居正目睹冯、高二人的争权夺利，预感到朝廷又要有一场暴风雨来临了。张居正心如火焚，坐卧不安，满怀一腔愤怒之情无处发泄。对内宫太监们一贯阴险狠毒之性，他是深恶痛绝的。可是外廷臣僚之间的尔虞我诈之性，他又何尝心安理得？从他入朝起，便见到夏言的被杀、严嵩的垮台、徐阶的离去、高拱的复出……他本想兴利除弊、扶正祛邪，有一番作为，以酬青云之志，却又遇到高拱刚愎自用、不容他人。隆庆帝刚刚驾崩，又要有一场尔虞我诈的争斗展开了……他知道自己无法左右这些，于是他决定不去参与，顺其自然，以静制动。

最终，高拱与冯保的争斗有了分晓。这天一上朝，就见御前太监上前一步急忙宣布："两宫太后和皇上有特旨在此，文武群臣细听着！"

接着，由冯保展旨，高声诵读："告尔内阁五府六部诸臣！大行皇帝宾天先一日，召内阁三臣至御榻前，同我母子三人，亲授遗嘱曰：'东宫年少，赖尔辅导。'今有大学士高拱，专权擅政，威福自专，通不许皇帝主管。不知他要何为？我母子日夕惊惧，高拱着回籍闲住，不许停留……"

真如晴天霹雳，高拱恼羞成怒、又恨又急，从脚下到头顶渗出阵阵冷汗，差点儿没昏过去。

张居正望着高拱远去的背影，一股悲凉之感顿时胀满全身，在听旨之初他或许还颇觉暗喜，可此时，他已说不清是喜是悲，抑或是忧，他的思绪变成了一匹野马，在狂荡地无目标地胡乱驰骋。

高拱被罢了官，高仪不久也谢世，剩下张居正一人独守文渊阁，独挑了首辅的重任。

十年寒窗，坎坷升迁。一生功名所求，现已达到了巅峰，真可谓一人之下，万人之上。可一旦权柄在握，张居正反倒有些茫然了。他清醒地知道自己所处的位置将会是旦夕祸福的险境，是生拼死夺的战场。凡行事做人，当更加小心谨慎。

自然，张居正心中也充满着实现夙愿的喜悦和整治朝政的壮志。踌躇满志之情与优柔慎微之心兼而有之，倒使得张居正处理事情时相得益彰，既有深思熟虑的见地，又不乏义无反顾的勇气。

5 教辅幼主

明神宗朱翊钧当皇帝时年仅10岁，所以皇帝的教育问题成为内阁首辅张居正的头等大事。

张居正深感教育好一个皇帝是一件利国利民的大事，于是他自己毅然肩负起教育小皇帝的责任。他每日除安排好功课外，还专门为万历帝讲解经史；将每日早朝改为每旬三、六、九日上朝，其余时间均安排给万历攻经读史；又请李太后移居乾清宫，让其与万历同住，以便朝夕照料，调理管束。

万历读书的地方叫文华殿，坐落在紫禁城东部，为历代皇帝就读省事之处。

10岁的万历帝，尽管身已为人主，心则终属顽童。他爱玩、爱闹，天性活泼，兴趣广泛。可当了皇帝，一切不能任性而为。严厉而令人敬畏的张居正先生不仅亲自为他讲解经史，而且还为他任命了五个讲经说史的老师，两个教书法的老师，为他修订了厚达一尺多高的讲义。每日上午，他要学经书、书法、历史。这其中，还要在冯保和其他宦官的帮助下，把当天臣僚们上奏的本章一一亲览，在张居正“票拟”旁边用御笔做出批示。他有时觉得很有趣，尽写些“如拟”“知道了”一类的字，如同练习书法……吃过饭后的时间他本可以自由支配，却仍不敢松懈半分，因为李太后和冯保嘱咐他要温习功课，第二天必须把所学的内容背诵出来。如果准备充分，背书流利，张居正先生就会赞颂天子圣明；如果背得结结巴巴或读出别字错字，张居正便会以严师的身份加以训斥，使他感到惶恐。

在这样严厉的督导下，万历的学业自然不断长进，然而他的天性也日渐受到压迫。登位不过六个月，他似乎已尝到了皇帝不好当的滋味。

转瞬已是第二年正月，春回大地，花信伊始。再过三天就是上元节了，万历记起父亲在世时，每逢上元日，便会牵着他满宫转悠，那遍地的烟火、新奇的宫灯，把紫禁城照耀得如同白昼，令人叹为观止、流连忘返。如今正值自己登位正式起用万历年号的头一年，一元伊始，万象更新，自己为什么不趁机热闹一番，轻松轻松？

想到这里，他不觉心旌动摇，手握朱笔，字斟句酌，拟出一道手谕，要宫中精心布置，广扎彩灯，庆贺新元，并要为李太后整修行宫，以表节日不忘思孝之意，如此等等。写完，他反复看了几遍，自觉非常满意，自登基以来他第一次发号施令，感到很激动，不觉手舞足蹈起来。他叫随侍太监将自己的手谕立即送交文渊阁。

不到半个时辰，只见张居正匆忙赶来。一见面，就问万历帝：“刚才的手谕真是陛下之意吗？”

万历见张居正面色庄重，吃了一惊，不知自己办错了什么事，讷讷回答说：“是……是朕本意。先生以为有何不妥吗？”

“陛下有所不知。本朝自嘉靖、隆庆以来，国库日见匮乏，每岁收入仅二百五十万两，而支出却高达四百万两，如此入不敷出，足见国体倾危，生机凋敝，当全力开源节流，以图振兴朝政。陛下应力戒浮华虚荣，厉行廉洁节约，以作全国之表率。”

万历被张居正一番话说得无话可答，他认识到手谕必定是下不成了，心里很有些不舒坦。可张居正是首辅大人，又是自己的老师，那道理讲得有根有据，天衣无缝，不舒服也得听，于是他赶忙说：“就依先生所言，朕即刻收回成命。”

“若得如此，实乃社稷苍生之福。”张居正有些激动，他从内心暗暗叹道：真是个明事理、晓大义的幼皇啊！

转眼暑天渐过，已是鹅黄蟹肥了。

万历勤学苦读，孜孜不倦。除了一早一晚在乾清宫起居，大部分时间全消耗在文华殿中。

张居正作为老师，为了让皇帝学得快点儿、好点儿，就根据皇上的年龄特点，亲自编撰了一部《历代帝鉴图说》供皇上学习。这部书里写了历代皇帝的故事，分成好的和坏的，一共117件，每件事前边画一幅图画，图画后面有文字解说，如同一部通俗的连环画，图文并茂，好读易记，小皇帝非常爱读，整天翻来翻去。

终究万历还是个孩子，他有时觉得太压抑了，就想偷偷地到别处去玩玩。一次，他正在四处乱转，一没留神，脑袋撞到殿中的一根大立柱上，撞得他满腔怒火，提脚向那根柱子踢去，那柱子丝毫不动，倒把脚撞得发麻。此时，上下一起疼，万历更加恼火，便四处寻找东西，巴不得猛摔一阵方解心头之恨。

万历看到柱子上写着一些对联：

四海升平，翠幄雍容探六籍；
万几清暇，瑶编披览惜三余。

纵横图史，发天经地纬之藏；
俯仰古今，朝日就月将之益。

这些对联均出自张居正之手，万历看来半懂半不懂，他知晓那无非是劝他好好读书、时时警策，做个贤明君主，以给祖宗争光，名垂青史。至于如何贤明，怎样才算贤明，他却昏昏然，或许就是要听张先生和母后的话吧。思索到这儿，万历赶紧回到房内去，继续学习起来。

一天，万历要练习写大字，张居正把明太祖的《太宝箴》拿给他说：“你就写这个吧！你不仅要写好，而且还要会背诵，会讲解。”

万历像个小学生，仔细地写着、念着、背诵着，面对墙壁一句一句讲解着。张居正舒心地点了点头。

张居正作为皇帝的大臣，是俯首帖耳、尽心尽力维护幼主。可作为皇上的老师，他从来都是非常严厉的，该批评的、该指正的，从不留情面。他一心只想着把皇上教育成一个好皇上。

在张居正的谆谆教导下，万历一天天长大，一天天成熟起来，文韬武略足可以担起国家重任，张居正不禁为大明而喜，更为黎民百姓而喜，自己终没有辜负先帝的遗嘱。

6 加强边防

耳闻目睹了“庚戌之变”的张居正，对国家的安全和军队的素质极为担忧，他从那时起就在谋划着对边防的整顿，立誓一定要使边关安定、人民和睦，尤其是汉族和少数民族的关系问题。

隆庆元年（1567年），张居正入内阁参政后，鞑靼首领俺答率军直逼山西中部，北京十分危急，尽管后来敌兵在大肆掠夺之后北退，但皇上和大臣均认识到必须彻底整顿软弱无力的边防了。当时内阁首辅为徐阶，工科给事中吴时来上疏引荐谭纶、戚继光驻兵于蓟州，加强北部边防。这一建议马上得到首辅徐阶的支持，但由于新任兵部尚书霍冀对情况并不熟悉，而张居正与吴时来、谭纶、戚继光又都是徐阶所重用的人。这样，在内阁中主持整顿蓟、辽军务，巩固边防的重任就落到了张居正身上。张居正从整顿边防着手，正式开始了他酝酿良久的改革事业。

张居正大胆地启用了一批才智双全的将领，对他们“委任责成”，“信而任之”。所以，“一时才臣，无不乐为之用，用必尽其才”。他所重用的谭纶、戚继光、李成梁、王崇右、方逢时等人都大显身手，充分发挥了他们的聪明才智。

当时，北边战备的重心在蓟州。御倭名将谭纶、戚继光主持蓟州防务后，张居正给予大力支援。谭纶提议增筑敌台，张居正马上答复：“昨议增筑敌台，实设险守要之长策，本兵即拟复行。”谭纶遂与戚继光“图上方略，筑敌台三千，起居庸至山海，控守要害”。

想当初，建立过显赫战功的抗倭名将戚继光奉调从浙江北上蓟州，总理蓟州、昌平和保定三镇的防务，担当起守卫京师大门的重任。他从内心里感激朝廷的重用，怀抱着战死疆场的烈烈壮志走马上任了。然而，等待他的却是一片令人揪心的景象：但见烽火台犹如土堆一般，军士中不乏老弱病残者。兵器更是刀卷口、枪折尖、弓失箭。更头疼的是那些多如牛毛的文官们，既不懂行军打仗，又不谙兵法韬略，却总爱对武将们指手画脚，乱出主意。这一切，使他不由连连悲叹：“如此景象，焉能御敌？简直是儿戏！”

幸运的是，他上任后强烈要求改革蓟州军备的想法得到了内阁大学士张居正的赞赏和支持。他暗暗庆幸遇上了这么一位值得敬重的知音。无论他有何计划，只要一封信写到张居正那儿，很快便有答复。还有什么比受人理解和支持更令人感动的呢？戚继光在短短的几年里，整编防区，训练新军，一切均按他的计划有条不紊地进行着，使他的军事才能再次得到充分的发挥。戚继光以对倭作战的浙江兵士为骨干，根据蓟州的地理条件和同蒙古骑兵作战的特点，从实战出发，构建工事，加强军事训练。

天高气爽，万里晴空。蜿蜒起伏的城墙上，雉堞高耸，旌旗摇动，昔日又低又薄的、形同摆设的旧边墙已面目一新；每隔百步新筑的敌楼，高出城墙丈余，如同一个个雄壮的哨兵，昂首挺立。戚继光豪情满怀仗剑挺胸地站在山顶，欣赏着自己的防御工事，眼前幻化出一幕幕战斗场面：狼烟滚滚，刀枪猎猎。敌寇如潮水般蜂拥而来，却在这固若金汤的防线面前一触即溃……

不久前，张居正又给戚继光送来亲笔信，通知他朝廷将派人来检验他练兵的成果。信中特别叮咛他须妥善安排，说这是幼皇登基后首次派官员出巡，既可向幼皇表忠，亦可令朝野不明之士开开眼界，总之是一次绝好的机缘。戚继光十分明白张居正的良苦用心，他自然不能辜负这位新任首辅多年来对他的信任和支持。经过几天的苦思冥想，一个以组织一场军事演习的办法来展示他治军成果的计划终于形成了，他要让张居正放心，让皇上满意。

戚继光就这样常备不懈，励精图治。在他镇守蓟州16年间，这里一直相安无事，边界太平。在整顿边防的过程中，张居正与戚继光也结下了深厚的私人友谊。

在辽东方面，张居正任用出身贫贱但有大将之才的李成梁镇守。从隆庆元年起，李成梁在辽东屡败蒙古土蛮入犯，其后被提为总兵，镇守辽东。李成梁镇守辽东22年，先后十次传来捷报，其武功之盛，是数百年来未曾有过的。

万历三年，辽东朵颜的长董狐狸屡次挑起衅端，朝廷大臣一片惶恐。这个仗是打还是不打，众说纷纭，莫衷一是。张居正经过再三权衡，果断地提出，此仗非打不可。他认为辽东的那些土蛮向来骄横，他们又想通贡，又不愿称臣，对他们绝不能手软，须以威当先，在威上才可谈恩。况今日辽东今非昔比，总兵李成梁骁勇善战，且有戚继光从侧翼钳制。若长董狐狸果真来犯，正可乘机予以重创，打消他的嚣张气焰，让他痛定思痛，乖乖就范。这对整个边防之巩固将有很好的影响。他立刻修书，分别致函李成梁、戚继光，要他们加紧侦察巡逻，掌握详情，准备迎敌。半月之后，长董狐狸纠合数万铁骑包围了辽阳城，自以为大功告成，殊不知早落入李成梁和戚继光布下的天罗地网之中。一场激战下来，长董狐狸人马死伤过半，尸横遍野，鬼哭狼嚎，长董狐狸左冲右撞，鼠窜而逃。

辽东大捷彻底地灭了敌人的威风，使他们再也不敢进犯了。辽东一线太平无事，人民安居乐业，处处一派祥和安宁的景象。

在宣化、大同方面，张居正任用王崇古、方逢时镇守。他们修边墙，开屯田，加紧练兵，防御力量大大增强。

在张居正的主持下，经过几年的努力，扭转了长期以来边防败坏的局面。战守力量猛增，蒙古犯边逐年减少。

7 改善边策

在加强防御力量的同时，张居正积极寻求改善蒙汉关系的途径，他命令沿边将帅抓住一切有利时机，积极发展同蒙古的友好往来，有一线的和平希望，也不要兵戎相见，一切为广大人民的生命财产及生活安宁着想。宣大总督王崇古多次派遣同蒙古有关系的人，深入蒙古内部，发表文告并宣布：番汉军民凡由蒙古投奔汉族地区者，一律以礼相待，接纳安置。这些在蒙古地区果然引起巨大反响，投奔人口越来越多。隆庆四年（1570年），鞑靼土默特部落的汗王俺答、俺答的儿子黄允吉、孙子把汉那吉三代人共同争夺年轻貌美的女子三娘子。后来，那三娘子被俺答一人独占，其孙子把汉那吉妒火中烧，盛怒之下奔赴大同，叩关投降。宣大总督王崇古和大同巡抚方逢时一面款待把汉那吉，一面上书朝廷，要求借此封贡通市。是否接纳把汉那吉，在朝廷里出现了严重分歧。张居正主张接纳，认为接纳了把汉那吉是改善蒙汉关系、发展同俺答友好往来的绝好机缘。而很多大臣则反对接纳把汉那吉，认为那样必将招来祸患。也有人主张索性杀掉把汉那吉，以绝后患。在朝廷上下议论纷纷、莫衷一是的情况下，张居正力挽狂澜，一面火速派人叮嘱王崇古说，接纳把汉那吉一事事关重大，一定要慎重行事，切勿简单处置，坐失良机。同时，张居正又将此事原委以及拟采取的对策报告给皇上，终于使隆庆帝下决心接纳把汉那吉。

接纳把汉那吉后，俺答果然亲率重兵前来索取，致使朝野震恐，许多人都惶惶不可终日。不仅原先反对接纳把汉那吉的人认为这下可大祸临头了，就是一般人也都认为捅下了大乱子。这时，张居正一面要王崇古坚持初议，审定计谋，勿为众言左右；一面又给王崇古出主意、想办法，要他开展攻心战术。按照张居正的谋划，王崇古立即派遣鲍崇德为使臣出使俺答军中，告诉俺答说他的孙子把汉那吉生活得很好，明朝待他甚厚。接着又说明，把汉那吉不是我们引诱来的，而是他本人仰慕中原文化自动投奔来的。我们对把汉那吉以礼相待，俺答反而兴师问罪，岂非以怨报德！如若迫使双方开战，则把汉那吉的生死难卜。俺答听了觉得言之有理，复派使臣至大同。王崇古让把汉那吉穿上红袍玉带与俺答使臣会晤。随后，王崇古又以明朝皇帝的名义表示，愿礼送把汉那吉返回蒙古，把汉那吉十分感动，遂与王崇古挥泪而别。俺答见到其孙把汉那吉在明军的护卫下安全归来后，欣喜若狂，立即决定退兵，并上表称谢，表示今后永不犯边。从此，明朝与俺答终于结束了长期以来的对峙状态和战争关系，揭开了和平友好的新篇章。

在蒙汉关系改善的基础上，张居正积极主张对俺答实行封贡通市，即朝廷封俺答以一定的官爵，定期朝贡、互市，和睦交往。

把汉那吉返回蒙古后，俺答再次请求封贡通市。按照张居正的意见，宣大总督王崇古正式向朝廷建议，对俺答宜实行封贡通市，发展友好交往。兵部尚书郭乾以先皇圣训为依据，坚决反对。甚至有人攻击王崇古与俺答有密议，说王崇古害怕打仗，所以主张封贡通市。许多人认为，讲和示弱，封贡通市，遗祸无穷。张居正对这种观点进行了具体的分析，指出现在是俺答乞求封贡通市，这与汉代的和亲、宋代之议和是完全相反的。他在给王崇古的信中说："封贡事乃制虏安边大机大略，时人以媚嫉之心，持庸众之议，计目前之害，忘久远之利，遂欲摇乱而阻坏之。国家以高爵厚禄畜养此辈，真犬马之不如也。"张居正为了支持封贡通市，向隆庆皇帝详细阐述了封贡通市的好处，并用明成祖加封蒙古和宁、太平、贤义三王的史实为根据，请求隆庆帝援例实行。在张居正的努力下，终于决定封俺答为顺义王，三娘子也被封为忠顺夫人，规定每年贡马一次，并在大同、宣化等地选定十余处开设互市。俺答的夫人三娘子由于发自内心地敬仰中原文化，愿做治世巾帼。在此后的岁月里，尽心尽力协助俺答共守边界安宁，制止那些尚武之徒的烈性，由此深得蒙汉两族人士的尊重。每逢她生日之际，宣大总督和大同巡抚都邀她欢宴，以示庆贺。这样一来，双边关系日益密切和好，蒙汉人民如同一家，共享太平盛世。

封贡通市的实行，有力地促进了蒙汉两族社会经济的发展。蒙古的金银、马匹、牲畜、皮裘、木料等物源源不断地流入内地；中原地区先进的生产技术、生产工具、种子等，亦在蒙古地区广泛传播开来，使大片荒地变为良田。开矿、冶炼以及各种手工业技术，都迅速发展起来。

张居正通过重用英勇善战的将帅，整修边防，加强守备，改变了边防日益废弛的局面；通过重用足智多谋的边帅，改善蒙汉关系，改变了自明朝开国以来一直与蒙古所处的敌对关系和战争状态，发展了两族之间的友好交往，促进了我国多民族统一国家的形成和发展。假如说，洪武和永乐年间是用以攻为守的策略保证了北部边防稳固的话，那么，自张居正改善蒙汉关系以后，则是以和睦修好保证了北部边界的安宁。这是完全符合历史发展趋势和各族人民共同愿望的。张居正整修边防、改善蒙汉关系的重大改革，是以其丰硕胜利的果实载入史册的。

8 改革吏治

张居正出任内阁首辅后，针对朝中空议盛行、不务实际、人浮于事、政令不通的现状很是担心。他曾和内阁次辅、大学士吕调阳对此作过多次讨论，慷慨激昂，痛切时弊，激奋之情溢于言表。他下决心要彻底改革吏治，为他的一系列改革铺平道路。因为他现在纵有许多想法，都是无法实施的。自己的主张要靠外廷这些部、科、院的大小官员去办，可相识满天下，知心有几人？如何才能把这群各自为政、一盘散沙似的“散兵游勇”捏合成一支令行禁止、进退自如的精锐之师呢？他心里一直在暗暗地思考着。

不料，一班大臣竟在一起高谈阔论，说是他们原以为张居正在朝，当行帝王之道，现在看其一番言行，不过是富国强兵，不过如此，未免令人失望……

张居正听到后，心里很不痛快。他对大臣们的不相知，委实感到愤怒。想自己当国后，也议了几回政，可才涉及富强二字，就有人斥为“霸术”，非“王道之政”，真令人啼笑皆非。孔子论政，开口便说“足食”“足兵”；周公立政，也何尝不欲国之富强？难道为官当政，吃着俸禄却不问五谷杂粮从哪里来，只须满口说得一番仁义道德，国家就繁荣昌盛了吗？

吕调阳很同情张居正，见他心情不好，便轻声相劝说：“首辅做事一向光明磊落，公正无私，些许小人之见，有什么害怕的？”

张居正摇摇头说："不然。我所顾虑的是此类人不是太少，而是太多。就因为朝廷官员力量不集中，自嘉靖、隆庆以来，多少才智全用来补东耗西、左遮右挡，遂一事无成、相互抵消。久而久之，真才实能之士不能得进，刁钻逢迎之人却守如泰山。更有甚者，主钱谷者，不对出纳之数；司刑名者，未谙律例之文……以此如何侈谈安邦定国？想人臣受国厚恩，坐享利禄，务要强根本，振纪纲，同心效国，怎能不知恩图报，尽在那里效臭腐老儒之余谈，兴无谓争斗之陋习呢？"

这样针针见血、痛快淋漓的政论，吕调阳还很少听到过，不由得肃然起敬，感到张居正确是个了不起的真才。吕调阳心中暗暗升起了一股热流，想与张居正协力做几件名垂青史的事情，他略加思索，向张居正建议说："不如由首辅大人您创议，会商诸大臣，草拟法令，奏请御批后，诏告天下，凡不务实事、空发虚论的游谈之士，皆不进提迁，务使勤勉卓著的贤明人士为国尽才！"

张居正轻轻叹息。他心里明白，吕调阳是只见其然，未见其所以然。法令也好，章程也好，一切的一切，只是纸笔的浪费。纸从北京南纸店里出来，送进衙门，经百官之手办过之后，输出衙门，转悠一大圈，进另一衙门归档，从此便杳无音讯，不见天日。即使再拟一百个法令，又有什么用，他心里明白得很，个中症结不在这里，而是他早在几年前在《陈六事疏》中就指出过的，必须综核名实。在其职，做了什么事，名实相符，就能赏罚得当……张居正指了指公案上堆放着的厚厚一叠《大明会典》，宽慰地说："足下有所不知，本朝法令、典章已经够用，毋庸多立。盖天下之事，不难于立法，而难于法之必行；不难于听言，而难于言之必效。若询事不考其终，兴事不加审查，上无综核之明，人有苟且之念，虽使尧舜为君，亦恐难有所建树！"

吕调阳听后恍然大悟，大有"与君一席话，胜读十年书"之感，连连点头称是，说："首辅所言切中要害，使我茅塞顿开。法之不行，实为人不力也。不议人而议法，无异于隔靴搔痒，不着边际。不知首辅对此已有何良策没有？"

“这个嘛——”张居正思索片刻，笑着说：“今晚正逢十五，明月当空，请足下往吏部杨大人处去一趟，相约到敝舍小聚，一同商议怎么样？”

“如此甚好。”吕调阳应声说。

晚上，皓月当空，一片清辉。吕调阳和吏部尚书杨博一同来到张居正寓所，三人品茗赏月，商讨国是。

张居正取出一份文稿对他二人说：“今日请二位来，是想同商要事。此乃准备奏请对各衙门随时考试的拟稿，务请二位仔细品评，不吝赐教。”

吕调阳和杨博二人借着烛光，从头仔细读来，只见那奏疏文稿上写着：

臣等窃见近年来，奏事繁多，各衙门题覆，殆无虚日。然奏事虽勤，实效甚微。言官议立一法，朝廷曰“可”，置邮而传之四方，则言官之责完矣，不必去问其法果便否；部臣议除一弊，朝廷曰“可”，置邮而传之四方，则部臣之责完矣，不必去问其弊果除否。某罪当提问，或碍于请托之私，概从延缓；某事当议处，或牵于可否之说，难于报闻。如此从政，指望有所作为，岂不难哉？臣居正于先帝时，曾上《陈六事疏》，对此早有专议。特请自会伊始，凡六部都察院，遇各章奏，俱先酌量远近，事情缓急，立定程期，置文簿存照，每月终注销，其有转行复勘，提问议处，催督查核等项。另造文册二本，一送科注销；一送内阁查考。每于上下半年缴本，类查簿内事件，有无违限未锁。若各巡抚、巡按官，奏行事理，有拖延迟缓者，由该部纠之。各部、院注锁文册，有容隐欺蔽者，由臣等纠之。六科缴本具奏，有容隐欺蔽者，由臣等纠之。如此，月有考，岁有稽，不惟使声必中实，事可责成……

二人看完，抬起头来。吕调阳早已按捺不住，拍手称好：“一矢中的，妙不可言！观后如同喝了一杯陈年老酒，可谓通体酣畅！”

杨博也对张居正投去钦佩的目光："首辅此议想是由来已久吧！"

"先帝尚在就有想法了，日日所思，几至夜不成寐。"张居正见他二人非常快意，心里充满感激和兴奋之情。

是啊，张居正为了他的这个创成法可以说是煞费苦心。

9　富国强民

早在隆庆六年十二月，张居正就奏请纂修世宗、穆宗两朝实录。他在奏疏中指出，世宗实录从隆太元年起开馆纂修，历时6年未能完成，其原因就在于没有“专任而责成之故”。他提出：“事必专任，乃可以图成；工必立程，而后能责效。”据此，他责成申时行、王锡爵专管《世宗实录》纂修，张溶专管《穆宗实录》，并要他们定出逐月进度、完成期限、岗位责任、检查办法、考核制度等。由于要求详细，职责分明，考核严格，奖勤罚怠，两部实录均按期完工。这是张居正考成法的最早运用。在纂修实录过程中，张居正深深意识到立限考成是行之有效的方法，治理国家也是这样。

万历元年（1573年）十一月，张居正上疏请行考试法，神宗批准了他的请求。

对官吏政绩进行考核是明代早已运用的制度。按明制，京官每六年考察一次，叫作“京察”，地方官每三年考察一次，叫作“大计”。但是在吏治腐败、法令不行的情况下，这些制度或者流于形式，或者成为官员们争权夺利的工具。张居正亲见了官场中的丑剧和官吏们的不法行径，深刻认识到不仅要对各级官吏进行定期考察，而且对其所办的每一件事都要规定完成期限，进行考成。即所谓“立限考事”“以事责人”。这是张居正考成法的一个重要特点。

张居正考成法的实际内容，正如他给皇上的奏疏中所讲的，最主要的有以下两条：第一，六部和都察院把所属官员应办的事情规定完成期限，并分别登记在三个账簿上，一本由部、院留作底册，一本送六科，一本呈内阁。第二，六部和都察院按照账簿登记，对所属官员承办的每件事情，逐月进行检查，完成一件，注销一件，如果没有按期完成，必须如实申报，否则以违罪论处；六科亦根据账簿登记，稽查六部的执行情况，每半年上报一次，并对违限事例进行议处；内阁同样亦根据账簿登记，对六科的稽查工作进行查实。这样，六部和都察院检查所属官员，六科稽查六部，内阁监督六科，层层检查，内阁总其成，内阁遂成为实际的政治中枢，这就是张居正的统治体系，也是张居正对明代吏制的一大改革。

明代的内阁，创建于永乐初年。洪武十三年（1355年），明太祖朱元璋废除丞相制度后，丞相之权遂分至六部。这样，六部都直接对皇帝负责。明成祖即位后，为适应处理繁杂朝政的需要，选拔一批品级较低的文职官员，于午门外文渊阁值班，参与机务，始有内阁之称。这时的内阁仅仅是辅助皇帝处理政务的秘书厅，权力极小。直到仁宗和宣宗时期（1425—1436年），内阁的权力才逐渐大起来。内阁的第一把手即首辅大学士，叫内阁首辅，近于丞相。但由内阁和内阁首辅直接控制从中央到地方各级官吏的制度，则是张居正改革的结果。

六科是明初设置的政治机构。明代的国家政务隶属吏、户、礼、兵、刑、工六部，各部均设尚书、左右侍郎。明初于六部之外，又设立了吏、户、礼、兵、刑、工六科，各科均设有都给事中、左右给事中、给事中等官。六科对六部有封驳、纠劾之权，是六部的监察机关。张居正用六科控制六部，这是明代的“祖宗成宪”，但用内阁来控制六科，则是他的创举和变革。张居正的统治体系，正是在这个变革的基础上建立起来的，他之所以得以令行禁止，成为历史上有名的“权相”，其组织保证即在于此。张居正当政期间所推行的各项改革，都是通过这个组织系统贯彻执行的。张居正加强中央集权的主张和措施，实际上就是加强内阁的统治权力，使内阁成为发号施令的指挥中心。

对久已衰弱的朝政来说，考成法的颁布实施恰如一股春风，催发了那些枯枝朽叶，文武百官、九卿科道，均为之一新，不敢有丝毫大意，均小心翼翼，唯恐有半分差池。各部、院均认真仔细地执行考成法，对未按立限完成的违限事件，稽查的处罚极为严格。如万历三年（1575年）正月，查出各省抚按官名下未完成事件共计237件，抚按诸臣54人。凤阳巡抚王宗沐、巡按张更化，广东巡按张守约，浙江巡按肖廪，都以未完成事件数量太多而被停俸三月。万历四年（1576年），朝廷规定，地方官征赋不足九成者，一律处罚。同年十二月，据户科给事中奏报，地方官征赋不足九成受到降级处分的官员，山东有17名，河南2名；受革职处分的，山东2名，河南9名。运用考成法来整顿赋役，迅速改变了拖欠税粮的境况，做到了民不加赋而上用足。

由于考成法严明赏罚，随事考成，因而使官员们办事的效率大大提高了，整个明朝政府自上而下，如同一台流水线作业的机器，各项工作有条不紊地进行着。

10 制订新法

通过立限考成，使每个官员都有了确切的职守，这样管理起来自然方便许多。张居正以推行考成法为中心，决心使腐败到极点的吏治得以整顿，使腐败之风得以改变。

张居正根据立限考成的三本账，严格控制着从中央到地方的各级官吏。每逢考核地方官的“大计”之年，张居正便强调，要把那些秉公办事、实心为民的官员列为上考，把那些专靠花言巧语牟取信行的官员列为下考，对于那些尸位素餐的冗官，尽行裁撤。万历八年（1580年），张居正下令撤去了苏松地区擅自添设的管粮参政，并责成吏部检查各省添设官员人数，核实上报。万历九年（1581年），一次裁革冗员（闲散官员）169名。在他当政期间，裁革的冗员约占官吏总数的十分之三。与此同时，张居正又广泛网罗人才，把那些拥护改革、政绩卓越的官员，提拔上来，委以重任，信而用之。万历四年（1576年）十月，万历帝审阅了关于山东昌邑知县孙凤鸣贪赃枉法的报告后，问张居正：“孙凤鸣进士出身，为什么这样放肆呢？”张居正说：“孙凤鸣正是凭借进士出身的资历，才敢这样放肆。以后我们用人，应当视其才干，不必问其资历。”皇帝同意了他的意见。这样，张居正以圣旨作依据，彻底打破了论资排辈的传统偏见，不拘出身和资历，大胆任用人才。他主张用人时要“论其才，考其素”，即对才能和品德进行全面考核。同时，他又注意到每个人的长处和短处，用其所长，避其所短，被他选中的文武官员都在改革中发挥了积极作用。

对于因工作政绩而被赏罚的官员，无论是升迁或是被革职，他们都是心悦诚服的，因为有考成法在，立限考成，一目了然。可是对于朝廷上下滥用职权、以权谋私、收受贿赂等问题，却很难断定是非，尤其是难以公平处理。有些官员大量侵吞国家财产，欺压百姓，但因政绩突出，甚至还会被升迁。

面对此种现象，张居正觉得有必要针对具体问题，制定出行之有效的办法，彻底击败这股腐败风。

正当张居正着手制定新法规的时候，忽然接到了吕调阳送来的奏本。张居正一看，原来山东布政司报告孔圣人后代衍圣公每借进京相觐之名，沿途骚扰各路驿站，苛派强索，百端生事，且夹带走私，交通沿线深以为苦，提请朝廷一定出一万全之策加以制止。

张居正看后，面色低沉，坐立不安。这件事非常急迫，却又非常棘手，这也正是他近日反复思考的问题。这件事的处理，有关国家体制，弄得不好就要伤筋动骨。此事看起来似是圣人之后德行不佳，实则牵扯驿递制度久成因循，给不法之徒以可乘之机，必从根本上治理才行。

吕调阳知道张居正的心思后，忙说："我查过《太祖实录》，有关驿递的规定异常严密，非有军国大事没有使用的权利，即使公、侯、驸马、都督奉命出行，也只准随带从人一名。《实录》还记载吉安侯陆仲亨从陕西回京，擅行使用驿站车马，被太祖获知后，斥责他不念民间疾苦、胡作非为哩！"

"对！此典故我也多次与圣上提到过！"张居正没料到吕调阳倒预先有过一番深思熟虑，不觉拍手称好。"可是，毕竟已经时过境迁啦！"张居正又担忧起来。

是啊，太祖时代毕竟早已过去了。当年，够资格使用驿站的标准只有6条，而现在呢？竟已扩充到50条之多，且条条都有勘合（类似今天的护照、签证），京师勘合由兵部发出，其余由各地巡抚和巡按发出，发只管发，从无缴还期限，一张勘合，几成终身之用，更可转赠他人，以作人情。这样一来，驿递各线深受其苦，领用勘合之人到得驿站，如同拿了尚方宝剑，百般索取，全都无偿征用，尽入私囊……所有这些，张居正早就了然于心，只是未想出什么行之有效的办法来。

吕调阳见张居正愁眉不展，以为他顾虑太多，有些急不可耐，冲口而出："这送上门的机会不用，首辅更待什么时候？"

张居正不由得一怔，他望望吕调阳一副跃跃欲试的样子，不觉为他日渐进取的气概而暗自吃惊："足下之意莫非是要我拿衍圣公来开刀？"

"一不做，二不休，此举定能震慑四方！"吕调阳魄力十足。张居正满意地点点头。

张居正低头认真思索了一下，眼睛一亮，拿定主意，便又问吕调阳："照旧例，圣人后代该是九月进京朝觐吧？"

"是的。"吕调阳点点头。

"好！我们务必赶在此之前，草拟一项驿递新规颁告天下，令各路驿站着即执行。"张居正打定决心，以驿递新规为契机，彻底整顿腐败现象。

"对对对，有考成法做后盾，驿递新规当可畅通无阻；赶在九月之前即刻颁下，又可令衍圣公之流自入瓮中。"吕调阳摇头晃脑品评一番，越品越有滋味，不禁开怀大笑起来。

张居正经过深思熟虑，反复推敲，又参考了明太祖时的条规，终于制定出一部新的驿递新规来。正值此时，吏部尚书杨博患病，他怕自己病难痊愈，一旦不测，不能叶落归根，又恐多扰张居正，干脆写下辞呈，请求回山西老家蒲州调理。

11 严惩奸恶

张居正接到司礼监转来的这份辞呈，心中很是不安，急忙来到杨博家看望他。张居正想劝杨博留下来继续辅助他改革，但看到杨博这副病态，又不忍心强劝他留下。张居正哽咽着说：“居正受命于多事之秋，才疏学浅，勉为其难。幸得杨兄多方关照，且身体力行，为居正分忧解难，每思于此，实难舍杨兄……唉，这也是居正缘分太浅呐！”

杨博吃力地摆摆手：“首辅言重了。博一老朽，官场一生，空负圣恩。唯晚年知遇首辅，也算做了几件有益之事，博平生足矣！还望首辅百尺竿头，更进一步，锐意进取，以图中兴大业！”

张居正感激地点头称是：“杨兄所嘱，居正铭记在心。”

两人感叹了一会儿，杨博又问起驿递新规的事，张居正告诉他只待颁诏了。杨博听后，忘了自己是大病之人，硬是要听听条款细目。张居正无奈，只好仔细陈述一番。其内容大致是：

凡官员人等非奉公差，不许借行勘合；非系军务，不许擅用金鼓旗号，虽系公差人员，若轿扛夫马超出本数者，不问是何衙门，俱不许差派。

凡经过官员有勘合者，除本官额编门皂量行带用仆，不许分外又在里甲派取长行夫马。

凡经持勘合自京往外省者，由兵部给内勘合。其中仍须回京者，回京之日缴还勘合；无须回京者，即将该勘合缴所到省分抚、按衙门，年终一并缴回兵部。自外省入京者由抚、按衙门给外勘合，至京之后，一并缴部。

凡内外各官丁忧、起复、给由、升转、改调、到任等项，俱不给勘合，不许驰驿……

当张居正陈述到“凡内外各官”这一条时，猛想起杨博即刻要致仕回故里，正应着不能给驿的禁令，不禁有些窘迫，便止住不往下说了。杨博情知有故，偏不住地催他，张居正只得吞吞吐吐继续往下念。杨博仔细听完了，微微颔首称善说：“很好。想驿弊一除，不惟使弄权之人收性，更可解百姓之苦也！”他顿了顿，长长叹了一口气，转而面带笑容，十分高兴地说：“此一来，博有幸能成为第一个执行新规的人了。”

张居正连忙说：“不，不，杨兄可另作他论……”

杨博很坚决地摇了摇头说：“首辅不必再劝，博早已作安排，三天前家人即已雇好牛车，只待请行了。”

“那如何使得？杨兄病体，怎经得牛车长行颠沛？再说，新规尚未颁下，杨兄完全可以暂循旧例呀！”

杨博仍然摇摇头说：“新规虽未颁布，可满朝谁不知首辅正整治驿递？不能正已，又怎么能正人？值此紧要关头，我不能让首铺为难，就让我效最后一次力吧！”

张居正异常感动，他紧紧地握住杨博的手，再也说不出什么来了，他胸中奔涌着一阵阵激情。多好的大臣啊！如朝中官员均如杨大人这般，何愁腐败不除，何愁国家不兴？

从杨府出来后，张居正更加坚定了他改革驿递的决心，他要即刻请求皇上下诏施行。

驿递新规颁发后，混乱不堪的驿站得到大大改观，许多人立刻收敛了自己的行为，不敢再滥用职权，违法强索驿站财物了。但是有些官员却充耳不闻，依然我行我素，滥用驿站车马，万历五年（1577年）正月，张居正开始对违制使用驿站的官员进行严惩，处罚了不少违纪官员。据《明实录》和《国榷》记载，万历八年（1580年）五至十二月的八个月中，违制使用驿站受处罚者达30人之多。其中革职者7人，降6级者11人，降3级者8人，降1级者3人，降职者1人。张居正的弟弟张居敬，由京回乡，保定巡抚主动发给勘合使用驿站，张居正获悉，除令其弟交回勘合外，还对保定巡抚进行了严厉斥责。

这样，经过张居正整顿，改变了长期以来无法改变的滥发勘合、滥用驿站的混乱状态，既保证了军国要务的畅通，又节省了大量支出。

在整顿吏治过程中，张居正针对法纪废弛、君令无威的状况，把执法与尊君联系起来，以伸张法纪为中心进行整顿。辽王朱宪㸅原是张居正的早年朋友，在江陵一带横行霸道，民愤极大，地方官无人过问。朝廷派人去调查，由于他百般阻挠，公开抵抗，致使调查人员不敢如实汇报他的不法行为。张居正得知后，毅然亲自抓这个案子，他秉公执法，不徇私情，毫不心慈手软，将朱宪㸅废为庶人，最终为江陵除了一霸。当时，权势极大的太监冯保的侄子冯保宁，凭借其叔父的权势，狐假虎威，横行不法，鱼肉乡里，醉打衙门官吏，严重违背刑律。张居正一面派人向冯保说明情况，一面将冯保宁杖打四十，革职待罪。由于他雷厉风行地伸张法纪，有力地压抑了各种违法犯罪活动，保证了朝廷的安定团结、官员的清正廉洁，人民群众也能安居乐业，过着和平安宁的生活。

12 一条鞭法

张居正的改革，是先由军事、政治着手，逐渐向经济方面推广。

明中叶以来，随着土地兼并的发展和吏治的腐败，豪强地主与衙门吏胥相勾结，大量隐瞒土地，逃避赋税，无名征求多如牛毛，导致民力殚竭，不得安生。私家日富，公室日贫，到了非革弊整治不可的时候了。

大学士张四维和吕调阳纷纷向张居正提出建议，要求立即改革赋役，兴利除弊，并推荐了一条鞭法。

所谓一条鞭法，早在嘉靖年间就由部分有识之士在福建、江西等地开始实行了。最早由福建巡抚庞尚鹏提出。他主张把国赋、徭役及其他名目繁多的杂税、杂征、杂差统统合为一体，依据各家各户的具体境况重新核实编定，将有丁无粮的编为下户，有丁有粮的编为中户，粮多丁少和丁粮俱多的编为上户。在总数确定后，按照丁、粮比例，将所有赋役摊派到丁、粮里面，随同完纳，此即一条鞭法。但是，自试行起50年来，朝中对此论争不已，各陈利弊，以致政令屡行屡止，从来未成统一之策。

对一条鞭法，张居正不是发明者。但他清醒地看到此法于小民有利，且能稳妥地确保国库收入。在他入阁之后，也曾几次支持过福建、江西一带的推行。但这一条鞭法是否就是改革赋役的最好办法呢？对此，他一则未深思熟虑，二则户部又无得力之人。他一向认为事在人为，再好的措施办法，没人去执行，亦是空话。就在前不久，他看到户部奏请万历下诏，要追征田赋积欠，每年带征三成。尽管他知道此法有些不合适，但想到一些殷实之户确有爱拖欠赋税的顽习，拖久了也就不了了之，倒是穷家小户势单力薄，不敢违抗。久拖久欠，不光国库收入不稳，且也是一笔糊涂账。因此他不得不票拟“准奏”。此诏一下，各地巡按便纷纷有疏，都说百姓负担过重，朝廷催科太急……由此他更坚定了从根本上改变赋役制度的决心，也从中看出了户部不力，缺乏一个明智有胆识的领导。于是他对张四维和吕调阳说：“诸位提及条鞭之法使我颇受启发。变革赋役，居正只是痛感必要，心如火焚。至于具体做法，尚未成熟。不过，当务之急是尽快加强户部力量。”

三人如此讨论一番，认为户部总管天下钱粮，干系重大，须选一持重精明且善理财的人来主管户部。思来想去，张居正觉得还是辽东巡抚张学颜比较合适。因为张学颜前不久曾上书，揭发辽东御史刘台贪污受贿、巧取豪夺，并以非法所得在家乡放贷买田，逃避赋税，鱼肉乡里。其文列论地方赋役诸多弊端，言简意赅，一针见血，是个难得的户部尚书的人才，因此张居正开始写请予任命张学颜为户部尚书的奏疏。

上任后的户部尚书张学颜马不停蹄，深入各地调查研究，掌握了许多科派如毛、万民痛苦的情况，回京后一一向张居正作了汇报。他感叹说：“赋役之弊，确乎到了非变不可的地步了，学颜在辽东任上，虽也曾在力所能及的范围里抑豪强，查田地，清溢额，减科派，但也只是杯水车薪，无济于事。想宛平仅一县之地，每年杂差乱征数之不尽，天下一千一百多县，又当怎么论？”

张居正默默地看着张学颜雄姿英发的神态，心中暗暗高兴。他暗自庆幸选张学颜做户部尚书实在是选对了。看他上任才十几天，便将户部情况了然于胸，每日勤勉视事，且极善体察下情，必能成为自己得力的臂膀。于是他想再试试张学颜的能力如何，遂问：“目前赋役之变，当以什么为要？”

“这……”张学颜迟疑了片刻，见张居正对自己充满信任，也不掩饰，便直截了当地说，“为今之计，只有诏令天下行一条鞭法！”

又是一个主张一条鞭法的。张居正暗暗高兴，却又故意问：“条鞭之法，有极言其不便者，有极言其便者。毁誉不一，众说纷纭。但不知你是如何看法？”

张学颜激昂应答：“我以为行一条鞭法有四大好处。”

“哪四大好处？”

“其一，简化名目，把国赋、徭役及其他杂税杂征合为一条，下贴于民，备载一岁中应纳之数，除此再无其他科赋了；其二，公平合理，田多赋多，田少赋少，丁粮差重者派银亦重，差轻者派银亦轻，轻重均派于众，未尝独利独累于一人，使惯于欺隐规避者无所用其计，巧于营为者无所施其术；其三，扶正抑恶，将里甲办征改为官收官解，使官吏难于贿赂之门，里胥惧行索骗之计，世风一清；其四，以银代役，可使小民闭户而卧，无复追役之扰而尽力其田亩，于稼墙之计有百利无一害。”

“好！辨析明了，切中要害！”张居正居然情不自禁地拍案叫绝起来。那长髯被他口中气息吹扑得一起一落。他顿了顿，望着张学颜，不禁感叹地说：“政以人举矣！若得天下为官之人都似足下这般清醒，朝政何愁不能中兴？”

张学颜谦恭地笑了笑说：“既然首辅看法一致，那我明日即修疏奏请，尽快施行一条鞭法。”

13 清丈田亩

要推行一条鞭法，首先就得将天下田亩丈量清楚，这样才好合理分配。张居正及时提出先在全国范围内丈地亩、清浮粮，并请朝中大臣就此各献良谋。户部尚书张学颜首先发表意见：“清丈一事，实百年旷举。首辅有此创议，乃社稷之幸。只不知首辅于此事有多大决心，是一清到底呢，还是试试而行？”

“这话怎么说？”张居正不无兴趣地问。

“清丈事，在小民实被其惠，而于官宦之家，则殊多未便。据我所知，别的不说，单北京、山东、河南三处地带的田地，十之七八尽入勋戚权贵之家。一旦清丈起来，意见不同，碍于情面，摇于众论，畏首顾尾，患得患失，则良法终不可行，于社稷无补，倒徒增事端，又有什么用呢？”

张学颜的一番议论深邃畅劲，促使在场的人进一步考虑到问题的严重性。张居正听了大为惊叹，他从内心赞叹张学颜精明，几句话就切中要害。张居正当着众大臣之面，明确地表明了他的态度：“既为大政，就得令行禁止，不得含糊。定出具体条件，一经颁告，管他权贵官豪，一并受此约束。无论如何，除钦赐公田外，但有余数，尽数报官，按条鞭之规，该纳粮纳粮，该当差当差，不在优免之列。唯此，才说得上精核，说得上一清到底。”

张居正责成户部尚书张学颜亲自主持清丈。凡庄田、民田、职田、荡地、牧地，通行丈量，限三年完成。所丈土地，除皇上赐田外，一律按地办纳粮差，不准优免。

户部随后颁行了统一的《清丈条例》，规定了各级官员的职责及其完成期限。嘉靖以来，不断有人提出清丈天下田亩的倡议，在张居正的努力下终于付诸实现了，这是当时震撼朝野的一件大事。

由于清丈田亩触及了官僚、贵族、豪强地主的利益，所以遭到了他们的抵制和反抗，有些地方官对清丈田亩很不认真、很不得力，有的甚至公开庇护豪强，迟迟打不开清丈局面。张居正知难而进，坚定不渝，他表示“只要对国家有利，不怕个人安危”。他运用考成法，严厉督查各级官员认真清丈，对妨碍清丈的宗室、豪强，严加惩治。他下令：“但有执违阻挠，不分宗室、宦官、军、民，据法奏来重处。”他警示百官，“清丈之事，实为百年旷举”，不应“草草了事”，必须“详审精核”，“务为一了百当”。这样，清丈田亩工作最终冲破重重阻力，在全国范围内推广开来。

万历九年（1581年）九月，山东清丈完毕，增地36万余顷，吏部对有功官员进行了褒奖；同年十二月，江西清丈完毕，增地6万余顷，巡抚、巡按等官12人受到嘉奖；同时，松江知府闫邦宁、池州知府郭四维、安庆知府叶梦雄、徽州掌印同知李好问，都因清丈田亩不得为、不认真，受到停俸戴罪管事处分。之后，各省陆陆续续清丈完毕，有关官员都依照在清丈中的功罪，分别给予嘉奖和降处。

这次清丈达到了预期的成果。仅据北京、山东、河南统计，清出隐占田亩就达50余万顷。至清丈完毕统计，全国田亩总数达到701万顷。由于扩大了摊派税粮的负担面，初步做到“粮不增加，而轻重适均”。

清丈田亩的告成为全面改革赋役制度提供了条件，户部尚书张学颜亲自起草的一条鞭法终于到了能够全面推行的时候了。万历九年（1581年），张居正下令在全国推行一条鞭法。这个一条鞭法正如张学颜所说的，有许多好处，其主要特点是：

第一，赋役合并，化繁为简。其办法是通计各省、府、州、县田赋和徭役的总量以及土贡、方物等项征派，归之一总，统一征收。

第二，差役合并、役归于地。明代的差役征派有三种：按户征派的叫作里甲，按丁征派的叫作均徭，临时征派的叫作杂泛。从征派形式来说，又有役差（即直接服役）和银差（即输银代役）的区分。一条鞭法规定，所有的徭役（包括里甲、均摇、杂泛）全部折纳成银两缴纳，取消了扰民极大的差役征派。一条鞭法还规定，将银差摊入地亩，按亩征收，如有的“丁六粮四”（即将银差的十分之四推入地亩征收），有的“丁四粮六”，有的“丁粮各半”等。

第三，田赋征银、官收官解。田赋征派，除漕粮交纳实物外，其余部分一概征银。规定必须缴纳实物的漕粮，亦由民收民解（即押送）改为官收官解。明初实行粮长制，出纳万石田赋为一粮区，推其纳粮最多者为粮长，主管田赋的催征、经收和解运，称为民收民解。其后弊端杂生，遂改为官收官解。

一条鞭法的推行是与张居正创行考成法、整顿吏治、打击豪强、清丈田亩相辅相成的，没有这些条件，一条鞭法就难以推行。可以说一条鞭法的推行是张居正改革最终的归宿。张居正推行一条鞭法的直接目的是为了整顿赋役、克服财政危机、稳定明朝的统治，但它所产生的积极作用和重大影响，却远远超过了张居正的初衷。

一条鞭法将一部分户丁银摊入地亩征收，减轻户丁征派，加重土地负担，是有利于社会经济发展的。在地主制经济高度发展的明代，土地绝大部分在地主手里，户丁绝大多数在农民一边。把户丁银转入土地摊派，也就由农民一边转移到了地主方面。当然，这种转移并没有改变剥削的本质。它只不过是由对劳动力的直接榨取转化为对地租的再分配而已。国家加重对土地的征派，豪强地主千方百计地躲避这种征派，正是国家与地主之间瓜分地租再分配的斗争。但是，国家放松对于劳动力的直接控制，则为工商业的发展提供了便利条件。再加上一般工商业者并不占有土地或很少占有土地，从而也就摆脱了繁重的征派。一条鞭法推行以后，商业资本向土地投资的现象大大减少，即或有余资亦不置田产。一条鞭法关于赋役折银缴纳的规定，既是商品经济发展的表现，反过来又进一步促进了商品经济的发展，同时它还正式肯定了白银在赋役征收中的法定地位。所有这些，都是有益于资本主义萌芽和社会进步的。

一条鞭法从明中叶酝酿至万历年间遍行全国，历时一个半世纪，几经波折，时行时停，最后定为国策，不能不归功于张居正顺应历史潮流、因势利导的努力。

14 多方攻击

张居正自任内阁首辅后，一心为国家社稷着想，尽职尽责地辅佐教导幼主明神宗万历皇帝，力劝他亲贤臣，远小人，慎起居，戒游佚。又劝他罢节浮贵，量入为出，裁汰冗员，严核财赋。他积极进行改革，殚精竭智，一心为国，且不为毁誉所左右；兴利除弊，严明法纪，敢当重任。由于他的勤勉努力，使万历以来，主圣时清，吏治清正，纪纲振肃，风俗淳朴，烟火万里，露积相望，漠北骄虏，俯首称臣。

然而，也正因为如此，他难免得罪了不少人。他们对张居正的改革触及了自己的利益十分敌视，千方百计要与之作对。也有的人与张居正政见相左，甚至嫉妒其才能和权力。他们认为张居正以宰相自居，挟天子以令天下，事无大小，均须听命于他，也太专横霸道了。种种不满和矛盾不断地困扰着张居正，给他的改革带来了相当的阻力。

万历初年，礼部尚书陆树声就因看不惯张居正的一系列做法而辞职。

陆树声在朝中算是个清流首领，向来恃才傲物，天生一副侠肠，把功名看得淡泊。张居正对他很尊重，曾以后进之礼前往参谒。可他却不冷不热，弄得张居正非常尴尬。他对张居正的所作所为颇有些不以为然，不免时时耿耿于怀。他指责张居正不行王道，只顾富国强兵。在他看来，当首辅的应行大政，倡王道，举孝贤，清世风，而张居正一会儿节省钱财，一会儿派员巡边，一会儿要裁汰冗员，全是些鸡毛蒜皮的小事。他对张居正的考成尤为不满。有一次，一名给事中提醒他说，有几件事他还未办，督他抓紧，不然将据考成法如实报呈阁部。他听后不觉勃然大怒，大发了一顿脾气，竟拂袖而去，一连几天也不进礼部办事了。

戚继光与李成梁两军大败长董狐狸，获得辽东大捷后，举国欢庆，唯张居正却心绪不佳。想辽东御敌本是他一手策划，周密布置，又赖边关诸将同心协力，终将犯寇一鼓而歼，他为什么会不高兴呢？

原来，问题出在报捷上。

按照惯例，此次辽东大捷应由辽东巡抚张学颜向朝廷奏报，不料半路杀出个程咬金，巡按御史刘台来了个捷足先登，把捷报抢先送入京师。从程序上说，这似乎只是个手续上的错误。然而，张居正看得很明白，这实际上是一种越权行径！巡按不得过问地方军事，这在本朝正统年间就曾明文规定。再说，辽东御敌，刘台既未参与军务，又未指挥作战，何由你来报捷？巡按既可报捷，那么，负实际责任的巡抚岂不就可卸责？这对封疆大事，必又生出新弊病。

张居正在阁中向吕调阳和张四维说了自己的想法，他二人也觉得颇有道理，从综核名实的立场看来，不能就此放过。经过研究，张居正决定对刘台的处置可先礼后兵，先请旨动问，薄示警告，看其态度再作他论。同时可上疏奏请降诏，重申巡按之职只能是振举纲维，察举奸弊，摘发幽微，绳纠贪残。而巡抚则要筹措钱粮，调停赋役，整饬武备，抚安军民，两者不得混淆。

辽东巡按御史刘台自发出捷报后，就天天盼着朝中降旨封赏。不料，他盼来的圣旨非但没有加官晋爵的份儿，反而对他严加劾问。把刘台气得七窍生烟，一腔邪火全部化作对张居正的切齿大恨。他茶饭不思，冥思苦想，精心写就一份奏疏，欲报此申饬之仇，一泄私恨。所以那奏疏开门见山，毫不掩饰：

“臣闻进言者皆望陛下以舜、尧，而不闻责辅臣以皋、夔。何者？陛下有纳谏之明，而辅臣无容言之量也。高皇帝鉴前代之失，不设丞相，治归部、院。文皇帝始置内阁，参预机务。其时官阶未峻，无专肆之萌。二百年来，即有擅作威福者，尚惴惴然避宰相之名而不敢居。乃大学士张居正，俨然以相自处，自高拱被逐，擅威福者三四年矣……”

张居正自入阁以来，还从未遇到过这样用心险恶的弹劾之章，直气得头皮发麻，四肢发颤，那怒火烈焰腾腾地在胸中燃烧起来。此时，他真如万箭穿心，悲愤齐集。他想起本朝开国二百余年，还从来没有门生弹劾座主的事，偏偏自己在隆庆五年接纳的进士刘台，竟会如此无情，这刺激确切太大了。几年来，当国的艰难，辅导幼皇的辛苦，刘台不一定明白，可他既然疏请皇上抑损相权，自己今后如何办事？刘台呀刘台，你违制妄奏，法应降谪，可我请旨戒饬，并没动你一根毛发，想不到你气度如此狭隘，一言不合，便与我反目……

张居正一气之下上书自请解职。小皇帝获悉后立刻召见张居正，细声规劝张居正：“不想有些畜物，狂发悖言，动摇社稷，令先生受惊了！”

就这一句话，张居正听后万分亲切，心中荡起阵阵暖流，那眼泪竟簌簌地掉了下来，万历见状，心甚不安，走下御座，亲手扶张居正站起来，说：“先生请起，朕当逮问刘台，以免他人效尤！朕不可一日无先生，就请先生照常入阁视事吧！”

张居正不得不收回辞呈，继续回阁重理国事，而刘台则被削职为民，从此离开了仕途。

刘台事件尽管平息了，但在张居正的心灵上却从此蒙上了一层难以抹去的阴影。

谁知不久，因为父亲的去世，又引起了一场门生发难的风波。

照旧例，父母去世后要在家守孝三年。可是关于张居正的守孝问题，皇上和朝中大臣却莫衷一是。万历帝降旨：“朕元辅受皇考付托，辅朕冲幼，安定社稷，朕深切依赖，哪里可一日离朕？”皇上命令张居正不必回家乡守制。

正在张居正徘徊不前的时候，以吏部尚书张瀚为首的一批张居正的门生又对他刀剑相逼，逼他离阁回乡。

15　含恨而终

翰林院编修吴中行乃隆庆五年进士。那年，正是张居正主考，依例而言，张居正便是他的座师。这种师谊、门谊，向来很为科甲出身的人所注重，可吴中行这人天生傲骨，又正是年少气旺。他趁张居正丧父之机，想轰轰烈烈地闹腾一番，给青史留下个不徇私情的光辉形象。他指责张居正平日里满嘴圣贤义理，却连父丧都不去守，圣贤之训何在？并说张居正哪里是为了国事，无非拨弄名辞，贪恋权位而已。他写了份谏疏递了上去。

时隔一天，张居正的又一门生，翰林院检讨赵用贤也上疏，诬陷张居正不奔丧是不明法纪，背徇私情……

紧跟着，刑部员外郎艾穆、主事沈思孝也联名上疏，斥责张居正不修匹夫常节，不做纲常之表率，愧对天下后世……

天哪，怎么又是自己的门生？他想起当年大奸相严嵩满朝结怨，人人切齿，却还没有一个他的门生或同乡去围攻他。如今，他竟连严嵩都不如了吗？

张居正此时已悲愤到了极点，他几步冲到桌边，提起了毛笔。他浑身上下热血奔涌，什么圣贤之训，什么人伦道德，统统见鬼去吧！我张居正为国、为民，胸怀宽广，忠孝就是不能两全！非顾及那些虚名清议做什么？

他飞快地在纸上写下一疏："殊恩不可横干，君命不可屡抗。既以身任国家之重，不宜复顾其私。臣连日自思，且感且惧，欲再行陈乞，恐重获罪戾。遂不敢再申请，谨当恪遵前旨。俟七七满日，不随朝，赴阁办事，随侍讲读。”

写毕，张居正连连长嘘了几口气，好像要把数日来的闷气全都倾吐干净。最后，他竟扬起一拳狠狠击在桌上，那支毛笔从笔架上震落下来，滚到一沓梅花素笺上。立时，洁白的笺纸沾染上了几大滴墨迹。

经受了几次门生发难的沉重打击和为父奔丧的长途跋涉，张居正忽然身患重病，卧床不起，经过多方医治不见好转。

张居正自知将要不起，遂连上两疏，恳求万历恩准致仕归去，以求生还江陵故土，万历始终不准。

这天，万历帝亲自派遣的一大群太监，文渊阁中的大学士张四维、申时行以及在京的各部尚书们齐集在张居正病榻前。

张四维探身床前，向奄奄一息的张居正轻言道：“首辅，朝中同僚都来看你了，你可有话要说？”张居正微微睁开眼，无神的眼睛缓缓扫过众人，又无力地闭上。嘴唇颤动着，断断续续吐出几个字：“有劳……诸位了……”

他嘴唇嗫嚅着，声音却微弱得听不清了。守候在床头的家人将耳朵贴近，仔细一听，方缓缓告知张四维道：“家主是问清田丈亩之事进展怎么样。”

张四维不禁微微一愣，想不到首辅病成这样，却仍念念不忘国事，一时竟不知如何作答。户部尚书张学颜趋步到床前，对着张居正一字一顿地说着：“便告首辅：清丈基本完成，全国田亩总数为七百零一万三千九百余顷，比弘治十五年以来增加了三百多万亩，可见这次清丈异常成功。”

“好……好。”张居正枯黄的面颊掠过一丝喜色。

张居正艰难地喘了几口气，眼睛陡地睁大，现出一种异样的眼光。他手指万历身边的长随太监奋力说：“贱体……积……劳致病，已成朽木，然……犬马依恋之心，无时无刻不在……皇上左右……”他眼睛里流出一滴晶莹的泪珠。此时，他如同用尽了全部精力，头猛地一沉，手臂像断了线的风筝无力地垂了下来。

此时是万历十年（1582年）六月二十日。张居正终于遗下他呕心沥血建树的改革业绩以及年近八旬的老母、30余年的伴侣、6个儿子、6个孙子，安静地离开了人间，终年58岁。

张居正病重期间，明神宗万历皇帝曾十分痛心，送给他许多珍贵药品和补品，并对他说："先生功大，朕无可为酬，只是看顾先生的子孙便了。"这样，张居正在九泉之下也用不着为自己的子孙担心了。张居正病逝后，神宗下诏罢朝数日，并赠他为上柱国，赐谥"文忠"。据谥法解，"文"是曾任翰林者常有的谥法，"忠"是特赐，"危身奉上曰忠"。明显在赐谥时，神宗对于张居正功勋业绩的评价是相当高的。然而，张居正尸骨未寒，时局却急下逆转。

16　死后蒙冤

没过几个月，明神宗就变了脸，加上那些在改革中被张居正得罪的人添盐加醋地告状，张居正立刻遭到自上而下的痛斥。

张居正过去的改革其所以能得以顺利进行，在很大程度上取决于神宗与他保持了一致的态度。这种局面由两种因素决定，一是自嘉靖以来在与日俱增政治危机的猛烈打击下，统治阶级再也不能按照原来的样子继续统治下去了，所以反对改革的势力未能占据上风；二是由于神宗即位后，年仅10岁，他对身兼严师和首辅的张居正敬畏有加，处处听从其指点，因此对进行的改革并无疑议。在这种形势下，张居正代表的是地主阶级的整体利益，行使的是至高无上的皇帝的权力，所以才使其改革取得了迅速成功。

后来，情况却发生了很大变化，一方面改革初见成效，危机已经缓解，官僚和贵族们在贪婪的本性役使下，强烈要求冲破改革时期所受的节制，并进而废弃改革；另一方面，神宗皇帝逐渐长大，对于威柄震主的张居正日益不满起来，嫌张居正把自己管得太牢，使自己不能自由地行使权力。张居正活着的时候，他不敢怎么样，现在张居正死了，他就谁也不怕了。

张居正死后，司礼太监张诚、张鲸在神宗面前死命攻击张居正的主要支持者大太监冯保，随即冯保被逮捕，家产被查抄。冯保的失势，必然导致对张居正的不利，于是一场反冯运动同时也拉开了弹劾张居正的序幕。

正如曾被张居正逐出朝门的原兵部侍郎汪道昆所归纳的："张公之祸是在所难免的。个中缘由，乃因为张公欲有所作为，必揽大权在手。而这大权非是别人，乃当今天子之权！张公当权便是天子的失位，效忠国家意味着蔑视皇上！功高震主，权重遭忌，此即张公无法逃脱的必由之路。"

明神宗态度的变化，在反对改革的官僚和贵族中引起强烈反应。那些受过张居正斥责的人乘机告状，原来巴结张居正的人也都反咬一口。明神宗听了朝中这些人的话，下令把被张居正改革过的旧东西都恢复起来。张居正创行的考成法被取消，官员不得任意使用驿站的驿递新规被废弛，张居正重用的官员被罢黜，好多被裁撤的官员一个个又官复原职，重新被起用。

万历十一年（1583年）三月，明神宗诏夺张居正上柱国封号和文忠赐谥，并撤销其儿子张简修锦衣卫统率的职务。不仅如此，当有人告发张居正专权，要谋反，他家里一定藏着许多财宝时，神宗皇帝也不仔细审查，就马上下令："张居正简直是作恶多端，快给我抄了他的家！"

万历十一年五月，张宅被抄。所有的金银财宝都被搜了出来。十余口人被活活饿死，长子敬修自杀，三子懋修投井未死，保存了一条性命。但神宗听了还不满意，索性又下令说："张居正生前专权乱政，干了许多坏事，本当把他的尸首从棺材里拉出来斩首，念他在朝廷办事多年，就免了。不过，对他的亲属不能轻饶，都给我充军去！"在刑部尚书潘季驯的恳求下，神宗才勉强答应留空宅一所，田地10顷，以赡养张居正的八旬老母。

明神宗曾对张居正说过，会照顾好他的子孙的，可是在张居正死后不久，其家里人便死的死，判刑的判刑。一个为国家的富强建立了功勋的人，反倒成了罪人！这个结局，张居正生前万万不会料到。就连张居正生前所重用之人，如张学颜、方逢时、梁梦龙等辈，也均遭遣还籍。

张居正的改革是顺应历史潮流的。他所建树的业绩并没有因为改革的废止全部付诸流水。例如，封贡通市，改善蒙汉关系，并没有因为张居正改革的废止而消失。恰恰相反，在张居正死后，蒙汉两族的友好往来依然如初，并不断向前发展。清代魏源在追述蒙汉关系的改善时说："高拱、张居正、王崇古，张弛驾驭，因势推移，不独明塞息五十年之烽燧，且为本朝开二百年之太平。"又如，改革赋役制度，推行一条鞭法，在张居正死后仍一直向前发展。这种情况证明，明神宗虽然可以凭借至高无上的皇权废止张居正改革，查抄张居正的家产，但却改变不了"天下不得不条鞭之势"的历史潮流。

历史是无情的。张居正死后，他的改革被废止了，明神宗如小鸟出笼，无拘无束。他嗜酒、贪色、敛财，满足私欲，大肆发作。他横征暴敛，挥金如土。朝廷上下荒淫无度，糜烂不堪，各种社会矛盾急剧激化起来，一发而不可收拾，再也无人能力挽狂澜了。

面对日益倾颓的朝廷和处于水深火热之中的人民，许多有识之士不禁想起了张居正及他的改革功绩。明熹宗天启二年（1622年），熹宗帝下诏为张居正平反昭雪。崇祯三年（1630年），礼部侍郎罗喻义又挺身而出为张居正讼冤。直到崇祯十三年（1640年），崇祯皇帝最终下诏恢复张居正长子张敬修官职，并授予张敬修的孙子同敞中书舍人。

虽然此后由于政治腐败，明王朝开始走上覆灭的道路，致使张居正的改革设想没能继续下去。但是从天启、崇祯皇帝对张居正及其改革的肯定，可以说明张居正忠心耿耿辅助小皇帝，为革除积弊、创建新政呕心沥血，鞠躬尽瘁，他的功绩是永不磨灭的。"恩怨尽时方论定，封疆危日见才雄"，后人在江陵张居正故宅题诗抒怀，堪称对张居正身后功过是非的真实写照。张居正不愧是明代最杰出的政治家、改革家。

（十五）

晚清中兴第一臣

——曾国藩

1　一介贫窭

1811年11月26日（清嘉庆十六年十月十一日）深夜，曾国藩出生在湖南省长沙府湘乡县高楣山下大界里白杨坪（今属双峰县荷叶乡）一个耕读世家。

曾国藩祖籍衡阳，清初迁到湘乡。他的祖父曾玉屏是个善于经营的乡下财主。其父曾麟书一生在科场上不得志，经过十一次考试，直至43岁才考取秀才，仅比曾国藩早一年入县学。曾玉屏怒其不争，时常责骂他。曾麟书自知愚拙，无意仕途，遂“发愤教督诸子”，将光大门第的希望寄托在曾国藩兄弟身上。曾国藩5岁开始识字，6岁入他父亲执教的利见斋私塾学习。他自幼聪明，勤奋好学，仅在两年中就读完了“五经”，随即开始学习八股文，为科举考试做准备。14岁那年，他父亲的好友欧阳凝祉看到曾国藩的诗文，大加赞赏。曾麟书亦有意卖弄儿子的才学，便请命题试之，欧阳凝祉以“共登青云梯”命为试律，曾国藩文思如涌，片刻立就。欧阳凝祉阅后赞赏说：“是固金华殿中人语也。”他认为曾国藩前程无量，遂将自己的女儿许与曾国藩为妻，此即曾国藩的正妻欧阳氏。1824年，曾国藩第一次赴省城长沙应童子府试，不中。回家继续从父读《周礼》《仪礼》《史记》等书。两年后，曾国藩再次赴长沙参加府试，取第七名。1832年，曾国藩与父亲一起参加院试，曾麟书以案首入湘乡县学，曾国藩备取，以佾生注册。随后，曾国藩入衡阳唐氏私塾和湘乡涟滨书院，学业虽有长进，但未通过院试这一关。他深感惭愧，立志发奋，并改号涤生，用他自己的话说："涤者，取涤其尘污也；生者，取明袁了凡言：从前种种，譬如昨日死；今后种种，譬如今日生。"经过一年苦读，曾国藩于1833年通过了院试这一关，成为曾家第二个秀才。

1834年，曾国藩进入湖南最高学府，全国四大书院之一的岳麓书院学习。当时岳麓书院的山长是欧阳厚钧，他是嘉庆四年进士，曾任郎中、御史，后以母老告归。他在岳麓书院主讲了27年，弟子三千。正是在这里，曾国藩与师友在岳麓山下吟诗作赋，挑灯夜读，比较系统地接受了封建思想教育和湖湘学风的熏陶。后来他回忆起这段生活还赋诗道：

岳麓东环湘水回，长沙风物信佳哉。
妙高峰下携谁步？爱晚亭边醉几回？
夏后功名余片石，汉王钟鼓拨寒灰。
知君此日沉吟地，是我当年眺览来。

同年秋，曾国藩参加乡试，中第三十六名举人。同年底，曾国藩赶赴北京参加会试。1835年，曾国藩会试不中，滞留京师，居长沙会馆读书，"穷研经、史，尤好昌黎韩氏之文，慨然思蹑而从之，治古文词自此始"。天渐寒，远离家乡的游子，由于功名渺茫而赋诗伤感：

韶华弹指总悠悠，我到人间廿五秋。
自愧望洋迷学海，更无清福住糟邱。
频年踪迹随波谲，大半光阴被墨磨。
匣里龙泉吟不住，问予何日斫蛟鼍。

一年以后，参加会试的曾国藩再次落选。此时，囊中告罄，只好南归，返乡途中借银一百两在江宁买了一部二十三史。回家后，曾麟书对他说："尔借钱买书，吾不惜为汝弥缝，但能悉心读之，欺不负尔。"这几句话对曾国藩的激励很大，他立下誓言："每日点十页，间断不孝。"由是侵晨起读，中夜而休，泛览百家，足不出户者几一年。"

1838年，曾国藩再次赴京参加会试。上京前，他向亲朋借贷盘缠。曾国藩找到在外面打牌的堂伯父说："堂伯在上，小侄赴京赶考，缺乏盘资，特来告贷。"堂伯随口说："给你纹银十两，你到我家里去拿。"曾国藩来到堂伯家，对堂伯母说："小侄打算进京赶考，特来拜辞，一则向伯母请安，二则求伯母借些盘缠。"伯母答道："愿你金榜题名，不过伯母手中不太宽裕，暂借纹银十两于你，以补不足。"曾国藩听了，随即起身叩头，说："多谢伯母大人抬爱，允借银十两。还有伯父允借十两，要我来取，总计纹银二十两，望伯母恩赐。"堂伯母自知失言，不好收回，不得不从箱内取银二十两交给了曾国藩。

曾国藩到京后，鸿运高照，中第三十八名贡士。次年4月，曾国藩在保和殿参加了由道光帝亲自主持的殿试，中三甲第四十二名，赐同进士出身。随即又在保和殿参加朝考，取一等第三名，试卷进呈道光帝，拔置第二名。5月，改翰林院庶吉士。1840年2月庶吉士撤馆，曾国藩列二等第十九名，授翰林院检讨，秩从七品。在京都，曾国藩这匹"千里马"遇到了"伯乐"穆彰阿。

2 贵人相助

穆彰阿，满洲镶蓝旗人，翰林出身，时任文华殿大学士、军机大臣，权势显赫一时，“自嘉庆以来，典乡试三，典会试五。凡复试、殿试、朝考、教习庶吉士散馆考差，大考真翰詹，无岁不与衡文之役。国史、玉牒、实录诸馆，皆为总裁”。门生故吏遍于朝廷内外，知名之士多被援引，当时号曰“穆党”。曾国藩会考中试，正总裁就是穆彰阿，二人遂有师生之谊，穆赏识曾的才干，曾对穆也非常恭敬。时相往来，穆很关照曾。1843年大考翰詹，穆为总考官，交卷之后，穆向曾索取应试诗赋，曾随即回住处誊清，亲自送往穆宅。夜晚，曾国藩忽然接到次日召见的谕旨，乃夜宿穆府。次日到了皇宫某处，却发现并非往日等候召见的地方，结果白白等了半天，只好退回穆宅，准备第二天再去。晚上，穆向曾询问皇上召见情况，曾国藩说：“我在那里等了半天，也未见人来传呼，只好回来。”穆又问：“汝见壁间所悬字幅否？”见曾答不上来，穆怅然曰：“机缘可惜。”曾国藩很乖巧，立即起身，向穆倒地一拜，曰：“愚生不才，求恩师指点。”穆思索半天，召来仆人说：“赶快将四百两银子送给某内监，嘱其将某处壁间字秉烛代录，此金作为报酬。”太监将壁上的历朝圣训抄录出来，曾国藩连夜细读，背得滚瓜烂熟。次日圣上召见，奏对称旨，龙心大悦。皇帝对穆说：“汝说曾某遇事留心，我试了一下，确实如此。”从此，曾国藩青云直上。1847年即超擢内阁学士兼礼部侍郎衔，1849年又升授礼部右侍郎，并在四年之中遍兼兵、工、刑、吏各部侍郎。十年七迁，连跃十级。由寒门儒生，骤升二品京官的高位，升迁如此之快，连他自己都觉意外，他写信对他祖父说："孙荷蒙皇上破格天恩，升授内阁学士兼礼部侍郎衔。由从四品骤升二品，超越四级，升擢不次，惶悚实深。"却又自负地对他弟弟说，湖南"三十七岁至二品者本朝尚无一人"，"近年中进士而得阁学者，惟壬辰季仙九师，乙未张小浦以及余三人"。曾国藩对穆彰阿更是感恩戴德，他深有体会地说："一个人想要做点儿事，除了机遇之外，还要有贵人相助。"

过了两年，曾国藩升授礼部右侍郎。左右侍郎与尚书同为一部负责官员，曾国藩对朝廷正式负有实际责任了。他在家书中说："从前阁学虽兼部堂衔，实与部务毫不相干。今既为部堂，则事务较繁，每日须至署办事……几乎刻无暇晷。"从此，曾国藩正式参议朝政大事，开始了自己的执政生涯。

1850年初，道光帝病逝，奕詝即位，即咸丰帝。即位后，他就道光遗命四条中"无庸郊配，无庸庙祔"二条交臣工详议。曾国藩陈《遵议大礼疏》，咸丰帝批示"颇有是处"，并于宫中召见他，曾国藩详细对策，颇得咸丰嘉许。

1851年1月11日，洪秀全领导太平天国起义，咸丰帝非常震怒，四处调兵，打算把太平天国革命扼杀在摇篮里。但由于将帅失和，清军一触即溃。曾国藩上了一折，指出国家有两大病患，一是国用不足，二是兵伍不精，他建议裁汰五万绿营兵，以裕国用。奏折送上去后咸丰帝批示"知道了"，曾国藩不明白咸丰到底同意与否。4月26日，曾国藩以谏诤之臣的姿态再上一疏，措辞直指咸丰皇帝，指出咸丰有三弊，一是苛于小节，疏于大计；二是徒尚文饰，不求实际；三是刚愎自用，饰非拒谏。年轻的咸丰阅后大叫"狂悖！"，"怒摔其折于地，立召军机大臣欲罪之"。军机大臣祁藻和曾国藩的会试座师季芝昌为之苦苦求情曰："此门生素有愚直，惟皇上幸而赦之。"于是咸丰忙道："曾国藩条陈一折，意在陈善责难，预防流弊，虽迂腐欠通，意尚可取，今若治罪于他，反招致朝臣议论。”于是，仍优诏褒答。由于曾国藩“好直谏议事”，所以遭到权贵的侧目，处境孤立，“诸公贵人见之或引避至不与同席”。

经历了这件事后，曾国藩颇感前途渺茫。1851年除夕辞旧迎新之际，他写了《浪淘沙》词：“西舍拥金钱，侍妾酣眠。东家宦味薄于蝉。各有心情各道路，北马南船。直者委沟边，曲者攀缘。何从何去两茫然。今昔往以詹尹卜，明日新年。”

从此以后，曾国藩锋芒锐减，再不敢在奏折中指责皇帝，对其大政方针表示不满了。一个月后他在一本奏折中说：“臣材本疏庸，识尤浅陋，无朱云之廉正，徒学其狂，乏汲黯之忠诚，但师其憨。”颇有忏悔之意。

1852年7月，曾国藩被任命为江西乡试正考官。他于8月9日出京，9月7日行抵安徽太和县境内小池驿，得知母亲江氏去世的讣闻，遂取道黄梅至九江，随后溯长江西上至武昌，因太平军攻打长沙，曾国藩经岳州，取道湘阴、宁乡，于10月6日抵家，从而开始了为期四个月的乡居生活。

3 应命出山

太平军起义后，很快进入湖南，攻嘉禾、占郴州、围长沙，渡洞庭湖，战岳州、下汉阳、克武昌。消息传到北京，清政府一片慌乱，赶忙命令各地兴办团练，协同镇压起义军。1853年1月21日，曾国藩接到寄谕，令其协同办理湖南团练。当时，曾国藩刚在两个月前将其母的棺柩厝置于居室之后，还未来得及举行葬礼。接到这个谕旨，不由左右为难。既想建功立业，又怕丁忧期间出来任事遭人讥笑。踌躇再三，具疏仍请在家终制。该疏还没来得及发出，翰林院庶吉士、曾国藩之好友郭嵩焘奉湖南巡抚张亮基之命，借吊丧之名来到曾府，促请曾国藩出山。

曾国藩以热孝在身加以推辞。

郭嵩焘忙激将他说："可惜我和张中丞（亮基）都看错了人，我郭嵩焘二十年来自认为与你最相知，看来也靠不住！'犹当下同郭与李，手提两京还天子！'原来只是文人的诗句，并不是志士的心愿。"

郭嵩焘的几句挖苦话，说得要强的曾国藩内心激荡。

"筠仙（郭嵩焘字），你也不理解我？"

郭不理睬曾，自言自语道："只有一人没有说错。"

"谁？"曾国藩脱口问道。

"湖南水陆提督鲍起豹。他说，曾国藩乃一介文弱书生，他有何本事办团练，别看他平日气壮如牛，到头来一定胆小如鼠。"

曾国藩知道郭在激他，扑哧一声笑了起来，说："我不是周公瑾，几句话可以激得了的。”

郭嵩焘正色道：“谁要激你？我只是为你可惜。你本有澄清天下之志，今不乘时而出，拘于古礼，何益于君父？且墨经从戎，古之制也。何况又有皇上煌煌明谕，望仁兄勿再固小节而失大义。”

随后，郭嵩焘又去动员曾国藩的父亲，曾麟书也赞同郭的看法，怂恿曾国藩移孝作忠出办团练。这样，曾国藩既有保全桑梓的名号，又有父命可秉承，就不怕别人疑其用心，讥其不孝了，因此破釜沉舟，决意出山。

1853年1月30日，曾国藩到达长沙与湖南巡抚张亮基商办团练。曾国藩认为集中训练一支精锐部队是当务之急。但咸丰帝并没有让他募勇练兵，建立军队。为此，他在“团练”二字上大做文章，把本来并无二致的一个名词“谬加区别”，一分为二，一则称“团”，一则称“练”，反复强调“重在团，不重在练”。他说：“团即保甲之法，清查户口，不许容留匪人，一言尽之矣；练则制械选丁，请师造旗，为费较多。”团练大臣曾国藩打着办团练的旗号另搞一套，志不在团练，而在建军。

1853年1月曾国藩初到长沙时，巡抚张亮基所调各县练勇除湘勇外，还有楚勇、浏勇、泸溪勇、辰勇、宝勇等。其后楚勇、泸溪勇都在张亮基署理湖广总督时全部带走。剩下的湘勇，曾国藩饬塔齐布训练。

当时已经北上的太平军所播下的革命火种已在各地燎燃了。1852年2月，道州天地会何贱苟率会众起义，曾国藩即派刘长佑、王鑫率勇前往镇压。3月，衡山会党刘积厚于草市起义，曾国藩派罗泽南领兵镇压。与此同时，曾国藩还在长沙鱼塘口公馆内设立审案局，为豪绅捕杀农民大开方便之门。同时，对被捆送者的处置，既不依据法律条文，也不需任何证据，唯土豪劣绅们的言辞为据，重则砍头，轻则杖毙，最轻的也要鞭之千百，瘐死狱中。数月之内，斩杀、杖毙无辜百姓达二百人。

曾国藩身为团练大臣，既非地方大吏，又非钦差大臣，非官非绅，身份尴尬。新署理湖南巡抚的潘铎、布政使徐有壬、按察使陶恩培对曾国藩集练的湘勇非常歧视。可曾国藩有意越职侵权，摸一摸老虎屁股。

从1853年起，曾国藩通过教官塔齐布传令绿营兵会操。绿营将骄兵惰，向来蔑视团练。在他们看来，曾国藩令他们与练勇会操是一种污辱。长沙协副将清德从来不到，提督鲍起豹与清德串联，攻讦曾国藩："盛夏操兵虐军士……我不传操，敢妄为者，军棍从事。"曾国藩愤然上疏参奏清德，朝廷将清德革职拿问。这样，致使湖南营兵与湘勇"齿齿不洽"。不久，鲍起豹的提标兵（又称永顺兵）与塔齐布统带的辰勇因赌博发生斗殴，提标兵鸣号列队，准备讨伐辰勇。曾国藩欲杀一儆百，指名索捕肇事士卒。鲍起豹十分气愤，故意大肆张扬，公然将肇事者捆送曾国藩公馆。提标兵群情汹汹，先去围攻塔齐布，毁其居室，塔齐布藏于草中幸免于死。当晚又冲进曾国藩公馆，枪伤其随从亲兵，并大肆叫嚷："请曾大人放人。"

曾国藩鼓起三角眼，厉声喝道："你们欺人太甚。"

带队闹事的云南楚雄协副将邓绍良对曾国藩说："兄弟们要求大人放人。"曾国藩骂道："邓绍良，你乃操刀杀人之鲁莽武夫，竟狗胆包天，在我面前如此放肆，你眼里还有没有朝廷，有没有国法？！"

邓绍良气焰矮了半截，仍在嘴上逞强："曾大人，不是我放肆，而是兄弟们不答应。"

曾国藩眼喷怒火，说："邓副将，弟兄们不答应，你答不答应？手下的士兵都不能弹压，朝廷要你这个副将何用！"

邓绍良不吱声了，他的手下士兵仍旧在乱嚷："放人！否则我们要动手了！"

曾国藩无计可施，只得向巡抚骆秉章求援。曾国藩公馆就设在巡抚衙门的射圃内，中间仅隔一道墙，事情闹到这种地步，近在咫尺的巡抚骆秉章装聋作哑，坐观事态的发展，直到曾国藩前去打门，这才出来解围。曾国藩在长沙感到处处掣肘，乃于1853年9月移军衡州。

4　挥师北上

曾国藩对兵勇的训练非常重视，军事训练的内容主要为操（上操）、演（演习武艺及阵法）、巡（巡逻）、点（点名）四个方面。曾国藩规定，湘军士兵每天凌晨和傍晚各上操一次，中午和熄灯前各点名一次。早晚各派三成队伍站墙子一次。对武艺、阵法的演习，每十日中逢三、六、九日上午演戚继光创的鸳鸯阵、三才阵等阵法，逢一、四、七上午演抬枪，逢二、八上午练习跑跳，逢五、十上午演连环枪法，而每天下午则演习拳、棒、刀、矛等。

湘军分水陆两部。曾国藩预备编练湘军万人，后又奉创水师，遂改原定集训陆师万人的计划为水陆各五千人。由于湘军陆师实际人数已超过五千人，因而便对各营缩编，邹寿章、周凤山、储玖躬、曾国葆和新化勇各为一营五百人不变，塔齐布、罗泽南各将两营七百人缩编为一营五百人，王鑫六营两千二百人缩编为三营一千五百人。王鑫不服，诉之于骆秉章，骆认为王鑫所募新勇可用，无须遣散。此后，王鑫投靠骆的门下。平江知县林源恩投书曾国藩，愿充一营官，曾令其募平江勇五百，编为一营。又令朱孙治、邹世琦、杨名声各募一营，凑成十营五千人之数，使湘军陆师初具规模。

湘军水师筹建于1852年12月，当时太平军在益州、岳阳征集民船万只，建立水师之后顺流而下，连克九江、安庆、金陵。因此，曾国藩筹建水师，以抗击太平水军。至1854年2月，湘军水师共计有大小船只三百六十一艘，其中施罟大船一艘，快蟹船四十艘，长龙船五十艘，舢板一百五十只，用钓船改造而成的战船一百二十只，同时船上装备大小炮四百七十门，委褚汝航、夏銮、胡嘉垣、胡作霖、成名标、诸殿元、杨载福、彭玉麟、邹汉章、龙献深等人担任营官。

曾国藩原计划将水陆各军练好之后再上奏清廷，出省作战。结果，船炮还没准备齐全就招来咸丰皇帝的一连串征调谕旨。1853年，太平军西征蕲、黄，威胁武汉，清廷下令曾国藩增援湖北。1853年12月，太平军进攻庐州，清政府又下令曾国藩赶往安徽救援。曾国藩深知“剑戟不利不可以断割，毛羽不丰不可以高飞”，拒绝出征。

咸丰帝以讥讽的语气在曾国藩所上奏折上批道：“今观汝奏，直以数省军务一身克当。试问汝之才能乎？否乎？平日漫自矜诩，以为无出己之右者，及到临事，果能尽符其言甚好，若稍涉张皇，岂不贻笑于天下？”并再次催促曾国藩赶紧赴援，谓：“汝能自担重任，迥非畏葸者比，言既出诸汝口，必须尽如所言，办与朕看。”

曾国藩接到谕旨后，仍旧拒绝出征，他在奏折中陈述船炮未备、兵勇不齐的情况之后，慷慨激昂地表示：“臣自谓才智浅薄，唯有愚诚不敢避死而已，至于成败利钝，一无可恃。皇上若遽责臣以成效，则臣惶悚无地，与其将来毫无功绩，受大言欺君之罪，不如此时据实陈明，受畏葸不前之罪。”咸丰感其诚，安慰道：“成败利钝，固不可逆睹，然汝之心可质天日，非独朕知。”

曾国藩闻命感激，加快了出征的准备，以报皇恩。

1854年2月12日，太平军西征军在湖北黄州大获全胜，烧毁清军兵营11座，曾国藩的会试座师、湖广总督吴文镕投水而死。咸丰帝得报，急令曾国藩统带炮船兵勇顺江而下，直达武汉。2月25日，曾国藩率湘军水陆兵弁17000余人，浩浩荡荡，挥师北上。临行之前曾国藩发布了《讨粤匪檄》的檄文，对太平天国革命进行了攻击，号召地主阶级一同镇压这场声势浩大的农民战争。

5 出师不利

太平军定都天京（今南京）后，随即开始了西征。西征军在再度攻克汉口、汉阳后，分军进攻湖南。1854年2月27日占领岳州，连下湘阴、靖港、宁乡，形成长驱直入的形势，前锋距湖南省城长沙仅有六七十里，长沙城内一片慌乱，曾国藩派塔齐布、周凤山、杨载福分率水陆湘军沿湘江北上迎击。太平军见湘军来势汹汹，便退出岳州，撤往湖北。后遇自汉阳西上的林绍璋部援军，两军会合后再次南下，杀向湖南。湘军占领岳州后，塔齐布、周凤山乘势进占湖北通城。4月4日，王鑫部与太平军交战于羊楼司，大败，逃回岳州。4月7日，太平军攻城，王鑫缒城而出，曾国藩率部退守长沙，太平军乘胜追击，占岳州、靖港、宁乡，前锋攻克湘潭，形成对长沙的钳形攻势。

曾国藩虽然吃了败仗，但湘军主力并没有受损。为了冲破包围，曾国藩于25日先派塔齐布率陆军对湘潭太平军猛攻，随后又派褚汝航、彭玉麟、杨载福率水师五营驰援。湘军水师凭借船炮的优势，冲溃由民船组成的太平军水营，经过7天激战，攻陷湘潭。湘军另一路由曾国藩率领，于28日攻打靖港。由于太平军炮轰舟逼，又遇西南风发，水流过急，湘军战船不能停泊，中炮起火，四处逃窜，五营水兵尽遭歼灭。陆军见状也夺浮桥纷纷溃逃，曾国藩执剑督阵，并树令旗于岸边，上书“过旗者斩”，士卒皆绕旗狂奔，曾国藩过去曾多次讥笑清朝绿营兵不能打仗，现在看到自己训练的湘军也一败涂地，感到无脸见江东父老，一气之下，跳入江中，想一死了之，幸好被随员救起逃回长沙。

湖南官吏原来就憎恨曾国藩多事，轻视湘军无用，闻其打了败仗，纷纷找骆秉章告状，要求参劾曾国藩，解散湘军。曾国藩自认难辞其咎，便写好遗嘱，暗令曾国葆买回棺木，准备自杀，以谢丧师败北之罪。咸丰帝接到湘军失败的奏禀，下诏质问曾国藩为何节节失败。曾国藩反倒冷静下来，灵机一动，把手下人原来准备的奏折上写的“屡战屡败”改成“屡败屡战”。又把他买回棺材想死的事，改成“带棺出征，与粤匪决一死战，不获全胜，决不生还”作为军令状，附在奏折的后面。这本奏折使咸丰帝对曾国藩的看法大为改观，对其十分赞赏，将曾国藩革职留用，仍署理军事。

靖港战后，曾国藩对湘军进行了重整。凡溃散之勇皆在裁撤之列。曾国藩的弟弟曾国葆也在被裁之列。而与太平军拼命的彭玉麟、塔齐布、杨载福营则允许大量增募新勇，这样使湘军总人数很快扩充至一万余人。

1854年7月7日，曾国藩派褚汝航、夏銮、彭玉麟、杨载福领水师四营进逼岳州。7月24日，太平军迎战失利，连夜退守城陵矶要塞。8月9日，陈辉龙、沙镇邦、褚汝航、夏銮四人率部飞舟直达城陵矶下，落入太平军早已设好的伏击圈内，全部被歼。曾国藩闻报“伤心陨涕”。

8月11日，湘军塔齐布在战斗中杀死太平军猛将曾天养，太平军无心恋战，退守湖北。湘军于是水陆并进，乘势入鄂。太平军见湘军其势汹汹，于10月13日夜间弃城撤往田家镇，湘军于是占领武昌。

咸丰帝得知湘军攻占武昌的消息，非常高兴，立即任命曾国藩署理湖北巡抚，并在奏折上批道：“览奏感慰实深。获此大胜，殊非意料所及。朕唯兢业自持，叩天速赦民劫也。”他还眉飞色舞地对军机大臣说：“不意曾国藩一书生，乃能建此奇功。”另有一人进言说：“曾国藩以侍郎在籍，犹匹夫耳。匹夫居闾里，一呼，蹶起从之者万余人，恐非国家之福也。”咸丰帝顿悟，以致后来一直严奉祖训，不肯把地方督抚大权交给曾国藩。恰好曾国藩收到其署理湖北巡抚的谕旨时，假意推辞，免得由于丁忧期间立功受职而被人讥笑，有碍名节。然而曾国藩的辞谢奏疏还没送到北京，咸丰帝改变了主意，他在曾国藩的奏折上批道："朕料汝必辞，又念及你要整师东下，署抚空有其名，故降旨令汝毋庸署理湖北巡抚，赏给兵部侍郎衔。"接着又倒打一耙说，"汝此奏虽不尽属固执，然官衔竟不书署抚，好名之过尚小，违旨之罪甚大，著严行申饬。"曾打下重镇不但没有得赏，反受申斥，感到悲哀。且湘军在战后未经休整，又要东征，从而使湘军数年内陷入进退两难的境地。

6　遭遇冷落

1854年12月8日，彭玉麟率湘军水师前队进抵九江江面。12月17日，塔齐布、罗泽南率湘军陆师攻陷广济，旋即又进占黄梅。太平军节节败退，最后退入安徽。面对湘军的反扑，太平军翼王石达开奉命赴江西主持军务。两军在九江一带展开了激烈的争夺战。

1855年元月15日，塔齐布亲督湘勇进攻九江北门，太平军数十门大炮齐发，湘军伤亡过多，攻城失败。元月18日，湘军对九江四面合攻，塔齐布攻西门，罗泽南攻东门，胡林翼攻南门，王国才攻北门。太平军在守将林启棠的指挥下，分路抵抗，伤毙湘军二百余人。

1855年元月29日，太平军利用湘军水师急于求战的心理，把湘军轻便战船一百二十多艘诱入鄱阳湖，接着沉大船于鄱阳湖口，使之不得驶出。从此，湘军水师被肢解为外江和内湖两部分。外江水师只剩下运转不灵的长龙、快蟹等大船。当夜，太平军以轻快小船攻袭湘军外江水师，总共焚毁湘军大船九艘，中等船只三十余艘。2月11日夜，太平军对湘军水师再次发动袭击。这天晚上月色昏暗，太平军抬小筏数十只入江，挟带各种火器，钻入湘军船队放火。湘军水师大乱，纷纷挂帆而逃，曾国藩的座船被太平军俘获，清政府赏给他的扳指、翎管、小刀、火镰都成了太平军的战利品，曾国藩羞愤至极，再次投水自杀，被幕僚救起，用小船送入罗泽南营中。他遥望江内水师纷纷溃逃，只有少数船只停在周围，念及自己艰苦经营起来的湘国水师，竟遭如此下场，深感大势已去，欲仿效春秋时晋国大将先轸为榜样，策马赴敌而死，慌得罗泽南等人紧紧抓住马缰，苦苦劝解才作罢。

太平军两袭湘军水师成功后，旋即发动反攻。4月3日，太平军三克武昌。曾国藩命胡林翼还援湖北，塔齐布留攻九江，自己到南昌恢复内湖水师。1855年10月，为争取战略主动权，又派罗泽南回军武昌，夺取上游。这时塔齐布已死于军中，江西兵力空虚，石达开展开强大攻势，将曾国藩围困于南昌。当时，杨秀清调石达开回天京攻江南大营，于是，太平军失去了夺取南昌、攻占江西全省的大好战机，使濒临绝境的曾国藩获得了生路。

1856年12月，湘军胡林翼、李续宾、罗泽南等部乘石达开东还之机，进攻武昌。罗泽南攻城身死。后湘军攻占武昌，连陷黄州、大冶、蕲州、兴国等府县。胡林翼派曾国华进攻瑞州，湖南巡抚骆秉章遣曾国荃援吉安，江西局势才有改变。但由于湘军在江西处于客军地位，军饷、物质主要仰求于江西，江西官吏视之为额外负担，有人对曾故意刁难，谩骂攻击，致使曾国藩在江西步步荆棘，处处碰壁。

1857年3月，曾国藩父亲去世，为摆脱军事上的失败和政治上屡遭攻击的困境，他马上向朝廷奏报丁忧，并不待批准就委军而去。清政府给假三月，令其回籍治丧。1857年6月假满，咸丰帝令曾国藩“赴江西督办军务”。曾国藩不想再过客位虚悬的日子，请求在家守制三年，并向咸丰帝摊牌，诉说自己督军五年来带兵作战的艰难情况。一是以侍郎督军，“徒有保举之名，永无履任之实”，自己“居兵部堂官之位，而事权反不如提镇”；二是以侍郎带兵，既无财权，又无赏罚黜陟之权，遇事掣肘，兵饷无保障，动辄受到断饷的要挟；三是没有钦差大臣的职衔，更没有正式印信，到处受到地方督抚的歧视与刁难。最后，曾国藩向咸丰帝郑重表示：“臣细察今日局势，非位任巡抚，有察吏之权，决不能以治军；纵能治军，决不能兼及筹饷。臣客寄孤悬之位，又无圆通变济之才，终恐不免贻误大局。”

非常明显，曾国藩此疏是借“终制”之名向朝廷索取实权，对曾国藩心存戒心的咸丰帝于是顺水推舟，准其开兵部侍郎缺，在家守制。

不久，江西军情再度告急，兵部给事中李鹤年奏请朝廷饬令曾国藩迅速赴江西办理军务。可是咸丰以江西湘军有杨载福统领为由，而令曾国藩协助办理湖南团练。曾国藩清楚咸丰帝的意图，于是复奏道："目下湖南全省肃清，臣当仍遵前旨暂行守制。"

曾国藩原本打算索得个有实权的职位再出统军，不意受到如此冷落，乃在苦恼彷徨之中度日。

7 二度出山

1858年6月，太平军发生内讧，石达开率部离开天京进入浙江，连克数县，浙江全省告急，于是胡林翼、骆秉章向朝廷建议起用曾国藩援浙，得到咸丰的首肯。曾国藩接旨，连称“圣恩高厚”，他抑制不住心头的喜悦对曾国荃说：“先大人少时在南岳烧香，抽得一签云：‘双珠齐入手，光采耀杭州。’先大人尝云：‘吾诸子当有二人官浙。’今吾与弟赴浙剿贼，或可兆于五十年以前乎？”曾国藩7月13日接旨，17日即启程就道。8月，石达开领兵入闽，咸丰帝令曾国藩改援福建。曾国藩屯军江西建昌。

当时，太平军在安徽战场大获胜利。8月，陈玉成、李世贤、吴如孝部攻占庐州。11月15日，陈玉成、李秀成部在庐州三河镇全歼湘军李续宾部。李续宾自缢死，曾国藩弟曾国华被击毙。于是清政府命令曾国藩进图安徽。

曾国藩在安徽的首要军事目标是安庆。安庆是天京在长江上游的最后一道屏障。攻下安庆，不仅能够乘势东下进攻天京，同时可以切断太平天国长江南北的物资来源。1860年春，曾国藩乘太平军回攻江南大营之际，向安庆发起了进攻。3月底，曾国藩令曾国荃率领万人驻集贤关外，进逼安庆城下，另安排多隆阿统军万人进攻桐城，抗阻太平军援军，又令李续宜率万人驻青草塥为援兵。6月，湘军攻占枞阳，形成了对安庆的包围。

此时，太平军再破清军江南大营，顺势东取苏州、常州，引起清政府的恐慌，强令曾国藩从安庆撤围东下，救援苏、常。曾国藩以“安庆一军，将来即为克复金陵张本，不可遽撤”为由拒往。6月8日，清政府见曾国藩不动，便先行赏给兵部尚书衔，并撤掉两江总督何桂清，由曾国藩署理。8月10日，改为实授，并授钦差大臣，办理江南军务，大江南北水陆各军均归其节制。自此，曾国藩大权在握，得以大显身手。

1860年10月，英法联军攻入北京，将举世闻名的圆明园化为一堆瓦砾，躲在热河的咸丰帝命曾国藩调湘军北上救驾，可是曾国藩公然置民族大义于不顾，以安徽军情紧急为借口，按兵不动，一意实施他围攻安庆的计划。

为了打破湘军对安庆的包围，太平军在安庆外围与湘军进行了反复较量。1860年12月至1861年8月，英王陈玉成、忠王李秀成等多次率军进入安徽，力图解除安庆之围，均告失败。其间，太平军曾多次接近曾国藩的祁门老营。1860年12月1日，李秀成带大队破羊栈岭进克黟县，距曾国藩祁门大营仅八十里，朝发夕至。曾国藩身边仅有三千防兵，自料难活，连遗嘱都写好了。谁料李秀成东走浙江，让曾国藩白捡了一条命。12月中旬，太平军兵分三路再次进攻祁门，可惜太平军骁将黄文金与左宗棠军激战负伤，率军撤回皖南，使曾国藩度过了危机。1861年3月23日，李世贤在婺源甲路击败湘军王开琳等营，刘官芳攻入榉根岭，随后又攻距曾国藩老营仅二十里的历口。曾国藩恐惧万分，不料刘官芳闻援兵将至，急急解围而去。曾国藩刚松一口气，又传来噩耗。4月9日，李世贤攻克景德镇，兵锋直指祁门，曾国藩饷道被切断。悲观到了极点，他再次写好遗嘱，安排后事。他写给儿子曾纪泽的信中说：“目下值局势万紧之际，四面梗塞，接济已断，如此一挫，军心尤为震动。”“与咸丰四年十二月十二日夜贼偷湖口水营相仿。”不料，李世贤在乐平与左宗棠交战失利，弃景德镇东走浙江，曾国藩再次保全了性命。

8月，陈玉成调集大军合救安庆，五万大军入集贤关，分十余路猛攻湘军第一道战壕，在猛烈的炮火下，太平军奋勇出击，牺牲数千人终未能冲破。曾国荃指挥湘军拼死抵抗太平军的援军，同时，用数十万斤火药对安庆守军轮番炮轰。9月5日，曾国荃部轰倒安庆北门城墙，越壕而入，饥饿疲倦的一万六千名太平军战士壮烈牺牲。清廷得报，赏曾国藩太子少保衔，赏曾国荃布政使衔。

正当曾国藩拼命围攻安庆的时候，咸丰帝于8月22日病死于热河避暑山庄，其子载淳继位，即同治帝。为了巩固统治，载淳于1861年11月20日任命曾国藩统辖苏、皖、赣、浙等省军务，四省巡抚、提镇以下各官悉归其节制。此为曾国藩出师以来受到的最大恩眷。

8 师夷长技

攻克安庆之后，曾国藩筹划兴建了近代中国最早的军事工业——安庆军械所，这是中国洋务运动的肇始。

曾国藩的洋务思想起萌于1860年底。当时，第二次鸦片战争刚刚结束，咸丰帝惊魂未定，从《北京条约》中掠走大片中国领土的沙俄政府改而拉拢清政府，表示愿意助剿太平军和帮清政府采买洋米。清政府拿不定主意，命各部大臣和地方督抚议奏。曾国藩复奏认为："目前资夷力以助剿济运，得纾一时之忧，将来师夷智能造炮船，尤可期永远之利。"这是曾国藩为首的洋务派最早提出的学习外国先进技术，兴办近代军事工业的主张。

曾国藩主张"师夷智"，主要是学习洋人的制炮造船技术。安庆军械所成立后，首先制造洋枪洋炮，第二年又试制小火枪，由华衡芳、徐寿负责设计施工。1863年制成了一艘木壳小轮船，该船长及两丈八九尺，名为"黄鹄"。1864年1月，曾国藩带领幕僚登船试行，在江中行驶了八九里——据曾国藩推算，约计一个时辰行二十五六里。虽然低速，但毕竟是中国人自己仿造的第一只小轮船。因此，曾国藩当时兴高采烈，大受鼓舞，对中国学造洋轮一事充满希望，把它看作取得成功的开端。他在日记中写道："试造此船，将以次放大，续造多只。"

为了进一步扩大军事工业的规模，1863年9月，曾国藩在安庆两江总督署内召见留学美国耶鲁大学的容闳，和他商议筹划在上海建立机器厂，并委派他为出洋委员，领款六万八千两白银去美国购买机器。1865年春，容闳购买了一百余种机器回国，这是中国有史以来大规模引进西方先进设备的创举。同年，李鸿章在上海成立江南制造局，买来的机器全部收入该局内。

江南制造局是洋务派创办的规模最大的军事工业基地，建有机器、木工、铸铁、轮船、枪炮、火药、子弹、水雷、炼钢等厂。1867年有工人五百名，1869年多达一千三百名。曾国藩任命徐寿总理局务。1867年，曾国藩回任两江总督后，于当年春天奏留海关洋税二成，以其中一成充作造船费用，在江南制造局下设立江南造船所，专门负责炮船的试制工作。1868年，江南造船所造出第一艘轮船，名为“恬吉”，意为“四海波恬，厂务安吉”。该船“汽炉、船壳两项，均系厂中自造”，“船身长十八丈五尺，阔二丈七尺五寸”。曾国藩亲自乘船试航达采石矶，往返一百八十里，逆水上行达到每小时三十一里，顺水则达每小时六十二里多。“恬吉”号同“黄鹄”号比较起来，规模和速度都前进了一大步。到曾国藩去世前为止，该局又陆续建造了三艘轮船，分别取名为“操江”“测海”“威靖”。

随着制造业的发展，曾国藩意识到翻译与介绍西方技术书籍的重要性。他说：“翻译一事，系制造之根本。洋人制器，出于算学，其中奥妙皆有图说可寻，特以彼此文义杆格不通，故虽日习其器，究不明夫用器与制造之所以然。”于是他组织人员致力于翻译西方科学技术的书籍。从1867年开始，在江南制造局内设翻译馆，由徐寿主其事。先后聘请美国人傅兰雅、玛高温，英国人伟烈亚力为翻译。译出了《机器发轫》《汽机问答》《运规指约》等一百八十余种科技书籍，对中国近代科学技术的发展产生了不容忽视的影响。

为了进一步学习并掌握西方的科学技术，培养封建地主阶级所需要的人才，曾国藩建议清政府向西方派遣官费留学生。他上奏说：“拟选聪颖幼童，送赴泰西各国书院，学习军政、船政、步算、制造诸书，约计十余年，业成而归。使西人擅长之技，中国皆能谙习，然后可以渐图自强……收远大之效也。”1871年夏，留学生预备学校在上海成立。第二年春，曾国藩病逝，但派遣留学生的计划依然继续推行。1873年夏，第一批官费留学生三十人在陈兰彬的带领下前往美国，到1875年共派了一百二十名留学生。这些留学生中，有日后成为我国著名铁路工程专家的詹天佑，有日后成为我国第一批矿业工程师的邝荣光、陈荣贵等，有日后曾出任国家电报局局长的朱宝奎等。这些人对推动中国近代科学技术、文化的发展，起了不容忽视的作用。

曾国藩等人倡导并掀起的洋务运动，使闭关自守的中国看到了自身以外的世界，打开了向西方学习之门。这种开放性的措施，为借鉴、汲取西方先进的文化以及发展本国的科学技术做出了大胆的探索，刺激了中国资本主义的产生与发展，开启了中国近代工业的先河。

9 天京之战

攻下安庆后，曾国藩踌躇满志，定下三路进攻太平天国之策：“以围攻金陵属之国荃，而以浙事属左宗棠，苏事属李鸿章。”三路大军分道进军，最后全歼太平军。曾国藩首先密保左宗棠为浙江巡抚，率军援助浙江。命门生李鸿章率领新建立的淮军援救上海，攻取苏、常。而由他自统湘军，任曾国荃为先锋，在湘军水师配合下，直指太平天国都城天京。

1862年4月，曾国荃率湘军从安庆沿长江东下，一连攻陷芜湖、巢湖、无为、太平关。5月28日，夺取天京南路要塞秣陵关。30日攻陷天京头关，直逼天京城下。31日，曾国荃率军进扎雨花台，彭玉麟率水师进泊天京护城河口，湘军形成了对天京的包围。

李秀成在洪秀全的命令下，率军从上海近郊回援天京。从10月13日起，李秀成率部对曾国荃雨花台大营前后围攻了46天，战斗惨烈，轮番冲锋，枪炮齐鸣。在太平军的频频攻击下，湘军“伤亡五千，将士皮肉几尽”，曾国荃“为飞子所伤，血流交颐”。坐镇安庆的曾国藩焦虑万分，夜不成寐，动辄向部下僚属发脾气，有时甚至“绕室旁皇，不能自主”。他在致书李续宜说：“心已用烂，胆已惊碎，实不堪再更大患。”由于太平军不了解敌情，指挥失误，始终未能攻破曾国荃的长壕，遽然撤军，使天京解危功亏一篑。自此，太平军就再也无力组织对天京的大规模救援了。

1863年3月，曾国藩从安庆抵达金陵，决定加紧对天京的围困。为了解决围困天京兵力不足的问题，曾国藩陆续增募新勇，使曾国荃所统部队增达三万五千人。同时，曾国藩又将李续宜所部萧庆衍及太平军叛徒韦俊一万五千人调至天京城下助战，使围城湘军仅陆军人数就达五万人。就此，曾国藩集中兵力对天京发动了新的攻势。6月30日湘军攻陷天京要隘九伏洲。这样，天京与下游联系的唯一通道和粮食供应线就被切断。9月12日攻陷天京东南要隘上方桥。10月31日攻陷天京南路要隘博望镇。11月3日攻陷天京东南要隘上方门、高桥门、双桥门。11月6日复攻陷天京南路要隘秣陵关。11月8日，湘军肖孚泗部进驻孝陵卫。1864年2月28日，湘军攻陷紫金山巅的天保城，对天京的合围形成。此时，李鸿章、左宗棠先后将天京的外围城市攻陷。天京外围断绝，成了一座无可傍依的孤城。

在天京解围失败以后，洪秀全曾令李秀成率兵渡江北征，试图诱使湘军撤围回救。曾国藩识破了太平军北上计划，一面指示曾国荃坚守金陵大营，一面调军入皖，堵截李秀成部。1863年5月，天王诏令李秀成回京，南归渡江时，又逢长江水涨，九伏洲被大水淹没，官兵无处栖身，“有米无柴煮食，饿死甚多”，天京局势更危急了。为了保存实力，挽救危局，李秀成向天王提出了“让城别走”的主张，但洪秀全没有采纳这一建议，决意死守天京。1864年6月初，洪秀全病逝，他的长子洪天贵继任幼天王。

7月3日，曾国荃部攻克钟山龙脖子山石垒——地堡城，随后将百余门大炮安放在地堡城上，居高临下，日夜不停地向城墙猛轰。

7月19日，湘军李臣典部在天京太平门下掘成地道，准备爆炸成功后，湘军向里冲杀，不想，在决定战斗序列时却无人肯冲头阵。当曾国荃派朱洪章询问各营营官，何营愿作头队时，无人应答。朱洪章无奈，复改口问道：“请以职务高低定先后何如？”仍旧无人答话。朱问李臣典，李要朱“拨精兵一二千人与之”。朱洪章气愤不过，大声抗辩说：“与其拨兵给你，何如我充头队？”众营官乘机起哄，鼓动朱洪章充头队。朱洪章骑虎难下，只能答应。

1864年7月19日正午，曾国荃下令总攻。一声巨响，炸药炸塌城墙二十余丈，湘军蜂拥冲杀入城。这时，天京城内断粮已久，主要靠吃野菜度日，战士早已饥疲无力，尽管太平军组织了几次大规模的反击，都未成功。到申时，天京九门皆破，攻入天京的湘军大肆烧杀抢掠，“其老弱本地人民，不能挑担，又无窖可挖者，尽遭杀死”，“妇女四十岁以下一人俱无。老者无不负伤，或十余刀，数十刀，哀号之声达于四远”。曾国藩本人也毫不掩饰地说：“三日间共毙十余万人，秦淮河尸首如麻，三日夜火光不息。”经过这场浩劫，这座繁华的古都几乎变成一片废墟。

天京城内余烬未熄，骸尸尚存，清政府就对这些杀人如麻的“功臣”颁发了赏赐。曾国藩封太子太保，爵一等毅勇侯，世袭罔替，并赏戴双眼花翎，开了有清三百年中“文臣封侯”的先例，破格得到清王朝的最高奖赏。

10　名毁津门

1868年9月13日，曾国藩接到清政府命令，将其调任直隶总督。在此之前，他已由协办大学士升为体仁阁大学士、武英殿大学士，并以“剿”捻之功获得一个云骑尉世职。一年数迁，可以说荣耀之至。调任直隶，曾国藩认为这是清政府对他的特别信任。同年12月17日，他由金陵登舟启程，于次年1月25日抵京，先后四次受到那拉氏的召见，两次参加国宴，并在宴会上以武英殿大学士排汉大臣班次首位。这是他平生得到的最大恩宠。

这时发生的一件事让曾国藩惊出了一身冷汗。曾国藩的弟弟曾国荃，打下南京发了横财，在家乡大兴土木，建了一栋横直近两里，占地四百亩的“大夫第”，并鱼肉百姓，横行乡里。彭玉麟得知后，罗列了曾国荃的十大罪状，写成奏折，转托老上司曾国藩转奏。曾国藩看了奏折上的“十大罪状”，如果转奏皇上，不但害了曾国荃，很有可能牵连自己；若不转，一旦事情败露，更有欺君之罪。于是，他主动上奏，将彭玉麟的奏折压下来，根据彭所列罪状，以自己的名义状告诰封威毅伯、胞弟曾国荃在乡“十恶”，民愤极大，请旨严惩。

同治帝看了，非常高兴，说：“曾爱卿效忠朝廷，状告胞弟，实属大义灭亲，应予嘉奖。”

曾国藩听了，拜倒在地，叩谢皇恩。

同治帝接着说：“曾国荃作恶多端，罪责难逃，本应正法，但念他打下南京，剿贼有功，赦其无罪。”

曾国藩听了，犹如卸下了千斤重担，数日后，他才将彭玉麟奏折转呈皇帝，皇帝也就不再追究了。

1869年3月9日，曾国藩到达保定，接任直隶总督。直隶地处京畿，长期以来，由于吏治败坏、军备废弛，加上永定、滹沱河长年失修，常常泛滥成灾，百姓怨声载道。曾国藩上任伊始，诚图复兴大清帝国，故首先应整顿吏治。他先后两次“查明属员优劣，开单具奏，分别嘉勉降革”。与此同时，曾国藩抓紧清理讼狱，亲自拟定《直隶清讼事宜十条》，他本人“每日分时，清理案牍”，“遇重大之案，则亲自鞫讯，每月数次，统计专折奏结重案及京控发交之件，前后凡五十余疏”。他向朝廷奏报说，在一年多的时间内共注销咸丰初至同治七年旧案一万二千余起，具结新案七万八千一百二十一起，“多年淹滞尘牍，为之拂拭一清”。

随后，曾国藩又开始整治永定河。在永定河之下流与海河相连处——韩家树，节节挑挖，疏通河道，使浑水直达海河。同时在河身壅塞的中段加以开挖疏通，加深河床。通过几个月的治理，修治永定河工程竣工。正当他准备整治滹沱河时，震惊中外的天津教案发生了，清政府命曾国藩前往办理，从而使他名毁津门。

1870年6月，法国天主教（天津）育婴堂突然死亡婴儿三十四人，人们怀疑教堂蓄意虐杀中国婴儿，与此同时，天津附近不断发生迷拐幼儿案件。1870年6月19日，乡民查获用迷药拐婴的案犯武兰珍。审讯时，武兰珍承认系受教堂王三主使，并供认先已迷拐一人，得银洋五块。民众大愤。6月21日下午，天津民众聚集在法国教堂与法国领事馆前抗议示威。法国驻天津领事丰大业要求中国三口通商大臣崇厚派兵镇压，崇厚没有照办。于是丰大业与下属西蒙手持洋枪闯入通商衙门，朝崇厚开了一枪，并称：“百姓在天主堂门外滋事，因何不前往弹压？”两人在归途中遇天津知县刘杰，击伤刘杰随从。群众愤怒到了极点，当场殴毙了丰大业和西蒙，随后冲进法国天主教堂和育婴堂，殴毙外国传教士及其侵略者二十多人。

天津教案发生后，法、英、美、俄、德、比、西七国立刻向清政府提出抗议，并调遣军舰前来进行武力威胁。无能的清政府在侵略者的恫吓下，派崇厚充任出使法国的钦差大臣，赔礼道歉，同时，命曾国藩以直隶总督身份处理此案。

1870年7月8日，曾国藩抵达天津，刚一下车即将拐犯武兰珍和犯罪教民王三开释。接着，又将天津道员周家勋、知府张光藻、知县刘杰三人革职。随后又颠倒黑白，为侵略者的侵略行径涂脂抹粉，公然为侵略者辩护。他说："天津可杀二十，他国即可杀四十；今日可杀二十，异日即可杀二百，洋人在中华几无容身之地。""仁慈堂之设……专以收恤穷民为主，每年所费银两甚巨。彼以仁慈之名，而反受残酷之谤，使洋人之愤愤不平也。"

曾国藩自知昧着良心说这些讨好洋人的假话，必将遭到人民的反对，但他依旧一意孤行。7月17日，法国公使罗淑亚从北京赶到天津，曾国藩急忙接见，以试探洋人的口气。罗蛮横地提出让天津知府张光藻、知县刘杰和总兵陈国瑞为丰大业抵命。法国海军头目也猖狂地叫嚣：十几天内若无切实办法，定将天津化为焦土。曾国藩不答应"三员论抵"之说，又害怕法国开战，于是急奏清政府，将天津知府张光藻、知县刘杰送交刑部治罪。曾国藩上奏之后，满以为能够搪塞洋人，遂以养病为名，将张、刘二人放回原籍避风。不料总理衙门一日一催，并派大理寺卿成林亲提张、刘二人。曾国藩不知所措，忙将张、刘二人找回，交成林押解刑部。

与此同时，曾国藩大肆搜捕6月21日参加反洋教斗争的爱国群众，逮捕了八十余人，但是其中供认不讳的"真凶"只有七八人。曾国藩认为只杀这几个人数目太少，难以使洋人满意，于是，他对被捕群众严刑逼供，一定要凑够二十人之数，为丰大业等人抵命。这种做法，不仅为广大群众所切齿，而且遭到同僚的反对，连他的得意门生李鸿章和长子曾纪泽都认为做得太过分，去信劝阻。曾国藩不听劝阻，判死刑二十人，流放二十人，赔款白银五十万两，将天津知府张光藻、天津知县刘杰流放黑龙江以赎罪。

曾国藩办理天津教案杀民谢敌的行径，受到朝野上下的强烈谴责。清廷为了推卸责任，于1870年8月29日中途换马，改派李鸿章接任直隶总督。若说攻克天京是曾国藩一生事业的高峰，那么，天津教案处理的失败，则是他声望跌落的起点。

11 郁郁而终

正当曾国藩处理天津教案受到舆论谴责之时，南京城又爆出一桩离奇大案——两江总督马新贻在光天化日之下被人刺死。总督被刺杀，在大清朝立国以来还是破天荒的首次。朝野震惊，慈禧太后命曾国藩重任两江总督。

当年不畏风险，锐意进取，以夔、皋、伊尹为榜样，欲做一番陶铸世风、振兴天下大业的礼部侍郎，如今位居宰辅，功高震世，却因平捻无功、津案受辱，且体力衰弱、疾病缠身，更兼目睹政坛上的倾轧虞诈，渐感力不从心。于是，他上疏给慈禧太后、皇上，说自己右眼久已无光，左眼亦目力昏眵，江南庶政殷繁，如果以病躯承乏，将来贻误必多。再四筹思，唯有避位让贤，乞回成命，仰恳圣恩另简贤能，畀以两江重任。

奏折很快被批转回来，上谕命曾国藩即赴两江总督之任，不再固辞。语气坚决，没有商量的余地，曾国藩只得抱病遵命。

1870年12月12日，曾国藩抵达金陵两江督署，12月14日接印视事。

上任后，曾国藩首先提审刺客张文祥。为了得到他的供词，他明白对于一个早已将生死置之度外的刺客，严刑拷打一定得不到他的供词。于是曾国藩带着护卫来到牢房，令狱卒去掉张文祥的镣铐。“张文祥，”曾国藩以惯常缓慢的语调问，“本督听说你孔武有力，一刀可以刺穿五张牛皮，是吗？”

张文祥点点头。

“把牛皮靶抬出来。”

两个护卫抬出一个靶子来，那上面蒙着五张黑黄色的水牛皮。

“把刀给他。”

狱卒忙将一把小刀交给张文祥。张文祥接过刀，冷笑道：“把刀给我，你不怕我刺死你？”

“冤有头，债有主，想必你不会无缘无故地刺杀我。”

张文祥轻轻点了点头，他右手握刀敛容吸气，随后挥刀对准牛皮靶奋力一刺，五张牛皮一齐破了！

“好！”曾国藩啧啧赞叹：“狱卒，你通知厨房，以后每餐给张文祥加一斤猪肉，半斤白酒。”

接着，曾国藩和气地对张文祥说，“本督知你是个光明义烈的汉子，加上本领高强，哪里都可以混碗饭吃，本督想你若无深仇大恨，必不会走此杀人毁己的道路。”

这番话令张文祥感到意外，于是他便把刺杀马新贻的前因后果如实地招供出来了。

张文祥乃河南汝阳人，由于父母去世很早，他在少年时便在社会上闯荡。二十岁参加捻军，不久入太平军。安庆攻破后，他投入湘军，任霆军勇丁、哨长。后随部到福建追剿汪海洋时，所部因未发饷哗变，他慌忙逃走，在天目山法华寺栖身。该寺方丈园灯法师之弟被马新贻所杀，仗义勇为的张文祥决定杀马为他报仇。于是他来到金陵，干下了这件惊天动地的大事。

听完张文祥的供词，曾国藩吓得心惊肉跳。这个张文祥，居然曾任过湘军的哨长，这件事传扬出去，岂不给湘军脸上大大抹黑，这事传进太后、皇上之耳，会使他大大地丢脸。这桩血案再次将曾国藩推到身心俱悴的苦难漩涡中。他反复考虑，决定快刀斩乱麻，上奏朝廷，张文祥乃漏网长毛，与马新贻既有前仇，又有新怨，复受海盗龙启云收买，遂以死行刺。半个月后上谕下达，张文祥凌迟处死。这个案子办得天衣无缝，朝廷上谕嘉奖曾国藩等人交部优叙。

曾国藩由于身体实在太衰弱，力不从心，便不再多过问两江庶务。8月12日，曾国藩到校场大阅金陵省城督标四营、绿营选练新兵五营、留防湘勇二营。13日，登舟出省大阅。19日，至扬州校阅盐捕二营、洋枪炮队二营，骑兵、泰川、泰兴、三江、兴化等五营，留防淮勇三营。28日，到清江浦阅清河漕标七营、淮杨镇九营、选练新兵一营。9月8日，曾国藩抵徐州，阅徐州镇标中军营、城守营、萧县营、选练新兵二营、淮勇二营。20日，到常州阅常州营、靖江营。26日，至常熟具阅狼山、福山镇标二营、水师四营。28日，至苏州，阅抚标兵三营、太湖二营、淮勇二营。10月6日，达松江府阅提标八营、选练新兵二营、洋枪队三营。11日，至吴淞口，阅吴淞、川沙、南江等八营、外海艇船六营、内洋八团舢板五营。15日回到金陵督署。

曾国藩为效忠清廷日无暇晷地辛劳工作，实际上，他的老病之躯已若风中残烛了。1872年3月2日，曾国藩肝病复发，右脚麻木。3月5日，前河道总督苏廷魁过金陵，曾国藩出城迎候，口不能言，遂回署。几日后，曾国藩接连在日记中感慨万千："近年或作诗文，亦觉心中恍惚，不能自主。故眩晕、目疾、肝风等症皆心肝血虚之所致也。不能溘失朝露，途归于尽；又不能振作精神，稍治应尽之职。苟活人间，惭悚何极！""余精神散漫已久，凡遇应了结之件久不能完，应收拾之件不能检，如败叶满山，全无归宿。"他自知油尽灯枯，将不久于人世。

1872年3月12日（同治十一年二月初四日）午后，曾国藩由长子曾纪泽陪同散步，忽感足麻，扶至书房，便去世了，终年61岁。清政府追赠太傅，谥"文正"，并准入京师昭忠贤良祠，并在江宁、湖南、安徽、湖北等地建立专祠，在国史馆立传，御祭文称"奇功历著于江淮，大名永光于竹帛"。6月25日，曾国藩灵柩运达长沙。7月19日出殡于长沙南门外金盆岭。1874年12月13日改葬于善化县（今望城县）平塘伏龙山。